文
景

Horizon

社科新知　文艺新潮

[德] 卢茨·赛勒——著　顾牧——译

克鲁索

KRUSO

Lutz
Seiler

上海人民出版社

献给

夏洛塔

“再来说说我的这个新同伴，我真的是很喜欢他。”

——

丹尼尔·笛福

《鲁滨孙漂流记》

目录

小月亮

从上路之后，艾德一直处于极度的警醒状态，在火车上他根本睡不着。火车东站在新的列车时刻表上已经改叫火车总站，这里的两盏灯，一盏挂在斜对面的邮政大楼前，一盏悬在车站大门上方，那儿停着一辆货车，车没有熄火。这种夜晚的空寂完全不符合他对柏林的想象，不过话说回来，他对柏林又知道多少呢？不久后，他就返回了售票大厅，拣了一个宽阔的窗台蜷缩着躺下。大厅里一片寂静，从他躺着的地方，外面那辆货车发动时的嗒嗒声清晰可闻。

他梦到了一片沙漠。从天际飘过来一头骆驼，悬在半空中，被四五个阿拉伯人拽着，看样子拽得挺吃力。这几个阿拉伯人戴着墨镜，对他不理不睬。艾德睁开眼睛时，看到一张被雪花膏涂得油亮亮的男人面孔，脸凑得太近，让他一下子竟没法看清这个人的模样。这是个老头儿，嘟着一张嘴，像要吹口哨，也像是刚刚吻过谁。艾德猛地向后一缩，像是刚吻过谁的那个人举起双手。

“哦，对不起，对不起，很抱歉，我……真不是要吵醒您，小伙子。”

艾德用手蹭蹭濡湿的额头，把自己的东西扒拉到一起。老头儿散发着一股芙蕾蓉娜牌雪花膏的味儿，棕黑色的头发油光锃亮，纹丝不乱地梳在脑后。

“就是有件事，”他尖锐的小嗓音开腔说，“我正在搬家，东西很多，现在已经晚上了，大半夜的，已经这么晚了，真是麻烦，我的家具里还有一个柜子，特别好、特别大的一个柜子，还放在外面的马路上……”

艾德坐起来的时候，老头儿用手指着车站的出口那里。“就在附近，我住得一点也不远，不要害怕，离这儿就四五分钟的路，拜托，谢谢啦，小伙子。”

他差点就把老头儿的话当真了。老头儿的手拽着艾德拖吊得长长的毛衣袖子，像是要给他引路。“来吧，拜托啦！”说着，老头儿在他的毛衣袖子里慢慢向上拨弄开一条通道，悄无声息，仅在面团一样虚软的手指尖活动范围所及之处，后来，艾德感到手腕处温柔的、画着圆圈的抚弄。“你是想来的……”

艾德推开老头儿，几乎掀翻了那个人，他用的力实在是太大了些。

“问问总成吧！”刚刚吻过谁的人尖着嗓子说，但是声音并不大，呲呲的，几乎听不见。他的踉踉跄跄也像是装出来的，仿佛一小段熟练的舞蹈。他的头发滑到了后脖颈上。艾德一下子没反应过来这是怎么回事，倒是被突然露出来的秃脑壳吓了一跳。那片脑壳就像一个小小的、未曾见过的月亮浮在昏暗的售票大厅里。

“抱歉，我……现在没有时间。”艾德把“没有时间”说了两遍。急匆匆穿过大厅的时候，他发觉犄角旮旯里随处都有些怯生生的人，一边试图用微小的信号引起别人的注意，一边又像是在努力掩饰自己的存在。其中一个人举起个棕色的尼龙袋子，指指那个袋子，对他点点头，那张脸热情得一如正准备派发礼物的圣诞老人。

铁路餐饮公司的餐馆里有股肉的焦煳味儿。玻璃餐柜的灯管发出细微的、仿佛歌唱般的声音。空荡荡的餐柜里只剩下保温盘上放的几碗俄式蔬菜肉汤。肉汤上面结了一层油膜，里面几块油乎乎的香肠和黄瓜如同矗立的礁石，在不间断涌来的热浪中微微地浮沉，仿佛正在工作的内脏，或者，艾德心里想，像生命行将结束时的脉搏跳动。他不由按住了自己的额头：或许，他还是跳下去了，这一切就是他生命的最后一刻。

铁路警察走进餐馆，头盔上半弧形的窄帽檐闪闪发亮，身上的制服是矢车菊的浅蓝色。他们牵了一条警犬，警犬低着头，仿佛为自己的身份感到害臊。“请出示车票、证件。”不能证明自己还要继续乘车的人必须马上离开餐馆。脚步沙沙，推椅挪凳，几个好脾气的醉鬼仿佛专等这句最后通牒似的，一声没吭就摇摇晃晃走出了餐馆。两点钟时，铁路餐饮公司的车站餐厅几乎损失了所有的客人。

艾德明知道不应该做那种事，但他这时还是站起身，去拿了一杯别人喝剩的酒，站在那里把酒一饮而尽，然后心满意足地回到自己的桌旁。这是第一步，艾德心想，我喜欢在路上的感觉。他把头埋在胳膊里，在旧皮子的霉味里一下子就睡着了。那几个阿拉伯人还在费力地拽着那头骆驼，但不是朝一个方向，朝哪儿拽的都有，看样子他们的意见完全不一致。

那个被举起的尼龙袋子——艾德之前不明白那是什么意思，毕竟这是他第一次在火车站过夜。尽管他现在几乎可以肯定那个柜子并不存在，但眼前还是出现了老头儿放在马路中间的那件家具，让他感到抱歉的不是那个老头儿，而是从现在开始和这件事挂起钩来的东西：芙蕾蓉娜雪花膏的味道，光秃秃的小月亮。他看到老头拖着脚步走回柜子旁边，拉开柜门钻进去睡觉，一时间，艾德仿佛感受到老头如何蜷起身子，将自己与世界隔绝开。那感觉非常强烈，竟让艾德产生去跟他躺在一起的想法。

“请出示您的车票。”

他们这是第二次查他了。或许是因为他的长头发，或许是因为他的打扮。他身上那件沉甸甸的皮夹克是舅舅留给他的遗产，五十年代的那种摩托车手夹克，非常显眼：巨大的翻领，柔软的内衬，还有硕大的皮扣。懂行的人买卖时把这种夹克称作台尔曼[1]夹克（这个名字并没有贬

[1] 台尔曼（Ernst Thälmann，1886—1944），工人运动活动家，曾任德国共产党主席。——译注，下同

义，而是带着一股神秘的气息），或许是因为这位工人阶级的领袖在几乎所有老的影像里都穿着类似的皮夹克。艾德还记得那些影像：人群的涌动奇怪地一顿一跳，台尔曼站在台上，上身一顿一跳地前后摇摆，拳头在空中一顿一跳地晃动。每次看到这些老的影像，他总是身不由己，不能自已，不觉就泪流满面……

他费劲地掏出那张皱巴巴的小纸片。**德意志帝国铁路**的大字下面，几个细线框分别框着目的地、日期、价格和里程数。他的车是 3 点 28 分的。

“您去波罗的海做什么？”

“看朋友。”艾德重复道。那个铁路警察这次什么也没说，他于是补充说:“度假。”不管怎样，他的声音是沉着的（台尔曼式的声音），尽管他自己当下就觉得这个“度假”很牵强，站不住脚，简直就是愚蠢至极。

“度假，度假。”铁路警察重复道。

那是一种口述机要的声音，他左胸前用皮带拴着的灰匣子一样的步话机马上轻轻发出了嗞嗞声。

“度假，度假。”

显然，这一个词就足够了，他们想知道的有关他的事尽数包含在里面，他的所有弱点和谎言。所有与 G 有关的事，他的恐惧与不幸，他用了一百年的时间，开了十三次头写就的二十首笨拙的诗，以及连艾德自己都还不太清楚的有关这次旅行动机的所有真相。他眼前出现了警察局，铁路警察的办公室，远远地在空中的某个地方，架在仿佛钢梁铁架一般的六月夜之上，那个铺着地毯的玻璃匣子一尘不染，正从他内心无边无际的不安中穿行而过。

他感到非常疲倦，平生第一次，他有了逃亡的感觉。

特拉克尔[1]

那不过就是三周之前的事，Z 博士问他有没有意愿（博士的用词）把表现主义诗人格奥尔格·特拉克尔作为毕业论文的题目。“说不定以后还能继续深入研究。”Z 加上一句。他很得意自己这个诱人的建议，显然不打算附带任何其他条件。博士的声音里没有掺杂半分弦外之音，没有摆出一副怜悯的模样，像大家一样把艾德弄得不知该说什么好。对于 Z 博士而言，艾德首先是一个能够背诵出所有学过的文章的学生。虽然他总是蜷缩在教室最偏僻的角落里，黑色的齐肩长发垂下来遮住了脸，但他有时也会语速极快地发言，滔滔不绝，说话干净利落。

为了读完学院图书馆里与特拉克尔有关的所有藏书，艾德连续两个晚上几乎不眠不休。特拉克尔的资料存放在一溜狭长房间的最顶头一间，这里通常没什么人，很清静。窗前放着一张小书桌，窗外有一个非常小的花园，还能看见院子里奇形怪状、糊满蜘蛛网的树叶。学院的房屋管理员白天就猫在那里，或许他就住在那里。关于这个男人的传言五花八门。

那些书放得很靠上，几乎挨着天花板，得用梯子才能够得着。艾德

[1] 特拉克尔（Georg Trakl，1887—1914），奥地利诗人，表现主义诗歌的先驱。

爬上梯子之前，并没有把梯子往 T 和 Tr 的方向推。他费力地斜着身子，把书一本本从架上抽出来。梯子开始不安分起来，钢钩在挂钢钩的轨道上噼啪作响，仿佛在发出警告。但艾德并没有因此多加小心，反倒把上身又朝特拉克尔那边探出去一些，然后再过去一点，又过去一点。那感觉就在那一刻出现，第一次。

晚上，他坐在书桌旁，小声念着那些诗。每个字音后都是一片广阔清冷之地，牢牢地将艾德困在其中，白色的，棕色的，蓝色的，神秘莫测。格奥尔格·特拉克尔的生平及著作：药剂学专业学生，陆军药剂师，吸食吗啡，吸食鸦片。艾德旁边的软椅上铺了张毯子，马修正躺在那儿睡觉。偶尔，猫会把一只耳朵朝他转过来，有时那只耳朵会猛烈地连续抽动，仿佛那张老旧的椅子是放在水流之下。

马修——这名字是 G 起的。猫是她在院子里一个透光井中找到的。小不点哀鸣着，毛茸茸的一团，比网球大不了多少。她在透光井前面蹲了两三个小时，终于把小猫诱出来，抱到了楼上。他到今天都不知道 G 怎么想到这个名字的，也永远不会知道了，除非那只猫什么时候能告诉他。

艾德拒绝了一切帮助，他去上课，考试。系主任 H 教授原本很有心要免掉他的考试：大脑袋善解人意地歪着，头发亲切地卷曲着，白发闪着光，手搭在他的胳膊上，在学院的楼梯间里把艾德拉到一旁，那丝绒般柔滑的声音，让艾德不由得想要敞开心扉……只是，他的问题不在学习上，考试也同样不是问题。

这段时间艾德看过的所有东西都烙刻在心里，不由自主地刻骨铭心，一字一句，每一首诗，每一篇评论，独自坐在家中或是图书馆最里面那个房间的书桌旁的时候，眼前出现过的所有东西。缺少了 G 的生活——简直就像被催眠了一般。等他一段时间后重新醒过神来，读过的东西就在脑壳里嗡嗡作响。学习像毒品一样，能让他平静下来。他读书、写字、摘抄、诵读。后来，同情的声音渐渐小了，不再有人提出要帮他，忧心忡忡的眼神消失了。这期间，艾德没跟任何人说起过那件事，不管是G还是他自己的处境。只有在家的时候他才会开口，喋喋不休地自言自语，当然，他也跟马修唠叨。

跟特拉克尔纠缠了几天之后，艾德就只上Z博士的课了。巴洛克诗歌，浪漫派诗歌，表现主义诗歌。按照课程计划是不允许这样上课的，因为有签到表，还要填课程登记表。时间久了，就算是Z博士也不能装作看不见。不知何故，艾德似乎依然被大家关照着，很少有同学会抢他的话头，大家宁愿听他讲，被他震慑，也为他着迷，仿佛艾德是展示人类不幸的园子里的一个天外来物，被包围在一圈由敬畏汇成的水渠中间。

一起上了四年学，所有人的脑海里都定格下一些画面：每天早晨，G和艾德手拉手出现在学院前的停车场上；一边是G和艾德长久、缠绵、紧紧的拥抱，一边是人越来越满的大教室；G和艾德晚上在柯尔索咖啡馆的事（先是因为什么事，后来变成不知道因为什么事），之后，深夜里夸张的和解，在外面的街道上，在电车站。但总是在最后一趟电车已经开走，他们不得不步行回家时。先走三站到拉宁西广场，从那儿再走一小段到家门口。这时，有轨电车正穿行在城市中，拐最后一趟的最后一个弯。这个铁家伙发出刺耳的嘎吱声，声音回旋在哈雷市[1]上空的夜色中，仿佛末日审判的先遣使者。

艾德，G这样叫他，有时也叫他艾德希，或者艾德尔。

艾德不断（越来越频繁）地爬上梯子去找那种感觉。他把这叫作飞行员的兴奋剂。先是钩子颤抖着磕磕碰碰，然后有股迷人的电流，恐惧穿过他的骨髓，刺进腰部——紧张感随之减退。他闭上眼睛，深吸一口气。他是密封舱里的航天员，飘在空中，命悬一线。

这几天，房屋管理员屋前的丁香花开了。一丛接骨木紧贴着门槛冒了出来。门框上的蜘蛛网扯破了，蛛丝悬在风中晃来晃去。那人在家，

[1] 哈雷市（Halle），德国东部城市。

艾德心里想。艾德有时能看到他悄无声息地穿过杂草丛生的花园，或是一动不动地站在那里，仿佛在侧耳倾听。走进小屋的时候，他总是张着双臂，小心翼翼的，尽管如此，他只要一迈步就会引发叮咣声，地下堆满了瓶子。

有一种流言说，这个房屋管理员做过教授资格论文，曾经在国外工作过，甚至还去过“非社会主义经济区”，据说是。现在他属于边缘人阶层，过着异于常人的生活，那个花园和小屋属于另外一个世界。艾德试着想象这个男人早餐会吃什么，但他想象不出来，不过后来，他仿佛看到了一小块卡芒贝尔[1]软酪，管理员在一块旧案板上把软酪切成方便入口的小三角，然后用刀尖扎起一块小三角送进嘴里，一块接一块。旁人很难想象寂寞的人还会想到吃东西，艾德心里想，但是对艾德来说，管理员这时是唯一真正存在的人，一个跟他一样孤独寂寞的人。艾德一时间竟有些搞不清自己的心思：是想躲在Z博士的羽翼下，还是更愿意去房屋管理员和那间小屋那儿寻求庇护。

学院的图书馆19点闭馆。他一回到家就去喂马修，给它面包，切成片的小香肠，还有一点牛奶。以前这是G的工作。尽管艾德对马修尽心尽力地照顾，但始终还是没弄明白，猫维持生命需要的不是牛奶，而是水。所以看到自己一离开房间，猫就在种着驱蚊草的花盆里刨，他感到非常奇怪。他一动不动地站在厨房里听那里的动静。小石子从花盆里噼里啪啦地撒到柜子上，又从那儿像下雨一样落在地板上。他没法不听。他难以相信这些都是他生活的一部分——所有的一切都发生在他的身上。

[1] 卡芒贝尔（Camembert），法国北部村庄，以乳酪闻名。

马修

之后，就在他二十四岁生日的前一天晚上，马修失踪了。艾德看书一直到半夜，是Z博士课上的布罗克斯[1]的材料："来来又回回，漫步树影下……"后来他趴在桌上睡着了。清早，他去学校，穿过拉宁西广场走到露天市场，然后沿着"光脚汉大街"往大学的方向走。"梅泽伯格庭院"就在这条狭窄阴暗的街上，艾德上课之前会去那里喝杯咖啡。菜单背面有一段浸满油渍的文字（像是从古老编年史中摘下来的），里面说"光脚汉大街"以前叫"兄弟大街"，后来改叫"小兄弟大街"，后来又改成"光脚汉大街"。多么奇怪的沦落，艾德一下与这条大街惺惺相惜起来。

到下午，马修还是没有露面，他开始喊它。先在楼下的院子里，后来又站在窗口喊，但并没有听到小猫通常用来作答的那声轻轻的、满含责备的叫声。

"马修！"

院子的味道：吸进鼻子的仿佛尽是陈旧的、霉迹斑斑的忧愁。由霉斑和煤炭组成的忧愁住在对面已经坍塌的简易棚里，整日遭那些被横七

[1] 布罗克斯（Barthold Heinrich Brockes，1680—1747），德国诗人。

竖八丢弃在那里永不见天日的东西的白眼。这栋楼里住的主要是些橡胶人，这些化工厂的工人属于南郊那家布纳合成橡胶厂。橡胶人，艾德记得这些人互相之间用的也是这个词，说得非常自然，透着股自豪劲儿，仿佛在强调自己属于某个历史悠久的民族，或是出生于某个一定会长久存在下去的部落。

“马修！”

艾德在敞开的窗边站了一会儿，耳朵捕捉着老鼠的声音。“生日，”他心里想着，“我的生日，”然后又叫，“马修！”他关了灯，不想让人看见自己。对面的斜坡顶上是疗养院，长长的一溜平顶砖房，从他开始叫马修起，那儿的窗户边就热闹了起来。他看见已经洗得泛白的衬衫和毛衣外套，花白的脑壳在日光灯下闪闪发亮。这些老人对院子里发生的任何事情都很关心，特别是在夜里。通常几秒钟之后，他们就会把顶灯关掉。艾德看着日光灯刚关掉时未褪的紫色余光，想象着这些人站在黑暗中的样子，一个挨一个，后排人带着腐臭的呼吸吹在前排人的脖颈上。或许他们中间有谁见过马修？或许现在他们正小声讨论（先小声，然后越来越激烈，接着又压低声音，为了不惊扰管理人员）是否以及如何移交这个阶下囚。

两天后，他还在叫。刚开始，这样大声叫他还挺不自在，但现在他已经停不下来。每个小时，他都要朝院子里喊一阵，机械的，几乎是无意识的。他的脸被夜浸得冰凉，仿佛一张面具，一直插进头发之中。楼里人的同情心消耗殆尽，窗户被扯开又摔上，有人骂骂咧咧，有哈雷的方言，还有橡胶人的专用语。有人按他的门铃，砸他的门。

“马修！香肠，好喝的牛奶！”

“去找个地方塞你那根香肠，神经病，别吵别人睡觉！”

这个六月的夜晚是清冷的，但艾德敞着窗子。矮矮的外窗台上有一根起防护作用的铁栏杆，他无意识地将身子探出去，先探出一点，然后越探越深，两只手像抓体操器械一样紧握住那根锈迹斑斑的栏杆，上身慢慢向院子里伸出去。

“马修！”

他的声音变得浑厚，听起来更加清澈响亮，低沉的元音 U 发出干净的回响：

“马——修！”

屋里，他身后远处的某个地方，他的脚尖在地板革上方晃动，飞行员的兴奋剂从脊柱最下面几个突起的位置奔涌而出，以一种前所未有、无与伦比的气势，惬意地勃起，不不，还要更强烈，那是一种激扬的快感，让他从头顶到脚跟都变得僵直……

“马——修！”

他的身体像浮在水里、飘在空中。他很享受从地面传回来的温暖、柔滑的回声，这个英语名字里一切外来词的痕迹都被抹去。他又一次小心翼翼地深吸一口气，开口叫了起来。他一下就找准了声调，把这所院子，夜的昏暗，还有包裹在外围的萨勒河畔的哈雷市都用这声调糅合起来，使它们形成一个柔软、动荡的整体，他要俯就其中的想法终于成了坚定的愿望……

“马修！”

就像有人一拳把艾德打回了房间里，他踉踉跄跄退了两步，瘫倒在地上。是马修，是马修的叫声，像嘶鸣又像尖叫，充满愤怒和委屈，像没有上油的合页，此世界与彼世界之间的大门“哐”的一声关上，将正在坠落的他甩了回去——二楼、三楼、四楼。他眼前一黑，不由得深吸一口气，又吐一口气，一片寂静，仿佛他不是真的在呼吸，仿佛他已经不再有呼吸。

过了一会儿，他终于能从脸上移开双手。他的目光落在敞开的窗户上。

哪有猫的声音。

它根本就不在那儿。

半梦半醒之间，G 朝他俯下身子，她凑得很近，用手指着自己半张的嘴，同时把嘴唇向两边拉伸，小巧的舌头闪着光，舌尖抵着上牙。她的门牙有点斜，像扫雪机犁状的头："马修，您学一遍，马——修。"

他试图回避，于是问是不是英语老师嘴里都长着这种特别适合安置舌头的微型雪犁。[1]

G 摇摇头，把食指插进他的嘴里。

"艾德加·本德勒，您是叫这个名字吧？艾德加·本德勒，二十四岁？艾德，您有什么问题？您是想说您的缺陷是天生的？那您说一遍 thanks。"

"thanks。"

"说 both of us。"

"both of us。"

这时，插在他嘴里的手指动起来，向他解释一切，他的一切问题。

"现在再说一遍 both of us，请尽量多重复。"

"both，both……"

马修仿佛一小尊黑色的斯芬克斯像，直板板地在床边蹲了一会儿，看着他缓慢地，非常缓慢地进入 G 的身体，这是她最喜欢的方式，一毫米一毫米地进入。

[1] 英语名字"马修"（Matthew）含咬舌音"th"。

沃尔夫街

认真论起来，他住在沃尔夫街18号并不是完全合法的。这栋砖楼已经被两座大化工厂每天排出的废气熏成了灰色。把屋子租给他的女人也是别人的转租户，所以他实际上是一个“转租转租户”。这套房这样租来租去至少百年了，其间肯定还有不少这样的转租关系。那些通常是手写的自制租房合同，物品清单，关于如何使用地下室的约定，涉及到厕所使用问题的协议，等等，共同维持了一种松散的约束关系，但没人记得里面的内容。经年累月，在房管所和统一分配程序鞭长莫及的地方，竟形成了各种转租关系组成的错综复杂的谱系图，不过在转了两道手之后，大家就已经弄不清前面住的是谁，他们知道的就只剩下名字而已。这些名字聚集在信箱上或者大门边，就像边远城镇的徽章，贴在行李上跋山涉水，早已泛白、残破不堪。没错，就是这样，艾德心想，我们就是被装在这些房子里周游世界，就像日渐沧桑的行李。

一整天，他都神思恍惚地在城里瞎转，惊惧还在脑袋里嗡嗡作响，任何与他跳了还是没跳这个问题沾边的事都让他感到羞耻。

他站在家门口，漆成灰色的木门上挤挤挨挨挂了一堆塑料牌子和黄铜牌子。他想起了外祖父的登山杖，那柄手杖从把手到杖尖贴满了陌生城镇的标志，闪烁着金色或银色的光芒。后来，登山杖成了外祖父的拐杖。还没有上学的小孩儿探索世界的兴味正浓，对当时的艾德而言，用手指抚摸这些闪闪发亮的小金属片是种莫大的享受，从杖尖摸到把手，然后再摸回杖尖，如此往复，乐此不疲。他抚摸着冰冷的徽章，抚摸着那些陌生的地名，同时努力拼读那些名字，祖父在旁边纠正他：

“亚——琛。亚琛！”

“梅——梅——梅斯，梅斯。”

“斯——斯——斯——图，斯图……”

“哥——哥——哥——本——哥本……”

那些地方的名字是亚琛，哥本哈根，它们仿佛存在于另一个世界，至少给人的感觉是远隔千山万水，以致连是不是存在都需要画个问号。奇怪的是，艾德现在尽管比以前知道得多，但依然怀疑这些地方的存在。到最后，这些徽章连带着把熟悉的外祖父也变得陌生，将老人也推到了某个遥远的地方，推到了某个与现在无法建立联系的过去，就像艾德门上依稀可辨的那些名字一样：棒槌，科尔帕奇，瞎子，鲁斯特。门把手上方的一张纸条上写着他自己的名字，写在他下面的那个名字已经被橡皮擦得干干净净，但他自己还是能看得见，即便漆黑一片，即便没有这片纸和这扇门，他也看得见。他当时是用铅笔写的名字，然后小心地把纸贴在门上，现在，纸片已经起了皱，边也泛黄了。

“我见多识广的门啊。”艾德小声说着，转动插在锁孔里的钥匙。

虽然管理机构权大势大，房屋统一分配管理中心有各种厉害手段，但这栋楼里竟没有一个人知道棒槌、科尔帕奇、瞎子和鲁斯特的去向，不知道这些人是不是还存在——艾德开始觉得这是个好兆头。

艾德打开橱柜门，检查一遍自己可怜的储备，其中绝大多数都被他扔进了垃圾桶。他心念一动，打开炉门，抓起装着过去几个星期课堂笔记的文件夹塞进炉膛去烧。文件夹很好着。他又拿起一个文件夹，接着又拿起一个，并没有刻意选择。房间很快被烘热了，耐火砖发出噼噼啪啪的响声。他从架子上抽出灰色大理石花纹的夹子，里面是他写的那些文章开头。他把夹子放在炉子上，过了一会儿又拿下来放了回去，然后打开窗子。想了想而已。

一整天他都忙着收拾房间，把书、文件夹和散页分类，按某种秩序放好，就像在整理自己的遗物似的。他当然也发现了一些难以割舍的东西，“不过这只是因为你想离开。”艾德小声说。这样挺好，时不时小声说一个半个句子，把它们像树枝一样丢在火堆上，也省得代表他存在的微弱火苗彻底熄灭。

马修不在。

马修。

第二天早晨，他从炉子里抽出灰盒，端到垃圾桶那里去。灰盒上盖了一块抹布，免得片状的细小黑色灰烬被吹飞，这是父亲教给他的。十岁时，艾德的脖子上也挂上了钥匙，下午放学自己回家后，他要负责在瓷砖壁炉里生火。除了收拾地下室，擦干洗过的碗盘，这个炉子也成了他的“小任务”，这是母亲的表达方式，她在几乎一切跟他有关的事上都要加个“小”字：“小任务”“小爱好”“你和你的小女朋友”。艾德决心任何人都不通知的时候，脑子里转来转去全是这些事，神出鬼没（他感觉额头因为思绪混乱而滚烫）。艾德加·本德勒决定离开，这听起来就像是小说里的句子。

他跪下清扫炉子四周。他擦地板，灰暗的棕红色地板泛出光来。门槛的棱角已经磨没了，那些滑溜溜的、已经被磨平的地方被蹭成了黑色。这些黑色的地方有话说。为什么没跳？为什么还在这儿乱转？嗯？嗯？艾德努力不撞到任何地方，他小心翼翼地把水桶放下，感到自己像个陌生的闯入者，对曾经属于他自己的生活感到陌生，就像一个没有根的人。门外传来脚步声，他屏住呼吸，蹑手蹑脚走进厨房，拿出柜子里的“美加力”喝。这种液体钙能给他的胃黏膜包上一层灰浆，他从小胃就爱泛酸。

时近傍晚他才开始打包。他选了几本书，还带上了那个巨大的棕色笔记本，他偶尔会在里面记些类似日记的东西。这本子笨重、不实用，但它是G送的礼物。他把马修的毯子和那个臭烘烘的碗放到下面的院子里。一扇破损的窗，片刻的忧郁，然后他就把这些一股脑扔进了那个住着忧愁的黑暗的小棚子里。

在一个装着明信片和城市地图的鞋盒里，他找到了一张陈旧的波罗的海沿岸地区的地图。有人在几个地名下画了线，还用蓝墨水勾出了海岸线。“这完全有可能，非常有可能，艾德，是你自己干的。”艾德嘟哝着。他真是说不清楚这张地图怎么跑到这堆东西里去的，这也许是他父亲的财产。

告别前，他想给自己放点音乐，很轻的，非常轻的音乐。他呆呆地在炉子边站了一会儿，这才想到唱片在炉子上是放不出音乐的。炉盘不是唱机的转盘。

最后，在离开沃尔夫街的住所之前，艾德把电箱里的保险一个个拧下来，放在电表上排成一排：那个带按钮的自动保险很值钱，两个陈旧的陶瓷保险已经泛着灰色。他盯着电表里亮闪闪的圆盘看了一会儿，圆盘上细小的槽纹仿佛能够催眠，让人总也弄不清表是不是真的停了。艾德记得自己头回被母亲打发去楼梯间里独自换保险是十三四岁的时候。楼里的各种声音和它们沉闷的回声：隔壁邻居家的说话声，楼上的咳嗽声，碗盘的碰撞声——那个世界仿佛远在上古，而这边的他正把旧保险放到一边，他的恐惧已经变成了肆无忌惮的诱惑。他看到自己缓慢地，同时又义无反顾地伸出食指，插进空荡荡的、闪着光的保险槽。那是他第一次清楚明确地感受到在表层之下，或说在生活的背面，有一种诱惑始终存在，就像一种独一无二的邀请。抛下一切需要坚定的决心，而艾德在那天所做的就是下这样的决心。

他把钥匙塞进地垫下，信箱门上的铁扣只是虚搭着，真要有事就靠那些橡胶人了。

车站旅馆

还没下车，他就已经闻到了海的味道。他小时候住过车站旁的那家旅馆（那是他们唯一一次到波罗的海旅行）。旅馆就在车站的正对面，非常美丽，非常诱人。旅馆转角处的挑楼已经扩建成了圆形的塔楼，风向标上的建筑年代已经开裂脱落。

他让过几辆汽车，迟疑不决。反对意见认为这不是个明智的选择，特别是考虑到钱。但话说回来，下午上岛也没意义，因为那样的话，就算有能住的地方，他也没有足够的时间去找。他身上带了差不多 150 马克，如果精打细算的话，够用三个星期，没准还能撑上四个星期。他账户上留了 90 马克用来汇房租，足够用到九月了。如果运气好的话，没有人会对他的失踪感到奇怪。他可以是生病了。而且再过三个星期就是暑假。他给父母亲写了一张明信片，让他们以为自己在波兰，在卡托维兹[1]，参加所谓的国际大学生劳动营，跟去年一样。

服务台异乎寻常地高大，上面空空荡荡，没有纸，没有钥匙。只是，艾德对旅馆又知道多少呢？快到跟前时，台子后面才冒出三个女人的脑袋，活像四冲程发动机的火花塞，其中第四根哑火了而已。他想不出这

[1] 卡托维兹（Katowice），波兰南部城市。

几个服务员可能是从多深的地方冒出来的，没准这个高大的服务台后面连着某个密室，或者这些女人经年累月的，已经习惯这样猫在贴着深色面板的掩体后面，静悄悄地埋伏到最后一刻。

“您好，我……”

他的声音有气无力。车厢里就他一个人的时候，他还是没睡成。一队巡逻兵没收了那张波罗的海地图，那也许是提前开始的边境检查，火车之前在安克拉姆[1]停了很久，这伙人应该是在那儿上的车。他很懊恼自己当时除了说这其实并不是他自己的地图外，就没有想出更好的说辞……他说所以自己也不知道为什么有些地名下面画了线，为什么有些海岸线勾描过……他突然间说不出话来，脑袋里嗡嗡作响，布罗克斯，艾兴多夫[2]，还有特拉克尔不断晃来晃去，那些充满了落叶和棕色的诗句吵嚷得最凶，以至于艾德不由得抱住了自己的头。这个突然的动作引得一名士兵条件反射似的举起了机关枪。

他们后来没带走艾德真是他的运气。“神经病。”那个带卡拉什尼科夫枪的大兵在外面的走廊上压低声音说。艾德一头大汗。一片片田野掠过，铁路路堤上的草是黑色的。

“您有预定吗？”

他平生第一次开房间居然开成了，真是奇迹。她们递给他一张印在暗沉纸张上的长长的表格，并要求他出示证件。他费力地把胳膊肘架到高大的服务台上，转动僵硬的手腕填写表格，那边，服务员们正轮流翻看他的证件。艾德突然有种荒唐的想法，觉得自己偷偷跑出来的事半路上没准已经自动记录在他的证件上，就在最后面的空白处，“签证和旅行”页上。擅自离队——他服兵役的时候就有这个可怕的小章子，以及随之而来的各种各样的惩罚。

---

[1] 安克拉姆（Anklam），德国东北部城市。

[2] 艾兴多夫（Joseph von Eichendorff，1788—1857），德国浪漫主义时期著名诗人、作家。

“不好意思，我是第一次弄这个。”艾德说。

“什么？”值班员问。

艾德抬起头，挤出一个微笑，但这个沟通的努力并没有奏效。他拿到了钥匙，钥匙用一根短绳拴在一个上过漆的木头色子上。他握住那枚色子，知道了自己的房间号，号码清晰地烙刻在上面。他眼前闪过旅馆的房屋管理员，在地下室的工作间里，蹲在长长的一溜费力切割打磨成合适大小的小木块前，把通红的烙铁压在上面，一个数字接一个数字，一个房间接一个房间。艾德也当过工人，他的一部分自我仿佛直到现在还留在那些车间里，待在手工业者阶层的老窝里。在世界的这些犄角旮旯里，事物都保持着清晰的、实在的轮廓。

“三楼，从左边的楼梯上去，小伙子。”

楼梯旁边一扇镶着黄铜的大门上方，“摩卡咖啡屋”的字样闪着模糊的光。走上一层台阶后，艾德又回头看了看，三个女人脑袋中的两个已经又消失了，第三个正在打电话，眼睛盯在他的身上。

他醒来的时候，已经下午四点多了。挨着双人床的床尾放了一个衣柜，角落里的一个镀铬架子上放了一台电视机。挂在马桶上方的铸铁水箱外凝结着水珠，水箱的年代显然非常久远，冲水的把手做成两只跳跃的海豚。马桶中波涛汹涌时，这两只动物就慢条斯理地退回起始位置。艾德很喜欢那声音，觉得海豚仿佛是自己的好友挚交。

走进旅馆，要房间，（不太费劲就）要到房间，这应该算到幸存的为数不多的几个奇迹里去。“尽管——如——此，如——此。”在淋浴的水流下，艾德压着嗓子唱着革命歌曲。随着时间的流逝，人们忘记还有这些东西的存在，根本不相信还有这种东西存在，人们忘记了生活的好。艾德脑子里转着这样的或者类似的想法。他想自慰，但是没法集中精神。

旅馆右边有个湖，湖里的喷泉有节奏地喷向空中，落下，短暂地消失。一对情侣踩着脚蹬船，慢慢地朝喷泉靠过去。穿过街道走向湖边的时候，艾德突然有了种非常好的感觉。所有这一切就是个开端，一个经历了风雨的人，现在能够……他的句子到这里断了。他知道自己出发得迟了。他感到一阵痛楚，仿佛现在才从麻木中清醒过来，一毫米一毫米地清醒过来。

一条名叫“岔路口”的卵石路拐向左边。他一路上看到几栋破败的别墅，里面有暖房、庭院和车库。他走近其中一家门铃上的名牌，想看看这栋房子迄今为止的命运流转。贴着名字的门铃里透出一小簇勇敢的亮光，把许久以前贴在下面的，或许多年以前就已经被覆盖住的那些名字映了出来。接下来的路，艾德试着按那些名字的节奏来走：席勒，达梅，格拉贝克，克里格……他用喃喃自语在湖上架起一座木板桥，踩在木板上的脚步俨然成了节拍器。“那些——已经——死去的——人……”艾德小声说着，不由自主地捂住了脸……看什么都不一样？老城墙出现在眼前，拱门，还有一家名叫“关城门者之家”的咖啡馆。

他穿过老城来到港口，研究了一下轮渡的发船时间。在“白色舰队”书报亭，他买了第二天的渡船票。看到船让他欢欣鼓舞。通向码头的台阶，浅灰色的水泥，后面的：大海。

为了省钱，艾德回到车站去吃饭。他缓过劲儿来了，心里估摸着自己成功的可能性。湖中的藏身之所，秘无人知的海，希登塞岛……他熟知那些故事。不间断的哗哗声冲刷着小岛。

艾德慢条斯理地嚼着，小口抿着咖啡。首先，想上那些船就不容易，其次，想找到一个容身的地方几乎就是不可能的。可要在境内另找一个目的地也是不可想象的。当然，他曾经听专家们说希登塞岛其实已经在边境之外了，享有治外法权。它属于那些得享极乐的人，白日做梦和梦中起舞的人，属于失败者和边缘人。也有人把它称作北方的卡普里岛[1]，今后几十年的位置都被预定光了。

[1] 卡普里岛（Capri），意大利南部小岛，旅游胜地。

在哈雷的时候，艾德认识一个搞历史的。那人冬天在柏林的奥芬巴赫餐厅做服务员，这是一家葡萄酒主题餐厅，他曾经和G去那儿喝过几次酒。每年春天旅游旺季开始之前，历史学家（大家一直这样叫他）都会回到岛上。“总算到了！总算到了！”他喜欢这样对客人们大声说，客人们则宽厚地点着头，听他夸赞那个地方，这种时候，他通常会把奥芬巴赫餐厅的客人们称作“亲爱的们！”。“那个岛上，亲爱的们，有我想要的一切，一直寻找的一切，它一出现在天边，从船上一看到它纤细柔弱的外形，精致的轮廓，而我背后是残留的一溜灰色鸡冠一样的陆地，施特拉尔松德市[1]林立的高楼，那片藏污纳垢的陆地，亲爱的们，你们知道我是什么意思，亲爱的们，小岛一出现，你们立刻就把那些全都忘了，因为小岛就在你们眼前，新的生活开始了，没错，就在那儿，在船上就开始了！”这个头发花白，四十来岁年纪的男人说得眉飞色舞。他放弃了大学里的工作，据说是自愿的，但也因此更沉溺于自己的梦。他像这个国家的许多思想家一样留着马克思式的大胡子。“自由，亲爱的们，自由的核心就在于如何在现存的法则框架下找到适合自己的法则，集制定法律的客体和主体于一身，这就是上面，北边那儿最主要的生存形式。”奥芬巴赫餐厅的历史学家胸前托着满满一托盘的大酒杯，最后总结道。

艾德得到的最重要信息是，那里就算在旺季当中也会突然有职位空出来，突然就有服务员或者洗碗工和厨房小工的位子从天而降。有些旺季来打工的人会突然消失，消失的原因各不相同。通常，讲故事的人说到这儿会停一下，看看对面的人，然后根据情况选择让故事朝着某个可能的方向或者不太可能的方向继续。“当然不断有人选择放弃，回到大陆上，他们就是干不了那种事。”或者说：“你知道，突然批准出境了，夏天过到一半的时候……”或者说：“确实难以置信，五十公里，但总是有特

[1] 施特拉尔松德市（Stralsund），德国东北部城市，靠近波罗的海海峡。

别能游的人……”每次说到最后，希登塞岛总像是窄窄的一条笼罩着神秘光芒的陆地，最后的一个地方，唯一的一个地方，一个不断漂向远方、漂出视线之外的小岛——要想跟着走，那可得赶紧了。

吃完饭，艾德回到旅馆。有人翻过他的东西，不过没少什么。他走到窗边，看着对面的火车站。躺在床上的时候，他又开始叫马修——又犯病了。不过他叫的声音非常小，只不过是想在睡着之前再听听自己的声音。不，他没有跳。

岛

通常他会被当场回绝。刚好从他身边经过的某个人喊“满了！”，同时几个脑袋抬起来，艾德小声地表示感谢，迅速离开，拳头里紧紧攥着人造革皮包已经被汗水浸透的提手。

他是从北边上的岸，先一路朝南走了大约六公里，然后又倒回来。这座小岛有些地方非常狭窄，能同时在两边都看到海。左边是银色的海，右边是浅海湾，像深蓝色的玻璃，蓝得发黑。云层显得比别处低，艾德看着那些云长长地扯出奇特的形状，一时间竟迷住了。地平线不断伸长的同时，人与天的距离却似乎越来越小，一种空间挤占了另一种空间。到这天结束的时候，他已经开始放弃希望，只是机械地重复那个问题：“您这里要人吗？不过我需要住处。”

一家名叫“北角”的小吃店给他一小时 1.4 马克，说是什么活儿都要做，“但是不管住。”小吃店旁边不远的地方放了几个废弃的海滩篷椅，艾德喜欢篷子上那泛白的蓝色，那是种无所事事的颜色，七月的阳光晒在脸上。满腹牢骚的店主跟他说了几句话（这是艾德在岛上第一次跟人交谈），他们说话的时候，两个店员从旁边悄无声息地闪过，低着头，仿佛担心自己会丢掉工作似的。艾德在垃圾桶和饮料箱中间又踌躇了一会儿，已经在不知不觉中流露出乞丐式的卑躬屈膝。

离开的时候，一个店员在他身后喊了句什么，简易仓库的门只留了一点缝，他看不清里面的那个人，只听到“克劳斯纳”这个词，还有“克鲁索，克鲁索……”，就像是有什么秘密要透露给他一样。不过更有可能的是，那个人是要用那个古老的关于鲁滨孙·克鲁索遭遇船难的故事打趣他。

天色渐暗，房子里的灯陆续亮起。沉重的行李把艾德坠得朝一边斜，包带太细，嵌进了他的肩膀里，人造革已经失去了韧性。艾德琢磨着是不是把包找个地方放更好，或者最好把它藏在路边的沙棘丛里。肯定是他求职时的表达方式不对，不但不对而且很蠢，一听他就不是一路的人。这里是有工作的，用不着请求，更用不着像这样一家挨一家问，肩上还背个破包。工作就像是证件，必须能够出示给别人看才行，没有工作就是违法，是要受惩罚的。艾德意识到像自己那样问，根本不会有人听，非但如此，那样问简直就像是在挑衅。他背着沉重的包慢吞吞地走着，同时重新组织了一下自己的问题：

请问您这一季是不是还需要人手？

关键是要用对词。

穿过小岛最北边的克劳斯特村时，他碰到了几个来度假的人。他没头没脑地问那几个人有没有住处给他。那几个人笑了，就像他开了多么有趣的玩笑似的，然后祝他“万事如意”。他从一排美丽的老木屋前走过，一个跟他父亲一般年纪的老头儿站在阳台上骂他，边骂边不断狠狠地把手里的啤酒瓶甩向空中，显然已经醉到能够一眼就认出谁是流民。

“您的厨房里还需要人手吗？我刚好有时间。”

艾德听奥芬巴赫餐厅的服务员（他到处找留着马克思式大胡子的人）说过，睡在海滩上是危险的，因为有边境巡逻员，他们会发现他，在他睡得正香的时候用手电照他的脸，并且追问他计划怎样出逃。没有通行证或住处的人是禁止在边境地区停留的。船上的巡查员不太管这个，他们认为那些搭早班船的人就是来一日游的游客，只要在碰到盘查的时候能说出点什么就行，随便说个名字或者地址。自然主义作家格哈特·豪普特曼[1]曾经说这个岛上所有的人都姓史卢克或者耀，他说这个岛上其实就两个家族：史卢克和耀。艾德怀疑这两个名字是不是真的，听上去很可疑，像杜撰的名字。是啊，这在文学作品中是可能的，但在真实生活中却并非如此。在施特拉尔松德港时，他查过电话簿，选了韦德纳这个姓抄在一张纸片上，然后把纸片折得小小的揣在身上。韦德纳家，克劳斯特42号。

"请问您的饭馆里是否需要帮手？"

话说得像木头一样刻板。

也许这些人看出他想藏起来，藏到人找不到的地方，说到底就是个失败者，废人，行尸走肉，才刚二十四岁就已经是行尸走肉。

沙滩不能待，海岸上那些残破的防空洞也不在考虑范围中。他有种孩子气的担心：害怕在睡梦中被人不小心踩了脑袋，害怕水突然涨上来把他淹死，害怕防空洞里会有耗子。

天擦黑的时候，艾德来到岛的最北端。岛上的三个村子，诺恩村，维特村和克罗斯特村，每个他都来回穿了两遍。他在码头看到一块牌子（再次来到早晨上岸的地方感觉很奇怪，仿佛上岸已经是多年前的事），牌子上说村后的那个地方叫贝西纳角，是个鸟类保护区。

从现在起，在野地里过夜将是他生活的新内容，这一点艾德很确信，尽管害怕，但是这样的开始是正确的。村头一块字迹斑驳的路标上写着"辐射研究所"。远处山丘上的一片白杨树后隐约能看到一座大型建筑物的轮廓。他经过一个大粮仓，走过用废油刷过的篱笆。路边芦苇沙沙作响，比他还高的芦苇遮住了视线，因而看不到后面的水面。一群鹅的叫声在夜色中回荡。村头的最后一栋房子覆着传统的茅草屋顶，屋顶上满是青苔。那个菜园让他想起了外祖母家的园子：土豆，甘蓝，紫菀。水

[1] 格哈特·豪普特曼（Gerhart Hauptmann，1862—1946），德国剧作家、自然主义戏剧的倡导者，获1912年诺贝尔文学奖。

泥板路铺得漫不经心，已经淹没在丛生的荒草中。

他找到的第一个观鸟台看上去更像个格子间或者树屋，非常适合藏身，只可惜上了锁。第二个开敞式的观鸟台小一些，摇摇欲坠的样子，让艾德不禁怀疑它究竟还能不能用。他费力地把自己的包弄到台子上，同时尽量不发出声音。为了保险起见，他还捡了些树枝，打算用它们堵住梯子顶端观鸟台的入口。他夹着那几根烂树枝刚爬到梯子顶，一束灯光恰好从他身上扫过去，艾德就像被枪击中了一样扑倒在地，脑门重重地撞在充当座位的木板上。他一动不动地趴着，喘着粗气，鼻子里全是木头的味道，脑门火辣辣的。观鸟台上的地方很小，伸不开腿。他想到了《淘金热》[1]，身陷茫茫雪原的人在最后关头终于用最后一根火柴点着了火，但之后……过了一会儿，光束又扫了回来。艾德慢慢爬起身，就像见到短暂失去了联系的老友似的，跟灯塔打起招呼。

“嗨，你那儿要人吗？”

光束猛地铺展成扇形，然后又合在一处——意思应该是说不要吧。真怪异，棱柱形的光束就仿佛能间歇性地突然加速，然后又突然停住，仿佛遇见了什么比没完没了转圈圈更重要的事。

“我就是问问，临时帮忙，就这个旺季？”艾德嘟囔着。

他本来计划回村里找个小馆子吃点东西，但现在放弃了。海滩那边他还根本没去。不过单就来到这里这件事，来到这个岛上……他竖起耳朵，仔细确认四周的密林里有没有什么动静，然后套上毛衣和夹克，把剩下的东西尽量垫在观鸟台的木板地上。这天夜里非常冷。

---

[1] 《淘金热》（*Klondike Fever*，1980），根据杰克·伦敦小说改编的电影。

克劳斯纳

6月13日。艾德的观鸟台还浸润在黑暗中，四周突然响起震耳欲聋的嘈杂声，保护地的鸟儿们醒来了，嚷闹着要求天光，叫声中尽是不满和无休无止、唠唠叨叨的抱怨。艾德赶在太阳没出来之前就离开了栖身的地方，朝岛的中心方向一路小跑，他的脸上叮满了包，脑门火辣辣地疼。

他的首要任务是四处侦察一下，看有没有更好的藏身处，或者至少找一个稳妥的地方，好在白天把他的包和东西（那件沉甸甸的台尔曼式皮夹克，那件毛衣）藏起来。除了在大陆那边听说过的童话和神话，关于岛上地形，警卫怎么轮班，边境卫兵如何检查等等，这些他全然不知。一开始，到处看上去都一目了然：草地，荒原，唯一的一条马路，上面马虎地铺着梯形的水泥板，这里并不适合藏身。树林和北边的高地看起来倒是不错。

这天晚上，艾德在岸边的悬崖上寻了个高大的孔隙猫了一晚上，那个洞就像是一条刚刚裂开的宽缝：峭壁向他敞开了怀抱。这里没有蚊子，但是从泥土中渗出的水会滴到脖子里。大海黑乎乎一片，几乎听不到什么声音，只有嵌在岸边大石块缝里的石子儿有节奏地发出类似水蒸腾的声音，听上去就像有人把水浇在了滚烫的炉盘上。艾德待在这个洞里听到了各种难以辨认的奇怪响动。他头顶上窸窸窣窣，那窸窣声是从泥土里面传出来的，有时还会传来呼吸声或者叹气声。他的脑袋里嗡嗡地冒出以前记诵过的几句诗，诗里说波罗的海疲疲沓沓的小波浪模仿的是死人的低语。这种低语让他厌烦，但既然他是认真要离开（和重新开始），那就必须能够经受得住这些才行。他重新试着用自己的语言思考。

他合上眼睛，过了一会儿，他眼前出现了波罗的海的浪神，身材高大，弯腰驼背，是学校的房屋管理员。他舀来海水，浇在沙滩上的火堆上。海水蒸发，腾起一团烟雾，同时那人也变得越来越薄，越来越透明，到最后只剩下一张脸，从沙地上冲着他微笑，露出一口烂牙，那是纠缠成一堆的海虹、焦油和海藻。那张脸对他说:“我的存在已经被消解。”

天亮时，他的东西都湿透了。泉水在沙滩上冲出了一小片三角洲，被水切割成一块一块的泥土闪闪发亮，踩上去很舒服。泉水在一些地方积成水洼。他先是费劲地跪着（像动物一样撅着屁股，伸长脖子），后来干脆摊开四肢趴着去喝那水。太阳刚出来没多久，海滩上应该还没有人，但艾德总感觉有人在观察自己。他用一只手把及肩的长发撸到脑后，另一只手隔开那些几乎要嵌进他肋骨里的石头。“大自然不是棒棒糖，好吧。”艾德模仿父亲的语气嘟囔道，忍不住嘻嘻笑起来。他又扛过了一夜。

泉水喝起来有股肥皂味，闻起来像发酵了。他顺着三角洲往回走，来到紧挨着自己睡觉处的另一个岩缝前。一只动物正瞪着他，是一只狐狸。狐狸守在泉眼跟前，监视着艾德，应该已经有段时间了。

“吓我一跳，小家伙。”艾德小声说。狐狸一言不发，一动不动，像狗一样把头搭在前爪上，眼睛望着大海，一丛已经失去了根基的沙棘在它光鲜的毛皮上投下阴影。

“你找了个好地方呀，老伙计，隐蔽，没蚊子，干净水……你挺机灵啊，是吧？”

艾德把自己的东西摊到石头上晾着，但是觉得心烦意乱，就把东西又收了起来。他饥肠辘辘，舌头上一股腐臭味儿。在克罗斯特村姓卡斯滕的面包师那里买的小面包已经成了一堆糊糊。他把那堆糊糊捏成几个球，从里面挤出的液体像精液一样。他慢吞吞地咀嚼、吞咽。出发时的那股劲儿已经泄了，他觉得眼睛里面一扯一扯的，也不是疼，只是因为想起了啃得光秃秃的指甲：发炎的甲床，已经磨毛了边的创可贴——G的指甲。他掂量着自己还能这样撑多久，力气还够用多久，什么时候不得不返回。

“那样也不行啊，老家伙。”

海岸陡峭、贫瘠。他从未没见过这样的海岸，除了断壁、悬崖，还有冰川地貌，巨大的泥舌蜿蜒扭曲着探向大海。有些地方有植被，有些地方则光秃秃的，布满裂痕褶皱，还有灰色的泥壁，泥壁上间或探出个独眼怪的脑袋，轻蔑地俯视着艾德。艾德不怎么朝上看，他对这种被称作“独眼怪”或者其他什么的巨石没兴趣。他低着头，大步流星地走在遍布石头的海滩上，努力用鼓励和有说服力的论据维持自己像微弱篝火一样的自言自语。用自己的话说。

朝北边又走一段后，海滩上的灌木丛里突然露出一个梯子。梯子的钢架上挂着水泥块，用来把梯子固定在海滩上，这水泥块现在吊在半空中，离地大约一米。艾德一跃跨上最下面一级台阶，梯子发出清脆的金属声，像是在即将沉没的船上低声吟唱的铁板，艾德小声说着，停了一下。锈迹斑斑的铁梯晃晃悠悠挺吓人。走到顶，艾德数出差不多三百级台阶（其中三分之一都已经朽烂或者断裂）。这些台阶分成好几段，一直伸到五六十米高的峭壁顶。

松林后隐约有一座闪闪发亮的浅色建筑物，建筑物两端的山墙镶着木头，乍看就像密西西比河上的桨轮汽船，正试图穿越密林驶向广阔大海，却不幸搁浅在这里。围着屋子泊了几座小木屋，就像护卫在母船四周的救生艇。

艾德死死盯着眼前的画面，生怕它溜走：铺着石头的平台从船身外几乎延伸到悬崖边，平台上摆着桌子和啤酒花园里的那种长条凳，最外围的几圈桌子是带顶棚的，就像放在林子里的那种牲口料棚。大门边挂了一小块写字板，上面龙飞凤舞地写着什么，距离太远看不清楚。大门左边有个突出在建筑物之外的木屋，相当于轮船的螺旋桨部分，那里有一扇可以向上推开的窗户，窗户上方挂着一面硬邦邦的小旗，旗上写着“冰激凌”。旗子的右边，木屋的正中间钉着一块手工制作的牌子：**克劳斯纳**。

牌子上的第一个字母被修饰得十分华丽。艾德眼前闪过那个做牌子的人，看见他接订单，然后记下这艘船的名字和揭牌的日期。艾德真切地感受到了工匠做这个字母时的艰难，一股沮丧霎时淹没了他。

为了确认这里还存在第三维度的空间，艾德慢慢地绕着房子转了一圈。这是一艘林间山庄风格的船，山墙已经被苔藓染成了绿色，墙脚结着碱花。前面那栋房子后还有一栋稍新一些的建筑，两栋房子中间有个院子，院子后面是树林。整体看去，这片建筑就像三个同心圆，第一个圆是院子、两栋主楼，以及一个面积较小的平台，这里摆了一堆铸铁的咖啡馆椅子，白色的椅子锈迹斑斑。第二个圆是那些小木屋和两个简易棚，堆木柴的空地上放了个劈柴用的木墩。院子北边的开口冲着一片林间空地。这片缓坡向上一直延伸到树林边缘，树根横七竖八地从草地上拱了出来。这里还有一条小路，看方向是通向他的老朋友灯塔那儿的。空地的正中间设了一个儿童游戏场，有蘑菇形的攀援架，跷跷板，沙坑和一个水泥乒乓球台。艾德不由吃了一惊，没想到全国到处可见的儿童游戏场连这个下临激流海浪、童话般的所在也一举攻占了。第三个同心圆是一圈木栅栏，确切地说，那是用松树的枯枝精心地在树林最外围的树干间编织出的天然木栅。整个建筑群四周全是密密匝匝的松树和灌木丛。

艾德缓步穿过空地走到岸边，向大海望去。清晨潮湿的空气中涌动着一股柔软与甜蜜，混合了树林与大海的气息让人陶醉。雾气升腾，把天际洗成淡淡的乳白色，似乎只要吸得够深，就能让呼吸抵达天际。一身可以同时在此处也在彼处，艾德心想。

儿童游戏场后面的山丘上躺着一个男人，一动不动的，不知是死了还是睡着了。艾德走近他时，听到那个人正轻轻地冲天说着话。难道是在祈祷，但听上去就像蛇发出的咝咝声。后来他终于听明白了：

“你去死，去死，去死……”

这会儿实际才刚六点钟。艾德找了一个棚子坐下，决定等着。他又冷又饿，这两天晚上他几乎就没睡着过。台尔曼皮夹克吸饱了潮气，变得比任何一件盔甲都沉重，不过长凳、桌子和头顶的棚子倒让人安心——仿佛他离开了好多个星期，这会儿才刚从蛮荒中返回。他打开包让潮气散散，把书和几样东西掏出来晾着。

突出在建筑物之外的木屋窗户上挂着粗糙的网状纱帘，那里面应该是餐厅。过了七点钟之后，那些纱帘明显地晃动过几次。艾德坐正身体，努力摆出从容的样子。海上起风了。大门猛地打开，门扇被人用钩子固定在木屋上。干这活儿的男人没理会他。他的衬衫白得耀眼。一副镶在金属镜架里的椭圆形镜片和一把浓密的黑色胡须从艾德眼前闪过。男人走到牌子前，把前一天写的烤牛排擦掉，在那团还没干的黑色里用粉笔写上牛尾汤。

“兰波！”

有人喊，艾德一跃而起就想背诗，完全是条件反射，身不由己，至少一开始是不受自己控制的，他那些库存开始在脑袋里轰鸣：经保罗·策希演绎过的《醉舟》……[1]“兰波！”克劳斯纳的屋子里又传出喊声，艾德这才明白，这是在叫那个大胡子服务员。

---

[1] 《醉舟》（*Le Bateau ivre*，1920）是法国象征派诗人兰波（Arthur Rimbaud，1854—1891）的著名诗作；德国作家、诗人保罗·策希（Paul Zech，1881—1946）创作了一部讲述兰波生平的剧，也名为《醉舟》（*Das trunkene Schiff*，1926）。

差不多一个小时之后，门边才冒出一个小个子男人，定定地看了他一会儿。男人的脸罩在阴影里，他的姿势透露出某种信号，表明他并不打算迈出门槛。过了一会儿，他含含混混地抬了抬手，手半举着，既像是要跟艾德打招呼，也像是要打发他。艾德站起身，虽然离门还隔着几张桌子，但那个男人已经开口了，声音大得就像外面的平台上站满了人，而且所有人都一定要听清他的每一句话。

“我叫克龙巴赫，维尔纳·克龙巴赫，克劳斯纳度假村的经理。”

“我叫艾德加·本德勒。”艾德赶忙回答说，他正说着，经理就已经转身匆匆离开，艾德也加快了脚步，跟在经理后面穿过餐厅。这个男人矮小壮实，一小块秃顶精心打理过，像个光可鉴人的小鸡蛋一直延伸到后脑勺，两边的花白头发剪得很短。艾德用眼角的余光扫见了吧台和铸铁的收款台。他们走进一间非常小的办公室，经理灵巧地从办公桌旁挤过去，摆好姿势，把手伸给艾德。

“坐吧，本德勒先生。”

一举一动没有丝毫的怀疑或者不屑。他接过艾德的证件，打开，翻看，同时用手在秃脑门上来回摩挲，仿佛证件里的内容对他来说已经太多，最后，他问艾德是不是健康。

克龙巴赫的办公桌上放了一台老古董的鱼雷牌打字机，旁边摆了一部灰色的电话机和一张照片，照片上的克龙巴赫站在一栋闪烁着古铜光泽的大型建筑物门前，那是承载了各种传奇故事的皇宫酒店，由瑞典人修建，本国境内不管何时何地，只要有人说起这个酒店，就肯定会有人悄悄告诉大家说：“瑞典人……”照片上，一大群男男女女围在经理身边，都穿着服务员或者酒店的制服，只有克龙巴赫穿着一身跟现在几乎一样的衣服：粉红色的夏季衬衫，袖口钉着酒红色的扣子，浅棕色格子的轻便西服上装，脖子上围了一条围巾，好像是丝的。就是没系领带而已。

“没有病吧，哪儿都没事？”艾德抬起眼睛，克龙巴赫的眼神严肃、锐利。

应该是他没有听懂问题。艾德不明白克龙巴赫想知道什么，保险起见，他没有吭声。他决心无论如何也要证明自己是合适的。艾德从哪儿来，之前做过什么——克龙巴赫问得漫不经心，似乎只是走个连他自己都不太感兴趣的过场。艾德的职业经历中包括曾经学过泥瓦工，他也提到了这个。"那就是建筑技工了，"克龙巴赫修正了他的说法，"抹灰，砌墙，混凝土浇筑，等等，然后上大学，德语语言文学和历史专业，打算当老师吧，我猜，常见的经历，然后是常见的那事？"

艾德还没来得及回答，克龙巴赫就开始说起这个岛和他的饭店。他的声音变了，变得很轻，很飘。"我们上面这儿位置特殊，条件也特殊，从各个方面来说都是，不过我想您肯定知道这点，本德勒先生，不然您就不会坐在这儿了。首先是洋流的问题。这片海岸不停断裂，而且在慢慢偏移。大约八十年前，饭馆在这片岩石上建起来，就在以前隐居修行人留下的房基上……"

经理从小岛如何缓慢、却势不可挡地消失在广阔的波罗的海之中，继而讲起了克劳斯纳的历史，他仿佛忘了艾德还坐在自己面前，滔滔不绝地讲起一个叫艾特斯贝格或者艾滕斯伯格的人[1]，充满感情地把这个人称作克劳斯纳的创始人。这个穿长袍的男人"总是奔波在体操器械和田庄，图书馆和淋浴室之间……"

艾德心不在焉地欣赏着克龙巴赫催眠曲一般的讲话。这位经理显然非常喜欢用海员用语：每个员工都是他的"水手"，他自己时不时就成了"船长"。"您看到了吧？岸边的石头一块块脱落，滑到下面美丽的沟壑里，真正的室外剧，总有一天也会轮到克劳斯纳的，我们的挪亚方舟，在某天夜里，或许就是下一次或者下下一次风暴来的时候，滑到海上，带着所有的乘客和水手，然后就真得靠大家了，您懂吗？"

这间办公室还真是像个小舱房。克龙巴赫背后的房顶倾斜的角度很

[1] 即亚历山大·艾滕伯格（Alexander Ettenburg，1858—1919），德国戏剧艺术家、诗人，被称作"希登塞岛的隐士"。

大，顶头的地方最多一米高。那里摆了一张沙发床，上面搭着个罩子。艾德左手边有一个柜子，柜子的上面一层没有门，里面堆着巴西丹纳曼牌小雪茄的铅盒子，下面一层放了二三十个深色的小瓶子，上面的标签看不清楚。柜子上方的墙上高高地挂了一个舷窗，窗外是浅棕色条纹的墙纸。直到这时艾德才发现，这间办公室里没有窗户。根据外面的声音判断，房间应该是在上二楼的楼梯下面，原先应该是堆放杂物或者笤帚的地方。舷窗旁边挂了一排正方形的展示匣，里面装着各种复杂的水手结，看上去就像关在玻璃盒子里逐渐老去的心脏，盘来绕去的绳子就像一个个无解的谜题……

“……还有伊菲革涅亚[1]？”经理问道。艾德一时语塞，幸好他的库存又启动了，他的救命稻草。

“没错，就是这出戏！”

每次经理的眼睛扫过来，艾德就连忙点头。他真是觉得听不太懂克龙巴赫的这番演讲，这不是雇人前的面试吗。难道是因为那些话已经说过太多次，所以内容尽管不寻常，但总还是透着陈旧，只是，同时还有些温暖，有些舒适，这个窄小的舱房很适合这种气氛。跳下去（不，他没有跳）四天之后，艾德觉得蜷在这个狭小的房间里听经理讲话是真好。没错，他是想要离开，藏起来，想要寂寞，但不想再一个人。克龙巴赫温柔的唠叨让他心满意足，给他一种安全感。这安全感也来自充盈在小房间里的那股气味，这是一股来自久远过去的气味，浓烈，刺鼻，似乎就是从克龙巴赫身上飘出的，来自紧绷在他脑袋上，像刚上过油一样的光滑皮肤，也或许来自柜子里的那些瓶子……

“好吧，您为什么要到这儿来，本德勒先生？”

我把身体朝窗外探出去太深，艾德脑子里突然冒出这句话。他非常

[1] 希腊神话人物，迈锡尼国王、特洛伊战争中希腊联军统帅阿伽门农之女。阿伽门农冒犯了月光和狩猎女神阿耳特弥斯，女神为了报复而命其在舰队出征特洛伊之前，用伊菲革涅亚献祭。

困难地说出自己的词儿，一不小心又用了之前那种没有什么作用的说法：“我找工作，但我也需要一个房间。”

克龙巴赫吸了一口气，办公椅上的身子转到一边，看着那排苍老的心脏。

“不用害怕，坐在这张椅子上的人，还从来没有谁要为了这点感到抱歉，正相反，这在某种程度上可以说是前提条件。相信我，我的水手里什么人都有，他们的路各不相同，但最终却都把他们带到了这间办公室里，还从来没有谁因为在大陆那边待不下去而在我们这里受气。路虽然不同，但说到底又都一样。大家都了解，大家都知道，某一天，时候到了，这个岛接纳了我们，我们在这里找到了自己的位置，在艾斯卡中间，真到有需要的时候，大家都会互相帮助。不过这里的水手们，”他的手在办公桌上方画出大大的圆圈，手指几乎碰着了小舱房的墙壁，“他们想要的更多，在这一点上我们所有人的想法都一样……”

经理把身体拧回来，一根手指插进电话机的拨号盘里，同时看着艾德，好像只等艾德说出电话号码。

无疑，是该他自己做点什么，以便证明他确实符合那个（一直没有提到的）前提条件的时候了，跟他迄今为止做过的事有关的话，他的故事，跟烦恼或者被放逐没什么关系，是关于一辆有轨电车。

经理的手指在拨号盘里晃来晃去，不耐烦的样子——轻轻的嗒嗒声。

“健康？”

“是的，是的，至少我自己不知道有什么……”这个问题让他很尴尬。

“健康，但是没有健康证明？”

“健康证明？”艾德从不知道还得有这种证明。

“健康，但是既没有居住证明，也没有登记？”

“没有，我本来想……”

“健康，但是没有过去，跟我们上边这儿所有的人一样？”

克龙巴赫小声笑了笑，扫了一眼那些苍老的心脏，他似乎跟这些心脏特别亲密。这种突如其来的直接让艾德很不舒服。

“我的意思是说，过去没有过严重的疾病，对吗？”

“没有。我的胳膊骨折过一次，左手手腕，说起来挺复杂，爬山的时候摔了，当时我九岁，要去参加假期校外活动，但是早晨……”

克龙巴赫平静并且不解地看着艾德，艾德闭上了嘴巴。

“没人知道你在这儿？”

“没有。”艾德迅速地回答说，认为突然从“您”变成“你”是个信号。

“你没有告诉过任何人，是吗？”

“没有。”

“你是一个人来的？”

“是的。”

“能待多久？”

“今年夏天……？”艾德眼前晃过自己的日历，上面记录着秋季学期报名的时间——他几乎为这个感到羞耻。他听到外面传来碗盘的叮当声。从脚步声和说话声判断，外面正在撤早餐的东西，那声音听起来挑衅、粗鲁。一股陌生的气息向他袭来，那是对踏入未知的恐惧。

“今年夏天。或许还有秋天？”

“是的，或许。”

“或许，嗯？我们上一个旺季的时候碰到了困难，说是头疼事儿也不为过。我们的人跑了，因为各种原因，比如之前那个负责卖冰激凌的……”克龙巴赫呼吸沉重。

“你为什么要偷着摸过来？”

“摸过来？”

“你是从后面的崖壁上来的，那条路又长又难走，沿着到处是石头的海滩走两个小时，还背着旅行袋！”

“我……”

“好了，好了。”经理突然一副看上去很累的样子。他把艾德的证件重新折起来，折缝处的塑料壳已经破了，那张纸随时可能断开。随后，他用指尖拈着那个小本子，丢进办公桌下一个艾德看不见的格子里。

“你一直待到克鲁索回来。先熟悉一下工作，然后再看。包住，包吃，每小时 2.7 马克。你觉得洗碗怎么样？就像我说的，如果你能胜任的话。其他的事……其他的都以后再说。”

艾德点点头，垂下眼帘。克龙巴赫的低帮鞋放在满是窟窿眼的电暖气罩子上。艾德突然想起这是什么味道了，是他父亲用过的生发水，每天早晨，每天晚上——爱丝蕾邦牌。

房间

艾德这天上午分到的房间像是有人住的。洗脸池上丢着一把牙刷，残留在上面的牙膏已经结成硬痂，牙缸里插着一副眼镜，被褥是用过的，床单上满是层层叠叠的褶皱，仿佛沧桑的山脉，散发着酸臭的气息……艾德朝床俯下身子仔细倾听，是那首恐怖的转弯曲，声音非常轻，非常远。G 挥挥手，电车在转最后一圈，几句诗在他的脑袋里嗡嗡作响。

一开始时，克劳斯纳的整体布局、内部结构和各个房间之间的连接关系把艾德弄得晕头转向，很长一段时间里，他都觉得这里的房间数量和位置像个谜一样，认为要在这栋两层的建筑物里安置下所有的房间基本没有可能。在东德赖兴巴赫艺术出版社的“真实的照片”系列明信片（25 芬尼 / 张，吧台有售）上，这栋房子看起来很朴素，不像船，更谈不上像密西西比河上的大船，就是一栋山间旅馆而已，山墙有木头装饰的林间大屋，周围的一圈附属建筑也不是轮船的桨叶仓。尽管如此，艾德总还是觉得楼里所有房间都面朝大海，或许是因为克劳斯纳从早到晚都接受着海浪声的冲刷，眼之所见在这里不断被淹没在耳之所闻中，被打磨，被改变形状，思想拘禁在声音里，委身于浪花和更迭的潮汐。

克龙巴赫先是把他引到房子背后，那里有扇低矮的窄门。这是个独立的入口，一进门就是楼梯，通向楼上的房间。这个楼梯让艾德想起童年时住过的那栋房子里的用人楼梯，于是着意找了找连着叫人铃的拉绳，当年他外祖父母家的卧室和用人房之间就连着这种绳子。用人房空了几十年了，可他外祖父还是精心保留下那个复杂的装置，并且偶尔会用一下，最喜欢当着艾德的面用。艾德小时候非常确信那些人能够听到铃声，挂在绳子另一端的那些锈迹斑斑的小铃铛能够用某种方式唤醒早已经死去的用人，只待灯一黑，外面的走廊上就会传来咔啦咔啦的走路声，随后，卧室门上响起枯骨敲门的声音，并大声说："是，老爷，有吩咐？"

克龙巴赫说不需要钥匙，这扇门夜里也开着，一直都是开着的，还有，这一点对克劳斯纳和它的使命而言非常重要。艾德再次感到自己有什么东西没听懂，或许又是隐含在"艾斯卡"或者"克鲁索"这些词里的某种含义或者条件。

他们上楼的时候，门扇在一根弹簧的作用下又合上了。克龙巴赫打开给艾德的房间，污浊的气息仿佛大浪朝他们打过来，甜丝丝、油腻腻的空气粘在人的皮肤上。经理小声骂着，两步穿过房间，一把扯开窗帘，打开了窗户。房间瞬间被淹没，刺眼的光芒，先是银色，接着才平静下来，变成纯净的蓝色。窗外是大海的躯体，雄浑，充满希望。

"我们最漂亮的房间之一。"克龙巴赫说。

这个房间靠着山墙，在一上楼梯的位置。从这里朝顶层的内里伸进去一条走廊，左右两边还有很多门。门的右边有一个柜子，后面是洗脸池——宽大粗笨，装了两个灰色的塑料水龙头。窗前放了一个床头柜和一盏灯，没有椅子，没有桌子。床放在倾斜的屋顶下方。

"走廊顶头领床上用品，找莫妮卡。明天早晨你去找厨师迈克报到，八点，在厨房。"克龙巴赫小声布置完就走了。

好几天之后，艾德才听人说起莫妮卡是克龙巴赫的女儿，他们也叫她莫娜。一到走廊的后三分之一处就能闻到她的香气，走廊尽头的门通向她的小套间。干活儿的人私下里都把她叫作"小隐形人"。她的工作是打扫房间，但是并不怎么管这些房间。不过她会洗所有需要洗的东西，同时把自己好闻的气味留在那些床上用品、擦碗布或者桌布上，所以总会让人产生错觉，以为她就在跟前。

艾德自己的房门也锁不上，不过他不再理会这件事。他很确定自己今年夏天（也许还有秋天和冬天）不会找到比这里更合适的去处了。直到现在，他才又想起自己的包。

平台上来了一群度假的人。他们边喝着咖啡或啤酒，边欣赏大海。有人给艾德的书翻了个个儿，往太阳光底下又推过去一点晒着。什么也没少。他坐的位置上放着一份丰盛的早餐：意大利熏肠，一角奶酪，一团混合果酱仿佛从里向外发着光。艾德看看四周，那个被他们叫作兰波的服务员朝他点点头。艾德没找到咖啡，但是他不敢要。等他回到房间，枕头上已经放上了干净的床上用品，脏的拿走了。他冲走廊小声喊了句“谢谢”，然后侧耳听着，心里想象着莫妮卡的模样。他想象中的莫妮卡非常矮小，黑色的头发，也许梳着发辫。艾德铺好床后，倒头就睡着了。

几个阿拉伯人拼命拽着那头牲口（他们紧紧攥着骆驼的皮），骆驼被他们越拽越薄，越拽越宽，仿佛化成远方的那片沙漠。这是他们使用牲口的方式，当飞毯。“阿拉伯人把骆驼准备好了，”画外音悄悄地说，“一束沙打在他们的太阳眼镜上，不过这才只是漫长旅途的开始。”

艾德醒来的时候，天已经黑下来了。他头顶的壁纸像晒伤的皮肤一样正在蜕皮，整个倾斜的屋顶上都是被拍死的蚊虫的斑斑残尸，有些地方还挂着彗星尾巴似的一小条血痕。有些地方的血只是迸向四周，仿佛经历过一次小型爆炸。艾德想起了自己儿时第一个房间里床顶上的月亮、星星和小瞌睡神[1]，小瞌睡神用来装瞌睡沙的袋子口系得紧紧的，骑着漂亮干净的宝石自行车，飞行在深蓝色夜空中的山丘之上。他自己后来只有一辆米发牌自行车，是那种折叠自行车，可以折起来放进后备厢或者塞到其他什么地方。他童年的一切都是“实用”的，“多实用啊！”是最

[1] 童话中，小瞌睡神在小孩眼上撒沙使其熟睡。

高的一句夸奖：折叠自行车，折叠床（白天可以立起来固定在墙上，看上去像柜子一样），还有几乎永远也穿不坏的衣服。

这个新家尽管又脏又臭，却让艾德很有安全感。这种房间可能会让其他人感到灰心丧气，艾德心想，但对我来说正合适。他既感到一种憧憬中的快乐，又害怕自己会应付不来。

床是一个压缩板制成的沉重的大箱子，浅色贴面，床垫上被睡出了一个坑，艾德甚至能感觉出前面那些人是怎么睡的，但他并没有觉得不舒服，只是枕头没法用，那就是一个奇形怪状的疙瘩。他打算用毛衣替代枕头，这无非就像前几天晚上那样而已。艾德很为那几个夜晚感到自豪。他站起身，把石头一样硬的枕头扔到柜子顶上，空气中腾起一团灰尘。他打开柜子门，那扇门突然从里面融化了，变成了黑色的波浪。猛然间他以为自己在做梦，但下一秒，艾德就开始去打那片流动的东西，使劲捶击，差点把那片薄薄的木头给敲碎。等一切结束，他停下来，上气不接下气，心脏狂跳。他的鞋后跟上粘着唯一的一个俘虏，半个，具体说是后面半个身体已经碾碎了，前面的那半个身体还在试图逃走。差不多五十只蟑螂，他只打到了一只。只有一只，艾德心想。

洋葱

6月15日。他没干过这种活儿，所以笨手笨脚的，但并没有人来教他或者告诉他怎么做，他于是一桶接一桶地沉浸在洋葱的神秘世界里。这是考验，艾德心想，在这个院子里，在这个岛上。他试着回忆母亲的手部动作：麻利地舞来舞去的小尖刀，她这样称呼那把像刮胡刀一样锐利的刀子，刀子的木头把手已经褪色，刀刃磨得只剩下几毫米宽。他模仿母亲的动作，他就是自己的母亲，尽量是，她的姿势，她的动作。

他工作的地方在外面，克劳斯纳的背面，挨着一张像牲口料棚的桌子，坐在洗碗间糊满油泥和蜘蛛网的窗户外面。洗碗间在长条形的附属建筑里，外墙涂成灰色，有一扇后门，门外有个正方形的小卸货台。艾德总能听到里面传来人声，像唱歌一样，不知道是什么意思。碗盘的叮叮当当几乎不间断地传来，夹杂着一种从水底传出的闷响，可能是刀叉，正在某个水池底上翻来滚去。没有声音传出的时候，他们可能就是在观察他。他僵直的脊背轮廓凝固，一个已经不再年轻的探险者，穿着剪得及膝长的牛仔裤，红色汗衫在腋窝部分开口很大。他们可能因为他的样子感到好笑。他的头发用一根已经脱线的发带箍在耳后，发带不断地滑脱，阳光刺在他的脸上。没人告诉他应该坐到阴凉的地方去，最好不要坐在院子里，应该到海岸边的松树底下，那儿总有足够的风吹着眼睛。

他自己反正是不敢擅自离开院子。他想要进入水手的行列，而且不是仅仅一个什么边缘的位置。他尤其想要证明自己能干活，有韧性并且守纪律。第一天，他干了七桶。

“我是厨师迈克，”那个身体笨重，穿着黑白格小丑裤子的男人对艾德说，“迈克，不是麦克，发音和写法都是，迈克。”他的大脑壳上缀满了汗珠，像珠宝一样闪闪发光。污渍斑驳的厨师服在肚皮上方用一根布条系住，布条上还塞了一条擦碗布，每隔一会儿，他就要用那块布擦一下脑门和后脖颈。擦碗布非常大，所以他擦汗的时候根本不用把布从腰带上取下来。那块布就像一根巨大的阳具在他双腿之间荡来荡去，有时会被他甩到肩头上。厨师迈克说话不多，但就是那屈指可数的几句吩咐或者咒骂也让人听不懂，因为他总是利用这个空当，拿那条大长尾巴一样的布抹脸。艾德还从来没有碰到过比他更适合“像牲口一样干活”这种说法的人。厨师迈克简直羞于利用这个好机会，把那个讨厌的活儿给出去。他把洋葱一桶接一桶从冷库中拖到院子里，蹾在卸货台上。艾德想到了劳改这个词，但并没有生气，他根本没有任何感觉。

有时，海上会吹来一股温暖的小风，那就没事，但没有风的时候，泪水会肆无忌惮地冲进他的眼睛。那是一种无休无止，丝毫不肯妥协的哭泣，从眼珠深处的某个地方开始，逼得艾德锁起眉头，他就像一只无助的动物，抬起下巴冲着天空，或者把头猛地一甩，但都没有用。一开始，他还用手背去擦脸，但后来就放弃了，任由眼泪流淌。一片片的光斑和一堆堆的光点降落在四周，像飞舞的雪花。这是他第一次哭，从那事之后。

每天早上快十一点的时候，马车夫迈基会给克劳斯纳送货。迈基是个矮小壮实的岛民，顶着跟刺猬迈基[1]一样的发型，他的名字估计也是从这儿来的。迈基走的是一条铺着水泥板的狭窄小路，这条路从港口一

[1] 刺猬迈基（Mäcki），德国经典卡通形象，矮小壮实，长着一头爆炸形的尖刺。

路兜着大圈穿过冰川堆石，一直通到兵营的正门。在距离终点一百米的森林里，小路分出一股通向克劳斯纳。先是传来马蹄沉闷的嗒嗒声，但是进了院子，装着橡胶轮子的马车几乎就是悄无声息地飘上前来。迈基从来不拴马，他的车夫座位后有个铸铁的锚，要在哪儿停，就把锚踢下去插在哪儿的沙地里。艾德为了证明自己眼睛里有活儿（“这个人眼睛里有活儿”，他父亲常这样夸那些“根本不用人提醒”的人），就去帮车夫卸货。干完了活，迈基就穿过洗碗间钻进厨房里，既没有感谢，也没有问候。

三天后，艾德已经很熟练了。他的脊背酸痛，但是削起皮已经驾轻就熟。他的眼睛流泪的时候，除了几个漫不经心穿过院子去餐厅的度假者（克劳斯纳后面的楼里住着来度假的客人），并没有人在近旁。除了车夫的马，再没有别人。马黑色柔软的鼻孔不时朝他转过来，距离近到他因为不断擦拭已经蹭红的脸竟能感受到它温暖的鼻息。这匹马毛发蓬乱，走起路来摇摇摆摆（短腿上长着浓密的毛，一绺绺垂搭在沉重的、宽大得惊人的马蹄上），它看上去就像一只熊，一匹熊马。艾德就对着这匹熊马畅快地痛哭，抬起眼睛，他又冲着岸边悬崖上的树丛痛哭，即便眼睛里没有泪水，峭壁上那些被风吹得朝一个方向伸展的残枝看上去也是扭曲的，它们缩成一团，仿佛要躲避这一刻正从海上猛扑过来的什么东西。

渐渐地，他的眼睛深处宽敞起来，脑袋里空荡荡的很是舒服。他没想到工作竟能让自己这么满足，什么也不用想，什么也不用说，只要享受阳光和模模糊糊的大海。看着天际，他觉得自己来这里时穿越的那片地方似乎广阔得多，他来这儿时走过的路也长得多。大海延展了时间，海风吹凉了他的脸颊。

到这儿之后，除了克龙巴赫和厨师迈克，还没有人跟艾德说过话。所有的卧室都在同一层，对着同一条走廊，他们共用同一个卫生间，所以总会碰上，但并没有产生什么结果。克劳斯纳的水手们都隐藏起自己，似乎在一切没有最终确定之前，要尽量不让艾德知道他想上的这艘船的事。艾德喜欢在心里用克龙巴赫的那些船员词汇。只需要寥寥数语，这一切就成了一个童话，惊险程度并不亚于幽灵岛或者海地岛的探险旅行。奇怪的是，这个想法竟然让他感到安慰。十五个人争夺死人箱啊![1]……他的人生怎么就不能从童年时停下的地方重新开始？不过就是十年的时间而已。他怎么就不能——用某种方式，更多是在脑子里——在包括鲁滨孙和海狼[2]的冒险四部曲结束的地方开始呢？在那里，在那个日子，趁着《金银岛》，亚历山大·塞尔扣克和彼得·塞拉诺的故事，[3]莫斯基托－威廉[4]还有《密西西比河上的强盗》[5]的故事，以及所有那些童年的传奇故事还没有彻底读完，还没有被绳子（他记得那些磨得很厉害的廉价绳子）捆得紧紧地拖去卖废品之前……他又一次感到了羞耻，虽然那根本不是什么丢人的事，卖废品在那个时候可是最高尚的行为，举国为之："卖玻璃瓶玻璃罐助安杰拉·戴维斯[6]"，或者"卖旧衣助路易斯·科尔巴兰[7]"，废品与国际团结联系在了一起，相互融合，亲密无间，"永久性地合二为一"，这些词抖动着从艾德脑海中穿过，空瓶子和美国，旧衣服和智利，一摞《人民卫报》献给智利的人民团结阵线，一箱空的腌黄瓜瓶用来抵制种族主义……废品回收引领艾德脱离了文学。反正他将来（冰冷的、木雕泥塑般的将来）已经确定要去盖房子，从他八年级时

[1] 英国作家斯蒂文森（Robert Louis Stevenson，1850—1894）作品《金银岛》中海盗的歌词。

[2] "海狼"是杰克·伦敦小说《海狼》中主要人物船长拉尔森的绰号。

[3] 亚历山大·塞尔扣克（Alexander Selkirk，1676—1721），苏格兰水手；彼得·塞拉诺即佩德罗·塞拉诺（Pedro Serrano），西班牙水手。两人都曾流落荒岛，疑为《鲁滨孙漂流记》的灵感来源。

[4] 威廉·丹皮尔（William Dampier，1652—1715），英国海盗，曾救起塞尔扣克，到过巴拿马莫斯基托湾并描述了当地土著。

[5] 德国探险小说家弗里德里希·格斯特克（Friedrich Gerstäcker）的作品。

[6] 安杰拉·戴维斯（Angela Davis，1944—　），美国政治活动家、学者、作家，美国共产党领导人，1970年被控合谋犯罪而入狱受审，1972年被无罪释放。

[7] 路易斯·科尔巴兰（Luis Corvalán，1916—2010），智利政治家、教授、记者，曾任智利共产党总书记，1973年军事政变后被捕入狱，1976年获释。

在格拉市[1]女子监狱脚下的职业咨询中心进行了半个小时的咨询之后，将来到工地上当建筑技术学徒的事就算是定了。他还记得自己如何跟在母亲身边离开职业咨询中心，心里无比轻松，因为谈话总算以某种让人满意的方式结束了（假装感兴趣，接受了所有的建议，做出了“决定”）。离开时，他看到山坡上的女子监狱，高高地雄踞在那里——发出警告。如今他坐在克劳斯纳的院子里，手里拿着小尖刀，双腿夹着一桶洋葱，想想当初觉得很不可思议，他竟然没过几年（在建筑工地上、简易工棚里的岁月）就重新捧起了书本，只不过看的已不再是塞尔扣克和蚊子威廉，不再是儿时的那些探险故事，不再是密西西比河上的强盗……艾德感到一阵轻微的眩晕，面颊上又有眼泪淌过。

每天，厨师迈克的助手都会给他把饭端到院子里来。助手的名字叫罗尔夫。罗尔夫像耍杂技一样走下斜坡，把托盘放在桌子上转身就走，连句话也没有。他的厨师服就像一个壳，僵硬宽大，只要需要，他就能像乌龟一样缩进壳里躲起来。

艾德的早饭是开始干活的时候就送来，但是午饭很晚，常常要等到下午两点，有时还会更晚。午饭经常是肉配土豆和蔬菜杂烩。艾德常常不到十二点就感到饥饿难耐，直到一天，他拿起一个洋葱，像吃苹果一样一口气吃掉了那个洋葱。洋葱（除了血肠之外）是他唯一不能，或者说非常不愿意吃的东西，但现在他觉得这东西很可口。他的胃也好像突然不娇气了。从那时起，艾德每天十二点整都会拿一个亲手削好皮的大洋葱吃，后来又加上一块混合谷物面包，那是他从来疗养的公司员工的早餐篮里偷来的。这可以算是第二顿早饭，他第一次有了自己独特的习惯。

[1] 格拉市（Gera），德国东部城市。

日记

早晨，艾德从床上一坐起来就能看到海，这足以让人心满意足，但幸福感却并不直接跟他发生关系，它就像是被封存在什么地方，在他的胸膛里，在眼前的大海中。外面的海洋巨人或是发着各种信号，或是隐匿在实际并不存在的昏暗中。这里只有顺着污渍斑驳的墙慢慢向上爬直至淹没整个房间的金色阳光，之后，太阳落山后，探照灯的长手指就会从水面摸过来，每一次触碰浪尖，都会让那里一亮，仿佛发现了什么。

艾德目不转睛地盯着外面，等着马达发动的声音，还有试图阻挡失败命运的赤裸的胳膊，绝望的动作。

探照灯光柱的尾端在克劳斯纳背后树林中的某个地方，有时，那根手指会跷起，远远地伸出去，伸向广阔的水面。艾德想象着对面陆地上的居民正在吃晚饭，他们不时用手遮在眼睛上，挡住刺眼的灯光。白天能见度好的时候，能看到默恩岛，那片隶属丹麦王国的默恩岛的白色石灰岩峭壁。探照灯的光当然不可能照到五十公里远的地方，事实上，那个彼岸几乎是遥不可及的，但正因为如此，艾德才更乐于设想那些居民的样子，陌生星球上正在吃晚餐的虚构居民……“这是一场梦。”艾德对正迅速沉入海中的太阳光芒小声说，新生的幸福感赞同他的说法，虽然表达方式非常矜持，简直拐弯抹角。

这个房间的缺点是紧挨着楼梯和走廊。临近午夜时，外面变得乱哄哄，说话声，仆人楼梯外的门发出的砰砰声紧随在弹簧拉伸时发出的嘎吱声之后，这嘎吱声让他心痛，因为这声音让他想起了马修，跳下去之前（没有跳）的那声轻轻的、委屈的叫声。然后是脚步声，踢踢踏踏，楼梯尽头精疲力竭的喘气声。有时，他感觉像有人待在他门口偷听，这想法当然很可笑。渐渐地，艾德习惯了外面的这种喧闹，他决定不去多想。"外面这种你不了解的热闹，这就是岛上的生活。"他冲着黑暗说，声音听上去非常平静。他的影子静静地映在敞开的玻璃窗上，头向前垂着，仿佛要更深地进入永不停息的海浪声中，但是飞行员的兴奋剂还没有流动起来，艾德于是朝后退了一大步。他打开床头柜上的灯，从旅行包里掏出那个日历记事本，因为有蟑螂，所以他没把包放进柜子里。他的眼睛火辣辣地疼，只要一闭上，里面立刻蹿起一团小火苗。不要揉，我不应该揉眼睛，艾德心里想。

6月19日

还是洋葱，不过已经好多了。买防晒霜，也许还要眼药水。"艾斯卡"是什么？谁是克鲁索？没有任何书面协定。问问克？

写东西能让艾德平静。每天只有五行的地方，用来记"事项与备忘"的地方。他翻到前一页，写道：

6月18日

那个念叨"去死"的人在这儿卖冰激凌，不是善类，要小心。硬把我从餐厅拽出去。长得像里尔克[1]，长脸，肿眼泡，跟这儿大多数人一样留着大胡子。

[1] 里尔克（Rainer Maria Rilke，1875—1926），奥地利诗人，生于布拉格。

艾德不知道把这五行的空间用来记录这些是不是有必要，如果他要记一种只包括最重要事件的日记，那肯定是没必要的。但话说回来，除了厨师迈克，这是他继克龙巴赫之后第一个真正打交道的人。他当时正穿过餐厅，走到一半就被卖冰激凌的赶上，那人从后面揪住他的衬衫，又从前门把他给推了出去，当着所有客人的面。显然，营业时间内客人的卫生间是他们的禁区，只怕连使用前门也是违规的，艾德心里想着，心中又涌起屈辱的感觉。那时他因为太意外，所以马上束手就擒，乖乖地让人把自己带下去——像个孩子一样，他甚至还道了歉。他是为了不想让人觉得自己要在工作时间偷偷溜回房间，所以才不想去服务员住的那一层，原因就这么简单。“那就去他妈的海边拉。”卖冰激凌的说。他穿着一件黑丝绒背心，上面缀着银光闪闪的扣子。他恐怕是把自己当成斗牛士了。艾德又朝前翻了一页。

6月17日

厨师的助手一句话也不说，可能是聋哑人。我也不说话。没人打扰。这个房间仿佛天赐，能吃饱。跟洋葱纠缠，彻彻底底的洋葱妄想症！

他的有些记录读起来就像是写在从某个度假营地寄出的明信片上，但这并不重要。只要艾德写自己的东西，说自己的话，那就是在用笔向脑袋里吵吵嚷嚷的那些存货宣战，就像刨刀推过矸石山，艾德想，或者像是从矸石山中穿过，没错，这更像是在钻孔，他边写，边朝什么地方钻过去，也许是朝G的方向，朝自己，朝一个广阔自由的空间，海风习习的明亮海湾，他沿着岸边的沙滩成几个小时地走下去，脑袋沉默，太阳穴清凉，脚淹没在冲刷过来的海水泡沫中……

楼下传来收音机的声音，说话声，有时是音乐声，但是非常不稳定，飘忽断续，间隔着类似咳嗽声或者嘶嘶声。午夜前的海顿，本来很美，颤抖的乐声也很有神秘的气息，但随后就被淹没在走廊的嘈杂声中。

艾德套上衣服，悄悄走出去。他蹑手蹑脚地下楼来到院子里，大步穿过那片空地，朝树林那边走了一段。黑暗让他的眼睛感到很舒服。洗碗间里的灯亮着，可能是谁忘了关，或者这灯本来就是通宵亮着的。不稀罕，艾德想，就是有这样的地方，特别是那些大厨房里总会整夜亮着一盏灯，挺奇怪的，或许是某种仪式，为了突出灯光的寂寥。艾德真想把这些灯全体消灭，为了善良的、护佑人的黑暗把它们一一打掉。一声小小的、尖锐的叫声从夜色中闪过，透过洗碗间糊满污渍的窗玻璃能看到一些人影，是轮廓，是阴影。艾德沿着斜坡朝上走了一段。有几个人影几乎顶到了天花板，然后又缩小，消失。艾德努力想再仔细看看，但他的眼睛又开始流泪了。有人开始在那些大影子旁边忙活，沿着那些轮廓，上上下下，那人在抚摸那些影子，动作时而缓慢悠长，时而迅捷零碎。也许是在量尺寸，艾德想，心中腾起一种羞耻感。裁缝用软尺和握着软尺的手指插进他的裤裆时，他的母亲就坐在旁边。那时他十三岁，那时一切都正常。洗碗间里的人影渐渐缩到正常高度，其中一个已经进了院子，朝他这边走过来。艾德揉揉眼睛——披着湿漉漉长发的幽灵？一个女人？裹着床单？人影掠过院子，上了用人楼梯。马修的尖叫声，门砰地撞上，然后是下一个幽灵，接着又是一个，之后，一切恢复平静。寂寥不复存在，善良的黑暗将克劳斯纳的洗碗间拥入怀中。艾德看到一个男人穿过院子，走上了去下面海边的路。

克鲁索

男人说话的时候，温柔地把额头抵在熊马身上——仿佛他不是在跟艾德，而是在跟那匹马打招呼。他重重地拍着马的肋部，动作粗鲁，这只有那些真正熟悉动物的人才做得出来。艾德擦掉脸上的眼泪。男人慢慢朝他弯下身子，艾德看见他在笑。

“亚历山大·克鲁索维奇，绝大多数人都叫我克鲁索，有几个朋友叫我洛沙，这个名字是从亚历山大变化来的，阿廖沙，或者阿洛沙——洛沙。”他笑眯眯地拿走艾德手里的小尖刀，像领盲人一样牵着他穿过卸货台，走进克劳斯纳。艾德能清楚地感觉到轻握着自己胳膊的手。自从G之后（已经一年多了），他已经不习惯这种长时间的肢体接触，或者确切地说，他已经不能承受这种接触，所以男人放开他的时候，他几乎不知所措。

“谢谢。”艾德低着头，他想不到别的话。为什么要道谢？

大家并不把克鲁索维奇当成俄罗斯人，德裔俄罗斯人，或者生活在俄罗斯的德国人。他的黑发及肩，洗碗的时候就扎起来。因为额顶有个旋，所以头发扎在脑后时，发根那里总会鼓起一块，像软塌塌的黑色鸡冠。但是这种外形上的滑稽被他目光中的严肃抵消了，不管是谁站在克鲁索维奇面前，都不会觉得他有什么滑稽的。他窄窄的鼻子棱角鲜明，脸是一个长长的、柔软的、几乎完美的椭圆形，脸颊很大，眉毛几乎是直的，肤色发黑——克鲁索维奇更像是个委内瑞拉人或者哥伦比亚人，仿佛下一秒钟就会掏出排箫，为他那些执迷阴郁的咒语伴奏。

洗碗间是一个狭长形的附属建筑，贴着瓷砖，一条昏暗的通道从这里通向客人用餐区，一扇弹簧门连着厨房。“我们的里屋。”克鲁索说。这话仿佛很重要，他像是要借此表达别的什么意思。高高的窗户下面有两个棕色的石头大水池，还有两个小的不锈钢水池。水从两个短短的，用铁丝固定在水龙头上的橡皮管里流出来。水池两个一组（一个石盆，一个不锈钢盆）地挨着，两组中间是一些不锈钢的置物台。对面的墙边放着几个锈迹斑斑的架子，上面塞满了锅、大汤勺和碗盘。油腻的地面很滑。曾经是棕红色的瓷砖已经跟污垢达成了和解，接受了那层灰色的膜。地上有几块瓷砖已经碎了，还缺了几块，图案里因此留下的空白被人抹上了水泥。穿过窗玻璃照进来的阳光模模糊糊。

“我们这里用手工作，赤手。”克鲁索强调说，摊开手朝他伸过来，仿佛要以此证明一种完完全全的无辜。不过这只是他第一次分配工作时的开场白，克鲁索给他上的第一课。艾德看到了很多线，像悠长庞杂、盘根错节的故事，正等人去解读，那手上还有宽大的、四四方方的指甲……

“让我看看你的手！”

艾德迟疑地伸出手。

“别动。”克鲁索说着，从窗台上拿下一个汽水瓶子，往他手背上倒了一些白乎乎的黏稠液体。“不像大学生的手。”克鲁索评价说，同时用力搓着他的指头缝。他使劲地捏艾德的骨头，捏得艾德差点叫出来。不过他的嘴唇就像是缝在了一起，不管任何事、任何人，现在都不能让他暴露自己的弱点。

“油，端盘子的那些人都说是非常纯的好油。兰波说这东西几年了都没见少……”克鲁索严肃地冲他微笑着。最后，他举起右手，像要宣誓，但最后只是把大拇指和食指捏在一起。“精细动作，你懂吧，大拇指和食指突然走到了一起，从猿到人的过程开始了，远远早于他们说第一句话……”他突然走到一个池子旁边，把胳膊伸进去，水一直没到胳膊肘。他的手在充满黄色泡沫的黏稠液体里打转，在那里面做着什么，显然，他正做的这件事根本不用仔细看。

克鲁索比他高一头，干活儿时穿一件领口和袖口都开得很大的黑色背心，弯下腰的时候，衣服就松松垮垮地挂在身上，胸毛浓密，皮肤晒成了棕色。他的腰上缠了一条抹布充当围裙，脚上穿的软皮鞋湿漉漉地闪着光。

洗大件（锅、煎锅、盆）的石头池子和洗午饭碗盘的不锈钢洗碗池在他那边——“你那边。”克鲁索的语气中饱含信任，不带丝毫讽刺。艾德那一边挨着通向客人就餐区的过道，这条小小的过道有些坡度，端盘子的服务员们——经常一路冲刺——把碗盘端过来丢下。克鲁索说这是飞机进场的航路，有一些规则需要注意。

克鲁索那边是洗刀叉的池子，这些东西得尽可能多泡一会儿，这样就可以省掉中间步骤，清洁擦亮一气呵成:“否则就是换了你也干不完。”克鲁索说着，又冲他笑笑。我何必去试呢，艾德心想，没等这个问题在他脑子里成形，他的胸中就已经充满了温暖的信任与好感。

由于普通的擦碗布在这种“一步工作法”下很快就会湿透，并沾满污垢，所以他们用了床单，克劳斯纳过去留下的古老的巨大床单被罩，一端甩在肩膀上或者系在腰间，就跟艾德深夜曾经在院子里看见过的一模一样。所以在洗刀叉的池子边干活也被他们称作“干罗马人”。[1] 克鲁索说，罗马人从来就不太招人喜欢。只有卡瓦洛才把这活儿排在“最前面”。艾德现在明白了，卡瓦洛是三个端盘服务员之一。

为了更好地给艾德讲解，克鲁索挨着他站了一会儿。他的学生艾德站在他身旁，尽力留心一切。师傅去池子底捞另外一个特制的刷子，想

[1] 意指床单的穿戴如古罗马人的长袍。

给艾德演示一下，心情过分急切的艾德也把手伸进了池子。克鲁索闪电般地捉住他的手按在水里，就一下——显然是条件反射，或者突然痉挛，突发癫痫。艾德连忙道歉。

亚历山大·克鲁索维奇半冲着水池子半冲着艾德，简明扼要地讲了克劳斯纳几个不同的工种如何共同运作（吧台和客人用餐区，厨房，啤酒花园，洗碗间，客房及企业疗养客的餐厅），他提到了一些名字（艾德根本不可能全部记住），一把从水里捞出整整一摞午餐盘，有力的手腕像做慢动作似的一转，这些盘子就被放在了巨大的、沾满锈斑的铁丝架子上。

克鲁索死死盯着那个铁丝架子，好像才看见这东西一样。“这咱们得多弄几个，多一些，要好点的。”他的声音听上去既疲惫又坚决。“咱们得自己想办法，为了咱们，也为了那些朝圣者，为了咱们也为了他们，咱们要把这里的生意维持下去，大家每天都要靠这个吃饭。”艾德很想附和一下，但是那样会显得很可笑。他对沥水篮和沥水篮的制造工艺一窍不通，更不知道克鲁索口中的“朝圣者”指的是什么人。

之前一天，艾德在海滩上凑巧碰到了克龙巴赫。他壮壮胆子跟经理搭话：他想问那个决定他去留的人什么时候回来。克龙巴赫回答说，克鲁索每年一次，每次就是在这几天，都要绕着岛转一圈，“包括那些芦苇荡和沼泽地——穿越灌木丛，大约三十公里，对于一个几乎是在军事训练场上长大的人来说不算什么。”艾德觉察到克龙巴赫并不想讲太多，尽管如此，经理还是挨着他站了一会儿，看着海面，或许他只是不想让这次碰面结束得太突兀。“这样的行走是为了纪念，纪念他的姐姐，这就是说，我们从来说不准他什么时候会回来。”

“你还有问题吗，艾德加？”这是克鲁索第一次称呼他的名字，艾德又感到了那股暖意。“没有了，我是说，我可以使用哪个厕所，我的意思是，工作的时候？”

“我知道，我知道。”克鲁索嘟囔着。

他小心翼翼地从窗台上取下那个汽水瓶。“雷纳是……”克鲁索深吸了一口气，“你别在意，我们这里所有人都是兄弟。”他往手上倒了一摊那个奇妙的乳液，丢下艾德走了。

开始的几个小时，艾德头也不抬地洗刷。切下来的肥肉条，搅和在一起的剩饭菜，沾满鼻涕或血渍的餐巾纸，船票，记事条，口香糖，缠成一团的皮筋（上面还挂着几根扯下来的头发），香烟头，呕吐物，防晒霜，所有这些跟着盘子一起从平台上回到洗碗间的垃圾，所有这些现在都成了他工作的一部分。他观察留在肉上面的咬痕，大的，小的，有些非常小的就像是啮齿动物咬的，反正不是人类的。他看看四周，只有自己一个人，于是拿起一个土豆，上面有女人留下的镶着红边的咬痕。他把土豆抛向空中，接住，然后慢慢地在拳头里捏扁，一边捏一边像海狼那样舔着牙齿，然后把想象中的雪茄烟蒂吐到垃圾桶里。他按照克鲁索的指示，把那些好的剩饭菜放进各种盆里，再把剩下的用一块沾满油的硬纸壳从盘子上刮进垃圾桶。

有的时候，要分辨什么还可以算作好的不太容易。克鲁索说了些他听不明白的东西，也没给具体例子。他又一次提到了朝圣者，还有给那些人的汤，可能是什么*圣汤*或者*剩汤*之类的东西，或者两个意思都有，在洗碗间沉闷的回声中，什么都搅合成了一锅粥。偶尔会有几乎没动过的午餐送回来，完整的煎肉排，菜肉卷，土豆，蔬菜，这就比较简单了。

很快，他就开始感到腰酸背痛，在确定没有人看到的时候，他会把手从水里拿出来，舒展一下身体，那个淡黄色的稠汤则顺势流进他的胳肢窝。如果踮起脚尖，他就能用洗大件的刷子够到洗碗间的屋顶。里屋，在里屋，这意思不就是说自己大有希望？

起先，三个端盘服务员简直让艾德看得目眩。他对饭店旅馆了解不多，所以看见穿着白衬衫、黑礼服，也就是燕尾服的男人出现在这里，在洗碗间里，垃圾桶（克鲁索把它们称作猪食桶）旁，站在他的眼前，这让他觉得很不可思议。这一切就像是马戏表演，或者一出荒诞剧，而他竟有幸成为观众。他听到了音乐声和狮子的吼声，于是偷偷溜过去，看着这场表演，心脏扑通扑通地狂跳。一个希望能够在路上摆脱困窘的流浪汉，艾德心想，他感到自己被洗碗水浸透了的装束无比寒酸。他悄悄抓了抓痒，飘荡在水池上方的油腻腻的水汽糊住了他的毛孔。

从十二点开始，艾德就被淹没在餐具中。由于一到中午盘子就不够用，所以他必须一边洗一边擦，然后把洗干净的盘子放在指定的位置传给厨房。他干活的速度很快，可就他一个人根本干不过来。端盘服务员都是一路小跑，但对他们来说活也太多了。尽管如此，那个被他们叫作兰波的服务员还是会亲自刮自己的盘子，然后迅速扔进艾德洗大件的水池里。他的动作很大，但却惊人地灵巧：盘子从艾德正在打圈的手跟前飞过，在只差几厘米就要撞碎的时候，突然不可思议地一转，像梦游的比目鱼一样平平地滑到水池底上。这样艾德的手就能一直待在水里，速度因此提高了很多。他发现兰波也遵循着那个规则，区分好剩饭和不太好的剩饭。盆渐渐满了。

“盘子，你们这些耗子，我要盘子，盘子——妈妈咪呀！”是厨师迈克，他刺耳、嘶哑的声音从厨房里传出来。等到刀叉也快要用完，罗马人掉在油乎乎的地上，艾德已经不知道自己该先干什么的时候，克鲁索又出现了。

整整一个小时，他一刻不停地跟他并肩干活。艾德很佩服他的镇定从容。克鲁索干活儿的方式不同，用的是一种国内不多见的方式，艾德不知道除了用这个词还能怎么说。他所做的一切都更加突出了他的严肃，并且还不是因为他的韧劲或者敏捷，而是因为节奏或者内在张力这一类的东西，仿佛他是存在于一个更伟大的维度上，洗碗的工作只不过是其他什么东西的一种体现，一种独特的东西，需要仔细去理解。

兰波在跟克鲁索说笑，但艾德听不懂他们说的是什么。那个名叫克里斯的小个子端盘生也加快了速度。他走路的姿势很奇特，一瘸一拐，像木雕一样，这或许是因为他的罗圈腿。他黑色的鬈发泛着油光，随着走路，头发也机械地前后摇摆，跟着他一起一瘸一拐。

他们很快就掌控了局势，喊盘子的声音也没了。兰波站在克鲁索边上小声跟他说着什么。两个人看着一本书，艾德仿佛看到他们看的是一个男人的照片。那本书包着皮，如果艾德没看错的话，书是他们从那个被克鲁索称作“我们的窝”的盆里拿出来的，浅绿色的塑料盆里放满了擦干用的布。兰波翻了一页，开始念起来。他贴着克鲁索的耳朵朗诵，念的时候身体板得直直的，微微前倾，纹丝不动地像幅铅笔画。他朗诵完之后，克鲁索把他揽到胸前。两人正在拥抱，突然从艾德身后的走道里传来一声尖叫——克鲁索纵身从他身边跃过，伸手去接一摞山一样高的，正在缓慢但又势不可挡地滑落着的盘子。那是跛子克里斯，他用右胳膊端的脏盘子摞得齐肩膀高，几乎快到他头的位置。大家都笑了。兰波合上书，把书塞回“窝”里，插在擦碗布中间。艾德听见背后的克里斯把自己叫“洋葱”，不过他也有可能是听错了。洗碗间里的回声吞噬了每一个词。真有话要说的时候，他们得走到彼此近前才行，但就算那样，艾德还是有很多话听不懂，就好像这些水手之间说的是他不懂的外语。比如他们就经常提到“分配”或者“分派”，不知道说的是什么，总之很神秘。

我会懂的，艾德心想。

从出发之后，这是他第一次感觉茫然无助。他把黏糊糊的某种蔬菜的残余刮进垃圾桶，让盘子滑进自己的水池，脑袋里又响起《醉舟》里的几句诗，嗡嗡响的存货们。

快下班的时候，哑巴罗尔夫来把装着好剩饭的那些盆端进厨房。一小摞咖啡杯盘从艾德手中滑落，摔碎了。没有人说什么。厨师迈克推开厨房的弹簧门，塞给他一个带柄的小刷子和一个簸箕。厚厚的一层水汽在地板上方翻滚。艾德马上弯腰去捡最大的那些碎片。这时，他觉察到克鲁索来到自己身后，随后，他感到一只手放在自己的脖颈上，只是轻轻摸了一下，就像摸一个正做家庭作业的孩子。

去海边

水面下，明暗交错的海底仿佛在不断晃动，让艾德看得入迷，迷得差点掉下去。通向下面海滩的路上有好几个黏土和沙子构成的平台，平台以台阶相连，从建筑形式看，这些破破烂烂的台阶是分散在好几个世纪建成的。每下一级台阶，周围的景色都会发生改变。那一片海景啊！他感到了希望的存在。这不就是他渴求的吗？某种彼岸，广阔，纯净，气势非凡。

到半山腰时，北边的视野开阔了，能看到海岸线上地势最高的一段。峭壁上茂密的灌木丛里是观测连的基地。“带的武器不多。”大陆那边是这样传说的，还有些窃窃私语说那些人靶子出奇地准，而且射程远到不可思议。

艾德是唯一一个利用午休时间去海边的，店里在这个时候静悄悄一片，经过那些坐船来一日游的客人在午餐时带来的混乱后，睡意笼罩了树林前的空地。这让艾德想起刚上学时的午休时光，吃完饭后，他们把靠在教室后面墙边的简易床搬出来打开，然后齐刷刷地跌进昏沉沉的梦乡。兰波倒在餐厅里一张破旧的躺椅上，这把椅子放在被称为阅读角的那个凸出部分里，那里还有一张小圆桌，上面放着杂志，《影视天地》：“你和你的花园，好点子”。兰波的脚吊在椅子把手外面，脚上是破旧的端盘生皮鞋，脸上盖着邮船每天都会送来的《波罗的海报》。所有往来于小岛之间的渡船都被本地人称作“邮船”，从大陆那边来岛上的那些船则叫“轮船”。“你是坐邮船还是轮船来的？”这是大家上来后问的第一个问题，定性的问题……偶尔，兰波也会跟其他人一起躺在树林前长满青草的斜坡上，就在距离灯塔那条路尽头不远的地方。有几天，艾德能看见三个端盘服务员并排躺在那里，白色的衬衫敞着，摊开的四肢一动不动，像被击毙的人，像禁酒时期的血战之后——三个死去的朋友，大张着双臂，躺在一块罗马人床单上：

“你这些年都做了什么？”

“早早去睡。”

只有克鲁索从来不休息，就好像从来不会感到累似的。他经常在洗碗间下面的地下室里干活，那里应该有个烧热水的锅炉和类似修理室的地方。或者他去捡枯枝，搬回来放到劈柴墩旁。他腰上围着红格子的擦碗布，光着上身，头发扎成一束——克鲁索真像印第安人，正在非常坚定，既强有力又优雅地做一些必要的准备工作——只是艾德说不出要准备的是什么，但肯定是什么大事。

每天都要弄柴，这是克鲁索的说法。把浮木和枯枝砍成能放进炉子的长度，或者用斧子劈成小块。他更常干的活儿是修院墙，在克劳斯纳外围呈半圆形的院墙类似那种天然的栅栏：他利用密密地长在一起的小松树的树干当桩，再把那些不太好的，比较细的矮树树枝编在一起。他自己把这道屏障称作外栅，但是内栅在什么地方却并不清楚。这道栅栏是一道天然的屏障，会随着季节披上绿衣，而且似乎还会自己长高。

克鲁索在劈柴墩那儿干活的时候，水池里的水都会跟着颤动。艾德看过一次他劈柴，当时他被斧头的节奏，还有那个完美无瑕的身体安静有力的动作深深吸引了。木块被认真地劈成柴火。艾德知道外面的人不可能透过糊满污渍的洗碗间窗户看出他是谁，但克鲁索却突然停下来招了招手，随后，他就出现在艾德身边，手里还提着斧子。克鲁索严肃地微笑着（这两种表情在他椭圆形的大脸上总是奇特地结合在一起），又一次握住他的胳膊，然后领他在院子里转了一圈。

“花园得圈起来，不然野猪会把所有的东西都拱得底儿朝天。”他说着，指了指树林边上的一块地，如果仔细辨认的话，能看到几块苗圃，种的东西外面埋着些烈酒瓶子，围成一圈，看上去就像酒鬼的花园，像酒鬼想要与世界和解的愿望。

克鲁索跪下来，把手放在苗圃上。

“它们是为这个来的——它们嗅到了自由的气味，跟人一样。”

他看了一眼艾德的眼睛。

“去年它们把整个园子都糟蹋了，所有蘑菇和神草。剂量当然过大了，之后所有的野猪都感受到了彻底的自由，摆脱了一切束缚。它们不知道游了多少圈，围着岛，结果引发了射击警报。你见过野猪游泳吗，艾德？爸爸、妈妈、孩子，排成一列在水里游，你根本想象不出它们能游那么快，猪鼻子高高地支在水面上。它们也就是那样被打死的，爸爸、妈妈、孩子——啪，啪，啪。他们脑子里只可能想到：逃跑的人，侵犯边界的顽固分子，连喊话和开枪示警都不管用。一时间，下面的沙滩都被染红了，过了好几个小时，他们才发现自己弄错了。所有野猪都从水里捞上来了，厨师迈克当然想看看能不能给克劳斯纳弄点新鲜肉来，但是想尽办法也没弄着，对待逃跑的人就得用对待逃跑的人的办法：没有它们，也没有尸体——它们根本就不存在。”

克鲁索盯着地面，嘴唇没有血色，眼睛几乎闭着。这个男人让艾德感到既陌生又熟悉。并不是真的熟悉，应该说是他渴求的一种亲密无间。

克鲁索从苗圃里拔掉了些什么，艾德分不清有用的草和野草，他试着去领会刚才的那个故事，想问问克鲁索关于草的事。

“那些野猪的血液里有了太多的自由，你懂这是什么意思吗，艾德？这种自由……”他指指种药草的园子，又朝克劳斯纳的方向比了个手势，没有再说下去。

台阶底端的海滩上全是石头，艾德于是朝北边走了一段，来到最近一处有沙滩的地方，那片沙朝海里伸进去。他带着那个笨重的大笔记本（封皮上有 G 的题字），本子裹在毛巾里。艾德本以为自己能在午休时间静一静，呼吸一下大海的味道，思考思考，但他太累了，最终只是坐在那里，望着海面。虽然抹了油，他的手还是好像要散架似的，皮肤上布满小孔，白乎乎，皱巴巴。浮尸的手，艾德心想。他的指甲像从甲床上脱开似的摇摇晃晃，如果想的话，他可以毫不费力地把指甲从肉上拔下来。他摊开手心冲着太阳，把手放在怀里，看着水面。

不管怎样，他的眼睛好受多了。恐惧依然在他的骨髓中跳动（没有跳！），但轮廓已经被洗碗间里充满洗涤剂和腐臭味儿的水汽泡软了。筋疲力尽的感觉让他想起了在建筑工地上当学徒的那几年，想起青年时代的那种几乎已经被遗忘的疲惫（他这样说，就好像自己现在已经老了似的），他感到一种就像思念家乡似的对劳动的渴念。这种身体上的，仿佛与生俱来的渴求一度几乎被遗忘，或者更确切地说，已经完全被抛弃了。大学学习磨去了他的轮廓和个性，在劳动的过程中，他又变得像他自己了，劳动让他回归了一种具体的相似。“疲惫不堪[1]”，他的存货们又开始嗡嗡作响，艾德赶紧往水里扔起了石头。他不知道自己是不是通过了考验，他现在算不算是克劳斯纳的洗碗工。

回去的路上，艾德捡了浮木，有树根，还有木头片，那大概是船只的残骸，到最后，他胸前已经抱了很可观的一大捆。顺着台阶往上爬时，这些粘着贝壳和海藻的木头险些从他手里滑落，但他不会允许这种情况出现：他无论如何都要通过考验。台阶很陡，汗水流进了他的眼睛，他想象着克鲁索看到自己会是什么样子。他那严肃的微笑。他看着艾德，

[1] 原文词语引自歌德的《少年维特之烦恼》。

这个还没驯化的人领悟得很快，从第一天开始就证明自己是个有用的人。艾德走到堆柴火的地方，丢下那捧木头时故意弄出很大的响动。他在迷失生活方向的时候找到了一个千金难求的导师。

早餐

6月21日。只有在早餐的时候，克劳斯纳的水手们才会全体到齐。艾德很快就意识到，在这里想不准时是不可能的。每天早晨七点，长条桌上的早餐就已摆好，十二个盘子，每边五个，两头再各放一个。艾德的入队仪式只持续了几分钟，但当时的场景后来还经常浮现在他眼前，会那样倒也不奇怪。

等克鲁索和厨师迈克落座后，艾德在桌子靠墙的那一边挑了一把椅子，他的选择是正确的，这还真是他的前任，那个叫“辐条”的人的座位。谈话中，还有人不时地提起辐条，但也不过是为了拿这个家伙说笑而已——他显然没有通过克劳斯纳的考验，“并且从其他方面看也不合适”。克鲁索是这样说的，言语间仿佛暗指什么有约束力的守则，“艾斯卡”们的法典，艾德不由产生这样的想法。

现在他已经弄明白了，所谓“艾斯卡”不过是“旺季短工”的缩写字母“SK”。艾德联想到了“艾卡”（EK），也就是部队预备开除的那些兵。他服兵役的时候，部队里曾经有一个“艾卡运动”，那是个混杂了粗鲁的，甚至致命玩笑的大杂烩，其中包含着对臣服态度的强烈要求（总结起来就是一种外化了的对“自由”日的憧憬，憧憬被开除）。跟那时一样，现在同样会有“艾斯卡运动”，这是艾德推导出的结论。当然，这场运动会有完全另一套规则，正因为如此，尽快适应这里的法典就更是只有好处。艾德想到了那个跟自己一样是个所谓“新人”的兵，一个“蛋子”，服役不到半年的兵。在一个被称作“乌龟”的游戏中，“艾卡”们把钢盔绑在他的膝盖和胳膊肘上，然后把他抛进简易房的过道里，被扔的人在光可鉴人的地板上空画出一道长长的弧线，这地板是他之前亲手上蜡抛光过的，干了好几个小时。他飞行的距离尤其远，一直飞到走廊尽头的墙上，并且在那儿撞断了脖子。

听到大家拿失踪的洗碗工打趣，说他是软蛋或者害怕干活儿的废物，克鲁索从不跟着笑。辐条，那个孤儿院的孩子……一开始，艾德还以为这说法是个粗鲁的玩笑，后来才听说他的前任真的是孤儿，成年后就直接从孤儿院（“孤儿院的！”）来了岛上。似乎并没有人真的关心这个既没有父母，也没有兄弟姊妹的辐条突然离开是去了哪儿。艾德脑袋里突然莫名其妙地闪过一个想法：这里就像失踪前的准备室，没人关心其他人接下来会去什么地方。有些人是跳槽去了其他饭馆，这种事似乎的确发生过，那些饭馆的条件和状况都更好，“草地角”和“荆棘岩”给的工资就更高，放弃休假还有奖金，甚至听说还有“周末补助”，在“岛吧”，端盘生的工作包括擦刀叉，或者额外付洗碗工 5 马克，让他们干这个活儿，反正哑巴罗尔夫是这么跟他说的，谈到钱的时候他终于张口了。但艾德关心的并不是钱，他从来就没关心过钱的问题。

辐条留在房间里的不光有酸臭气、牙刷、眼镜和一屋子的蟑螂，柜子底部还有他的一个包，包里有一件暖和的手织毛衣和一双麂皮鞋。这种当短靴来卖的平底鞋鞋底很薄，非常抢手，很难搞到，所以它们被留在这里就显得更加奇怪。也许有一天，辐条会来收拾他的东西，艾德想，他没有碰那个包。

吃早餐的长条桌就是所谓的工作人员餐桌（或者叫员工餐桌），桌子放在就餐区比较靠里的地方，在房间的凸出部分里，克龙巴赫小办公室的门也在那里。所有人都落座后，那个用板子隔开的房间打开了，包裹在爱丝蕾邦香雾里的克龙巴赫走了出来，来到自己的椅子背后。他边走边搓着手，仿佛什么事大功告成，或者至少在这个时刻一切都已经成功。克鲁索马上站起身，从吧台上拎来热气腾腾的、布满褐色条纹的咖啡壶，先给克龙巴赫，他自己，还有厨师迈克倒了咖啡，然后把壶放在桌子中间。艾德发觉克鲁索的每一个动作都做得全神贯注，那姿态与他在洗碗间和劈柴墩前就曾流露出的骄傲相得益彰。克龙巴赫和厨师迈克都用不显眼的动作表示了感谢，看上去有些拘谨，不过那也可能是艾德的错觉。

克龙巴赫嘟囔了几乎不关痛痒的话，昨天夜里的天气，洋流，海浪，还有早上的风，就像大家现在是要出海去打渔一样。然后他抱怨说海岸边又滑坡了，在“信号杆悬垂岩和死人岩之间”。他应该已经到过海边了。没有人说话，或许是在为不断缩小的小岛默哀一分钟。让人感到舒服的沉默，一时间只有吃早餐的声音，以及外面峭壁顶上一只海鸥讥讽的叫声。通向平台的两个门扇大敞着，海洋的气息涌进来，冲走了昨夜留在就餐区里的浊气。艾德闭了闭眼睛，看到了熊马的头。没有眼泪了。

早餐有小圆面包，大面包，肝泥肠，茶点肠，几角软干酪，一些萨拉米香肠，切片奶酪，还用盘子装了一块颤巍巍的混合水果酱——用厨师迈克的说法，“两人份的员工套餐当成十二人份的员工早餐”，他带来了自己的超大号咖啡杯。艾德笨手笨脚地挖着果酱。过了几分钟，经理开始谨慎地对大家下达指令，声音小得几乎听不见。所有的餐刀都在半空中顿了一下，艾德能感到大家的全神贯注。“有一件事，我怕忘了……”克龙巴赫小声嘟囔着，是关于气瓶和已经破旧不堪的扎啤机。克鲁索有办法。基本上克龙巴赫只是跟克鲁索维奇或者厨师迈克说话。克鲁索沉思着，手在自己健壮的臂膀摩挲着，垂着的头微微斜向一边。才刚刚六月，他的皮肤就已经晒成了印第安人的棕色。可望不可即。艾德看着那个略带些鹰钩的大鼻子。克鲁索轻轻地摇了好几次头，不过这只是说明他很专注，反正不是否定的意思。

厨师迈克正在一张旧包装纸上做记录，包装纸被他撕成了巴掌大小、形状不规则的一些纸片。他在用一支钝头的复写铅笔修改厨房接下来几天的订货单。他大汗淋漓，订货单开始变得字迹模糊。显然，克劳斯纳的厨师很自然地认为，为所有餐饮服务上的瓶颈找到解决办法是他的事儿。他的座位在长桌的另外一端，正对着经理，两个人说的话就在艾斯卡们形成的夹道里过来又过去。

“水手们，我要给你们介绍艾德加·本德勒。”

经理站起身，他介绍名字的方式让艾德感动，完整，有力，带着一种动听的，几乎是喜悦的声调，就像是种难得一见的温柔。他曾经感觉自己只是某个人的替身，那种不好的感觉现在暂时消失了，他似乎可以认为坐在桌边的就是他自己，他真正成为了这个还难以捉摸的一群人中的一员，进入了克劳斯纳的核心，在高悬于海面之上的这个地方。

“他在困难的处境下，经历了几天的四处游荡……”

在接下来的简短讲话中，克龙巴赫介绍了艾德“到目前为止的经历”，一半符合事实，一半纯靠想象。大家面无表情。最后，经理摊平手掌，一一指着桌边的那些座位，他先指自己右手边的空椅子：

“莫妮卡，我的女儿——今天没有出席。”

他的手指指楼上，然后开始绕着桌子指下去。“克里斯，米尔科和兰波负责服务，我们的端盘生，非常棒，可以说无与伦比，不管是速度、耐力，还是聪明才智方面，饭店学和哲学在我们这里得到完美的结合。”

克龙巴赫笑眯眯的，容光焕发的脸上没有一丝讽刺或者嘲弄。“米尔科是社会学博士，他跟你一样，艾德加，都是从萨勒河畔的哈雷市来的，他在我们这儿叫卡瓦洛。这位跟他有相同学位的是他的朋友兰波，我们的哲人——我都快忘记你的真名叫什么了，亲爱的，我是说，曾经叫什么……”他游走的手停了一下。“克鲁索你已经认得了，在我们看来他就是这个小岛的保护神。还有厨师迈克，他是吕根岛萨姆滕斯人，[1] 你开始

[1] 吕根岛（Rügen），位于德国东北部的波罗的海上，是德国最大的岛屿，希登塞岛位于其西北角。萨姆滕斯（Samtens）是吕根岛上一个小城。

几天跟他一起干过活儿，我听到的全是关于你的好话。罗尔夫，我们勤劳的船上厨师。那边，你的左手边坐的是卡罗和里克，也就是卡罗拉，理查德，我们站吧台的一对儿，真正的一对儿！我和他们，如果允许我这样说的话，我们有着同样的过去，在首都的过去，对吗，就叫它宫殿故事吧！总之，不管你有任何问题，都可以去找里克，他负责酒吧和服务。你右边是雷纳，他卖冰激凌，是我的女婿。”

经理的最后一句话似乎压低了声音，让人感到很奇怪。他柔软的手举到齐脑袋的高度，一起一伏，从一张椅子到下一张椅子一直画出了个半圆形，艾德觉得他的动作很像是在祈福。刚介绍到一半，卖冰激凌的就嫌恶地把头拧到了一边，所以艾德开始时一直低着头，省得看见他的脸。

“不要忘记，我们从某种意义上讲都是遭遇船难的人……”经理举起双手，仿佛要把世界全纳入自己的祝福之中，他再次压低声音，之后，他就仿佛把手插进了一堵隐形的墙里，或者水里，总之是插进了横在他自己和这个世界其余部分之间的某种东西里。

艾德很紧张，这样兴师动众的讲话让他感到不安，对于一个洗碗工，而且还是个后来的，这有些太隆重了，他很难集中精神听克龙巴赫滔滔不绝的讲话。在厨师迈克大汗淋漓、海象脑袋一般的脑壳上方的角落里挂着过去那些年饭馆雇员的集体照。其中几张上面用软笔写着年份，1984 年，1976 年，1968 年。在 1968 年的那张照片上，所有的男男女女都同时把啤酒瓶举到嘴边。这张照片看上去很怪异，让艾德过目难忘。对侧还有一组照片，跟服务人员面对面地挂着，那是一些光顾过这里的名人，一眼看去，艾德只认出了好莱坞导演比利·怀尔德和作家托马斯·曼，后来又发现了“邦女郎”罗蒂·兰雅。她的照片旁边挂了一张非常小的达·芬奇《最后的晚餐》的复制品，下面是一幅非常精致的赫定国王像，艾德知道这是冰岛神话传说集《埃达》里面的人物。在那幅画上，两个男人正缠斗在一起，难解难分，很难说他们是为了生与死，还是为了爱情在搏斗，或者两者兼有。画的标题是“赫定在赫定岛[1]上”。名人与员工被安放得让他们不互相看都不行。在所有这些画像和照片的上方还高悬了一幅照片，几乎挨着天花板，像祭坛尖顶上的圣像一样，照片上面是穿着修士长袍的亚历山大·艾滕伯格，身边跟着一头驴和一只猫，“我们把这当作克劳斯纳创始人的遗赠……”——讲话的这个部分艾德听到过。最新的一张照片还没有镶框，只用大头针钉着，是四月份旺季开始时照的。艾德认出了那个应该是辐条的人，一个瘦得皮包骨头的高个。他拘谨地笑着，两个门牙中间有条缝。艾德认出他是因为那副眼镜。他为什么把眼镜留下？

“……在我们不是被大海或者鱼，而是被陆地唾出来的时候，是这座岛拯救了我们……”克龙巴赫开始讲“克劳斯纳的其他任务”，并再次把它称作“我们的挪亚方舟”（雇员们显然决定今年要把危岩上的这个旅馆至少开到平安夜，或许还要撑过冬天，并且要“在上面这里同舟共济”，克龙巴赫就像在说困难时期某个要同舟共济的家庭一样），艾德想象着自己是1968年那群举止放纵的雇员中的一个。他悄悄看了看克鲁索，想看看他会不会也是叛逆的六八年代的一员。

克鲁索的脸板得平平的像石像一样，仿佛正在祈祷似的。厨师迈克擦掉额头的汗水，把擦汗的手巾捏成一个小小的金字塔。那个被克龙巴赫称作卡瓦洛的端盘生喘着粗气，烦躁不安地看着外面的院子。天花板上的吊扇发出轻轻的嗡嗡声。这些已经被尼古丁熏成黄色的电器污渍斑驳，是二十年代留下来的老物件，售卖男式西装布料的柏林商人埃米尔·希尔泽科恩搞的装备，“非常精致的布料。”克龙巴赫在简短地介绍历史时强调说，至少流进艾德耳朵里的，或说从他耳边奔流而过的话是这样说的。风扇的摩擦声仿佛把克劳斯纳挪到了更加靠南的地方，当然，也可能是更靠北或者靠西，到了广阔大海上的某个地方。不断转动的风

[1] 希登塞岛的旧称。

叶更加强了水的流动，像神奇的螺旋桨，把员工餐桌连同正在吃早饭的雇员们一起带起来，将这个本就已经离开陆地和国家很远的地方带向更远的地方……

艾德从幻想中回过神来时，看见克龙巴赫正隔着桌子，向自己伸出赐福的手。艾德跳起来握住那只手，因为惊讶，所以动作有些莽撞。克龙巴赫握他手的时间似乎也可以不用那么长，艾德则按照从小学会的规矩看着经理的眼睛。克龙巴赫眼睛也看着他，但艾德感觉不到他的目光，只看见眼睛周围的那片发着光的，总像刚抹过面霜似的皮肤，还有中间有个黑点的那个湿漉漉的蓝色圆球。视觉仿佛因为疲劳或者疾病而变得模糊，又或者那视觉并不属于刚刚像一个真正的船长体贴又严肃地讲完话的经理的眼睛。事实上，他也不像是在看的样子，他仿佛并没有看什么具体的目标——或者说看着所有的目标，所有与他、艾德和克鲁索有关的目标，还有将要发生的一切，克龙巴赫看到了他的内心。他能看出艾德并不符合那些没有明说的前提条件，看出他从根本上来说是不适合的。

“全体上甲板集合！”大家一起举起咖啡杯，早餐结束了。“干！”雷纳把杯子重重蹾在桌子上，打了个嗝。克龙巴赫一转身钻进了自己的小房间。艾德成了这里的一员。

圣诞松

入夜，浪声停息，海面凝滞，树林也凝滞。雾笛响起。

“随着整点报时的最后一响……”

艾德摸索着走向用人楼梯，天空纯净，这是个让人捉摸不透的穹窿。松树们已经在等着他了，它们是他的朋友，是可以倾诉的对象。每隔二十秒，灯塔的光扇就会抚摸过松林的枝条。

这里有一棵孤零零的大树，长的位置非常靠前，几乎已经到了悬崖边缘。在短暂的一瞬间，它完全暴露在灯光下，像被当场擒获、正准备下海的逃犯。这棵树被“艾斯卡”们称作“我们的圣诞松”，或者叫“彩灯松”。三天前，他们聚在这棵树的周围，朝着天际举杯——圣诞快乐，预祝即将到来的旺季一切顺利。这已经成了他们的传统，理由是他们要跟自己最亲近的人，自己的“家人”一起庆祝这个节日，等到冬天，大家就又都变回一个人，不再有彼此。他们那天还唱了歌，唱《圣善夜》，还有《哦，愉快的圣诞》。“我在岛上的第三个圣诞节。”兰波说，他挨着艾德站在平台上。有几个“艾斯卡”还化了妆，有几个脑袋上顶着蜡烛。他们在夏至这天庆祝这个节日，然后还一起去“卡尔·克鲁尔[1]”吃了

[1] 卡尔·克鲁尔（Karl Krull，1905—1932），德国教师，社会民主党人，在一次反抗纳粹的行动中受伤牺牲。

饭，那儿有鸭肉配紫甘蓝。这一系列举动感觉像是在挑衅，“实际没有那个意思”，兰波说。

兰波住在养蜂小屋里，那是树林里的一个小棚屋，从属于整片建筑群，离克劳斯纳不远。他在那里有自己的天地，接待他自己的访客。把新蜂王带来岛上的养蜂人和被兰波称作书商的人每周一次轮流着来。书商（艺术出版社的销售代理）有一个特别的背篓，像背煤人的背篓一样扣在脊背上，他用这东西把自己的货物背到高高的荆棘岩上，有珍贵的印刷品，精美的书籍，也有出自那些难以企及的出版社的珍贵书籍。兰波则通过提供住处来换这些书。

艾德冷得直发抖，他的一只手还放在圣诞松上，在灯塔灯光的照耀下，松树皮闪烁着亮光，像史前动物的皮一样。他走到断崖边，侧耳向深处听去，那里有细微的沸腾声。海水被推进卵石间，然后又被拽回去。波罗的海发出哮喘般的沉重呼吸声。他朝前微微弯下身，想跳的欲望还在，没准一直都在。艾德懂了，人总要不断为自己的生活抗争，一方面抵制那些不断发生的事，一方面对付自己和想放弃的心。

在所有雇员中，他最喜欢克鲁索、厨师迈克和吧台夫妻。卡罗拉和里克从一开始就敞开怀抱接纳了他。三个端盘生是个小群体。克里斯一副温和、好脾气的样子，但是卡瓦洛和兰波就不一样了，他能感到这两个人的火爆脾气。兰波衣着整洁，身上有股老式的阳刚气。他是唯一一个穿上燕尾服显得合体的人。浓密的头发像头盔一样，其中夹杂着几缕闪亮的银白色，分布得非常均匀，整整齐齐像是刷上去的。

卡瓦洛和兰波经常被客人们弄混，两个人其实长得并不像，唯一的解释就是他们嘴上都有一撇胡子，但卡瓦洛的那一撇细得多，不过就是嘴唇上方细细的一道而已，而兰波的胡子则像一把仔细修剪过的浓密的刷子，说话或者朗诵时，他就喜欢把一根小手指搭在胡子上。尽管如此，还是常有客人问他俩是不是兄弟——“长得这么像……”这简直像是把达利和尼采混为一谈。当然，客人们也只是为了表示友好，他们只是话多而已（或者是为了给自己的假期罩上一层光环，因为他们跟希登塞岛陡峭海岸上那个传奇饭馆的服务员说了话，这等回了家是可以拿来大说一通的），但一这样，卡瓦洛和兰波就拒绝服务，幸好还有克里斯。

撇开胡子不说，卡瓦洛和兰波的确是好朋友。他们一边干活一边下棋，棋盘总是摆好的，放在紧挨吧台前边的那张供端盘生休息的小桌上。如果没时间上桌子那儿去，他们就在客人们的脑袋上方互相喊出一步步的棋。艾德觉得他们就像古代的鞑靼人，可以一边成几个小时地并肩骑马穿越草原，一边下完一盘盘棋，全用喊的，不用棋子。偶尔艾德会看见卖冰激凌的雷纳出现在休息桌旁，但他并不下棋，只是守着棋盘。这个卖冰激凌的话很多，说着笑话，对着冰激凌桶露出空洞的笑容。

但是，卡瓦洛和兰波也经常发生争执，因为哲学或者政治，有的时候也因为女人。“不过是争一日的长短。”里克解释说，同时准备好相应的饮品。

客人就餐区正中的一根立柱旁是威严的收款台。兰波不管什么时候来到这个异常高大的台子前，都会看着那个跟他同名的诗人的照片，轻声说出那个问题。

“荣誉，你什么时候来？”

那是一张诗人年轻时的照片，复印的效果很差，从杂志上撕下来贴在一张硬纸壳上。开始在这里干活的那天，兰波把照片贴在了收款台上，从此才得了这个别号。艾德本来打算把这个当作跟兰波有关的各种传说之一，直到他亲眼看到了那一幕——扬起的头，颤动的胡子。

“荣誉，你什么时候来？”

为什么月亮和男人要结伴去海上

还不到十二点，平台上就已经挤满了客人。每天早晨满满四大船来一日游的人，这些人从港口一波波涌向高高的荆棘岩，仿佛这里再没有第二个去处。林前的空地和四周的树林中，甚至连海岸的危崖边上都挤满了游客，一副虎视眈眈的样子。有些人还站在外围就开始点餐，没多久就有几个人肆无忌惮地挤到了桌子中间，横在服务员上菜的路上。他们低头看着餐桌，一边议论饭菜，一边伸出手来指指点点，手指几乎戳进饭菜中去。他们试图用充满敌意的表情把那些坐着的客人从座位上撵走。服务员们喊着“小心！”“注意！”，但就算再严正的警告也只能起一会儿作用。不知什么时候，克龙巴赫开始在啤酒花园外面兜圈子，安抚那些尤其不耐烦的人，把他们像领出迷宫似的劝回到平台边上，他捉着那些人的胳膊，领着他们，仿佛他们是盲人一样。有的时候，他也会跟这些人一起走到峭壁那里去，站在海边的危崖上——为了把这些人推下去，艾德心想，倒不失为一个解决办法，那样也能让“高峰时刻”这个词更有深意……

“高峰时刻”真是让每个人都使出了浑身解术，艾德很快就开始明白隐藏在“船员”或“团队”这种大概念后面的含义。克龙巴赫平常几乎从不离开办公室，这时他从裤兜里掏出一截灰色的绳头，高举双手开始演示水手结的编法。他结出各种心，把它们举在空中，引起一片掌声。有人表演，大家一下来了兴趣，特别是这个表演显然并不是计划好的，完全即兴，既无需门票，也没有审查，完全就是那种只有在这里，在这个岛上才可能有的奇特经历。

艾德始终不明白克龙巴赫在打水手结时玩了什么花样，这些灰色的心显然对那些游客产生了同样的催眠效果，就像当初对他一样。结了四五个心之后，经理弯腰致意，然后从裤兜里又掏出些小绳头，分给站在四周的人。那些人满脸的难以置信，像接过什么特别珍贵的东西一样接过绳头，马上就有人开始在短短的绳头上打结，至少是试着打结，一时间，自己结出心的魅力超过了煎肉排或者烤牛肉。

没多久，兰波和卡瓦洛就跑了起来，只有克里斯还试图保持走的节奏，但也不得不最大程度地加快脚步，直到升级成他标志性的一瘸一拐。大摞大摞的盘子摇摇晃晃地被送到水池边，上面沾满残羹，必须马上洗出来，擦干，备用。（储备的盘子总是不够用。）厨师迈克苍白的海象脑壳不断出现在厨房弹簧腰门的上方，他的咒骂并不恶毒，也没有挑衅，但却有一种无人能及的戏剧性和急迫，每天的“高峰时刻”都会响起这种咏叹调，吟唱着缺少的盘子、刀叉、碗，还有缺少这些东西会有的后果：崩溃、死亡。这咏叹调一唱响，慢工细活的时间就结束了。整摞没清理过的盘子直接被丢进水池里，然后再猛回手把浮在水面上油乎乎的剩肉排、土豆、沙拉或者煎肉饼刮到地上。比较熟练了之后，艾德可以连续快速回两三下手，只消几秒钟，盆就清理出来了，他只需要注意不把干净盘子弄脏就行。这样做有一个缺点：到了晚上，他们只能在已经踩成烂泥的、令人作呕的垃圾里艰难行走了，剩菜汇成的烂泥塘在鞋底下发出暧昧的声音，要不了多久，艾德走在瓷砖地上就已经像穿了溜冰鞋。为了防止服务员们滑倒，克鲁索隔一会儿就会去清扫、擦干“进场航路”——即便是现在，大家几乎都已经晕头转向的时候，他还是那么周到，有责任感，体贴。艾德真想拥抱他。

克劳斯纳的温度计显示43度。他们像牲口一样干着活儿，就这样还是跟不上。阳光刺穿了窗户，洗碗水让屋里弥漫着一种可怕的闷热。卡罗拉在吧台准备好茶，然后用一把棕色的大陶壶端到洗碗间来，他们就一升接一升地往肚子里灌这个茶。茶壶总是放在艾德背后吊饭菜的升降机的开口里，这以前可能是用来往地下室，或者上面的用人楼层吊饭菜的，现在只是用来堆放杂物了。因为没有时间把茶倒出来，艾德就直接对着壶嘴喝。匆忙中，温热的茶从壶口一下泼在了他的脸上，不过问题不大，因为他赤裸着上身，腰上扎的擦碗布也早就被洗碗水和汗水湿透了。他是船上的摇橹奴隶，觉得自己就像光着身子，连阳具都是湿的，吊在双腿之间直发痒。

“高峰时刻”开始一小时后，卡瓦洛第一次学了马叫。他恣意地蹦来蹦去，像个正在学马跑步的小孩，同时发出短促的扑哧声、响鼻声，薄薄的嘴唇颤动着。这幅样子很难让人跟卡瓦洛平常的表现（沉默寡言）联系在一起。“罗——马，”兰波的喊声穿越克劳斯纳，讽刺着他的表演，“前进，前进，展开双臂！”艾德很欣赏兰波大张双臂旋风一样在屋里卷来卷去的样子，就像在用足尖移动，还有他一只手收款的样子，整理收据，一动不动几秒钟，在一丁点儿大的小票上辨认着什么，同时（用另外一只伸得越来越长的胳膊）从吧台上端过放着啤酒和汽水的大托盘，动作流畅，就像手上也长了眼睛似的，与此同时眼睛还盯着出菜，并冲正画着之字形从身边掠过的克里斯神不知鬼不觉地做个手势。

“荣誉，你什么时候来？”

“高峰时刻”到达顶点的时候，兰波开始背诵句子，都是些跟粪便或者色情有关的句子，跟他高雅的外表形成鲜明的对比，里面流露着一种艾德说不清楚的仇恨，一种深不见底的蔑视，蔑视生活中的一切和生活本身，但艾德觉得他想说的又绝对不可能是那种意思。他声调里的那种狂热和亢奋的战斗情绪表达的也是另外一种意思。艾德认为兰波讲这些下流话是哲人与负责结账的服务员艰难结合的一种表现，作为服务人员中绝对读书最多的一个，兰波每天都会极力出色、骄傲地完成这种结合。有时，兰波会突然开始说法语，“mon plongeur, mon ami，”[1] 跑向洗碗间的路上，经过克龙巴赫的门口时，兰波会大声地用法语骂他：“Chef du personnel — une catastrophe !”[2] 在平台上露过面后，经理就没有再出现。

艾德卖力地干着活，让剩余的思想和感觉都跟着汗水一起流出身体。他一刻不停地干活儿，直到确实筋疲力尽才感到踏实，在这种时候，他觉得自己变干净了，摆脱了自己和自己的不幸，他只是一个洗碗工，用适当的方式在混乱中找到一席之地，仅此而已。

第一次时，艾德还以为克鲁索在解释什么，以为是他那些指令的延续，所以要特别留心听。他的耳朵已经适应了洗碗间里的回声，尽管如此，他还是只能听到不断重复的个别词，是“男人”和“大海”。

“什么？”艾德在“高峰时刻”的喧嚣声中大声叫道，可能声音太大了些，因为克鲁索的手突然停了下来，水迸溅在洗碗池壁上。

“经过高芦苇，经过低沼泽，小舟向大海进发。”

这似乎是一种什么咒语，因为周围的人突然都静了下来，连厨房里的收音机都不出声了。克鲁索始终低着头，艾德认为这次谈话还没有开始，就已经结束了。他把手伸进池子里去拿盘子，这时，众人的合唱声突然响起：

“经过高芦苇，经过低沼泽，小舟向大海进发。小舟和月亮一起向着大海进发……”

艾德听到身后有兰波和卡瓦洛的声音：唱着歌，喘着粗气，负重的人，他们张开的胳膊上端着脏盘子，看上去就像荒诞剧中的龙套。他们身后的昏暗中站着卡罗拉，声音低沉、美妙：

---

[1] 意为“我的潜水员，我的朋友”。

[2] 意为“人事经理——真是灾难！”。

“他们结伴去海上，小舟、月亮和男人……”

克鲁索的声音变得很轻，男低音们却愈发响亮。那是厨师迈克和罗尔夫的声音：

“为什么月亮和男人要结伴去海上，要去海上！”

艾德还没弄明白这是怎么回事，服务员端的盘子就哗啦啦进了他的水池，克里斯从众人身边跑过，大声叫着“要去海上！”，同时拥抱了克鲁索。克鲁索几乎动也没动，但并没有嫌恶或者不自然的感觉。这非常符合他们一起吟唱的这首歌的庄严气氛，这显然是一种类似克劳斯纳之歌的东西，“我们的圣歌。”克鲁索后来多次这样称呼这首歌。

和打结的心、卡瓦洛的马叫一样，这首男人和海的合唱曲也是“高峰时刻”的仪式之一，是情绪的亢奋时刻，是“高峰时刻”的顶点。之后几分钟，厨师迈克在厨房里用意大利语大喊“收工”，这意味着 à la carte[1] 的结束。菜单被迅速收走，在有些特别失望的顾客那里，惨白的复印纸本子几乎是硬从手里抢下来。还有两三个菜可以点，多半是俄式蔬菜肉汤，奶油猪排或肉卷。克里斯负责喊出这些临时菜品的名字，他像个大男孩儿般随和，因此也是最受欢迎的服务员。我们最棒的服务员，兰波噘着嘴捏着嗓子说，兰波和卡瓦洛特别喜欢嘲弄克里斯。克里斯是去年从马格德堡[2] 来岛上的，以前是电工，或者像他自己说的，弄电的。

克里斯已经像个托钵僧一样跛着脚跑来跑去两个小时了（油腻的黑色鬈发在脖颈上懒洋洋地跳动着），他走出去，像国王的传令兵一样一动不动地站在通向平台的台阶上，一直等到大家安静下来，眼睛齐刷刷地看着他。然后他喊“蔬菜肉汤”，想吃蔬菜肉汤的人要学会大声清楚地说“这儿”，同时站起来，克里斯的理由是“这样我好看得清楚”，既合逻辑又容易理解。往外送菜的时候也一样，克里斯常常用两条胳膊托着六七

[1] 法语，意为“点餐时间”。

[2] 马格德堡（Magdeburg），德国东北部城市，萨克森－安哈尔特州的首府，是该州仅次于哈雷的第二大城市。

个盘子冲上平台，嘴里喊着“煎肉排”，点了这个菜的人要站起来大声喊“这儿”，这些人的声音经常大得有些过分，希望借此成为首先获得服务的那批人。有些人更夸张，他们喊“这儿，长官！”，或者一磕脚跟，这时克里斯会用流畅的动作让一个个的盘子，或者一个个的碗滑到桌子上，同时冲他们喊“二十个俯卧撑！”，或者“去做下蹲跳！”，同时把头猛向后一仰，脸上的表情忽而轻蔑，忽而疯狂，当然，所有这些都不过是玩笑而已。

尽管如此，有些人的军礼还是挺认真的，仿佛克里斯真是什么更高的权威，或者他唤醒了某些客人身上不受控制的什么东西。有些客人真就扑倒做起了俯卧撑，或者双臂侧举做下蹲跳，惊起一片躲在周围灌木丛里等着捡剩饭吃的鸟。有些客人简直不懂得分寸（艾德母亲会这样说），假期显然不能充分满足他们，或者这就是生活空虚的完整体现。克里斯无所谓，“高峰时刻”一过，他就不再管这些人的生死。13 点 30 分厨房下班，14 点整，通向平台的门就锁了。

兰波和卡瓦洛扯下身上的外套和衬衫，在洗碗池上俯下身子，用手满满地舀起凉水泼在胳肢窝里。扛过了“高峰时刻”的艾德走到外面的卸货台上，往被洗碗间的污浊蒸汽弄得很不舒服的肺里猛吸新鲜空气。他觉得自己就像结了一层硬痂，像还没有完成石化过程的化石，脸上的皮肤像旧皮革一样紧绷绷的，手上的皮肤却散了形，像一层白色的小碎片围在手指尖上。他觉得站不太稳，头有点晕，这跟那个像糖浆一样的洗碗精有关系，这种洗碗精没什么泡沫，但是却能制造折磨人的蒸汽，搞得他胃不舒服。

跟大家一起坐在休息桌旁吃饭的时候，艾德看到自己盘子上的那块全是筋的猪肉排，忍不住想到之前看到的那些肉，切碎的，嚼烂的，吐出来的，踩成泥的，或是在池里的洗碗水中浮浮沉沉的。实际上他每天吃洋葱就够了，不需要再吃别的。他很累，不想再动，只想躺着，舒展身体，睡觉，尽管如此，他还是坚持每天到下面的海边去。

出发前，艾德会跟其他人在院里的桌旁坐一会儿，后来，他还是吃了些东西，并且抽了烟，他又开始抽烟了，所有人都在抽烟，没什么人说话。这是一种沉重的满足感，他当年在建筑工地上时就特别喜欢这种感觉，那些他去上大学前的岁月，还没有迷失在语言的各种故事中，由句法、形态学、正字法和词汇学构成的迷宫一样的建筑，蠢人的旋转木马，这是那些上了一年大学的学生们给这些专业的考试起的名字，饱含厌恶和敬意，相当于医学院的预科考试，只是他们的考试是由穆齐尔和克莱斯特的句子组成的，[1] 这些句子给不少人带去过绝望感和挫败感。

艾德很享受这种满足感，这是一种荣誉感：这一刻，自豪将他们所有人结合成了一个整体。这种真诚的自豪或许并不在于他们的工作类型（苦力），而是因为他们实际上完成了不可能完成的任务，顶住了一场暴风骤雨。除了旺季“高峰时刻”带来的混乱和挑战，再没有什么能让他们更清楚地感受到集体的存在。毋庸置疑，他们是会为自己的船战斗到最后一个人的水手，凭借各种机敏，穷尽了饭店经营的各种花样，还要加上各自教育或者艺术背景留给他们的技艺。他们在这场宏大、混乱的行动中完成了不可能的任务，显然也因此满足了克鲁索口中的那个荣誉法典的要求，那个将“艾斯卡”们结合在一起的法典。他们借助一种特别的疯狂，结合了餐饮业与诗学的精华，让自己的挪亚方舟日复一日，保持不沉，拯救小岛于飘摇之中。

[1] 穆齐尔（Robert Musil，1880—1942），奥地利作家，其未完成的小说《没有个性的人》常被认为是最重要的现代小说之一。克莱斯特（Heinrich von Kleist，1777—1811），德国诗人、戏剧家、小说家。

两栖动物

15 点整，艾德顺着台阶从海滩回到高高的礁岩上。上台阶的时候，他所有的毛孔都淌着汗水，身体被太阳烤得滚烫。海滩上没有树荫。他像往常一样，穿过一段树林，兜了个小小的圈子，尽量不让那些已经来平台上喝咖啡的客人看见。

“为什么，为什么，你到这儿还为了什么？”他不断小声嘀咕着，光着身子蹲在洗碗间黏糊糊的地上，让清凉的水顺着脑袋和脊背流下。他呆看着两个池子之间的缝隙，他的身影映在不锈钢水池上，池子里还泡着刀叉——之后，他才看见了那双脚。脚和腿从水池下面伸出来，一动不动的，像死人的肢体。艾德用来给身体降温的水顺着地面的走势，正好朝那个方向流过去，拦都拦不住。艾德吓了一跳，赶紧道歉，其实就是对着那双脚结结巴巴了一通。那是克鲁索的脚，他觉得是。

水池的下水管口离瓷砖地面有一个巴掌的距离，水哗哗地朝盖着篦子的下水道口倾泻而下。如果不想蹚着腐臭黏稠的洗碗水干活，就必须不时清理积在篦子上的食物残渣。克鲁索把这叫“除草”，这个活儿比“罗马人”更不招人喜欢。艾德不明白克鲁索为什么这样一声不吭地躺在水池子下面。说不定他根本没有发现自己，那自己就还有机会偷偷溜走。艾德正想着，听到一声响，那双腿的主人突然出现在他面前，同样赤身裸体，像个土著，气势威武，黏滑的身体闪闪发亮，右手提着他的大砍刀，其实是一把大菜刀，左手举着盖下水口的篦子，上面晃晃荡荡，粘着一条一米多长，黏糊糊的东西。他的胳膊上淌着一丝血，屋里有股让人难以忍受的气味。

“这个时间挺长了，可能有四个月，所以得多点耐心。”克鲁索一边解释，一边看着手里那条黏糊糊辫子一样的玩意儿，就好像那是他已经追踪了很久的什么活物一样。那东西越往下越细，到尾端已经成了一股细细的灰色水流。克鲁索的样子看上去，应该怎么形容呢，看上去斗志昂扬。他是一个斗士，远古的猎人，外表棱角鲜明，高大异常，体毛浓重。

“你在流血。”艾德说，终于找到可以说的话头，他松了口气。

克鲁索扔掉刀子，轻轻的一声“扑通”，水溅到了艾德脸上。狩猎的工具慢慢地朝盖在水池底上的那堆铝制刀叉沉下去，刀叉闪烁着淡淡的光，像宝藏，但这世上没有任何一个人打算拿起它。然后，他把淌着血的胳膊伸到水池上方，看着艾德的眼睛。这是探寻的目光，来自过去的某些时代的目光，那时候，他们还跟印第安人一起住在帐篷里，或者作为某个团伙的成员正制订抢劫计划，必须严格保密。这是交托秘密的目光。

伤口不深。艾德仔细清洗那条胳膊，抹掉皮肤和汗毛上的血迹。从大辫子淌下的冰凉黏液滴在他的脚趾缝里，但是他并没有动。克鲁索心安理得地接受艾德的服务，这种态度对艾德仿佛魔咒一样，让他感到莫名的舒坦，但他自己无法解释。这并不是因为他们赤身裸体，当然也不是因为艾德看到了克鲁索的阳具，而是因为克鲁索对他的信任，是他对克鲁索的用处。

那个辫子样的动物一定很沉，它在克鲁索高举的胳膊下轻轻颤动，克鲁索的胳膊在抖。这东西就像是一只两栖动物，或者两栖动物的幼虫，马上就要变成一只巨大的癞蛤蟆，要用自己黏糊糊的脊背顶开篦子，趁他们干活儿的时候咬他们的小腿肚子。

“铁锹放在地下室门口。”克鲁索说。这次他的声音太近，近到那个句子只是一阵嗡嗡声，艾德不得不把那些词重新摆好，然后一个一个理过去。

“铁锹。”克鲁索已经在重复了，大大的牙齿闪闪发亮，好像努力要表达得更加清楚。不过听上去跟他说“咖啡”或者“咖啡碟”没什么两样。克鲁索不是野人，他完全不同于野人。他光着身子站在洗碗间里，牵着一只陌生的动物。克鲁索很耐心。

“在——地下室——门口。”艾德一边重复，一边抓起一条擦碗布围在腰间。

他们把两栖动物埋在比较靠边的地方，但并没有离开克鲁索所谓苗圃的范围。克鲁索围着一条粉红色的旧“罗马长袍”。他说这是全世界最适宜蘑菇生长的地方，“四种蘑菇，还有八种不同的药草”。然后他就开始演示怎么用树枝把那个两栖动物从篦子上敲下来，怎么用力把篦子朝树干上扔（是一棵专门的树，艾德看到了树皮上的伤痕），一直到缠在盖子上的那些剩余的脏东西全都被磕出来，等等。

艾德第一次觉察到克鲁索说话时带口音。他把“是”说成“斯”，把“人”说成“仍”，他说“经藏”（经常），有事情“发僧”（发生）。是士瓦本[1]地区的口音，部分是，实际是各种口音的一种古老混合体。他很少带出这种口音，只在不留心的时候才会。

艾德干得很卖力。挖坑的时候，腰上的擦碗布松了，他让布顺着伸开的腿滑到一边的草地上去，但手并没有停下来。他自己也不明白为什么非要这样。他也感到害臊，但现在有更重要的事。要用光脚把铁锹板踩进沙土地里很疼，也很困难，艾德试着用脚后跟，一下一下地使力，他知道怎么用铁锹。克鲁索正在拔草根，并用手把沙子弄到一边去，他也应该能看出这活儿很困难，不过现在重要的是干完要干的事，不要显得无能。阳光晒着他的阴茎，睾丸用自己独有的可笑方式模仿着挖坑的

[1] 士瓦本（Schwaben），位于德国西南部，包括巴登－符腾堡州东南部和巴伐利亚州西南部，名称来自于中世纪的士瓦本公国。

动作。

最后，克鲁索拎起两栖动物放在坑里。直到这时艾德才注意到：无数显然属于人类的长长的毛发让那团灰色的黏糊糊的东西仿佛长出了血管，像刚刚剖出的器官上网状的血痕。其中有在午后阳光下闪着白光的金发，也有黑发，红发。艾德迟疑了一下，觉得就好像是奉命埋葬什么活的东西，活物（他母亲的说法），但克鲁索说了声“锹”，于是艾德把沙土覆在了那个两栖动物身上。

接下来是短暂的沉默，波涛声在沉默中响起，先缓慢，然后迅猛，震耳欲聋——一架灰色的喷气式飞机低低地从荆棘岩上掠过。“这里是自由循环一圈后的终点。”克鲁索喊道，像是准备念悼词，他的声音淹没在嗡嗡声中。“我们让人与自然间的物质转换回归原始族群的根。”他穿着粉红色的罗马长袍，看上去就像早餐桌角落里那张照片上克劳斯纳的创始人，只是缺了猫和驴，但至少还有艾德。艾德正弯下腰，想尽量迅速、不动声色地从地上捡起自己的围裙。

回克劳斯纳的路上，克鲁索说起荆棘岩上一个史前的巨石坟墓，还有历经三千年依然能够辨认出来的火堆遗迹，就在斯万提山上，那座圣山，某位国王的宝座……克鲁索说“贵王”（国王）。他毫不费力地让自己的步伐适应了宽大的罗马长袍，步态中有股古罗马护民官的庄严，而艾德却得不断把擦碗布扯正，他的腰一点挂不住那块布。

“黑洞。”克鲁索一边说，一边顺着克劳斯纳山墙外的一段台阶钻进地下。起先艾德看不见他，接着，一盏白炽灯亮起，陶瓷底座的灯悬在两个铸铁的自动循环锅炉中间。灯泡的玻璃罩子上落满了煤灰，灯光照在一堆碎煤饼上。“门边上没有开关，你得先摸黑走到炉子前面来。”一阵窃笑声，不过也可能是艾德的错觉。米格战斗机的轰鸣声还在他的耳朵里，他冷得发抖。

炉子对面放着一排大小不一，破破烂烂的柜子。“我们的军需柜，”克鲁索大声说，“还有这儿，档案柜！”他把一条花格裤塞到艾德怀里，裤子很薄，用一根布条当腰带，哑巴罗尔夫和厨师迈克穿的就是这种裤子。按说艾德不会愿意当着克鲁索的面换裤子，可他现在就这样做了。如果说他有什么能力的话，那就是这个：他能够感觉到别人想要自己做什么，他能感觉到别人的世界是什么样的。他有时候会特别清楚，他能理解，只要愿意，他也能照办。也许这是一种补偿，补偿他身上缺少的某种能够让人们相互靠近，成为整体的东西。

第一条裤子太大，第二条和第三条穿在身上，也让艾德看上去就像穿着小丑裤子的小矮人。这个步骤的名称是试穿与穿新装。鲁滨孙·克鲁索的星期五穿上了他的羊皮裙。找到合适的裤子后，克鲁索把一件长长的白色厨师外套放在艾德肩膀上。艾德感到了克鲁索的目光，里面充满好感。

“我想请你做件事。”

那些衣服上一股霉味，边已经被煤烟熏黑了。艾德有些犹豫是不是要穿，但同时他又有种被嘉奖的感觉——因为忠诚的付出？或者应该怎么说？外套下面的皮肤上起了一层鸡皮疙瘩。

“这件事对我们完成这里的工作非常重要。你看你能不能接手这两个炉子中的一个。清早6点钟就得生炉子，我们的房屋管理员总是忘。你知道洗碗间里如果只有冷水会多困难，基本就没法……”

克鲁索介绍炉子和黑洞里各种陈设的时候，艾德眼前浮现出住在日耳曼语言学院花园小屋里的那个房屋管理员，堆满一地的酒瓶，他还仿佛看见了车站旅馆的房屋管理员，正猫在地下室里，往小木头块上烙数字，他仿佛看见了克劳斯纳的房屋管理员艾柏林（他到目前为止还没见过这个人），醉醺醺地倒在床上，在岛上的某栋房子里，那里还住着他的母亲。艾德的眼前还闪现出自己的样子，就像上体育课一样，世界上所有的房屋管理员都按大小个一一登场，他排在最后面，头顶上标着“清晨六点”。

在接下来的日子里，这个地下室成了他的窝，他的藏身处，非常安静，远离喧嚣。在一个堆放饭馆旧家具的角落里，他找到了一张非常小的桌子和一个吧台凳。他把这两件家具搬到外面，刮掉霉斑，然后在太阳底下晒了两天。桌子放在他的窗台底下正合适，一个不好的地方是它散发出的那股忧郁的气味（朽味儿，煤味儿）。艾德把吧凳的腿儿锯短，但桌面还是太低。

生好了炉子（先要让木头充分燃烧起来，才能把潮湿的煤块放上去），艾德就开始四处巡视。一个柜子里装满了小肥皂，旅馆里用的那种，包着曾经应该是白色的纸，上面印着精致的黄铜色“皇宫酒店”字样。一个铁皮柜里装着文件夹和账本。铁皮柜后面有个小的夹室，但是锈迹斑斑的柜子根本挪不动，透过一个巴掌宽的缝能看到里面堆的破烂，老旧的体操器械，发霉的麻袋布，还有一个锡盆。“亚历山大·艾滕伯格说这个盆是他的焚烧器，他的火葬场，”克鲁索告诉他，就好像这一点对他的工作多么重要似的，“以前还配着一个骨灰匣。克劳斯纳的创始人做好了各种准备，他是自然的人，思想超前。他给这里所有的地方都起了名字，斯万特维山谷，旗帜山，齐柏林石。最后，这位老人别无所求，只希望自己能埋在岛上，但他们把他的骨灰撒进了海里。岛上的人不愿意有外来者埋在自己的土地上。这点到今天还是一样，只除了一些例外情况，比如像豪普特曼这样的大人物，或者那些无名的浮尸。”

转到最里面，艾德点起了那儿的蜡烛。在一个遮着塑料布的角落里有一个小小的正方形的坑，架着木头梯子。艾德把蜡烛放在地上，开始摘墙上的蜗牛。他没想到这些蜗牛在光滑的、被霉斑染成黑色的水泥上竟然能够吸得那么牢。每天早上，那儿都会冒出褐色的、黑色的蜗牛，搞不清从哪儿来的。他一直摘到手里捧不下了，这才爬到上面，把它们一股脑扔进火里。

艾德发现这个坑原来是个淋浴间，就利用在地下室的时间来清理它——他把下水道里陈年积攒的淤泥刮出来，敲掉淋浴头里的水垢。一开始，流出来的水带着铁锈和腐臭气，但是流了一会儿就好了。淋浴器虽然吱吱嘎嘎，声音恐怖，但是能用。只一会儿，水就没到了膝盖，随后水位测量仪就会启动水泵。等锅炉里的水烧到足够热的时候，他就能洗澡了：无与伦比的奢侈享受。这是继吃洋葱后第二件完全属于他的事。

蜗牛们在火里发着光，它们直起身体，躯体完全伸展，仿佛新生，随后突然缩小，发出轻轻的一声“噗”，像漏气了一样。“天知道它们是从哪儿冒出来的。”艾德冲炉子嘟囔着。火焰中接连发出噗噗声，然后他就开始捡煤块，非常仔细地，一块又一块。

维奥拉

6月28日

兰波今天给我看了一本书，还念了里面的一段。书名是《残酷的表演》，西边的书。每个星期，窝里的书都会换，有时还会有好几本，肯定是从书商那儿弄来的。我现在可以自己去拿窝里的书了，如果有时间的话。这里的所有人都属于一个集体。

每天中午十二点是艾德吃洋葱的时间。吃洋葱的仪式，再加上他的沉默寡言（仿佛就缺沉默来配合似的），最终成就了他好脾气怪人的形象：这个怪人没什么可怕，录用他也不可能是错误的决定。洋葱就这样证明了自己在克劳斯纳的地位。这里有学马跑和朗诵诗的服务员，有暴躁的卖冰激凌人敲着冰激凌桶，吧台的里克用各种故事和哲理将酒杯斟满人生哲学，在这些人中间，艾德是别人眼中那个稳定安静的点，他的水池也笼罩在全神贯注和谨慎从容之中。单从这点就能清楚地看到他和克鲁索之间的亲密关系，就像鲁滨孙身边跟着星期五，越来越频繁地看到这两个人一起出现并没有让任何人感到奇怪。通常，艾德只是作为新来的洗碗工和司炉工接受每天的工作安排。艾德惊讶于这些改变，他又一次因为这一切都发生在自己身上而感到奇怪。偶尔，那个害羞的，不愿意跟他直接接触的幸福感会出现，有时，G会毫无预兆地突然出现在他眼前——他自己完全无法左右。

沉默寡言为什么让人感到这么舒服？

他并没有打算这样，但后来他明白了，这种沉默是他的逃避中最核心的部分。他现在把这称作逃避。他需要独自待着，但同时，他又知道自己现在不可能独自待着……在心里，他不小心把这话说反了，但要说的恰恰又是这个意思：我需要在这个世界上有一个地方，让我能够摆脱一切。后来，在沿着海滩走的时候，他冲着大海像请求似的说出这句话，但海浪太高，水声太大，风把那些话又塞回了他的嘴里。

缄默帮助他避免暴露弱点和不熟练。他会说“你好”或者“好”或者“就是”。不管什么都可以用“就是”来回答。比如有人要拿他开涮或者想要嘲弄他，回答“就是”是最好的办法，一开始还有人那样做，后来就越来越少了。不管他们说艾德什么，都被那个“就是”加重了分量，并在加重中失去意义，变得无足轻重。不管什么，都可以用这种方式迅速地接受或者拒绝。他不需要辩解，不用隐蔽。他在这个陌生世界中遭遇的一切都无非“就是这样”。“就是”是对这个岛最简短精确的描述。“就是”岛位于他的沉默之中，坚不可破。

在洗碗间里，艾德偶然发现了它的存在——一台收音机，被厨师迈克称作“我们的维奥拉”。这是一台维奥莱塔牌晶体管收音机，黑乎乎的木头匣子高高地放在冰箱上方的一块隔板上，挨着厨房的天花板，而且显然已经没法关了。那个隔板用铁三角架支着，看着比克劳斯纳的墙基还结实。收音机喇叭上蒙的布已经糊满了陈年的油垢，一只魔眼眼球里的小小晶体穿过油垢闪烁着绿莹莹的光，魔眼上方，镀银的花体字商标闪闪发亮，就像白发老媪化妆时涂的眼线。维奥拉在冲艾德挤眼睛。艾德在水池那儿弯腰干活儿的时候，维奥拉就冲着他的背影挤眉弄眼。有时，维奥拉也会完全消失在雾气中，在厨房重重叠叠的回声中，它的声音飘忽得让人难以定位，仿佛来自那股从做饭的地方升起的阴森的颤抖。厨师迈克说维奥拉是他前任留下的，那个人晚上游泳的时候淹死了，在 1985 年的夏天。据说他和罗尔夫不久后接手克劳斯纳厨房时，收音机的台是调好的，开关也开着。除此之外，厨师迈克觉得这件事就没有什么可说的了。

艾德却一直琢磨这事，主人死了，收音机还在，而且一直没关过。从某种意义上也可以认为是淹死的前厨师在说话，这几年，它一直不间断地朝克劳斯纳的锅碗瓢盆浇下来，把没完没了的广播节目盖在各种饭菜上。艾德猛然间觉得这就像是一种反抗，要提醒大家许久前的某桩冤屈，就像不断从坟墓中猛探出来的手。刺鼻的洗碗精味伴着蒸汽蹿进脑子里，艾德一边胡思乱想着，一边把手里的盘子一个接一个放到洗大件的石头水池里清洗。他努力保持节奏，不想比克鲁索慢。

旋钮没了，象牙白的按键看上去像大号的牙齿，不过也都坏了，缺胳膊少腿的维奥拉如今只能收到德国的广播节目，但是却非常执着，就像人们评论那些伤残军人一样，虽然身负重伤，但依然继续战斗。维奥拉就这样颤颤巍巍地接收着广播节目，它会突然停止，或者发出固执的嗡嗡声，再加上嗞嗞声，咕噜声，咳嗽声（它发出的类似支气管病人的声音最难听），这些一起构成了克劳斯纳的某种基调。维奥拉无休无止的广播就像是这栋房子的呼吸，不稳定，但持久，像是海浪的声音，实际上并不引人注意……“就像在念经，念经而已。”厨师迈克说。

他们在洗碗间里听不到太多维奥拉的声音，常常只是掺杂着泛音的一种柔和的嗡嗡声。整点报时是其中最清楚的。十二点。随着最后一声响，艾德把手从水里拿出来，将通向厨房的弹簧腰门推开一条缝，去要自己的洋葱。后来哑巴罗尔夫干脆给他准备好吃的，用盘子装了放在腰门右边的置物台上，他只要去吃就行了：一个硕大的、闪闪发光的洋葱已经提前切成两半，还有一片混合谷物面包。艾德顿了一下，用脊背顶着腰门的一个门扇，正要冲着厨房里大声喊谢谢（他的眼睛在蒸汽腾腾的厨房里寻找罗尔夫和厨师迈克），这时，他听到了维奥拉的几句话。艾德被它每半个小时都会重复一次的单调讲述深深吸引，它讲的内容好几天都不会有太大变化，最后总是天气、海浪和风速预报。有寻物启事和旅行者热线电话，风暴的预警也不会特别加重语气。“联邦经济部长豪斯曼重申，在继续缩短工作时间的问题上要持谨慎态度。联邦德国的公民应免受低空飞行的影响。现在请您收听详细报道。”

为了向克鲁索证明吃洋葱并不耽误干活儿，艾德干脆直接在水池边吃，像吃苹果一样，时不时地咬上一口。一开始，艾德每次吃之前还会冲下手，但是现在他已经渐渐与洗碗的工作，还有那股有毒的香味儿融为一体，也就不再费那个劲儿了。

除了维奥拉，冰箱，咖啡机，还有那个只有偶尔露面的房屋管理员会用的土豆削皮机，克劳斯纳就没有什么跟机械沾边的东西了，如果不算克龙巴赫那台灰色电话机的话。但这里有能向内倾斜露出一条缝的窗户，还有在情况允许时大大敞开的门。从海面上吹来的风钻进前门，冲刷过客人就餐区和厨房，然后又从洗碗间的后门吹出去。艾德和克鲁索成几个小时地包裹在热乎乎、油腻腻的气流中，香烟、烟雾、人味儿和散发着酒味的蒸汽混在一起，污浊得让人喘不上气。“熏肉，咱们变成熏肉了，”克鲁索骂道，“要是野人来了，肯定第一个发现咱们，咱们得提早预防，晚上好好洗洗。洗，护理，涂油，永远保持警惕，把洞挖大，把藏身的地方修宽。等待灾难的降临比承受灾难更可怕，[1]艾德！”他说的话在洗碗间的回声中变形，所以艾德也可能听得不对。克鲁索听上去不像是开玩笑，事实上克鲁索从来不开玩笑，更不会在说起跟他同名的那个人[2]的传奇故事时开玩笑。

下班前，卖冰激凌的把空桶丢到艾德两腿中间。

---

[1] 此语出自《鲁滨孙漂流记》。

[2] 指鲁滨孙·克鲁索。

“干干净净的，朋友！”

“就是。”

“我说的就是这个意思。”

“就是。”

“你可别捣蛋，洋葱。”

空桶散发着臭味，雷纳带着浓重鼻音的话冷冰冰地粘在桶底上，艾德把那东西刮了出来。雷纳身上那种首都人的傲慢（他也是柏林来的）既显得愚蠢，同时又有种震慑力。是因为他的语气，一副不可侵犯的样子，这是图林根地区或者萨克森地区方言中所没有的。[1] 他的白衬衫就像刚熨过一样，身上的味道总是很好闻，艾德心想。雷纳穿的是真正的牛仔裤，屁股兜里插着一把棕色的长柄梳子。那是一把塑料梳子，宽宽的手柄稍有些弧度。有时，他正说着话或者正吃着早饭也会把梳子抽出来，梳理一下自己的鬓发。

艾德仔细擦干冰激凌桶，把桶放回小窗下面的冰激凌柜台里。然后，他悄悄回到房间。他很快就发现有条通道从餐厅直接通向上楼的楼梯，这样就不用先绕着整栋楼转个大圈了。餐厅和楼梯之间的这个小通道的深处还有一扇门，门虽然多半都敞开着，但还是很不显眼，它就像个声音通道一样，把厨房、客人就餐区和餐厅与二楼连接在了一起。

那条绕大圈的路是源自以前的一项规定，克龙巴赫重新组织雇员的时候继承了这项规定。所有一切都是因为那些职位比较高的企业疗养客的抱怨，说那些不卫生、不堪入目的人突然出现在他们的桌子旁让他们难以接受，这些人带来的汗气、烟气和酒气破坏了他们梦幻般的、笼罩在烛光之下的假期。克龙巴赫只是承包人，他不愿意得罪主管企业。经理很小心地避免他的人跟这些疗养客，这些公认的工人阶级的代表走得太近。

---

[1] 图林根州（Thüringen）位于德国中部，萨克森州（Sachsen）位于德国东部，二者曾属德意志民主共和国（东德）。

惬意的寂寞感，偶尔提到这种感觉时，一定要用尽量轻的声音和词语，以掩饰大伙儿不知道它是否确实存在的事实，如今，晚上独自待在房间里的艾德体会到了。他仔细听着从维奥拉那儿传到楼上的支离破碎的乐曲，或是在海浪的哗哗声中神游，或是定定地看着水面上方的一片黑暗，他看到了那匹熊马。他非常平静，能直视那头牲口的眼睛。

仿佛就是从在克劳斯纳院子里度过的最初那几个下午，他开始思考了，眼前一匹马，手里一个洋葱。他知道这些想法确确实实是从自己这里来的，这种思考在他记忆力之外，在非常靠里的什么地方，深深藏在那些存货们的下面。潮湿、丝绒般柔软的马鼻，呼吸的声音，眼睛中的宁静。他二十四岁。他失去了 G。生平第一次他能感到自己是如何开始思考的。用手掌擦脸的时候，他闻到了当日菜单上的菜的味道。他的皮肤油腻、反着光。

在尾荆岩

起了些微风。波罗的海绵软无力的小浪头前后密密地相跟着，呼吸急促的大海。岩沙燕在他头顶飞快地来回穿梭，像要把他赶走似的。艾德躺在海滩上，仰面朝天，入迷地看着密布在北边陡岩上拳头大小的洞。这些洞在很高的地方，紧挨着悬崖边，上下错落，有十层、十二层或十五层，让艾德想起沙漠里的印第安人开凿在岩石上的住所，艾德曾在一部西部片或是探险片里看到过这种岩穴。那些海鸟隔一会儿就钻回自己的洞中，然后又从里面“嗖”地飞出。

“一个巨大的布谷钟，老伙计，”艾德小声说，“你能听见黏土里的滴答声吗？它们大张着嘴巴，像捉住一秒秒的时间一样捉住蚊虫，在飞行中，它们把时间消化成一堆糊糊，然后，等到了家，再把这些都吐出来，填在那些小淘气嘴里——只有吃了一肚子的时间糊糊，才能学会飞行，老伙计，你听说过吗？”

艾德喜欢这样天马行空，尽管他的狐狸待在听不见他说话的地方。不管怎样，这是他的第一个不用工作的日子，是他到克劳斯纳之后的第一个休息日，他想要绕着岛的北半边转一圈。

休息日：之前没有任何的指示或者说明。能有什么用？没有人想到他，没有人指望他什么。对艾德来说，休息日就像是阶段性的目的地，小小的胜利。“你已经做了这么多了。”他对被岩沙燕占领的天空小声说，然后出发了。

荆棘岩高高地突出在海面上，像一头搁浅的鲸鱼，无助地把嘴伸向海浪的方向，绝望地试图回到海里去——这是一只巨大的，正渐渐支离破碎的动物。海潮像做手术一样不断把巨大的岩块从冰河时代的躯体上切割下来，砂岩，页岩，花岗岩，从这些上面能够看出它之前的故乡，和它到这里来之后上万年的岁月。这具斯堪的纳维亚的躯体越来越破烂，腐尸正一点点重归大海。在岛的东北部，泥灰和黏土又被水流带到岸边，所以岛变得越来越圆。因为被称为贝辛的那个地方形状奇特，所以人们还可以把这座岛的形状比作一只海马（并用这种方式把它更深地藏在心中）。在过去几十年中，海马的身体越来越肿，它又多长出了许多张嘴，脑袋的规模大得吓人。

刚走了半公里就没路了。新近有一块危岩断裂，滑进了海中。艾德把自己的东西捆成一捆举在头顶，僵直着身体慢慢地绕过那一大堆碎石。水底全是石头，想要保持直立很困难，海水一直没到了他的肚子。他恍惚听到有人在笑，不过那应该是水的声音。岛的这边看来没什么游客，只有一个男人在晒太阳，看上去比艾德年轻。他光着身子，躺在一个小海湾里，像是要把自己藏起来。艾德再回过头看他时，他已经在上衣上系好了武装带。他从一个岩洞里抽出机关枪，冲艾德摆摆手。

沙滩上满是细巧的、包裹着海藻的卵石。比较大一点的都在水边，以海藻为发的死人头颅接受着海浪仔细的、无休无止的冲刷。岸边有大片的断崖，巨大的岩块，深深的裂隙，还有异常细腻的软泥形成的新鲜泥舌，踩上去，半条腿都会陷进泥里。刚踩上去的时候，这些泥舌就像橡胶一样，但突然间它们就撑不住了，一下包住了人的脚踝——又厚又黏的软泥。一旦陷进去，那么能够做的就只剩一边胡乱挣扎，一边体会细腻的软泥如何慢慢地钻进脚趾缝间……有些地方的沙泥和稀泥流成了闪闪发亮的平台，像一个个光亮如镜的小舞台，撑得平平展展，模样凛然。泥地上散落着巨大的单孔石，还长着虞美人。靠近岸边的海水是蔚蓝色的，再往远处就变成了灰色。太阳升起，地平线渐渐清晰起来。艾德发现有人正从头顶上方五六十米的悬崖边上俯视着自己，心里觉得很不舒服。他垂下目光，努力加快脚步，但是在石头中间要想走快很困难。

在陡峭的海岸变平坦的地方，他无意间发现了克鲁索经常说的那个防空洞的残迹。两块水泥板已经从固定它们的地方脱开，中间露出一条缝，里面很深，海浪激昂地讲着晦涩难懂的话，一股粪便的味道。防空洞后面是度假的人堆的沙堡，结构复杂，上面还用黑色的小石头摆出各种字——到达的日期，离开的日期，还有各种名字，科勒，米勒，施密特。一些沙堡用浮木加了顶，还有一些插着旗子。艾德觉得这些沙堡很像掩体，或者战地指挥中心，再一转眼间，它们又变成了能住人的生日蛋糕，装饰着五花八门的小物件，罐头盒，拖鞋，被海水冲上岸的垃圾。在大门口守卫这些蛋糕的卫士穿着围裙，艾德估摸那应该是烧烤时用的围裙。除了围裙，卫士们一丝不挂。岛北部所有的人似乎都是一丝不挂的，于是艾德就朝东拐过去。突然，他在远处看见自己待过的那个观鸟台。尽管过去还不到三个星期，但再见自己头一天过夜的地方他还是很激动——“我上岸的地方。”艾德小声对自己说。

鸟类自然保护区内长满了密密麻麻的矮林，其中有一条小径样的路通向沙嘴。他费力地前行，离开小径，来到一块荒无人迹的地方。什么东西响了一下——艾德下意识地朝旁边一跨，蹲了下去。他并没有被吓着，他不害怕。蹲下身子时，一片嫩绿色涌进了他的视线，那绿色摇曳着说“草”，那么温柔，仿佛在从里往外抚摸他的头盖骨。

“这就是荒野，这就叫藏身荒野——这些你们外面的人永远也不会懂的。”艾德喃喃地说。就像给篝火又添了一小根好柴一样，他给自己的自言自语也添了料。他心想：除了我，没人来过，只有我。他缩成一团，静静倾听自己心脏剧烈的怦怦声，感到了曾经的那种要把自己藏起来的欲望。他知道，这种欲望现在更加膨胀了，已经比小时候要大得多。

艾德站起身的时候，一大群鸟冲天而起，一时间，他恍然不知身在何处。

艾德坐在“尾荆岩”的院子里，点了咖啡和蛋糕，这是格里本村为数不多的几栋建筑物之一。他坐在一株柳树的树荫下一把摇摇晃晃的椅子上，花园里四处零乱地摆着这种椅子。就好像别人能看得出他已成为旺季短工似的，比起跟他坐同一张桌子的其他那些来一日游的人，他得到的服务更热情，也更迅速，就连那些一日游的客人也对他很尊重。他的咖啡壶满得快要溢出来，倒了差不多三杯。饭馆老板到门口对女服务员喊话的时候还跟他打了招呼——老板本人！有那么一秒钟，艾德意识到自己还缺那种没有明说的前提条件，但尽管如此，事情还是明确无疑：他现在是岛上人了，他们能看得出来。他是一个正在休假的艾斯卡。

尾荆岩这艘船比克劳斯纳小，它在临街的一面扩出去一间简易棚屋式的房间。其间门开了一下，一股污浊的空气从里面涌进外面的桌子之间。艾德看到一个铁床架，满地的睡袋和防雨篷。之后他才看出从尾荆岩的扩建房里走出来的是克鲁索。克鲁索穿着白得耀眼的衬衫，黑发披散在肩膀上，像印第安人的头发一样闪闪发亮。艾德想叫他，他跳起来，抬起胳膊，却一个字也说不出。

克鲁索挺直身子走着，谈不上孔武，但还是很用力，仿佛被什么力向前猛推着，或许是被什么打歪了他的重心，艾德心想，所以他现在只能靠快速向前摆动双腿来找平衡，他的腰僵硬，脚紧贴地面挪动……艾德突然被刺痛了，因为克鲁索径直走了，连头都没转一下。这很荒唐，但是他不得不承认事情不简单，克鲁索触动了他心里的什么东西，因缺少而惦念，一种早已有之的缺憾，像虫咬鼠啮，这是一种欲望，渴望要得到……他不知道是什么，那东西没有名字。一开始，克鲁索维奇给他派活的方式让他感到不舒服，直接，不加掩饰，开门见山，同时话又说得神神秘秘。但说到底，岛上的各种事还得艾德自己去了解，一点一点地。虽然洗碗的工作非常艰苦，以至于被兰波拿来跟古代在橹舰上划桨的奴隶相提并论，但能在克鲁索身边工作，他还是很享受，他享受跟克鲁索的这种接近，尽管这个男人让他觉得难以亲近。他们的活儿是需要同心协力才能完成的，而这其中就存在着某种无可替代的亲切感。克鲁索给他活儿干，是他让艾德的日子过得清晰起来，并且让艾德明确地感觉到自己能够摆脱那种无序、无望的生活状态。

尾荆岩的女服务员不但不要小费，还问艾德晚上打不打算到服务员海滩去。

“嗯，可能吧。”艾德回答说，他是第一次听说服务员海滩这个词。那个女服务员几乎比他高两个头，长得很壮。看到她的圆脸，艾德吃了一惊，就像已经很久没有看到过人脸似的。艾德站起身时，她突然朝他迈上一步，把自己的脸颊贴在他的脸上——“我们互相之间是不付小费的，就是为了让你知道，下一次不要。”她的嘴唇轻轻摆动，摩擦着他的耳朵。这并不是拥抱，但艾德明显感到了她柔软的皮肤和她的温暖。

山丘像从地下冒出来的一个脑壳，山丘前呆呆地立着几匹马。它们用屁股迎着风，仿佛古老传说中那样，等着大地的母亲钻进去让它们受孕。浅海湾在午后的阳光下闪着光，港口静悄悄的。没有旅游的人，只有一个男孩站在写着渡船时刻表的牌子前面。他自言自语地念了一阵渡船的出发和到达时间，然后朝码头转过身，对着海面大声喊着那些时间。他喊得那样绝望、热切，仿佛这些船没有他根本不可能开进港口来。仿佛那些船会忘记这个小岛。男孩穿着一件水手服，帽子像是顶鸭舌帽，他的动作很奇怪。他现在紧紧贴着岸边跑，贴得紧到让艾德不由转开了头。

格哈特·豪普特曼故居的橱窗里挂了一首豪普特曼的诗。旁边是他的儿子伊沃·豪普特曼[1]画的一幅水彩画。浪比上午大了。几只蝴蝶跌

[1] 伊沃·豪普特曼（Ivo Hauptmann，1886—1973），德国画家，格哈特·豪普特曼长子。

跌撞撞地从石头上飞过去，似乎找不到降落的地方。“你在哪儿，老伙计？”艾德一边寻找那个有泉眼的三角洲，一边低声咕哝着。他担心自己再也找不到那个老朋友了。

海藻中间夹着非常非常小的动物的窝。象牙色的蜘蛛，假马蜂。他看见沙蚤一排排地爬过，就像白色的蟑螂，湿漉漉地闪着光。非常小的沙尘暴刮起，艾德看见它们从很远的地方刮过来，像丝手帕一样在阳光下飞舞，紧贴着沙滩。

那个洞完好无损。他的狐狸似乎仍然在保持着警觉。它的皮毛看上去完好无缺，就是失去了些光泽，脑袋四周的毛开始变白了，至少太阳穴旁边的毛发是这样的，如果狐狸有太阳穴的话。总体来说，这只动物缩了一些，身体塌进去了一些。“不过除此之外完全没有变化。”艾德对着海滩上的裂缝嘟囔着。

“不然你以为呢？”狐狸回答说，“带着咸味儿的新鲜空气，四周凉冰冰的稀泥，还有在自由中的独处，寂静，尤其是海浪的声音让我感到舒服，海浪的声音简直就是一剂良药，你知道我的意思。只有这钻进我骨头的潮湿恼人，还有那些废水，克劳斯纳的下水管道出口，瘟疫每天都从这儿一点一点渗过去……”

“唉，老伙计。”艾德嘟囔着。

狐狸不说话了。艾德沿着三角洲往下走的时候，感到一阵小小的、让他意外的满足。他用手把头发拢到脑后，喝着泉水。一股碱味儿。这种重复给他安全感，那种拥有一个地方的感觉，第一个他自己的地方。

“你可以的，老伙计，”艾德小声说，“一件接着一件来，只有这样才行，你明白吗？”

夜里，他在房间里听着海鸥的叫声，海鸥先是朝着陆地这边飞过来，然后又朝着大海那边飞过去——叫声并没有特别的节奏，这些鸟的叫声听上去就像是焦虑的狗，因为某件事叫了起来，得要慢慢的才能恢复平静。艾德走到窗边。空气里满是狗急促的喘息声。他抽出日历本，想把那几行日记写了，但是脑袋里的存货们不停地嗡嗡响，他根本想不出自己的话。他躺到床上，仔细听着寂静如何不断扩张地盘。克劳斯纳午夜的嘈杂还没开始，他就已经沉入了梦乡。

遭遇船难的人（一）

走廊上没有灯。过了通向克鲁索房间的那个拐弯就开始能闻到莫妮卡的香气了，那气味跟艾德脑海中橙子的香气一模一样。小隐形人他到目前为止只碰见过一次，不过话说回来，橙子他这辈子也只吃过一次。那是小时候，1971 年，市场上突然有几个星期的时间能够买到南方水果，因为政权更迭[1]——“因为巨变”，当时父亲是这样给他解释的。从那以后就再没有过巨变，到现在已经过去了那么久，要真的记住橙子的味道也不太可能。

莫妮卡的房门在走廊的尽头，那是唯一一个有门铃的房间。门铃的按钮发出橙色的光，按钮里面的一小束光轻轻颤抖着，像是有生命的，只是被囚禁了（它在呼救）。艾德很难把眼睛从那里挪开。他深吸一口气，吸进巨变的香气，心里琢磨着雷纳和莫妮卡是怎么走到一起的，维系他们的又是什么。性？不然还是为了什么？雷纳在床上就像头牲口，所以他自信，爱嚷嚷，而且恶毒。

“进来吧！”门是虚掩着的。

克鲁索站在敞开的窗户前，弯腰俯在一个笨重的金属架上。这东西

---

[1] 指埃里希·昂纳克（Erich Honecker，1912—1994）成为东德领导人，其任期直到 1989 年 10 月结束。

类似三脚架，用生锈的槽钢焊成，上面固定着一个破旧的望远镜。艾德站着没动，克鲁索摆手示意他上前。

这天晚上，艾德第一次看到了亚历山大·克鲁索维奇的房间。这个房间比他自己的大不了多少，不过房间是朝前的，冲着平台。从这里能够很清楚地看到整片地方：通到海边高崖的最上面几级台阶，半个斯万特维山谷，山谷里通向兵营的小路，以及罩在一切之上的，隆起在天边的那片海。“平坦如狗牙膛。”[1]艾德心想，或者那是他的存货在窃窃私语。支望远镜的架子紧挨着纱帘，纱帘一直垂到地板上，在风中轻轻摆动。这跟客人就餐区和餐厅里面挂的那种纱帘一样，粗糙，像渔网一样，而且上面真好像有股海的味道，一股鱼腥味和海藻味。

“你还记得那个地方吗？”克鲁索小心翼翼地走到一旁，把艾德推到望远镜架跟前。艾德看见了海藻，一块沙滩，几朵浪花，柔软、悄无声息。然后他看到了那个三角洲，还有他来的时候曾喝过水的那个小水坑。

“好，好，现在你看到了。”克鲁索笑了，但是很短，笑声卡住了，所以那也有可能是一声叹息。为了不在这个时候看着克鲁索（艾德被弄糊涂了，他能说什么呢？），艾德继续盯着望远镜。“你动一动。”克鲁索小声说，他摸摸艾德的脑袋，温柔，但指尖的动作坚定，就像理发师一样，一言不发，又想让客人的头摆出某个特定的角度。同时，他把望远镜慢慢地往右边转。树根、林中的野草、松树，随后出现了带刺的铁丝网，这是一个双层的铁丝网，起先很模糊，然后清晰了。艾德看见一个灰色的钢架子，一座铁塔，塔顶平台上有个小阁子间，旁边有一盏探照灯，还有天线和雷达。一个士兵胳膊肘支在平台的栏杆上，手里也拿着望远镜，正盯着海面上看。士兵身上穿的是陆军的制服。塔的右边放着一个双管活动炮架，上面遮着一个棚子。塔脚下能看到一个掩体的轮廓，上面刚刚涂过焦油。掩体后面有两个简易棚屋，一个车库，车库前面停

---

[1] 出自德国著名风景诗人彼得·胡赫尔（Peter Huchel，1903—1981）的诗《华沙之后的景色》（*Landschaft hinter Warschau*）。

着一辆多功能养护车，一辆摩托车。旁边的三间狗舍排成一排。这时，克鲁索在他鼻子上方调整了一下焦距。艾德不解地把头稍稍拧过一点，但克鲁索又把他的头扳回原来的位置。艾德能感到克鲁索的呼吸喷在自己的脖颈上。一个男人走到两排铁丝网中间窄窄一溜平整的沙地上，两只狗立刻朝他扑了过去，狗的吠声听不见，只能听见海浪的轰鸣声，海浪咬牙切齿地轰鸣着。

“那儿——有人……”艾德小声说着往后一躲，他脑门上都是汗，眼皮下又是那熟悉的灼烧感。昏暗的房间里什么也看不清楚，两扇窗户中间摆着一个五斗橱，上面横七竖八摊着几本打开的书，中间夹杂着几张画，扑克牌，写着字的纸。指挥台。克鲁索不慌不忙地朝三脚架弯下腰去。

“这是福斯坎普。吃完晚饭以后，驱逐舰的舰长会跟通讯犬玩一会儿。这人是岛上的司令官。我们命运的看守者，如果我们愿意这样称呼他的话，当然，就算我们不愿意他也是的。现在过来的是司务长，拎着酒瓶子，很好，这对我们今天晚上有利，艾德。”克鲁索轻轻拍拍那架破旧的望远镜，仿佛这样能让那些狗平静下来。艾德悄悄抹掉脸上的几滴泪水，这架军用望远镜让他眼睛很累。

“三条腿的东西站得稳。”克鲁索说，他很为自己的三脚架感到自豪。他指指镜片中间那两个刻着槽子的小转盘，上面有不同颜色的标记。“这是我需要的精度。白色看哨兵、瞭望塔和雷达，红色看斯万特维山谷，蓝色看巡逻艇，还有所有从外面经过的东西，看动作，看会发生什么，看会有什么消失，看夜晚的灯光信号。警觉，随机应变，特别是要隐蔽，这是最重要的三件事，艾德。”

这时，露台上的人越来越多，尽管克劳斯纳已经打烊了。克鲁索把纱帘拉开一条缝，同时小心不碰倒三脚架。槽钢架子粗糙的脚已经磨掉了地板的颜色。艾德几乎像是有强迫症一样注意到了这一点，同时他又什么也不想看到，什么也不想知道。仿佛只要看了，看见了，他就已经成了个叛徒。我不符合那个没有明说的前提，就是这句话，以及这句话在他脑袋里弄出的砰砰响声。所有这些都在他的世界之外，据他几个光年远。话又说回来：他的世界是什么？克劳斯纳接纳了他，他找到了工作还有住处。在克鲁索身边他觉得安全，他用不着因为克鲁索做的那些事情看上去怪异而感到有负担，正相反，他跟那些事没有关系。

他们观察了那些客人一会儿，克鲁索把这些人称为我们那些无家可归的人，多数情况下，他还会把他们称作遭遇船难的人。跟克龙巴赫不一样，他用这个词时有一种隐秘的温柔，充满敬意。他的目光警觉（印第安式的），浑身上下都流露出善意和关怀。克鲁索指指这张桌子，又指指那张桌子，指着那些上面没有遮盖的桌子，还有坐满了人的上面有棚的桌子，给艾德介绍自己看到的：躲避世事的人，寻求冒险的人，递交了申请的人，他看见了恋人和不忠的人，遭遇某种失败的人，还有那些“将要逃跑的人”，他说那些是最让他操心的孩子。他有一个标准，根据艾德的理解，他依据这个标准排列出了一个顺序，按紧急程度分级。

“他们这些人已经不再真的属于这片土地，他们失去了脚下的土地，你明白这是什么意思吗，艾德？”

他提到了几个遭船难者的名字，这些人他要么是已经见过，在服务员海滩上，篝火旁或者短工们的其他聚会上，要么是有人跟他提到过这些新来的人。他时不时地停下来，好像是要等艾德提建议，或问某个人的名字之类的。

他们一直这样站着，躲在窗户旁，藏在渔网般的纱帘后。有几次，两人的胳膊轻轻地碰在一起，但这无所谓。艾德感到克鲁索的汗毛蹭着自己的皮肤，非常难以察觉，所以也可以认为并没有接触。克鲁索不断指着楼下的花园，并且琢磨着，用他的话说，谁最急需“我们的帮助”。他的胳膊久久地伸着，就像在做标记，他不是在指，而是在瞄准。

“这些遭遇船难的人就像小孩儿，”克鲁索解释说，“每天晚上最后一班渡船开走之后，他们就成群结队跑到沙滩上，就像那儿有什么东西能在一天结束后将他们拥入怀中，唱着歌直到他们睡着。一直到太阳快下山，他们都是这样想的，就像蟋蟀相信夏天永远不会结束。太阳快下山的时候，海滩巡查就开始了，天开始黑下来的时候，志愿者也加入了，这些岛上的居民为了钱或者其他什么东西，一个个沙丘搜过去，一个个海滩篷椅挨着检查。他们甚至会用长柄手电筒往那些关着的篷椅里面照，就好像有人能从那个栅栏间钻进去一样，当然，这些人中有些很瘦，真的是非常瘦……”克鲁索微笑着，深吸了一口气。

艾德明白了自己到克鲁索这儿来的意义，这是又一个安排，就像是洗碗或者埋那个两栖动物一样，但这次的是个决定性的安排，这一步迈出就不可能再回头。

“到第一次巡逻，”克鲁索接着说，“他们就对那些侵犯边界的人动真格的了——他们是这样说的，在他们的眼里，这就是对边境规定的破坏——到那次巡逻还有一些时间。有些自作聪明的人会钻进树林里，但没有人能在那儿坚持很长时间。他们会定期检查沙滩上的掩体。非法留宿的人里有些有经验的，他们会在陡岩下面的沙滩上挖个坑把自己埋起来，脸上盖一块手帕，嘴里插一根用来呼吸的管子。假如你晚上去那儿散步的话，注意下这个没有坏处……当然，有几个会跟服务员海滩上的人交上朋友，但那一堆人里的大部分，我觉得绝大部分会上我们这里来，顺着水泥板路或者走卡普里路，沿着高崖一路上这儿来，到荆棘岩上来。”

艾德知道大家喜欢把这个岛称作北方的卡普里岛，但卡普里路他还是第一次听说。克鲁索默默地做个手势，把所有的一切都囊括在一起：那些小路，高崖，大海，还有他们自己，站在窗边，克鲁索的房间里，纱帘后面。

“他们走投无路。先是那种强烈的愿望，那愿望到这里后会变得更加强烈，然后是被困在这儿，进退不能。”

“或许不仅如此，”艾德反驳说，“有些人只是好奇而已，想看看这个小岛，就是旅行的人，到了一块很小的土地上。”

“他们是朝圣的人，走过了地球上最远的路，艾德。”

“然后呢——他们就坐在这儿？”

“不然去哪儿？这是个观景平台，能看得很远，视线好的时候能看到彼岸。没人能禁止你看，没人能禁止你有愿望，到太阳落山时就更不能。”

艾德仔细听着克鲁索的声音，他的声音这时已经轻得几乎听不见。一片深红色的反光溢满整个房间，他们从纱帘前退开一点。那个壮丽的火球看上去很奇怪，它起先像是个被压扁的硬币，一枚炽热的硬币，然后慢慢融化，被支付给了夜。艾德的脑袋里突突作响，不过最后他明白了：克劳斯纳的观景台就像一块保护地，大家在这里遵循着默认的保持安静协议，这是这个国家边境上的最后一个藏身处——报偿是施特拉尔松德。施特拉尔松德黄啤是一种寡淡的劣质酒，供货人在夜色的掩护下，用自己的铝制餐具，有的时候也用钢盔把这种酒从山丘那边的兵营运过来。这些士兵艾德也见过几次，他们两个或者三个人一起，穿戴着整齐的军装，迅速而无声地穿过通向客人就餐区的台阶，跟着里克顺着吧台后面的台阶钻进地下室。他脑海中没有这些人的具体形象，只有一种暖色调的图画，里面包含着这些人身上的谦卑和友好。他们来的时候悄无声息，就像是透明人一样，没有固定的轮廓，他们是精通隐身术的人。最特别的是，他们虽然系着武装带，穿着靴子，肩膀上扛着机关枪，却努力要做出度假者那副懒洋洋的样子，就好像他们能靠这种闲散摆脱自己的物质外形。克鲁索把这些人称为“岛上的战士”，并特别强调说吧台夫妇跟这些士兵私交甚好，“就像一种收养关系，但是这改变不了什么。等午夜巡逻开始的时候，这里所有的人都得消失，不能让人看见。从去年有人逃走了之后，就再没有原谅一说。这就是我们要做的事，艾德。”

太阳消失了。露台上的铸铁路灯亮起。一根浓黑的梁悬在地平线上，就像一个想象中的，边缘发着红光的大洲，或是一块烧得非常充分的煤饼，艾德心想，现在可以关炉子了……

克鲁索碰碰他的肩膀。

“你知道，”克鲁索说，“这是你的第一个分配日。这就是说，你可以自己选。”

“我选？”

“你自己选一个遭遇船难的人。”

朗诵特拉克尔

所有的一切都是有限度的，艾德心想。不超出这个限度的话，有些东西是可以忽略的，但这个限度不容超越。

两级台阶，然后是带棚和不带棚的桌子中间的走道，一直穿过平台。克鲁索拿着三个酒杯和一瓶冰得恰到好处的白葡萄酒来到外面，艾德跟在他身后。他口发干，他渴。

克鲁索慢悠悠地来到其中一张坐满了人的桌子旁，那些人异常热情地打着招呼，仿佛早就等着他们，或者之前曾见过他们。那些人主动给他们俩腾出座位。这里所有的人看上去互相之间都像有某种联系，是一家人，他们认为大家能够在这里，能够一路奋斗到这里，就足够证明他们之间存在某种密切的亲属关系。仿佛这样就跨越了某种有决定作用的界线，这是地理学无法解释的。大家点燃蜡烛，开启酒瓶，一种期待的喜悦开始四处蔓延，后来连艾德也被感染了。

晚上，一些短工陆续来到平台上，从他们的交谈中艾德听出，这些人是从很远的地方过来的。他们就像使者一样，是岛上三个村镇和饭馆酒吧的代表，包括希提姆，荆棘岩，岛吧，草地角，山丘小筑，野蔷薇，北角，南角，尾荆岩等等，来的人中还有救生员，给鸟上脚环的人，岛上电影院里打工的人，各种短工。这些人来自各行各业，但都不忘了上他们的桌子前来打个招呼。

每次这些人都会贴贴脸，小孩式的问候。没有人敷衍了事，或者把头转向一边，所以这些短工们（特别是身高不同的时候）不得不伸长脖子，拉长身体，像要接吻一样，只是到最后关头没有吻下去罢了。艾德看见克鲁索利用大家身体靠近的机会说了些什么，声音很轻，可能说的最多是一个词，或者一个句子。他们有时会瞥一眼艾德，这让艾德心中油然而生一种自豪感，但是时间一久，这打量又让他心虚。有几个艾斯卡往他们的桌子上放了饮料或者小包的食物，同时还有问候和美好的祝愿。克鲁索几乎难以察觉地下了命令，随后那个小包就传到各个桌子上，拿到的人迫切而又满怀感激地打开包，风卷残云一般吃掉包里的东西。这些人很饿，他们怎么会这么饿，艾德大惑不解，当然，是因为崖上面的空气，可能也是因为这些人缺钱，也可能是因为他们什么都缺，他自己不就没什么积蓄了，可能 20，或者 30 马克，但钱在这个时候根本不重要。他有一个房间，在岛上找到了栖身之所——这个奇迹还在延续，不会有麻烦的，这就值得喝一杯。

他的目光转向海面，试图用目光跟住其中一点以慢镜头的速度挪过的灯光……没有成功。他闻着身旁那些太阳般温暖的身体上散发出的甜味，只是，他们这是要做什么呢？这些遭遇了船难的人紧紧挤在一起，桌边坐满了人，光胳膊，光腿，脸上的皮肤因为吹风多见水多而紧绷，嘴唇上有股咸咸的味道。这是让人感到舒服的面具，头发结成硬邦邦的一绺一绺，摩挲着脖颈。他们无法避免地肌肤相亲，这是件很自然的……没错，大概就是这个意思，但艾德已经不习惯这种肌肤的接触（从那件事之后），他试着想象了一下，同时屏住呼吸，斟满酒杯，然后继续呼吸。有人端来了更多的葡萄酒和啤酒，喝的和吃的，所有人都可以共享一切，因为他们努力到了这儿，来到高悬在海面上方的平台上，来到克劳斯纳的花园，来到这些被选中者的桌旁。

有些人伸手去抓克鲁索放在桌子上的酒瓶，半是开玩笑，半是挑衅。

这时艾德看清了标签，是“椴树叶”，一种匈牙利的葡萄酒。这种酒在克劳斯纳是专供服务人员的，这些人现在全都在这儿，但是分散在各个桌子。服务员已经脱下了黑色的礼服（毕竟是休息日），换上便装的他们个子似乎变小了，像是缩了，像陌生人，或是许久以前曾经认识的人。大门右边有一桌人的嗓门特别大，说着下流话，带头的是卖冰激凌的。不幸的是，娇小的莫妮卡也坐在那张桌上。她一脸忧伤，渐渐地隐去了身形。他们左边是兰波那一桌，那桌人正在传阅书，大家小心翼翼，仿佛一个不小心就会把那些书弄破。他们并不是真的打开书看，只是边翻边瞄上一眼，或者先把手指在衬衫上擦干，然后插进书中去感受那些书页。其中一个人在封皮上闻来闻去，闭着眼睛。这些读书的人看上去有些可笑。艾德并不想看他们，他看到的是正威胁着自己的那些存货。在他昏昏沉沉的脑袋中的某个角落里，贪得无厌的记诵力正潜伏着。两杯酒下肚，他就已经被这些人吸引住了，被这些读书的人，因为他们身上在发光。兰波在朗诵什么，声音低沉，卡瓦洛在一旁协助，接着两个人就争执起来，但跟往常一样，他们的争执似乎纯粹是为了好玩。兰波妙语连珠，几乎出口成诗，一句一顿，奇怪的断奏，如刻如凿，尽管他喝了很多酒，而且一直在喝，但却没有任何口误。他的胡子在颤抖，他轻蔑地把头转向一旁，对着旁边说话，往沙地上吐口痰，龇出牙齿。他猛一下很像书上的那个男人，就是他在洗碗间给克鲁索举到水池上方那张照片上的。他眼镜上的椭圆形镜片闪着光。卡瓦洛显得要矜持很多，他说：“哎，也许你会是，咱们就说十五年之后……”后面的话被淹没在了嘈杂声中。艾德喜欢卡瓦洛那个有点塌的鼻子。卡瓦洛个子很高，在克劳斯纳的三个端盘生里，这是目前为止跟他接触最少的一个。卡瓦洛读过博士，他的论文“被批得一无是处”，“题目不对，内容不对，估计什么都不对”，克鲁索这样评价说，并且解释了那个拉丁语的题目：“他对古老的马有种奇怪的喜好，我的意思是说，对古代，简单说，这个人迷恋古代，特别是古罗马的那些古老的马。”艾德觉得，卡瓦洛长得就像个罗马人，他从侧面看上去棱角鲜明，高额头，棕色头发微微有些卷，还有股让人亲近不得的劲儿。对卡瓦洛来说，艾德就像不存在一样。

跟兰波相比，克鲁索显得很害羞，几乎是拘谨的。他双腿交叠着搭在一起，身体向后仰到这些破旧的啤酒花园椅允许的最大范围。刷着白漆的椅子给观景平台带来一丝殖民地的气息。艾德发现克鲁索从来不挤眼示意，而是把眼睛闭一下，就像在倾听什么乐曲。等他再睁开眼睛时，左边的眼皮会在半路上停顿一下，然后才回到出发的位置。这个神秘的细节也是他超凡形象的一部分。他毫无疑问是那个发号施令的人。

艾德喝得很猛。能怎么样？他可以靠喝酒忘记那个遭遇船难的人，可以把自己和那个遭遇船难的人一起淹死。这些遭遇船难的人看上去都挺单纯（一股单纯的味道），他们就像从遭难的船里被冲上岸的物品，像洗刷得干干净净、被晒成棕色的木头。艾德想起福斯坎普和他的那些通讯犬，这时他明白了克鲁索站在望远镜旁说的那番话："……他们就好像知道这座岛和这片海对他们是怀有善意的，已经做好了让他们远航的准备，不管目的地是哪儿……"也许他已经喝醉了，但是他能看出这些人的优雅，和优雅中的卑躬屈膝，那种什么都愿意做的决心，让人觉得羞耻，甚至可憎。艾德明白，自己既不属于这些遭遇船难的人，也不属于这群受人尊敬的短工，不过他现在可以结束这一切了，这个夜晚显然是最好的时机——在他的帮助下，艾德边想，边朝克鲁索那边看了一眼。克鲁索正在给大家倒白葡萄酒，轻轻地说着什么，头低着……一些没人能懂的话在艾德的喉咙里翻腾，无声无息地。

是的，他起了疑心，这一切都太过美好，所以显得很可疑，而且他也太过紧张。天知道，他也可以再离开这个岛，不是吗？高崖上的观景平台渐渐幻化成船的顶层甲板，船慢慢离开海岸，慢慢朝海上开去，旅行开始了……他们这张桌坐了四个女的两个男的。大家都看着艾德。好啊。他也看回去。短头发的女人裸露着上臂，这个女人把纤细、精致的双手平放在桌子上（像是要抚摸他，或者安慰他），然后是对面这个女人，她的脚——在他的双腿中间？不，不可能。然后是那个脸长得像耶稣，头发非常长的男人。然后是另外那个男人，是圣徒彼得吧，不过他现在看上去更像Z博士。接下来是远处的那些女人，年轻的和不再年轻的女人，年轻的和不再年轻的男人，带着自制的首饰，木头珠链，流苏花边。艾德看到手镯，发带，用秸秆或麂皮编织而成，他看到了单孔石。其中几个女人穿着用巴提克印花布做成的宽大连衣裙，有几个穿的是自己曾祖母的睡衣，这段时间流行这种穿法，轻薄的及膝小连衣裙，胸口上的普劳恩[1]花边随着呼吸一起一伏，染色很不专业，紫色，酒红色，蓝色……有人跟他说话，是克鲁索，艾德到现在才注意到。

“你看看他们，艾德，男的或者女的……”

艾德垂下头，他想离开。

“我知道，艾德，过一两个小时他们就会想到那个，然后他们就会觉得自己足够强壮。总有人什么都敢做。探照灯是不是会找到他都无所谓。他不会成功的，只会呛很多很多的咸海水，在海上的某个地方，很远，然后就完了，旁边没有人，最后一刻，孤孤零零——多么委屈，艾德，被所有的所有抛弃是多么让人委屈？”

艾德醉了。他体会到了那种孤单。人们的交谈形成一种曲调，一起一伏的嘈杂声，与海水的哗哗声结合得天衣无缝。或许也可以干脆把身子往后一靠，沉陷其中，消失在一片蒙昧中。半敞着的冰激凌售卖窗口里传出音乐声，细弱无力的声音，就像直接从艾德亲手刷洗过，并且非常痛恨的冰激凌桶里传出来的一样，歌声里有种迷人的忧郁，可能是厨师迈克的磁带，是他的星牌录音机。但是平台上实在太吵，根本听不清唱的是什么。有人在桌子上推玩具，嘴里发出轰轰声，一挡，二挡，三挡，艾德心里想着，不过他听到的只是克鲁索的声音而已，克鲁索把一杯酒推向他，那动作好像永远不会结束，慢得像天边的船一样，慢——

[1] 普劳恩（Plauen），德国东部城市，位于萨克森州西南，20世纪初因纺织业发达而繁荣，专营机织蕾丝。

慢——的，慢——慢——的灯光，艾德哼唱着，和着音乐的节奏。这个推酒杯的动作滑稽极了，但是没有人笑，大家都很认真，这杯酒是认真的，对待他也是认真的。大家都看着他。

“你怎么想，艾德？你选谁？”克鲁索小声说，声音小到这张桌子上没有人能够听得见，就连艾德也没有听见。

他抓住酒杯举起来，就像要掂一掂这杯酒的分量，然后又把酒推了回去，同时嘴里含混地咕哝着什么，于是汽车变成了一辆叮当作响的红色有轨小电车，没有挡，没有刹车，只有接电的长杆，而他就是司机，他喝醉了——但他是司机！在弯道后那条长长的直道上，他提出了那个问题。起先声音很小，然后提高了嗓门。

“哪儿呢，那……，那……，那个，那个，那个……？”

他在找刹车，但是他把词忘了，所以只好大叫大嚷。

“哪儿呢那个吱吱，要使劲拉好几次的那个吱吱，见鬼！”

他的右胳膊在空中胡乱挥舞，左边的胳膊想拉开接电的长杆，弄开，吱吱，吱吱……艾德跳起来，酒杯掉在地上，他的心跳都一下子停止了。

随后一片寂静。

终点站。

下车。

又是这么多人。

艾德现在能看清了。

他差点就迟到了，Z博士已经到了，刚刚开始上课。他连一个磕绊也没打就背诵了格奥尔格·特拉克尔的诗，《遭天谴的人》，然后是《诗篇·第二稿》。然后是《索尼娅》，这首诗他一直很喜欢。然后是《在路上》，又是一首长诗，看周围人那么全神贯注就知道，他在朗诵中加进去这首诗是正确的。当然，他可以跳掉几行，虽然不情不愿，但他还想要朗诵《哦，居住》和《蓝色的夜》……

背诗的时候，艾德直挺挺地站着，他的声音非常大，浑身颤抖。现在人越聚越多，可能是从旁边教室里过来的，所有人都死死盯着他。《哦，居住》背到一半的时候，Z博士，现在已经变成了克鲁索，抓住了他的胳膊。他把艾德从桌旁拉开，推着他穿过平台，然后穿过昏暗的克劳斯纳，一直把他推进洗碗间，二话不说就把他的头按在洗大件的水池里。艾德惊得往后一缩，想躲，但是克鲁索力气很大，他的手丝毫没有放松。艾德想到了“呛水”，还有“被所有的所有抛弃”。浇在头顶上的水像冰一样冷。

然后就结束了。

克鲁索抱了抱艾德，说了“谢谢，我的朋友”以及“我就知道”之类的话。他把艾德从弹簧门推进厨房，按着他坐到收音机下面的一个小凳子上，然后开始找药。艾德冷得直哆嗦。维奥拉正在播放海顿，是协奏曲，克鲁索在跟艾德说话。艾德明白了，克鲁索说的是那些诗，可能是说他背诗的举动，但他不明白克鲁索是想让自己停止还是继续。“最后一下报时，现在是23点。”维奥拉说，之后的一小会儿，一片寂静。

房间里，白日留下的炎热向他们扑过来。艾德瘫倒在床上，合上眼睛。克鲁索坚持要把他“送回家”，但奇怪的是，他现在并没有走的意思。他站在黑暗中，一动不动，然后在艾德的床边坐下，从衬衫下面掏出一个挂在胸前的麂皮小袋。他小心翼翼在里面掏了一会儿，拈出一样东西，塞在艾德手里。那是一张照片，套在塑料袋里。艾德想把这个礼物拿到眼前看看，但克鲁索迅速地按住了他的手，他们就这样手按着手僵持了一小会儿。

“这只是为了让你能睡着觉。我借给你的。它在这儿守护着你，照顾你。你明天早上再看它。”

夹在两人被洗碗的工作弄得粗糙的手中间，小小的塑料保护袋变得热乎乎，黏糊糊，不过也有可能它之前就是热的，在克鲁索的袋子里时，挂在克鲁索的胸前时。

“我想，你在……外面还有事要做。”艾德小声说。

“就是这样，只是为了让你能睡着觉。”克鲁索又说了一遍，他把照片放在床头柜上。

椴树叶：艾德沉入梦乡之前，看见克鲁索伸出食指在酒瓶湿漉漉的标签上摸了好几下，标签上面印着匈牙利的风景，草原，灌木丛，两个巡逻的骑兵。

他的动作很温柔。凝结在酒瓶上的霜冰着那根食指，我不知道它指的是哪儿，艾德心想，真的不知道，一点概念也没有。但关键是要明白那些信号，还有之后会发生什么。

圣杯

从海滩回来时，艾德的床尾一边放了一张用打字机打了字的纸——辞退信，艾德脑中一闪而过这个念头，finito[1]。

这是一张三四十年代印着克劳斯纳标志的旧信笺，在黑洞的所谓档案柜里堆了很多这种信笺。艾德看着信笺的抬头，“克劳斯纳森林酒店——小岛上的明珠”，抬头的下面用花体字列了几种服务，例如“船上的用人服务”，或者“每天邮船往来”。纸上画着被风吹得朝向一侧生长的树木，树画得异常繁复，树的下面用大写字母写了三个词：**亚历山大·迪米特里耶维奇·克鲁索维奇**。

看着这个名字完整地摆在自己面前，艾德有种莫名的感动，仿佛这名字指的是另外一个一直以来被克鲁索隐藏起来的人，就像这个名字一样，大家也忘记了他是“俄罗斯人的孩子”，就像车夫迈基偶尔会强调的那样。“看来你也是那种俄罗斯人？”迈基连续看他削了几天洋葱后就是这样问的。那是他们第一次，也是唯一一次对话的开始。迈基突然变得像醉鬼一样絮叨，他喋喋不休地数落那些“德裔俄罗斯人”（“啥人都有”），还说到了那个“可怜的俄罗斯人”，和那个，用他的话说，“游泳

[1] 意大利语，意为“收工了”。

的姐姐”（“她游啊游啊，俺告诉你吧”），全是一些听不懂的语言大杂烩。他说了没一会儿就不再是冲着艾德，而是冲着他的熊马在说，那匹熊马则安静、善解人意地看着他。“闭嘴，驹儿。”

没空行，没标题，紧挨着名字下面就是一首诗——或者是一个只能被看成是克鲁索的诗的东西。每一行都像是随手丢上去的，或靠左，或靠右，大写字母的上边缘染着红色。艾德瞪着那抹红色，脑袋里的嗡嗡声又起。他不想再看诗了。在希登塞岛上做洗碗工，过了二十一天清楚明确的日子后，艾德可以认为自己已经摆脱那种毒品了。

他扫了一眼第一行字后，突然明白过来了：他朗诵了特拉克尔。在分配日的晚上，他把特拉克尔拿来朗诵了，他出洋相了。艾德慢慢地瘫坐在桌前的小板凳上，小板凳依然散发着一股黑洞的霉味。这一刻之前，他的记忆一直因为激动不安而恍恍惚惚，突然一下，一切都重回他的眼前。克鲁索说的话，他喝酒，Z博士出现：他丢人了。他朗诵了特拉克尔，因此而脱离了那些遭遇船难的人，躲开了他们那些甜蜜的、希求帮助的身影，他们身上的太阳和浮木味。艾德抓住自己阳具，捏了一下。这真是太丢人了。

从一年多以前的5月1日开始，他就没再碰过任何人，而且连想都没想过，那是不可以的，是对那个受损躯体的侮辱，是让受伤的人再次受伤，会碰到她的伤口，他进入的地方就是她的伤口。他当然知道这是很荒谬的想法，但是他做不到，就是做不到……

天色开始变暗的时候，克鲁索走进他的房间，谨慎，但并不犹豫。他的所谓敲门其实就是打开门，仿佛他并不真的需要得到许可，而且艾德也不觉得有那个必要。艾德猫在那张臭烘烘的桌子旁，手支桌面，动作僵硬，那里放着那张照片，旁边是日历本（做好了写日记的准备），还有那首诗，笼罩在灯的光束中。克鲁索流畅地走了两三步，坐在他的床上。

“你工作了。”

“只是看了点东西。”

“你工作了，而我呢——又什么正事都没干。”

“我不会这么说。”艾德反驳道，他把手放在那首诗的旁边，克鲁索没吭声，这让艾德很尴尬。他盯着信纸上那几棵树冠歪斜的树，看着画面夸张地表现它们想要躲开风暴的努力，那风暴仿佛是从诗行的开头那里刮出来的。

诗里讲的是一个将军，他不得不在一场宴会进行到一半的时候离开家人，那应该是一场葬礼后的筵席。走的时候，他的腰带扣碰倒了一个半满的酒杯。这首诗试图再现将军从筵席桌边站起身的动作。如果艾德没有理解错的话，在克鲁索的笔下，这个酒杯是个圣杯，是某种圣物，那个腰带扣是钢的，腰带扣碰得圣杯开始振动，并在杯中注进离别的曲调。这曲调贯穿在每一行诗中，诗在某种意义上成了音乐纯净无瑕的表现形式。不过除此之外，艾德觉得这首诗显得不自然、老旧，诗中浮夸的风格、古老的词汇都让他不解，他感到很诧异，并且从一开始就不喜欢。完美无缺的形式显得荒唐、可笑，好像挺了不起，但是不合适。诗的结尾讲的是将军丢在家里的两个孩子，姐弟俩，关系显然很密切。后来，姐姐的形象就像圣像一样漂浮在整个场景之上。当然，这首诗让人想到权力的铁面无情（会有人这样解读——对体制的批判，危险，禁忌），但同时，诗中也充满奇特的感伤情绪，艾德觉得这情绪表达出的是另外一个内容：对于将军的思念。

“我很羡慕你，艾德加，羡慕你这里的安静，而我……”

克鲁索身体往后一靠，一条腿搭在另一条腿上，仿佛要坐得更舒服些，等着这句话的结尾。他的身躯高大苗条，面部轮廓像印第安人一样清晰。艾德用眼角的余光观察着克鲁索的脸，至少是试着观察。克鲁索离得这么近，以至于他的思想和感觉似乎都被控制了，他因而无法真正感受到克鲁索。克劳斯纳（或许也是整个小岛）的国王往他床上放了一首自己写的，并用打字机打出来的诗。

克鲁索深吸一口气，开始非常啰嗦地，夸张到让人几乎难以置信地表示抱歉，因为他没有像艾德这样老老实实地待在房间里，特别是因为“要把那本书赶紧弄完”，但他却“漫无目的地四处乱转”。接着，他开始描述岛上的夜生活，一些简单的故事，私自燃起的篝火，弹得很烂的吉他，跟度假者未成年的女儿（“被看得太严了，你知道我的意思”）在沙丘之间做爱，还有短工们和度假者之间的各种爱情角逐——粗俗的故事，跟摆在艾德面前桌子上的这首诗实在不相配，这首诗的语言虽然陈旧，但却很细腻，几乎带有贵族气。

“五彩斑斓的小岛生活”是克鲁索的形容方式，他竭力压抑着语气中的不屑。他从“那些临时帮忙和旺季来打短工的人的青春活力像加了增稠剂一样，老气横秋”，这些人“愚蠢的关于大海会带来好运的长篇大论”，一直说到他们的“天真，往远多考虑一步都做不到”。他的目光变得呆滞，转向门的那边，好像准备马上冲进夜色，冲向沙滩，去找几个他口中那种“幼稚的家伙”谈谈。

艾德迷惑不解地拿起那首诗，小心翼翼地提了一些跟信纸和打字机有关的问题。这是那些习惯使用打字机的男人之间常见的问题。克鲁索从自己的滔滔不绝中回过神来，为自己使用的色带表示抱歉，说那是迫不得已（“色带是紧俏货，你知道……”），所以有些字母戴上了“血红色的帽子”。艾德告诉克鲁索一种（他自己承认很费事的）方法，可以把便携式打字机的窄色带熨得相对较宽。克鲁索点点头。他们互相列举了一些杂志，这些杂志会考虑艾德说的“那类文章”，就是那些所谓的“地下文学杂志”，这些年，这种杂志在大中型城市里像雨后春笋一样冒出来。

“我还想再等等。先把书弄完。”克鲁索说。艾德后来才弄明白，他到那时为止还从来没有认真考虑过出版的问题，还有，艾德真的是头一个听他说这事的人。

“这个，呃，我首先注意到的是……”

克鲁索的信任让艾德感动，他还不知道自己应该如何评论。在大学上课时用过的一些套话一闪而过，但都是些废话，什么特殊的音乐节奏，圣杯的独特声音效果等等。

“我很愿意朗诵一下。”克鲁索打断了他。

他双手抓着那张纸，小心翼翼，全神贯注，就好像还无法确定这东西的分量。他挺直脊背，绷紧脖子，就像马上要完成自己在克劳斯纳的某项工作一样，用一种看上去无法撼动的专注体现出对事情的重视，这种专注也仿佛很适合帮助艾德这样还没有根基的洗碗工将世界理解成具体的任务。

他一行一行地朗诵，声音轻，语调平，节奏有些拖沓，同时夸张地强调了其中的某些音节。他念诗时带着一种奇特的口音，艾德上次发觉他有这种口音是在埋葬那个两栖动物时。每结束一行，他都会停顿比较长的时间，这个停顿有些过于长，其间只能听到远处海浪的哗哗声，声音清晰到艾德能够分辨出每一朵拍到岸上的浪花。克鲁索也会仔细倾听每一行结束后的海浪声，然后再开始念，但又不是真的开始，一切都显得飘飘忽忽，只有他汗毛浓密的宽阔上身的紧绷作为支撑，微微前伸的下巴的顶端作为固定。

三段之后，艾德已经像被那朗诵的魔力牢牢攥住，这种从克鲁索身上散发出来的典范式的力量曾经在他冲洗下水道的时候，或者把浮木抱到柴堆跟前时也出现过，它笼罩在诗上，改变了那首诗，到最后让人只能说——没问题，这首诗很协调。这首诗跟克鲁索这个人完全协调一致，也就是说，这是他自己的语言，有它独特的语调。这诗只能这样写。

艾德的不解烟消云散，他的保留态度是可笑的，如释重负的感觉。他突然产生一种愿望，希望自己也能够有所回报。他张开嘴，但马上就感到语塞，于是沉默了。这时，克鲁索已经缩起身子蹲在他旁边，左边的眼皮半垂着。艾德再次开口，他不知所措地抓起自己的笔记本，单单笔记本的大小就让他的这个动作显得十分可笑。他不知所措地拿起套在塑料袋里的照片，终于克服了张口结舌的状态，问道：

“照片上，是你姐姐吗？”

克鲁索的眼皮回到了起始位置，他紧紧盯着那张照片。那张照片：第一眼看到时，艾德以为自己看到了G的眼睛。但那只是眼神和姿态的相似而已，瘦弱的女孩儿穿着华丽到古怪的裙子，用那样的眼神看着拍照片的人。长着金色鬈发的头微微偏向一侧，嘴角的微笑就像是被牢牢捆在那里的。塑料袋不太透明，装在里面的那张脸就像笼罩在雾气中。艾德辨认出了两道平平的眉毛，扁平的面颊，跟克鲁索一样的面颊……

“你为什么这样问？”

“因为这首诗，我以为，这诗说的是她……说的是她，或者你，我是说……真的很棒，洛沙。”

这是他第一次称呼克鲁索的昵称，脱口而出。

见克鲁索没有吭声，艾德结结巴巴地说了些类似“比如这个我就还不知道……”的话，他笑得很勉强。克鲁索抬起头，眼睛从他身边掠过，看着夜色，他们两个人的腿几乎抵在了一起。艾德自始至终都坐在桌前的小板凳上，比他尊贵的客人高出了半米，所以他实际是冲着墙在说话，他是在对着那些被捻死的蚊虫说话。

起风了，微弱的雷声慢慢地从悬崖上翻滚过来，就像从远方射过来的火炮。克鲁索猛地站起身，艾德还没明白怎么回事，克鲁索就抓住了他的肩膀，把他朝后压倒在桌子上，身体一直探出窗外——他搞砸了，完完全全搞砸了，那就没有别的办法了……

但事实上，克鲁索只是站起来，弯腰把身体探出了窗外，他几乎趴在艾德的头顶上，所以艾德不得不把身体靠向一边，免得克鲁索趴在他身上。

他腋窝里的味道，甜丝丝的，像发酵了一样。就像在阳光下晒干的老松树皮。

“一艘巡逻艇。”

克鲁索表情凝重，脸在灯光的映衬下几乎是白色的。

“离岸边很远的海面上。”

就好像这件事有什么深意似的。克鲁索拿起诗，朝门口走去。

“昨天的事谢谢你，艾德，我是说——你背诗的事。我想问问你，那本书能不能借我看看？”

就像在说梦话一样。

“我那本书……很遗憾不在这里。”

“如果你能把里面的诗写几首给我，我会感到非常高兴，我是说，我想请你帮我写几首。要不就是昨天的那三四首？”

克鲁索一边说，一边从他房间里走了出去，几乎看不出身体在动。他的身影消失在最后几句话中。

“可以，洛沙。”艾德小声说。

快到午夜了，走廊里的喧闹声响起，艾德手中握着那张照片。

敢死队

7月6日

工作上一切顺利，除了雷纳。兰波给我们的窝里新放了书。卡瓦洛跟我聊起了罗马！就好像他自己去过一样。我不用再参加分配了，这要感谢洛沙。他介绍了一个小岛战士给我认识，他当时刚从黑洞里出来，钢盔里装满了啤酒。克鲁索把他叫作“好兵”。他就是沙滩上没穿衣服的那个人，我一下子就认出他了，当然，我什么也没说。里克宣称自己看见了绿色的月亮，从吧台那边。我现在经常帮他弄地下室里的那些酒桶。他是唯一一个会用酒矛的人。我喜欢待在下面。八点钟，我检查一遍锅炉的温度（80度最理想），快十一点的时候再加一次煤。昨天浪很大。

艾德不是每天都写，有时一篇日记能写好几天。当然，他写的东西看上去更像是流水账，但就是因为这样，他才觉得舒服。这写的是他如何到达，又如何一天天成为船上的一员。那么现在呢？是关于他如何找到了一个朋友。如何能找到朋友。

艾德沿着沙滩，深一脚浅一脚地走在石头上，胳膊下面夹着那个巨大的笔记本，还有包在毛巾里的一块新肥皂。连着好几天，晚上只要没事他就会去看看狐狸。当然，那是……一个冰凉的浪打过来，淹没了他的脚，也打断了他的思路，艾德不由得笑了，这可能是他上岛以来第一次……或者从那件事之后第一次笑。他达到了一种状态，在这种状态下，建立在诸如“有生命/无生命”或者“说话/沉默”这类反义词之上的对世界的划分失去了意义。仿佛只有通过相互接近才能获得内涵，新朋友就像是穿镜而过，来到他的房间里。艾德不知道应该怎样理解这句话，在离海这么近的地方，他感到思维很困难。人对自己失去了把握，很容易放弃。放弃，信任，艾德心想——打开心胸，成为一分子。

不管怎样，这还是他的狐狸。

他来到狐狸窝前，先洗去克劳斯纳留在他皮肤上的油腻。他从石头中间一个有沙的地方走到水边，水像冰凉的裙边围住了他的脚，这是最美好的时刻。他站在及膝的海浪中，海浪懒洋洋地朝海湾翻卷过来。给身上打好肥皂后，他钻进水里，往外游了一段。下水前，他把自己的东西都挂在一棵树的树枝上。这棵树已经被连根拔起，从陡崖上面倒伏了下来，整个海湾里到处都是这种残骸，它们扭曲出奇怪的形状，给沙滩笼罩上一层特殊的氛围，仿佛一片荒凉的战场。有几棵树探进了水里，光秃秃地闪着光，就像沙漠中的枯骨。有几棵还在发芽，虽然根悬在空中，但它们还是用某种方式维持着自己作为植物的存在，虽然不是作为整体，但至少有几根枝条是这样的。艾德为它们的奋斗而惊叹。

“晚上好，老伙计！”

躺在沙滩上晒干身体时，他们之间的对话开始了，先是说了些简单的话题，打碎的盘子，奇怪的客人，兰波在洗碗间里的癫狂表现，然后说到了克鲁索的讲话，克鲁索的诗。然后是雷纳。他的狐狸提醒他要小心，这人虽然愚蠢，但很危险，艾德表示赞同。他打开笔记本，靠放在一块石头上。

“好吧，老伙计，你躲哪儿了？”

一个湿漉漉、嗡嗡叫的东西撞在他脸上，艾德踉踉跄跄地朝后退，吐了口唾沫，是一只金绿色的昆虫。他飞快地用脚把虫子踏进沙子里，丝毫没犹豫就又回到了洞口，双手猛挥几下，赶开了趴在自己伙伴皮毛上的东西。那身皮毛已经完全变成了灰色的，身体瘪了下去，就像要陷进稀泥中。毛茸茸的皮毛下，眼眶是空的，但耳朵依然尖尖地竖着，听觉就像被框在了流苏般细白绒毛形成的花环中。

“好吧，老伙计，老淘气，”艾德紧紧抿着双唇，然后他的语速变得非常快，声音都几乎变了，“你知道，先是有轨电车，不过我不想每次都从电车讲起，毕竟我当时也没看到，以后也不可能看到，我不会到那个车站去，不过有人说他们当时喊了，早就喊了，小心，注意，小心，这类的话吧，要不还能喊什么，他们冲着轨道喊，还有另外一个人说，她就躺在那儿，在车厢下面，一直到肚子，你明白的，一直到肚子，两条光腿从里面伸出来，五月初就已经热到那个程度了，不过一点伤也没有，就连她的短裙都没有掀上去，但是还有一个人说，是有人给拽好了，老淘气，把裙子往下拽好了，然后她就躺在那儿，就像是在修车……”

够了。存货们轰轰作响，特拉克尔冒了出来，农民一样的外形，幼稚的大脸。艾德瘫倒在沙滩上，抓起笔记本写了起来。脑袋里的大纲嗡嗡响着，砸出一行又一行的句子，犬牙交错的比喻结成壁垒，西班牙的骑士和占领军一样的诗行在他沙漠般的梦魇中行军，彻头彻尾的战争。晚上，他在房间里把那些潦草的记录整理了一遍，用手整齐地誊抄在细格纸上。清晨去生炉子之前，他把那些纸从克鲁索的房门下面塞了进去。

这就像是敢死队。这事挺有失尊严的，让他感到害臊。他小心地把煤饼架到火上，这是他唯一一次请我帮忙，艾德心想，是我唯一能为他做的事。他静静听着柴火劈啪作响，潮气“嘶”地一下就蒸发了。

克鲁索来的时候快十点，待到差半个小时就午夜的时候才走。他不戴表，但每次都是同样的时间，无论如何也不会多待。他拿了诗，跟艾德道了晚安。

“你的桌子太低。”

“我想是凳子太高。”

“睡个好觉，艾德。”

“晚安，洛沙。”

脸贴脸，通行的问候方式。

三岁时，艾德曾经以为亲吻就是把脸贴在一起。父亲身上的烟味恐怕就是他最早的记忆了。巨大的，黑黄相间的毛衣外套。他把自己的面颊紧紧贴在父亲的面颊上，他顺着父亲的胳膊，爬过他的肩膀，一直爬到那个脸颊的旁边，那是他的目的地，一个温情脉脉的地方。

一种小凉亭

克鲁索像幽灵一样无声无息地飘在他前面，艾德很费劲才能跟上他。他们穿过一片泥泞的沼泽，钻进一人多高、闪着银光的灌木丛。这里挂着鸟类保护区的牌子，鸟们剧烈地拍打着翅膀冲天而起时，把艾德吓了一跳，这些声音听在他耳朵里尤为清晰，它们细弱的骨架就像要在树杈上碰断似的。他真想建议这些鸟稍微慢一点飞，路上又没有对它们意图不轨的人，“真的没有。”艾德小声说，听到这个，克鲁索才第一次回头看他。

洛沙（洛沙，他现在在心里也是叫他洛沙）邀请他去自己的避暑小屋，那个地方有时被他称为“一种小凉亭”，或是“我们的外围岗哨”，经过之前的那些事，艾德现在已经不可能拒绝他的这种邀请，艾德觉得这再次证明了克鲁索对自己的信任，也是回报他在狐狸洞前所做的努力。

克鲁索穿着一件剪掉了袖子的黑T恤，背上背了一个打猎用的双肩包。艾德穿着一件短袖格子衫，并且破天荒地穿上了那条浅色麻布裤子。这条裤子有些过肥，裤腿在他的腿四周肆意地呼扇着。这裤子让他想起了《叛舰喋血记》中“邦迪”号上那些水手们的裤子，比如海狼拉尔森或者范威登[1]的裤子。

---

[1] 《海狼》的主人公。

他们在矮林中不断碰上鸟类的腐尸，还有各种羽毛，就像被轰炸过一样，树枝上挂得到处都是。很容易就能看出，这些鸟是在战斗中丢了性命的。他们看到一个鸟喙，没有头，还有被撕下来的鸟爪，孤零零地立在一边，仿佛还在等着生活继续。

“列那狐[1]，这个小魔头，它趁鸟把脑袋埋在翅膀下面睡觉的时候把它们掳走，”克鲁索解释说，“但这几个星期它不见了，可能下崽去了，那些新生的小野兽们。”克鲁索手起刀落，砍下腐尸上的鸟爪，从鸟腿上褪下脚环，举到阳光下。“这是好东西，艾德，最好的东西！”

渐渐地，沙地变成了丛林，荨麻直刺到人脸上来，沙棘蔓过了小路，还有接骨木和芦苇。芦苇貌似柔软，实际很扎人，还容易划伤胳膊。克鲁索一言不发地翻过一个带刺铁丝制成的路障，就像听到命令一样放下背包，趴下，匍匐着穿过浓密的灌木丛。

灌木丛的里面是空的，垫着一丛丛的芦苇，芦苇散发出一股霉烂的味道。一时间，艾德仿佛看见了儿时的那些地洞，他们曾用偷来的火柴在夏洛滕堡的那些洞里点火玩儿，结果差点被烟呛死。“这个外围岗哨实际是为单人设的。”克鲁索解释说。他们两个人都有着被克劳斯纳的蒸汽沤坏了的皮肤。烟熏，艾德心想，我们成了烟熏的了……他用克鲁索的词汇思考，假如可能，他还用克鲁索的语气思考。果真很挤，周围的树枝上全是刺儿，他们几乎不可能从彼此身边挪开。

透过茂密灌木丛的一个缝隙，他们能够看到一片沙滩。克鲁索久久地盯着光滑如镜的水面，他的一举一动几乎像个士兵一样。艾德选择避免打破两人间的沉默，再说，跟着克鲁索，他也压根想不到要去问“为什么？”。真正属于这个岛的人是不需要这个为什么的。

克鲁索从藏在芦苇中的一个盒子里掏出用金属扣扣住的小饭盒，他把手伸进饭盒，掏出两片面包、一块肉排和——一个洋葱递给他。他盯

[1] 欧洲寓言故事中的狐狸名字。

着艾德眼睛看了一下，然后给他的面包里塞进去两片草叶。这些东西都凉凉的，并且出人意料地新鲜。吃东西的时候，艾德感到一种强烈的满足和平静。洛沙把几根枝条推到一边，骄傲地让他看一盏小煤油灯。随后，他把手伸进灌木丛，掏出一个小盒子，那里面除了羽毛，琥珀碎块，还有几个自制的耳环——和一个指甲剪。

“左撇子用的，我试了很多次，但就是学不会，就是不行。”艾德迟疑地抓住洛沙伸过来的手，然后一根手指接一根手指地剪。

“以前这事是我妈做，后来是我姐。”

宽宽的，被洗碗水泡成白色的月牙形指甲掉在灯芯草里，艾德想起了G，又是那缠在她指甲上，边已经起了毛的胶布，从胶布里露出的指尖就像一些被生活弄得目眩神迷的小东西，看上去那样珍贵，让他忍不住想亲吻它们。

他们盯着大海看了一个小时或者更长的时间，谁也没有说话。艾德认为这是一种考验，是测试。还有，对了，他很平静，非常平静。他从各个角度来说都是合适的。他有点疑惑，不知道洛沙为什么把指甲剪藏在这么偏僻的灌木丛里。艾德觉得他肯定有好多把指甲剪，每个外围岗哨放一把。夜色慢慢降临在他们的小凉亭上。

戴着变色太阳镜玩台球的那些男人这时已经把骆驼皮拽得非常大，大到已经看不见比赛场地的边缘，这只动物的脑袋应该在场地的某个地方，可能是在下面。不知怎的，骆驼又把自己变回了最初的那片沙漠中，风呼呼地吹过沙丘，艾德听到那个声音，醒了过来。

洛沙开口说起话，声音非常小，就在他的耳边，一时间艾德竟产生了一种错觉，以为克鲁索的声音是从他自己身体里传出来的。

“很久很久以前，在撤销修道院的时候，”克鲁索低声说，“很多修士都感到离不开这个岛，并不是因为他们的信仰或者信条，很多人甚至更改了自己的信仰。他们看重的是一直以来附在这里一草一木间和充溢在空气里的自由，这座岛上古老的秘密。吸引我们的是自由，艾德，是自由在寻找帮手。其实这些修士无从选择，这是一个悖论，但自由就是如此。他们沦为托钵僧，挨门挨户化缘，等着有人施舍，期待有瓦遮头。刚开始时最重要的是：一份汤，一个睡觉的地方，或许还有一点洗漱的水。这些修士情愿放弃他们在教团里的位置，他们是脱离组织的人，是遭遇船难的人，无家可归的人——他们愿意放弃一切，就为了能待在这里，你明白吗？”

“小时候，我有一棵真话树。”艾德说着，把头微微转向一边。克鲁索热切地说那番话时，舌头碰到了艾德的耳廓，无意间。

“这片灌木丛，我的意思是，你的避暑小屋，这个外围岗哨让我想起了那棵树，也可能是因为这些树叶，因为树叶的沙沙声。”艾德顿了一下，他的耳廓凉了下来。

“那棵树上有个观鸟台，在一片林间空地的中间。很多年前树林里曾经着过一场大火，空地就是那时形成的。当时，从我家的窗户使劲把身体朝外探就能看见大火。浓烟好几天不散，烟终于散去后，露出那棵孤零零的大树。它能活下来真是个奇迹。那片森林在埃尔斯特河谷[1]的另一侧，在河岸边的山上。放假的时候，我的朋友哈根——没错，就是哈根市[2]的哈根——他有一天到了我们班，因为要复读一年，我忘记是为什么了，在那一年里，他成了我最好的朋友。那时我总是只有一个最好的朋友，就是说，除了这个朋友就没有了。先是托尔斯滕·施内克尔，然后是托马斯·施马尔茨，然后是哈根·杨克特纳，然后是斯特芬·艾斯曼……”

艾德没想到自己能毫不困难地对克鲁索讲这些事。他心想自己已经有多长时间没有过最好的朋友了，没有能够给他帮助的人，能在出了那件事之后给他护佑的人。

[1] 埃尔斯特河谷（Elster），位于德国东部萨克森州。

[2] 哈根市（Hagen），德国西部城市。

“那年暑假我们经常在森林里闲逛，偶然间发现了那片空地和空地上的那棵树。我们当然爬到了树上。在树上爬来爬去，四下张望的时候，我们做了一件事，或许是因为这片地方被烧光后显得冷冷清清，或许是因为那棵树经历火灾之后成了精，或者是树叶的沙沙声在我们身上动了什么手脚，不知道。四周一片焦土，而我们突然就彼此讲起了真心话。不知道是谁先开始的。我向哈根承认自己爱上了海克，从一年级我就迷上了海克·布克哥特，但是还从来没有勇气告诉别人，更没跟她本人说过。她从来就不知道，后来也不知道，一直都不知道。而哈根也给我讲了他的一些幻想——很自然，我觉得，我十三他十四，他说起了性，说的时候没有笑。我一直觉得自己这些最好的朋友都比自己强，我愿意向他们学习，但这个超出了我的承受范围。哈根的卧室里有个演员挂历，是真正的彩照。其中一张照片上是克劳迪娅·卡汀娜在《西部往事》里的剧照。哈根给我描述了她的长相，讲得非常详细，她的头发，鼻子，耳朵，乳房的轮廓，特别是她微微张开的嘴唇，白得不可思议的牙齿，然后他就抓住了自己那儿，不过看上去就像要抓住什么支撑物一样，同时他说……”

克鲁索用一只手捂住了艾德的嘴，把他的鼻子撞得生疼。两个士兵顺着沙滩走过来，其中一个从沙棘丛中拉出一个电话听筒，猛一下艾德还以为他是要跟灌木丛通电话。

“不是什么特别的事件。”克鲁索小声说。两个士兵坐下来抽烟，枪口从肩膀头上高高地伸出来，被最后一丝阳光镶上了精致的边。

过了一小会儿，克鲁索开始动起来，小心翼翼地。黑暗中艾德依稀看见，或者说感觉到他边挪动边从背包里抽出了一个瓶子。但是跳起、掏瓶子，在灌木丛中的这些闪电般的动作——他怎么可能看见？

两个士兵像挨了枪一样猛转过身，其中一个一把扯下肩膀上的枪。

“不许动！谁？”

他的喊声听上去是嘶哑的，这是恐惧发出的可怜的响声。

“站住，开枪啦！”

“开枪啦！”

这时已经变成了怒吼。是被玻璃手榴弹燃起的怒火，或者是因为惊吓和恐惧而怒。那个士兵朝他们的灌木丛这边紧走几步，举着枪，直到另一个赶上来拽住他。

“新来的，没经验，他妈的新兵蛋子。”克鲁索轻声说，他还有点上气不接下气，但声音很平静，就像在评论一场实验。

“海科，嗨，海科！”另外一个士兵不断地重复着，同时用手轻轻摸着同伴的机关枪，那挺枪现在直接指着他。他从枪管开始，左手，右手，然后慢慢地把枪口扳向一边，用非常小心的，几乎是温柔的动作拨开了搭在扳机上的那根手指。

“嗨，海科。”

大海这时成了一面轻轻发出哗哗声的幕布，微弱的月光给发生的一切镶上了边，没有音乐，只有大海谨慎的翻滚，间或有一只鸟尖锐的叫声划破夜空。

“这么容易就能让他们手忙脚乱，”克鲁索小声说，“真是简单。整个体系只是由人组成，艾德，我是说，那边的那些人，那是我们，以前的，没有自由时的我们，你明白吗？”

一场噩梦，艾德心想，他头疼，嘴里有股金属的味道。那个名叫海科的士兵依然站在那里，停在来他们灌木丛的半路上，呆呆不动。另外那个把枪挂在他肩膀上，双手揪着他的衣服领子。海科。然后他大步流星地顺着乱石遍布的海滩走了。几秒钟之后，发怔的士兵回过神来，他一溜小跑，笨拙得像被拴住了脚一样。他的钢盔磕着武装带，沉闷的金属声又过了一会儿才听不见了。

真理地图

7月9日

和克鲁索还有其他艾斯卡们一起围猎，没有枪，只有锅和棍。之后大家一起吃了梭鲈，在沙滩上煎的，放了大蒜和沙棘做的汁。鱼还是活的。厨师迈克说，抠着它的眼睛，它就不咬人了。兰波和吧台两口子唱起了战争歌曲，穿过群山，穿过荒原……里克又讲起了故事。他说像豪普特曼这样的人就是在强暴这个岛。卡罗拉用凝乳给卡瓦洛治疗晒伤。她是这儿的治疗师，会弄草药的漂亮女巫。每天她都会给我们往洗碗间里送新泡的茶，昨天她突然出现在我身后，然后是冰和她的手指尖，在脊柱旁边上上下下——冰块按摩法，对付我的脊背痛很有效，真是不可思议！天热起来之后，房子里的蟑螂更多了。现在每天早上都能干掉四五个，有时还会更多。

他们在服务员海滩上碰到了其他一些短工，蒂勒，飞毛腿，皮肤上密密麻麻长着雀斑的大高个西尔克，兰波的朋友羚羊，还有岛吧的圣地亚哥，这个人好像跟克鲁索关系很好。通常大家在一起时都是赤身裸体。埋那个两栖动物的时候艾德就已经感觉到了：这种自然而然的，没有任何特别理由的赤身裸体里蕴含着一种手足般的亲密关系，这是艾德从来没有经历过的，是人与人之间体现出的一种与众不同的亲切感，一种发自内心的亲密无间——同志般的其乐融融，假如有所谓同志情谊的话。这种赤身裸体就像是一个封印，一种奖励，艾德心想，奖励大家共同克服了羞耻感，但又不是丧失了羞耻感。羞耻感毫发无损地深藏在伙伴关系之中。如此一来，短工们之间打招呼的方式（贴脸）就很好理解了。这是艾德第一次开始真正理解小岛这个小社会，还有远超过小岛范围的大圈子。

走到最后的时候，克鲁索建议绕道去一趟斯维登哈根，“去我家。”他的语气里带着一股不屑。艾德一直到那时都没意识到，除了克劳斯纳，克鲁索应该还有另外一个家。

水泥板路一侧伸出一条小路，通向浅海湾的方向。一处冰山堆石的顶上有一栋两层楼，被杨树遮得几乎看不见。山丘、房屋，从远处看去跟柏树很像的树木，这些都让艾德想起了画廊里的那些南部的风景画。

辐射研究所——牌子歪歪斜斜地挂在汽车入口旁的铁丝网里，牌子上的漆几乎全部脱落了，只剩下那些字母顽强坚守，也许是有人花工夫把它们给描了一遍。克鲁索从大门前经过，又走了几米，然后用自己那种半军事化的动作猛地趴下，从栏杆下面钻了进去。他们来到一栋瘦高的红砖房前，房子的底下一半被一个似乎是起防护作用的土丘围住，土丘上长满了草。铁门和门上的骷髅头标志让这里看上去就像一个破旧的变压器房，只是没有电缆。

“这就是塔。”克鲁索解释说。

没有窗户，屋里到处挂着毯子，仿佛要遮盖什么，毯子上散发出一股旧羊毛的甜丝丝、干燥的味道。铁梯子上传来克鲁索的脚步声，然后是一片寂静。灰尘钻进艾德的鼻子，他的鼻子不通气了。他慢慢地在羊毛迷宫里摸索着，但却找不到上楼的路。“没那么容易！”克鲁索在上面大声说，好像很得意。

藏在塔里的这个地方看上去就像某个小男孩儿的房间，天花板上垂下一个没有灯罩的电灯泡，昏暗的灯光照在乱七八糟的一堆照片、文章和图画上，中间有一张切·格瓦拉的大宣传画，一张沾满灰尘的广告画，上面是金属棕色的沃尔沃客货两用车。所有画上都布满了小黑点，就像生了什么病一样。艾德有种要窒息的感觉。克鲁索从墙上抽出几块石头，新鲜的海风吹进房间，对面放着床和柜子的角落里有什么东西动了动，可能是只猫，艾德心想。地板上到处丢着睡袋和衣服。

在一个类似射击孔的开口右边挂着一大幅像是出自儿童之手的画儿，那张粗糙的纸皱巴巴的，像反过来的墙纸，用钉在墙缝里的小钉子固定着。克鲁索把挂在电线上的灯泡拉到画跟前，拴在一根从天花板上垂下来的铁丝上。

画由上下排列的三块颜色组成，暗沉而缺乏表现力的水彩让艾德一下想起了上学时的那些让人丧气的颜料，那些总是硬得跟石头差不多的颜料得花很多力气去调，要一直搅，搅到人心烦意乱，直到把画刷（画刷总是只有很少的几根，而且常常只有一根能用）狠狠杵在那块号称调色板的五彩斑斓的圆石头上，如此一来，这个艺术创作的工具通常就不能再用了。他的整个童年就是在跟各种劣质材料作斗争，那些陈旧无比的东西，这是一场充满了各种小声抱怨和大声咒骂的战争，但又很天真。在那个人生的早期阶段，艾德从来没有想过其实并不是自己坏，并不是自己有问题。要不这些不幸的遭遇还能是谁的错？

“这是我们这个世界唯一一张真实的地图，艾德，真理地图，你或许会这样说。”

克鲁索看着他，意味深长地停顿一下，给始终一动不动站在房间里的艾德一个机会仔细观察那张纸。纸上到处是水渍和水渍的边缘线，也许是对落日的艺术化再现，艾德想，一种希登塞岛表现主义。一片黑色的上面是一片红色，再上面还有一片黄色，黄——红——黑，直到这时，艾德才看出这画里是一个头朝下颠倒着的国旗。一声细微的咔咔声——

克鲁索双手抓着一个瓶子，非常缓慢地，几乎是隆重地拧开了瓶子上的盖儿。艾德认出了那个廉价的品牌，就因为这个牌子的标签是蓝色的，所以它也被称为“蓝色杀人犯”。

这三种颜色之外还有一些非常细的线条，这些细线在有些地方跟水渍线完全贴合。艾德很快从里面看出了陆地的轮廓，吕根岛和乌瑟多姆岛的轮廓线，达尔斯，[1]还有他们自己这个岛纤细的、几乎看不见的瘦弱轮廓，嘴巴破碎的小海马，肿胀的脑袋冲着东边，这个小家伙的身体挺得直直的——一半在黑色里，一半在红色里。现在，他轻而易举地就在上面的黄色里辨认出丹麦王国和瑞典王国的轮廓。南边和北边海岸之间的红色里用非常非常细的线画着一些很难辨认的几何图案，虚线和实线纵横交错，整体看上去就像是织毛衣的图样或者裁衣服的纸样，小时候艾德曾在姨妈家的茶几上见过这种东西。这让人一下子很难理解——他姨妈跟这种画会有什么关系，这种像天书或者秘密计划一样的东西……

克鲁索清了清嗓子。艾德深吸一口气，把目光从地图上挪开。他感到挨着上臂的瓶子，凉凉的，他想抓住那个瓶子，就像机械地完成酒友之间的某种动作，但克鲁索牢牢地抓着瓶子，看着他的眼睛。

“仔细听我说，艾德。”

他脸上带着每次下达指令时都会出现的庄严神圣的表情，把酒瓶塞到艾德怀里，并且指指靠在墙边的那张床。“杀人犯”冲走了艾德嘴里的土腥气，不知怎的，他这会儿坐在床上也能看得清国旗颜色里的那些线条了。

克鲁索看看地图，又看看艾德，然后走到艾德跟前，从他手中拿回酒瓶。

“在这个岛上，”克鲁索指指希登塞岛，点了几下头，同时又摇了摇头，晃动的脑袋画起了圆圈，“我是说，这个国家……”他用酒瓶底儿

[1] 乌瑟多姆岛（Usedom）和达尔斯半岛（Darβ）均位于德国北部、波罗的海上。

在那幅画的黑色区域里比画着，酒在瓶子里发出清脆、愉快的咕咚声，“……根本没有一张地图是真的。在这个国家，亲爱的，不但河流、街道和山脉会移位，移得让人不知道它们原本在什么地方，就连海岸线也会移位，前进后退，像海浪一样……”

“这不是捕风捉影！”克鲁索高高举起酒瓶吼道，“我这儿什么人都有，测绘员，地形测量员，绘图员——那些知情人，就在这些遭遇船难的人中间，这些被边缘化的人中间……我听过他们讲的故事，艾德，令人发指的故事。”他喝了一口，用手背抹抹嘴唇。

“比如那些从来就不正确的距离，伪造的海洋面积，伪造的宽度，伪造的地平线，从一个海岸到另一个海岸……”克鲁索用瓶子颈点点那片黑色，然后又点点那片黄色，跳过了中间那一大片染成红色的大海，“……根本就没有那么远！要按照那些地图，亲爱的艾德，你一辈子也不可能从山墙后那个漂亮的房间里看到默恩岛，不可能早晨直直地坐在床上，一边看着那片静静的，遥不可及的石灰岩，那片天真无邪的闪亮的白色，一边琢磨自己为什么会在这里，自己周围究竟发生着什么，或者琢磨你为什么偏偏会到了这里……”

“不为什么。”艾德抗议道，但是克鲁索已经把酒瓶递给了他，一脸善意。

“这张图，亲爱的，是真的，像教堂里的那声阿门一样真实，阿门。”

艾德喝了一口，把酒瓶递回去。

“默恩岛，白垩悬崖，盖瑟小镇……”[1]克鲁索把那些地名一一数过去，沉浸在这些用小十字或者数字标出的地名里。

“那这些线条标的又是什么？”艾德想要忽略自己的不快。在服务员海滩上，他已经听过许多类似的怪异故事。据说普劳恩市有个人把一面民主德国的国旗铺在自家门口的地上，上面有锤子、圆规和麦穗组成国

[1] 白垩悬崖（Møns Klint）位于默恩岛东南端，临波罗的海。盖瑟（Gedser）位于丹麦法尔斯特岛（Falster）南端，临波罗的海。

徽，结果从岛上被带走关了起来，据说关了许多年……不过门前的擦鞋垫跟真理地图比起来又算得了什么？

“这些线是什么意思，洛沙？两岸之间这片红色里这些像刀痕一样的线？”艾德又问了一遍。

“这是亡者之路。”

克鲁索的回答像是从很远的地方飘来的。他还沉浸在那张地图里。

“是他们穿越海洋的路线。”

克鲁索的手紧紧按在纸上一个已经破破烂烂的地方，看上去就像要盖住那里的某个伤口。

“一开始他们还在游，或者划船走一段，或者躲在非常小的潜水器里，或者挂在马达上，让马达拖着他们穿过激流。但是，他们到不了彼岸。在海上的某个地方，海水会灌进内燃机的汽化器，或者他们会冻僵，或者没有力气了……有些人会被冲到对岸，有些人跟鱼一起被人捞上来。渔民在海上用无线电报告发现死人的消息，并在酒馆里高谈阔论自己的发现——又捞上一个那么干的人，来，干杯，如此种种……”

楼下有动静。克鲁索回过神来，喝了大大的一口“杀人犯”。

“渔民们熟悉这里的洋流，他们很清楚，他们知道一个死人会漂多久。”

克鲁索的手慢慢地顺着一条虚线摸过去。“他们知道这个死人会在海底待多久，海水什么时候会把他再带起来，他再漂起来后会是什么样子，他已经腐烂的眼睛盯着你是什么样子……”他看上去很紧张，脑袋朝射击孔那边偏过去。

“但是没有人，我再说一遍，对岸没有人知道这些死去的人是谁，也就是说，他们会被冷藏起来，躺在那个王国的优质冷藏柜里，等着有人来解救他们。但是不会有人来，不会有人，永远不会有。”

外面院子里的嘈杂声大了起来，克鲁索把石头重新往墙里插进去。

“这些你是怎么知道的？”

“是那些死人悄悄告诉我的。那些死去的人在等着咱们，艾德，你怎么看这件事？”

“我不知道，我是说……”

“我的意思是说，艾德：这是一条歧路。真正的不归路。或者这样说：这些地图谎撒得不够彻底！一切都源自学校用的地图上那片该死的，让人充满希望的浅蓝色，那片见鬼的、骗人的浅蓝色，把每个孩子的脑袋都变得不坚定。为什么不把海印成黑色的，就像死人的眼睛，或者印成血红色？”他指着自己的地图。

“为什么不干脆否认瑞典的存在？巧妙地改变一下地图册的分页方式就足以达到这个目的。还有丹麦，斯堪的纳维亚，否认那整个毫无意义的外部世界？当然，默恩岛是个问题，不过那也只是因为我们能够看到默恩岛，你明白吗，艾德？”

克鲁索显然已经醉了。他胡乱地把“杀人犯”扔进艾德怀里。玻璃手榴弹。

“忘了吧，艾德，听见吗，忘了，忘……但是有一点绝对不能忘：它是存在的，自由，它就在这儿，在岛上，因为这个岛是存在的，不是吗？”

克鲁索带着一种愤怒的坚决盯着艾德的脸。艾德顺从地点点头。

“你也听见它魅惑人的叫声了，是不？没错，它在叫，见鬼，它叫得就像他妈的塞壬女妖[1]……每个人都能听到点什么。摆脱工作，摆脱男人，摆脱强制，摆脱国家，摆脱过去，对不对，艾德？听上去就像一个许诺，大家都来了，于是就开始了，咱们的任务，咱们做的事开始变得很重要。也就是说：三天，他们就是圈里人了，我们能为这些人争取三四天时间，为每个人，通过这种方式我们成了一个大群体，所有圈里人的大集体，而这还只是开始。在这里待三天，他们就能回到大陆上去了，没有人非得逃走，艾德！没有人淹死，因为他们得到了：在脑子里，心里，不管哪里……”克鲁索身体半朝地图侧着，手臂在空中挥动，点

---

[1] 希腊神话中半人半鸟的女海妖，以美妙歌声诱惑过往海员，使驶近的船只触礁沉没。

着自己身上的不同部位。

“自由的界限。”

艾德抖了一下。最后这句话不是克鲁索说的。那只猫挨着他卧在床上，看着他。猫长着巨大浑圆的脑袋，爪子足有小孩儿的脚那么大。

外面黑了下来，大雨如注。圣地亚哥在研究所外的铁丝网那儿等着。克鲁索小声骂着他。艾德站在一旁，好友的状态让他担忧，事情就像颠倒了个儿，他第一次感到了自己肩上的责任。

他心里一直憋着一句话：你给自己惹麻烦了，洛沙。

你呢，你想活成什么样儿，艾德？你愿意做的事是什么？

直到这时他才注意到那些遭遇船难的人，这些人一动不动地蹲在山坡下，身上湿漉漉的，就像正准备跃起的兔子。人不多，两个男人，两个女人，他们听从克鲁索的指令，二话不说，满怀感激，一个接一个从铁丝网下面钻过去，消失在夜色中。

“我不会怪他。”圣地亚哥说。

“怪他什么？”艾德问。

“他们两个人都是在这儿长大的，他和他那个淹死的姐姐。”圣地亚哥摸着湿漉漉的铁丝网，像摸着什么珍贵的东西。“他们是在这儿长大的，在这个罗姆施塔德山丘上。”

黑色营地

克鲁索的组织（或者应该怎么说？）——救生员，房屋管理员，吧台服务员，给鸟上脚环的人，助理厨师，洗碗工，厨房里的小工——所有这些人之间似乎都有某种联系。留在岛上的决定（或者用卡瓦洛的话说，至少过夏）就像是一条无形的纽带，足以让这些人了解关于对方的最重要的事：到这里来的人虽然都离开了那个国家，但又都没有越过边境。

他们给予克鲁索的帮助一开始无非是些快乐情绪的自然表达——比如在服务员海滩裸泳，午夜时的篝火（虽然这是禁止的），或是荆棘岩的迪厅，他们只需花上 2.75 马克（比一小时的工钱多不了多少），就能在两个面对面放置的吧台中间蹦来蹦去地跳一整夜的踢踏舞。吧台以管理吧台的服务员命名，在荆棘岩酒吧的所谓甜蜜端（海因茨吧台），川流不息的是绿色、棕色和红色的利口酒，在大厅的酸涩端（海纳吧台）流动的是葡萄酒、伏特加和“杀人犯”，加上“施特拉尔松德”，有时还会有自酿的沙棘酒，“用杀人犯做底”，这是这里人的说法。单是短工们每周五晚上都会隆重举办的“吧台对立党”（兰波的说法）这个名字就已经包含着政治的意味了。海因茨的吧台甜蜜，海纳的酸涩，这一点是确定的，而海因茨和海纳吧台之间的就是生活。选海因茨还是海纳：没有人发现这是一对无法解决的矛盾，他们的岛上不存在对抗，更不用说无法调和的对抗了：从甜蜜到酸涩，从酸涩到甜蜜，夜晚就这样如波涛翻滚，远远地超出了荆棘岩酒吧的大厅，漫过草地、沙丘，直到海滩，漫过大海直到天边，黑暗中看不到边界线。

一分是陆地，九分是天：能到这个岛上就足以引起他们的自豪感了，这个岛让他们的存在变得崇高，这里的美既无法形容，又有影响力。岛上众生散发出某种魔力，大陆对它们而言不过是一种背景，正慢慢变得模糊，并在海浪不间断的轰鸣声中死去。国家算什么？每一次日落都会抹去它呆滞的影像，每一次浪涌，那把破旧石斧留在他们意识表层的可怜的轮廓都会受到冲刷。他们是这个长着破碎嘴巴的海马的骑手，根本不把那斧子当回事，在甜蜜与酸涩之间来来去去。

短工们感兴趣的肯定不是把克鲁索口中的遭遇船难者或说无家可归者引向某处新的自由之地，但他们能够感觉到克鲁索的愿望，感受到他的力量。克鲁索的身上散发着一股具有鼓动性的神秘气息。最让他与众不同的是他的严肃与决绝。他说的话丝毫没有挖苦或讽刺的意思，他提建议的态度，也跟岛民们或多或少的玩世不恭的老习惯完全不一样。从深层来说，岛上的生活中缺少的就是这种东西（他们或许不会承认），这些人缺少的是一项任务，一个理念，某种超出了每天在酸甜之间来来去去的东西。

克鲁索从不以领袖的姿态示人，但他组织活动，在散落岛上各个角落的短工圈子之间建立联系，规划、收集并且维持这种联系，特别是那些本来就因为同属某个饭馆而形成的圈子，就像岛吧的那群人，他们中有几个住在海岛博物馆旁边的沃尔纳楼里，克鲁索跟这几个人的关系最好，其中包括圣地亚哥，蒂勒，彼得，印第安人，飞毛腿几个男人，还有雅尼娜、西尔克和羚羊几个女人，此外还有那些把自己划在不同篝火堆旁的短工，大家晚上就围在这些篝火堆旁烧烤、喝酒，隔一段时间就喊一声“自由共和国希登塞岛”，比如尾荆岩酒吧的篝火堆旁就有 A.K.，伊内斯，托尔斯腾，克里斯蒂娜和尤勒。除了这些人之外，还有一群递交了出境申请的年长一些的短工，他们有时会在海纳的吧台前形成一个自己的圈子。这些人脱离了群体，已经深深地，或许已经过深地陷入等待的状态中，以至于艾德经常会觉得他们已经忘记了等待本身，就仿佛他们早已身在别处，不光是在这片国土之外，同时也在时间之外，可以计量的时间流逝已经在这个岛还有岛的魔力下失去了效力，他们的等待仿佛已经浓缩成某种天堂般的来世状态。克鲁索评价说这是一种自我情绪调节，其目的在于至少部分地抵御小岛那能够引发自由意识的魔力，克鲁索强调说自己绝不是在谴责，恰恰相反。这种状态下的人假如获得了出境许可，会先是一副遭受打击的样子：在岛上，他们远离现实生活，现在突然说要重新浮起，把船划回时间的正式轨道——而且留给他们的时间常常只有几天而已。

那些由非常年轻的短工组成的圈子表现得很外向，这些人刚过完十八岁生日就决定一生都要待在这个岛上，哪儿也不去了，那些朋克们就在其中。因为朋克们不太适合到人前去，所以从来也做不到端盘生，几乎全都是洗碗，不过他们倒是在洗碗方面显示出了非凡的能力，事实上，这些朋克们被认为是岛上最好的洗碗工。他们有传奇般的勤奋和可靠，"干起活来像牛一样。"克鲁索说。北角的阿塔，或者希提姆的"邋遢"都是为人熟知、备受尊重的名字。此外，朋克和那些长发族之间还有种联盟关系，这种关系能够改善他们的地位，并且在关键时刻提供保护。"打扮成什么样子我无所谓，干活就行。"岛吧的女老板这样说。

"希登塞岛还是同性恋的天堂。"克鲁索小声说。说这话时他们正站在海因茨吧台前，确切地说应该叫作"海因茨和乌利的吧台"，荆棘岩酒吧的甜蜜端，洛沙在这里用一点酒资就能买到喝的，不久前艾德也获得了相同的待遇，海因茨和乌利显然把他俩当成了一对儿，而克鲁索对此似乎无所谓。荆棘岩（不光是那里的男同性恋）在一年一度的足球赛上是克劳斯纳的最主要对手。足球赛的组织者是克鲁索，这个比赛被视为

“海岛日”的高潮部分。“海岛日”是全岛短工们的节日，同时也得到了当地人和酒吧老板们的支持，例如荆棘岩酒吧的老板维利·施密腾多夫就会为获胜方捐出一桶啤酒，而克龙巴赫则把这件事全权委托给了自己饭馆里洗碗工的头儿亚历山大·克鲁索维奇。

就这样，围绕克鲁索形成了一张由各种关系和活动组成的网，短工们喜欢这张网，因为他们的特点能因此得到凸显，并让他们意识到自己的与众不同。他们在这个国家里是一种合法的不合法存在，形式奇特又令人费解，要么是国家像吐唾沫一样把他们唾了出来，并且宣布他们为无用之人，要么是他们干脆觉得跟这个国家不再有什么关系。兰波说到这些短工的时候用了内心流亡这个词，而每个人每天都为了获得留下来的权利在辛勤工作。

短工中的绝大多数人把兰波不当回事，但他们尊重克鲁索。克鲁索是那个穿着黄金盔甲的人，跟着他就要掩护他，还要提供他向他们请求或者索取的东西，只是那并不会让他们感到太为难。他的自由哲学没几个人弄得明白，这些人并不觉得自己要反抗什么，恐怕也没有谁会认为自己是政治阴谋的参与者，他们的兴趣在行动本身（禁忌的味道），特别是分配日狂放不羁的庆祝活动，克劳斯纳观景台上的大斟大饮，也包括出现在那儿的一些陌生客人，一夜又一夜——他们的陌生，他们的可爱，他们身上的香气，克鲁索给他们的那个奇怪的称呼更加强了这些特质：遭遇船难的人。

一开始只是过夜问题，是如何把那些遭遇船难的人在所谓黑色营地里安顿上三四天，这是个雄心勃勃的计划，因为这些人的数字在不断增长，这是一场发生在全国范围内的无与伦比的朝圣活动，他们被小岛的声音所诱惑，漫无目的又天真地穿越冰川堆石，沿着海滩一路寻找可以睡觉的地方，没有居住证，没有居留在这个边境地区的许可。

后来又多了“圣汤”。克鲁索的理由很简单：“他们肚子里得有点热东西，至少一天一次。”艾德每天洗碗时从盘子上刮下来的那些“好饭菜”被切碎，跟“神草苗圃”里那些能够给人自由感的，用下水道里的黏液（“这个两栖动物很有营养，富含维生素。”）喂肥的各种草药和蘑菇一起进了一口大铁锅，厨师迈克那里总有一个灶眼留给这口锅。艾德经常看见两个遭遇船难的人抬着汤锅还有汤锅里剩下的东西到卸货台那里归还，克鲁索收下锅，简单吩咐几句，然后把没清洗的锅直接放回到炉子上去。永恒的火，永恒的汤，对克鲁索来说这相当于一种生物系统循环，是一个完整的供应系统——能使人幡然醒悟的系统。而这一切，按照他的说法，“还只是个开始”。

他越来越频繁地给艾德解释这条通向自由的道路上的各种细节，在这条路上，在岛上停留的三四天是核心内容，也是最基本的条件。此外还有照管计划。这个计划最核心的就是三个部分：汤，洗身和工作，工作——当然是自愿的——主要是在海滩上，或是克劳斯纳观景台的那些带棚的桌子旁，主要是在上午。

一开始，艾德对于洗身只有一些模糊的联想和回忆，眼睛火辣辣，夜晚穿着罗马长袍像幽灵一样从院子里穿过的人。所谓工作通常就是制作首饰，这些首饰在那些度假者中卖得出奇地好。主要是耳环（一对 20 马克），做耳环的原料就是在保护区捡到的那些死去候鸟的脚环。“有的时候能找到非常非常老的鸟，我是说鸟，它们还戴着老式脚环，黑尔戈兰岛脚环，或是拉多尔夫采尔脚环，罗斯滕脚环，[1] 都很值钱……”不过大部分脚环还是克鲁索直接从岛上鸟类脚环中心弄来的，艾德跟克鲁索在岛上转的时候见过那些上脚环的人，这些上脚环的人就像看到了老客户一样跟他们打招呼。从这些人手里，克鲁索不但能弄到不锈钢来搞他的秘密制作，还能借到一些稀罕的工具，细巧的、长相特殊的钳子让人想起牙医的工具。克鲁索会仔细问他们工作上的事情，包括如何写所谓

[1] 黑尔戈兰岛（Helgoland）、拉多尔夫采尔（Radolfzell）和罗斯滕（Rossitten）均为著名的观鸟地。

的上脚环记录，仿佛这才是他们俩登门拜访的目的。他会跟这些戴脚环的人长时间地讨论各种鸟的类型，其中有些鸟艾德连名字都没听说过。“每年几十万的脚环，简直不可思议。”他边说边冲艾德喊，后者已经被四周笼子里成百上千拍打着的翅膀弄得头昏脑涨。“因为脚环太多，他们也就不再搞研究了。”离开脚环中心的时候克鲁索解释说，“诱发迁徙行为的激素——这曾经是他们的研究题目，想象一下，艾德，想一下，这才是我们真正应该了解的，但他们现在只是写报告罢了，每只鸟一篇！”从耳垂里面穿过去的金属丝是从别的地方搞来的。“牙科用的金属丝。”克鲁索小声说，听上去就好像他说的是希登塞岛的黄金宝藏。

这种手工活虽然不多，但却能赚钱，从中获的利尽数收在“短工账户”里，主要用来买晚上分配的酒水，由克鲁索负责管理。这个定期举办的活动是要把那些朝圣者分到各个临时宿营地去，这毫无疑问是整个组织工作的高潮和节点，就像节日一样，东西自然也得样样具备。一想到自己偏偏选择了这样一个节日的夜晚朗诵特拉克尔，艾德就觉得难受。他脱离了组织，当然，他活儿干得不错，挺住了每天锅碗瓢盆带来的炼狱般的折磨，但是他并没有满足作为克劳斯纳合格成员所应具备的条件，不管是那些明说的，还是那些没明说的。

尽管如此，克鲁索还是选中了他。

毫无疑问，想要安置所有遭遇船难的人是一项艰巨、从根本上而言无法完成的任务。克鲁索是营地的管理者，他把营地分为固定的和露天的两种，露天营地是冰川堆石脚下一些特殊的地方，被称为“特选地”。排在最前面的是短工们的房间，房间分散在岛上各处，能提供的住处数量也算得上可观了。其余的临时安置地则可谓五花八门，分配人的神通广大让艾德非常惊讶，克鲁索能够把不同的藏身处看成一个完整体系中的不同支撑点，并以此为基础建立自己的分配体系，这证明了他运筹帷幄的能力，这几乎可以说是一种军事指挥能力。

在岛上转的时候，克鲁索告诉了艾德黑色营地的秘密，还有其中的一些细节：

——当年合作社“人民友谊”的羊圈，这里后来是乌曼茨国营农场，在荆棘岩脚下，能容纳 10 到 12 名遭船难的人。

——导演瓦尔特·费尔森施泰因家的驴棚，在他别墅的下方，这栋建筑虽然小，但是异常坚固，能容纳三个人过夜，睡在驴的头顶上。

——塔（克鲁索少年时期住过的房间，在辐射研究所院内），可以容纳 5 到 7 名遭船难的人。

——渔民史卢克、施里克尔、克尔维茨、克吕格、高以及奥克施泰因家的渔船，停在克劳斯特港和维特港的约翰娜号以及希望号货船，总共可以容纳 10 到 15 名遭船难的人。

——格里本村维特纳家的大木板房，里面分出许多小隔间，分别用来存放自行车，手推车，还有一辆闲置的、可以当简易床用的马车，那里最多可容纳 8 名遭船难的人。

——当年农场后面的秘密砖房，在瑞典港上方，被围在一片完全荒废的林场中间，树林里全是垃圾，港口后面有一条狭窄的坡路，走上台阶就能到达上面，然后要离开这条路，在茂密的矮林中穿行一段，先是会看到一个锈迹斑斑的机器残骸，以前应该是用来脱粒或者加工木材的，然后，在左手边就是过夜的地方，那栋砖石房被短工们当成了活动中心，克鲁索说那栋房子有不同的功能，不过他只是暗示了几句，并没有再多说什么。那里能容纳 10 名遭船难的人，紧急情况下还能更多。

——诗人格哈特·豪普特曼的床。从院子背后爬过篱笆墙进入花园，然后猫着腰顺小斜坡跑到下面的房子跟前，这里有一扇窗户是虚掩着的，负责博物馆守卫工作的一名短工会把那扇窗打开，他还负责将作家的床重新恢复成能够作为博物馆展品供人参观的状态。这里可以容纳两名（身材较瘦的）遭船难的人。

——豪普特曼故居后面小路旁的一栋非常小的砖房，隶属生物观测站，这栋房子小到让人只能站着过夜，“适合两个人睡觉，互相依靠着”，而且也“没有那么糟糕”，看到艾德难以置信的眼神，克鲁索安慰道。

——影院树林里放电影的帐篷，如果放电影的人自己没有收容非法过夜的人的话。

——维特村体育场放器械的棚屋，离女演员阿斯塔·尼尔森曾经住过的圆房子“卡鲁瑟尔”只有两百米距离。能够容纳4名遭船难的人。

——连接克劳斯特村和维特村的道路旁的石窟，这个栖身处坚硬，坑坑洼洼，但非常安全，石窟夹在山一样高高耸起的花岗岩石堆深处，在被大家称作林荫道的沙丘后面，那沙丘用石头固定并浇了焦油。这里能容纳3名遭船难的人。

——公墓管理员的木头棚屋，这是难民们非常喜欢的住处。房门上钉着一个牌子，上面写着“办公室”。门边倒扣着一个没有轮子的手推车，一根锄耙，一个装着瓦匠工具的盒子，刚刚上过油的抹子，一个榔头，一个尖头凿子和一个平头凿子，“……父亲们的/旧工具/震动陌生人的心……”[1]，艾德的存货们突然冒出这样一句。狭长的坟墓一直蔓延到格哈特·豪普特曼家所在的那片花岗岩石跟前，斑驳的墓石被风吹得东倒西歪，上次割草时留下的草还挂在墓石上，让墓石仿佛生出了头发，就像一小群病怏怏的动物。从旁边走过的时候，克鲁索摸了摸其中一块长着头发的石头。后来再次来到这片公墓的时候，艾德才辨认出上面的一半字迹：“……从1800年开始，本岛的**地方长官**长眠于此，静享安眠。”克劳斯特村的公墓管理员是短工里少数几个有全年合同的人。他的简易棚屋在墓地的最外围，不远处是一个没名气的水手的坟墓，被棕色的针叶树遮得严严实实。那里有一块非常小的浅色石头，上面镶着钢制的字母，克鲁索把棚

[1] 出自特拉克尔的诗《艾尼菲水堡》(*Anif*)。

屋的钥匙就藏在这块石头后面。“艾德，对那些遭遇船难的人来说，在这个地方屈一下膝不是坏事，哪怕只是为了把钥匙取出来。”安置能力为 3 到 4 名遭船难的人。

——灯塔和克劳斯纳之间那片树林边上的旧变压器房，它就像是守在通向荆棘岩深处关口上的护卫站或者检查站。那里有泉眼，围在一片芦苇和沧桑的柳树中间。艾德立刻就被这个地方吸引住了。变压器房的后面有一摞木柴，下面就是藏钥匙的地方，用这把钥匙可以打开那把巨大的挂锁，不过要费点劲。克鲁索说，在变压器房里过夜太危险，所以这个地方被当作仓库，用来保存帐篷、被子和睡袋，这些都是露天过夜的东西必需品。其中一个特选地就在附近。“在这里过夜就像梦一样美妙，你怎么也得试一次。”克鲁索低声说，就像他们已经被夜色包围一样。这个过夜地的位置看上去确实非常棒——一边正对着灯塔，一边能看到浅海湾和吕根岛上的灯光。人躺在洼地里面，从兵营那里根本看不见。

——所谓的制灯工场，是一个四周长满高高芦苇丛的缸砖小屋，在看灯塔人的农庄里，小屋上方的高大栗子树不断发出沙沙声。这里离陡崖不远，在灯塔下方不过两百米的地方。最外面的木篱笆很容易就能翻过去，然后是房门，可以从合页的地方卸开。工场里堆着灯塔管理员的备用灯泡，白炽灯泡足有小孩儿的脑袋那么大，碳灯丝有指头那么粗。灯泡旁边摆着一排淘汰的反射器，“作为遭遇船难的人，最好还是不要去那里照镜子”，除非“这个岛已经深深嵌入他们的……”“休假是为了躲避不幸。”艾德小声地自言自语道，但克鲁索还是听清了他的话。“不，不是休假。”他左边的眼皮开始跳，声音变得硬邦邦的。“这里是希登塞岛，艾德，你明白吗，希登，熄灯——隐藏起来。这个岛是藏身地，是让他们找到自我的地方，让人回归自我，就像卢梭说过的，回归自然，倾听内心的声音。没有人一定要逃亡，没有人一定得淹死。这个岛是一种经历，这种经历能够让他们回归，作为顿悟者回归。这种经历能够让他们继续过现在的生活，直到有一天量变突然引起质变，到那一天，人心中的自由突然大到超过了周围环境中的不自由，那一刻……将会是一次巨大的震动，雷鸣般的一次心跳。”克鲁索把手放在其中一个巨大的利华牌灯泡上。这盏灯就算突然亮起来也不奇怪，艾德心想。这里的容纳能力是 4 名遭船难的人。

第二天艾德返回自己的房间时，他桌子的每条腿下面都垫上了一块光滑洁净的砖头，高度正好。木头桌子给他的胳膊带来一阵清凉，他拿出日历本写了起来。

休息日的行走路线

“你不是一定要做，”那个声音小声说，“除非是你愿意。”艾德停下来时才感觉到那柔软的动作，一直到此刻，这动作都像他自己的睡眠一样温柔地包裹着他。第一缕阳光射进房间，上下翻飞的燕子在墙上、床上，在四处留下一闪而过的影子。

“我是C。”

艾德仔细听着。

他感觉到了皮肤，凸出的肩胛骨，离自己耳朵不远处的嘴。他嗅到了陌生人的气味，那味道很好闻，他紧紧抱住了陌生人。

你不是一定要做。

艾德按照想象中的，不是由自己设计的程序重新进入她的身体，他意识到，这次自己不是在做梦。

艾德听到松树的沙沙声，波涛汹涌的声音，在很远很远的下面，在他们下面。他脊柱最下面一节的隆起里，欲望在颤抖。

“但是如果，我是说，如果你刚才睡着了，那……”

“你不用道歉。”

这是他自己的声音，毫无疑问。他的声音，他狂跳的心脏，他的呼吸，他的汗水。女孩儿躺在他旁边，头挨着他的胸膛，脸看不见。她长了一颗痣，在上面，就在耳廓上，像一粒碎屑。

“你没有注意到我吗，在克鲁索那一桌上？”她小声说，就像那些遭遇船难的人提到克鲁索的名字时一样，言语中充满敬畏。

“克鲁索那一桌？”

“你不用掩饰，能选中我，我真的很高兴。”

“选中？”

“有些人还没下船就已经开始打听了，所有的人都在谈论这个。”她向他保证说，自己认为这样做很不谨慎。说的时候，她挪动了一下身体，艾德的大腿感觉到了她的骨盆。

但我是洛沙的朋友，艾德想这样反驳，这句话他还从来没有说过。他慢慢地把身体侧过去一点，现在，他认出她了，她就是自己那桌睡着的那个女孩儿，头枕着胳膊，短发一绺一绺的。真是不可思议，她竟能在乱哄哄的分配日睡着。就是因为这样，艾德当时才朝她多看了几眼。

“我不认为咱们当时坐在同一张桌上。”

“抱歉，我睡着了。在海滩上过了一夜，树林里又过了一夜，我实在撑不住了。”

“既然你睡着了，那怎么会……”艾德没说完。他的阴茎放在她温暖的肚皮上，他希望一直保持这样，这一辈子都保持这样。女孩儿冲他微微一笑，艾德看出，她很高兴找到了容身之处。

你不是一定要做。

只有这一句完整的，真正说出口了的句子。一个建议。公平，友好。

通常，克鲁索在岛上的行走路线是由各个旅馆饭店的休息日决定的。他去找那些端盘子的服务员，房屋管理员和吧台服务员，然后跟这些人在空荡荡的大厅里找个角落猫着，他们经常也会去厨房里，这时艾德就在外面的吧台等着他，同时享受着四周的宁静。他从来不用付钱，就算是休息日，也会有人二话不说地给他提供服务。其中几个短工艾德已经在分派夜时认识了，这段时间他又开始参加分派夜的活动，但也只是为了给克鲁索帮忙。他帮着倒酒，分食物，照看“圣汤”，因为那个汤过一会儿就得搅一下。晚上，所有遭船难的人都能分到满满的一盘食物。

就像是一种善意的禁忌，没有人再提他因为特拉克尔丢人的事，尽管短工们不止一次试图把话题往那个地方引。艾德很佩服这些人的生存能力，他们的情绪理得整整齐齐，脸上全是开朗。他们呼吸的方式不一样，艾德心里想，他们吸气的时间更长，呼气的时间也更长，大海仿佛拓宽了他们的肺，释放了他们的思想，他们的一举一动都让人觉得他们正在做最关键的事，他们的生活本身就是关键所在，没有其他，有的只是他们自己的事。尽管艾德不止一次地希望成为他们中的一员，但那些被海洋的反光还有整个海岛的明快照亮的眼睛对他来说还是那么陌生和遥远，他总是没法真正理解这些人的谈话。还有一个障碍就是，这里没有人问别人是从哪里来的，以前在大陆上做过什么，如果艾德告诉他们自己（其实）是大学生，那些眼睛里因海洋而生的亮光就会熄灭。这些人仿佛生来就是端盘子洗碗的，而且也不期望在生活中成为别的什么，几乎没人说起自己来这里的原因，这也许并不是什么惯例，只是不足以引起兴趣而已。

艾德最喜欢坐在海港餐厅的游廊上。这个突出在建筑物前面的游廊看上去就像是用几个陈旧的窗框组装起来的，游廊最里面的角落放了一个破旧的大皮沙发，仿佛遥远的过去的残留。坐在那儿，别人几乎看不见他，但他却能很清楚地看到港口，看到进港的轮船，蜂拥而至的度假者。那个疯子男孩儿沿着码头跑来跑去，高声大气地发号施令，一副对旺季该做什么了然于胸的样子。

没有比坐在那里更有趣的事，独自一人，从干净的空桌子上看着外面发呆；没有比靠在沙发背上更美好的事，胳膊摊开放在沙发扶手上，张开因为洗碗而变得粗糙的手，抚摸过光滑冰凉的皮子；没有比慢慢把玻璃杯放在唇边更惬意的事，气呼进玻璃杯，脸上就感到了自己的呼吸。

他浮想联翩，想象着她如何出现在他的房间里，悄无声息脱掉衣服，犹豫了一下，或许还感到了冷。她苗条的身体，忐忑不安，摸索着。窗户开着，跟往常一样。海上没有光，只有浪声一起一伏，那声音是在提建议，为即将到来的一个个夜晚秘密地谋划。

就连艾德最喜欢吃的菜是什么（煎土豆配荷包蛋）短工们现在也都知道了。因为跟着克鲁索，他自己在岛上也有了些名气——艾德加·本德勒，克鲁索的同伴。洛沙跟这些人谈话或是筹划预计在8月1日举办的那个似乎让人感到担心的海岛日，他没有让艾德参与，但艾德并没有因此感到不快。大家为艾德服务时，态度友好而略带轻视，艾德能感觉得到，大家把他看作克鲁索的工具（那也值得尊重），这种依附关系有些可笑，让他整个人都显得羸弱——艾德，那个洋葱，沉默寡言的人，默默地缩在自己的角落里，根本没法跟人正常交谈，一动不动地盯着窗户外面，就好像那儿除了傻乎乎涌来涌去的来一日游的度假者外，还有什么可看的一样。这些游客中有数百人按过饭馆的门把手，使的劲儿或大或小，都难以相信自己的不走运，竟然恰好挑了海港餐厅的休息日上岛来——不，艾德能接受所谓的克鲁索式谨慎，假如那真是出于谨慎，而不是什么单纯的好意，不是因为想让他这个不断被诗行像行军打仗一样从脑袋里穿行而过的朋友远离这一切，远离属于海岛**地方长官**日常事务的一切，简而言之，出于好意节省他的精力，好让他用在其他事情上，那些最关键的事情……

艾德沉浸在这样的想象之中。我不就像一个躲起来的孩子吗，艾德心想，躲在紧闭的房门后，一声不吭，每次有人按下门把手，孩子都会心跳加速，每次有人按门把手，都会让这个孩子更强烈地觉得自己待错了地方。

厨房里传来说话声，然后是金属在石头地板上滑动的声音。艾德仔细听着，用他的方式仔细听着，下意识的，没有目的，也并不打算放弃包裹着自己的那层置身事外。C的脸再次出现在他眼前，细细的、高高挑起的眉毛，光洁明亮的额头，她把艾德含在嘴里时，始终盯着他的聚精会神的、好奇的眼神。

克鲁索！

克鲁索在吼。艾德只有在海滩上围猎的时候听见过克鲁索这样吼叫，这样的怒不可遏。一阵巨响，有什么东西在夺路而逃，厨房的弹簧门猛地弹开，有人被推了一把，摔倒，双膝跪地哭了起来，忘乎所以地抽泣——是雷纳，卖冰激凌的。他身后站着两个希提姆的短工，大张双臂，就像是要切断被赶上屠宰场的牲畜的路，避免它逃回圈里。过了一会儿，雷纳抬起脸，艾德看见他在笑，他简直笑得失去了控制。

“全是因为那个婊子，所有的……”

其中一个短工朝雷纳的脊背上踢了一脚，后面那个字哽在了喉咙里。那一脚踢得并不重，但艾德还是抖了一下，这让雷纳注意到了他。他转回身，咬牙切齿，像条狗一样朝他爬过去。艾德呆住了。他正想用一只手抚摸自己的欲望，现在他把手从沙发的皮把手上缩了回来。

“这条小狗，这条小狗也在啊！”

雷纳开始发出某种声音，过了几秒钟，艾德才反应过来他是在学狗叫。之后，雷纳突然跳起来朝外面逃去。“这条小狗，这条小狗……”艾德又听到了一阵狗叫声，然后吧台服务员关上了门，大家又都不见了。

“抱歉，艾德，你吃煎土豆了没有？”洛沙慢慢地把温暖的大手放在艾德的脑袋上，就像是要抚摸他，不过那只是跟他的问题配套的动作而已，艾德突然想不起来朋友为什么要对自己表示抱歉。

克鲁索先是在苗圃之间跪下来，手（小心翼翼地）放在鼹鼠堆起的一个土堆上，然后开始吩咐。艾德蹲在他旁边，觉得腰被轻轻地一牵一牵的。他看到克鲁索在土堆上摸了几下，一开始动作轻柔，仿佛心不在焉地抚摸着一个乳房，脑子里空空的，因为那让人难以置信的光滑和柔软。然后，他的动作更加轻柔，就像是要最后加工一下儿时费力堆起的沙堡，但之后，他突然把手插了进去，猛地插进那堆土中。

“这些洞，关键就是这些洞。你要先让洞口露出来，然后把瓶子插进去，瓶口对着西北方。”

直到这时，艾德才注意到那个橘红色的太阳，它就像一个未曾谋面的月亮挂在天空中，尽管天还不晚。他眼睛上方的那个小疤痕嗡嗡作响，远远的地方传来熊马的马蹄声，海上传来一艘巡逻艇发动柴油机马达的声音，他能听见人们在那些茅草盖顶的房子里说的每一句话，仿佛自己第一次成了这个世界的一分子，四周的一切都闪耀着癫狂的色彩，终于，被美景蛊惑的艾德将耳朵贴在大地上，听到了那个声音……

所有一切都在一夜之间改变了。

他们从希提姆那边用霉迹斑斑的大狩猎背包拖来了空瓶子。那股味道让艾德想起了曾经参加军队演习的日子，想起练习过后忘记晒干的防毒面具上沾满汗渍的橡胶。

每走一步都能听到细微的叮咣声，背包挨着背包，两个人打扮得像双胞胎一样，这让艾德感到自己有理由认为路边的当地人也是在跟自己打招呼，他有的时候甚至还会点头表示回答，尽管他知道这些人问候的并不是自己——还不是，艾德心想，一时间，他似乎看到一种不可思议的手足情谊像火花一样从空中掠过。

艾德的这种喜悦感也蔓延到了他跟克鲁索的关系上，让他觉得自己可以暂时不告诉朋友 C 的事。这也是为了不影响他自己在分配活动上的敏感地位。他暗自希望这个在分配安置遭遇船难者时出现的错误（否则还能是什么）能够过一两天再被人发现，或者至少再过一天——就一个晚上，艾德心想。哦，多么可爱的船难！

他为克鲁索感到骄傲，但同时也害怕他，这两种感觉似乎是交织在一起的。克鲁索的说一不二让他害怕，还有他幻想中的抵抗运动，那个“组织”——无与伦比的疯狂行为，加上他的阴郁，他偏执的决绝。但分量更重的还是洛沙接受他时的坦诚，他炽烈的真诚和对艾德的尊重，而且克鲁索尊重的恰恰还是艾德最脆弱的方面，那个引起他癫狂的根源——他个人的不幸。这个念头从艾德脑海中闪过，几乎让他感到愉快。正是在那一刻，当那一切暴露在众人面前的时候，洛沙用一种安静的，近乎温柔的方式挺身而出。艾德不知道克鲁索是什么人，但有的时候，他觉得这个人熟悉得就像是他自己的灵魂。

草地角给他们准备好了第三个背包，洛沙二话不说就把包挂在了胸前。岛吧门前，一辆双轮铁皮手推车在阳光下闪闪发光，里面装满了瓶子，全是艾德在塔里，在“真理地图”前喝过的“蓝色杀人犯”。饭馆的窗台离地只有及膝的高度，站在外面的人能直接看到吧台。克鲁索走上前，一个男人探出身来。脸贴脸，他们就那样站了一会儿，然后男人拉住克鲁索的手，按在自己胸前。艾德心慌意乱地握住推车的把手，车从沙土路的一个坑上碾过去，车上的东西叮咣作响——仿佛一声惊叫。

“圣地亚哥。”朝村外走去时克鲁索说。

“我知道。”艾德回答说。

壕沟，冰冷新鲜的泥土，只是摸了一下艾德就硬了，他竟然还能有这样的反应……瓶子里有剩酒，一点点，克鲁索把瓶子埋下去之前，会时不时举起一个放到嘴边。“是因为它们的耳朵，敏感的耳朵，这能让它们发狂。这是唯一的途径，它们能够听懂的唯一一种语言。”

在阳光下闪着光的酒瓶颈看上去就像新种的植物，整个花园笼罩着节日气氛，装饰一新的样子，因为那些玻璃阳具而闪闪发亮。

一种细微的、持续不断的哨声。

过了一会儿艾德听见了。克鲁索就像是个突然发狂的孩子，在土丘之间蹦来蹦去，调整着瓶口的位置。风大了起来，哨声愈加低沉，威胁的意味也愈加浓重，就像是雾中船只的笛声，风向稍转后又成了一种美妙的吟唱，塞壬女妖的歌声。艾德就像是被催眠了，双手插在湿润的泥土中，手指微弯，轻微而持续地做着摸索的动作，他呆呆地看着仍在不断急匆匆地跳来跳去的同伴，同伴神情癫狂地给自己的乐器调着音，突然，就像奇迹一般：他笑了。克鲁索笑着跳着，跳着笑着。

“出发，你们这些畜生，起航，啊嗬！”

“起航，出发。”艾德应和道，双手猛地伸向空中。

用这种埋在地里的管风琴驱赶鼹鼠是他外祖父的主意，祖父是科学家，还有过很多更伟大的发明……这是克鲁索第一次提到自己的家人。他说当时他们用的就都是“蓝色杀人犯”，这种瓶子的外形简直就像专为这个用途而造的，他说这也是他外祖父发现的——“我们喝酒的时候说吹一瓶，你听得懂吗，艾德？”

一个白发苍苍的小老太太摸索着外面的围栏走过来。她左手紧紧捉着围栏的横杆，头微微仰着，就像是在找太阳——或者是找月亮，艾德心想。

“吹嘞，”老太太含含混混地说，“把鼹鼠都吹走嘞。”

洛沙快步走到她跟前，让她抚摸自己。挂在他胸前的口袋斜斜地搭在老太太的头上，就像一个小小的麂皮帽子。他把老太太叫梅特，梅特妈妈。领着老太太从花园里穿过的时候，他示意艾德把剩下的几个“杀人犯”收在一起。梅特妈妈戴着一副巨大的浅棕色塑料眼镜，穿着一件毛衣外套，虽然天已经很热。克鲁索低声跟她说了些什么，她点了点头。

最后他们一共弄了超过五十个瓶子，埋在克劳斯特村牧师住宅旁边花园的泥土里，这个花园里只有几个苗圃，几株果树和一个小棚屋，棚屋的木地板上放满了睡袋。他们推着叮咣作响的手推车离开时，梅特妈妈再次抬起头，对着空气摆着手。

“吹嘞，小子，吹嘞。”

港口有一片小小的充作停车场的草坪，草已经干死了一半。克鲁索在这里把手推车扣过来，跟其他车排成一排。确切说并不是一排，将近三四十辆磕得坑坑洼洼的这种破铁皮车横七竖八地堆着，车底上都有名牌，每辆手推车都有名字。艾德不由把这些名字按顺序念出了节奏（这是他的记忆方式，是那个使存货不断堆积起来的无法停止的技术的一部分），于是这些用黑漆、蓝漆和红漆涂出的名字马上就变成一首诗出现在他眼前：

荆棘岩，豪普特曼，草地角
尾荆岩，韦德纳，维特
史卢克，曼，施里克尔
普特布雷泽，布鲁默，高
克尔维茨，梅丁，国民军
荷尔斯泰因，卡斯滕，斯特里索夫
普夫卢格科尔，罗姆施塔德，费尔森施泰因

只要稍微调整一下位置，一些纯粹从音韵的角度组合在一起的诗行就有了含义：荆棘岩——高，或者国民军——慢（曼），等等。克鲁索看着这堆倒扣着的，锈迹斑斑的手推车，就像看着一个王国。疯男孩站在码头上，绝望地对着大海狂吼。最后一班船已经开走了。

"我很想留下来，冬天也留在这儿。"艾德说。

"那要付出很多。"克鲁索回答说。

"我想我能做到。"

"你能，艾德。"

洛沙把他揽进怀中，就在港口的正中间，艾德乖乖地由他抱着，就像他之前任由一切事发生。哪怕他们这个时候是光着身子的（他为什么会这样想？），他也不会在意。

"我知道，艾德，我知道。"

他清扫了房间，包括床底下，然后给单孔石换了一根蜡烛。他不想看书，也不想思考。坐在敞开的窗户旁边，他盯着海浪的轰鸣，右手紧紧抓着板凳。他是第一次以这种方式经历这种事。他不得不深呼吸几次，眼睛里短暂地溢出了泪水。午夜时维奥拉说：“在一天即将结束的时候，请听国歌。”楼梯上的嘈杂声渐渐消失，他的房门始终关着。

后来他听到了哨声。他的目光落在桌上的那张照片上，落在那张被磨花的脸上，久久地，无法挪开。哨声和狗叫声一直传到荆棘岩上，风吹着“杀人犯”，鼹鼠们离开了甲板，小岛穿过了他雾一般的、饥渴而无穷的欲望。

三只熊

7月17日

应该去问一下，把C分给我是不是因为弄错了。该振作起来了。洗碗的时候克里斯给我帮忙，也不为什么。卡瓦洛在窝里放了一本给我的书（卡洛·埃米利奥·加达[1]），他现在叫我艾德加多。洛沙在准备海岛日。他想搞一个大型的节日，把大家都聚起来，短工，岛民，遭船难的人，听上去就像要搞游行。天热得人喘不过气来，这个岛就像一艘幽灵船，没有风，没有浪。蟑螂更多了。今天早上用两只鞋干掉了八个，昨天九个。

艾德朝后退了几步，盯着下面的海滩看了一会儿。

没有人。

他不想碰上人，绝对不能让人发现那个洞穴。他把裹着毛巾的笔记本放在沙地上，回到陡壁前，装作只是对黏土的堆积层感兴趣的样子，冰川时代的作品。

“真是……无与伦比，你知道吗？”

[1] 卡洛·埃米利奥·加达（Carlo Emilio Gadda，1893—1973），意大利作家。

“中大奖了，还不是自己抽的。”

“是的，是的。”阳光火辣辣地照着后脖颈。

“也许这就是解脱？”

“今天早上我看见G了，我是说，真正地看，没有……没有那些可怕的画面，就是那样的，吃早饭，下棋，回家。她走着，转身，朝我跑过来，用冲刺的速度。她会那样蹦到我身上，你知道吧，她就是喜欢那样，每次都吓我一跳。我还听见了她的笑声。”

先是嗡嗡响，然后是有轨电车。

艾德打开笔记本，纸上一片明亮，刺得他不由闭上了眼睛。

克鲁索晚上来了。艾德在心里找合适的词提问，想尽量显得无关痛痒。欲望扭曲了他脑袋里的词，意外变成了意淫，真是卑劣。

“我想，我还……还没为这个好好表示感谢。”他手里拿着那张照片。

克鲁索摇摇头，没有说话。他斟上葡萄酒，他带来了“椴树叶”和酒杯，瓶里的酒已经喝了一半。艾德想着要不要把新写的诗给他，但是那首诗还没有誊抄。

“你为什么从来不说你姐姐的事，洛沙？”

“为什么我要说？”

这个问题本身就已经够奇怪了。

过了一小会儿，克鲁索猛地站起身要走。

“洛沙……”

克鲁索用他那特有的军人般的动作在门口一个转身，朝半明半暗的房间里又走了一步。有一小会儿，他就只是站在那儿，手里握着几张叠得小小的纸。艾德认出了那个细格子纸。

听了三段之后，艾德就明白了：这不是特拉克尔，而是克鲁索。克鲁索的声调把特拉克尔变成了他自己的，这是他的话，他的思想，不可思议的改变。

到了“索尼娅的白色眉毛”，他的朋友就念不下去了，他手里的纸开始颤抖，还没念到“雪，沾湿她的脸庞”，他就已经泪流满面，毫不掩饰。他痛哭流涕，像只动物一样嚎啕起来。

“洛沙！”

克鲁索依然直挺挺地站着，他猛地摇摇头，束头发的皮筋掉了，长发散落在脸上。高大的克鲁索站在艾德房间正中，可怜的克鲁索，大口大口地喘着气。单单靠声音，他的伙伴就把像耳鸣症一样盘踞在艾德脑袋中的那些背诵下来的存货变成了无尽的哀伤，被烧得硬邦邦的存货们变成了完全自我的，深渊一般的悲痛。

“谢谢，不管怎样还是要谢谢你。”克鲁索把纸举起来。

艾德想用胳膊搂住他，但这个人如此高大而且无法企及，所以他还是放弃了，像个手足无措的男孩儿一样站在克鲁索面前。

“我们不是一开始就住在这儿的。”克鲁索开口说，他渐渐平静了下来，但他说话的声音那么轻，轻得艾德不得不向前俯下身子，好离那个显得无比重要的声音更近一点。

“我们被带到这个地方的时候，我六岁，我姐姐十岁。我母亲的一个姐姐嫁给了一个德国的物理学家，那人是个名人，他们俩是在莫斯科认识的，当时还在打仗。你看见过他的研究所，辐射研究所……”

克鲁索不再硬挺挺地站着，他们俩一起在艾德的床上坐下。“父亲把我俩送到那里的时候，我们还不知道以后要一直待在那儿，我是说，不知道这后来会变成个收养的故事……罗姆施塔德，我的姨夫，给他研究所里的所有东西和所有人都照了X光，包括我和我的姐姐，而且他最喜欢照的就是我们俩，我觉得是因为我们俩个子小，放在他那些仪器里大小刚好。能用我们做研究，这让他特别高兴，几乎算得上柔情脉脉。他不断抚摸我们的头，不过那只是为了让我们保持安静而已。我当时总有种感觉，好像他用手抹去了我的思想。

“来希登塞岛之前的岁月已经很遥远，就像是上个世纪里的某个被遗忘的大洲，我碰巧在那里活过一次而已，那是一个完全不同的世界。我在那里经常坐在壁炉前。我首先想到的总是那个壁炉，在我父亲的书房里，那里还铺着一张骆驼皮，那是我最喜欢待的地方。父亲常对来拜访的人说：我骑过那头骆驼，当时我们住在咸海边。这些客人听到这儿，都会朝我看过来，冲我点点头，于是我也去骑那头骆驼。我是伟大的鞑靼将军，跟将军一样高大，骑着骆驼走在荒原上。经常有说德语的人到书房里来，有些人会在话说到一半的时候向我投来怀疑的目光，仿佛我会泄露他们那些低级的、令人费解的秘密一样。我骑着骆驼，盯着壁炉里面出神，因为国家在那里，辽阔天地在那里。我当时五岁，眼前是整个荒原，你明白吗，艾德？”他举起那张写着特拉克尔诗的纸，就像那上面写的是他自己的故事。

“那个壁炉是浅蓝色的——那就是荒原。壁炉里面是黑色的，那是我们，我和我的军队要奋力穿越的夜。持续不断的黑暗，始终保持敌意的火光。我记得非常清楚：壁炉的横眉上有一块浅蓝色脱落了，破损的地方就像冰一样闪闪发亮，冰和雪，荒原上总是很冷。我骑在骆驼上，身后是我姐姐，她叫……好吧，你已经知道了，她叫索尼娅。”握在他手里的那首诗又想要颤抖，但他抻住了纸，纸被抻得平平的。

“我们骑过荒原的时候，父亲突然冲过去，我们的将军——我不知道他当时是否已经是，或者他是否真的曾有过这样的军衔，但对我们所有人来说，他就是将军，他有那种宽宽的肩章，你知道吧，俄罗斯的那种肩章差不多跟肩膀一样宽——有的时候，父亲话说到一半会突然冲到窗户跟前，冲着外面的训练场，对着那些士兵吼几句。每天都要操练，星期天操练的时间最长。他通常都会表示不满意，我想，那的确很难，他们得走队列，按照画在沥青地面上的线条走圆圈或者正方形，看上去就像在跳舞。实际上从房间里看不到很多，因为他们把锅炉房的烟囱直接立在了他书房的窗户外面，也许是有意的。虽然看不见，但他能感觉得到。两百双皮靴，踩着节奏，整栋房子都在颤抖，我坐的镶木地板也在颤抖。假如有什么不对的地方，我从他身上就能看得出来，从他的脸上：那张脸会慢慢地绷紧，他会先忍一小会儿，然后就忍不住了。实际上，我平时很少看见他那样，他不是个暴躁易怒的人，可能对他来说，那就像是有人在大型交响乐进行到一半的时候拉错了小提琴一样。

“那些皮靴的声音就像大海的波涛声一直在我耳边。还有唱歌的声音。警卫员的营地在训练场的另外一边，几乎紧挨在我们房子的后面。整个那片地方全是木制的小瞭望塔，外面围着一圈围墙，拉着带刺的铁丝，错综交叉。那个地方叫俄罗斯城七号[1]。小时候我常常想这个数字的意思，还自己想象出其他六个俄罗斯城。那些小城跟我们的这个一模一样，有大别墅、训练场、射击场、公寓楼、土豆仓库、煤炭仓库、监狱和操场，还有一个像我一样在壁炉前骑在骆驼身上的小男孩儿，七个德国境内的俄罗斯小城里的七个勇敢的壁炉将军，这简直就是一支军队，当然，我是他们的头儿……”克鲁索端详着那首诗，就像在看一幅画。过了一会儿，他把诗放到一边。

“听说，我们那栋房子里以前住过一个普鲁士王子，我想，父亲就是因为这个才要把那里当作他的指挥部。他不是最高指挥官，他是副手，那些人把他叫作政委，我到今天都不知道那个词是什么意思。他有的时候会提到奥斯卡王子[2]，单这个名字听上去就像是杜撰的，但是他，那个伟大的政委，却非常严肃地宣称自己很想见见这个奥斯卡。他经常会喊‘霍亨索伦城堡的最后一个莫西干人’，我当时虽然小，但也已经觉得很奇怪了，可能也是因为我不懂其中的含义吧。他其实还是懂一些历史的，也会提到其他一些在我们这个七号城里生活过的人的名字，其中总有兴

[1] 即位于波茨坦（Potsdam）的苏联克格勃秘密监狱。

[2] 奥斯卡王子（Oskar Karl Gustav Adolf，1888—1958），普鲁士王子，属霍亨索伦王室。

登堡，奥鹏和奥斯卡。[1] 我想，他很希望能让奥斯卡看看当年的果园变成了怎样一个宽敞漂亮的训练场，还有他们现在把到处都刷上了多么美丽的浅蓝色和俄罗斯绿，还有他亲自下令建造的桑拿室，就在奥斯卡的地下室里，还有我们的猪圈——当时我们还自己养了一头猪，就养在阳台上的隔板后面……我想，这些说到底都可以归结为，我父亲并不是真的痛恨德国人，他能懂那些人，我是说理解。

"因为我父母亲都是讲德语的，我想，他们也是红军里唯一讲德语的人，所以他们经常负责跟机构之间的谈判，或许这才是将军本来的工作。我想，去他办公室的人里真的有搞谍报的，这些人在学校里学了六七年俄语，但还是说不出一个像样的句子，这让我父亲很生气，虽然他很喜欢展示自己漂亮的德语。他的母亲是德裔俄罗斯人，跟我母亲一样，他父亲是俄罗斯人。如果碰到问题，遇到困难，他们就来找他。他要调停，解释，还要道歉，以指挥部的名义，或是以军队的名义，或者直接以苏维埃共和国的名义，这要根据事情的严重程度决定。总会不断有事，树林里发现了死人，有逃兵，有人被误击毙了，打死了，强奸了，抢劫了，被坦克轧了，这种事不断——当然，我当时小，并不太明白，但是他们在那儿，在将军办公室里说的每一句话，我都会立刻用在我的壁炉里，用在辽阔的荒原上，之后还会翻腾出一些来编在一起。壁炉里什么都保存着，艾德，整个故事，真理壁炉，也许你会这样称呼它。

"有些人会试图回避那种兄弟般的亲吻，但我父亲不允许。我看见他把嘴唇紧贴在那些人的脸上，从某种意义上讲，他们这就已经败了。那些人鼓了半天的勇气才踏进俄罗斯城七号，现在这些勇气一下子都被他吸走了，最后就剩下军队内部的惩罚措施。等来访的人走了，事情的处

---

[1] 兴登堡（Paul von Hindenburg，1847—1934），德国元帅、政治家，魏玛共和国时期第二任总统。奥鹏家族为德国贵族，有多位成员曾在波茨坦生活，此处从时间上看应该是指曾参与刺杀希特勒行动的少尉格奥尔格-西吉斯蒙德·冯·奥鹏（Georg-Sigismund von Oppen，1923—2008）之父。

理速度会很快。如果那个犯错的人在我们小城里，父亲会马上让人把他带过来。外面是行进中的皮靴的海洋，里面是我的父亲，他说‘萨哈林岛[1]三年’，或者‘鄂木斯克[2]十年’。我没有亲眼见过那一幕，宣判都是在奥斯卡朝向花园的那个大厅里进行的，在隔壁。但应该差不多是那样的。”

克鲁索一口气喝干了杯子里的酒。

“骑过荒原，遭遇各种各样的难题，只有真正的将军才能应付那一切，一个像这样的自称我父亲的将军，恐怕到今天他还是顶着这样的称呼，虽然……”克鲁索顿了顿，“他的情绪能够非常平静，但有的时候……有的时候还是让我害怕，倒不是怕他，更多是害怕那个通向上面烟囱的黑色深渊。我把身子朝前俯一下，就能看见他，将军在怒吼，我把身体朝壁炉里面探过去一点，再过去一点，直到脸上感到那股气流，巨人的黑色大嘴张开，冒出一股酸气。有时，我还会设想未来，在未来，我在那里登上王位，在壁炉前，带着一本自己写的书，四百页上全是各种命令，我朗读那本书，声音轻而从容，仿佛那是一本小说，房间里全是将军，站满了善良、果敢的骑士。”

克鲁索站起身，把最后一点葡萄酒倒在艾德的酒杯里。艾德感到一阵纯粹的、温暖的感激之情。

“我想，我父亲的俄罗斯德语让他在某种程度上成了不可或缺的人，本来军官过三四年就调回是很常见的，但我们一直没有被调回去。别人都走了，就我们留了下来。这是红军这个庞大体系中的特殊现象，似乎超出了它的词汇范围。我母亲是很想回国的，她想念自己的家人，他们的马戏场，在俄罗斯城七号，她从来就没有过家的感觉。”克鲁索哽咽了一下，但他又平复了自己的情绪，慢慢地把那首特拉克尔的诗叠起来，

---

[1] 即库页岛。

[2] 鄂木斯克州（Omsk）位于俄罗斯西伯利亚西南部，其首府为鄂木斯克市。

就好像这一部分的故事已经彻底结束了。

“父母亲一直跟我们说两种语言，德语和俄语，有时甚至还说哈萨克语，好像跟房间有关，比如在厨房里就说俄语，所以我到今天都觉得厨师迈克应该是俄罗斯人，但那儿又有维奥拉，没完没了地播着德语节目……”

他停下来，好像在思考。

“找机会切断维奥拉的电源可能会比较好，它太吵了，在屋子里制造了太多的废话，大陆上的那种无聊话，跟我们上边这里没有关系，没有任何关系，跟我们，还有我们的生活……”

“那样会很可惜，”艾德小心翼翼地反驳道，“毕竟维奥莱塔，我是说维奥拉，是克劳斯纳最老的住户，而且它还有个女人名字，这个名字……我是说，你知道的，是《罪与罚》里的。”

克鲁索朝艾德这边呆呆地看了两秒钟，就好像不存在他这个人，然后他继续讲了起来。

“父亲认识母亲的时候，母亲在卡拉干达[1]的一个马戏团里做助理。那儿有很多住在俄罗斯的德国人，曾经的德裔俄罗斯人。那是个有固定演出场所的马戏团，在市中心，有一栋很大的建筑，她给我们看过照片，照片上的她穿着亮闪闪的浅色演出服，看上去很小，像个孩子，马戏团的孩子。我母亲很受大兵们的欢迎，她给所有的军团都表演过。玛莎，玛婕什卡，小吉祥物，走钢丝的，这种表演，高奏凯歌的苏联红军队伍里的每一名士兵这一辈子都至少得看上一次，你知道的，俄罗斯人热爱马戏表演。她还教会了我几样本事，几招小魔术，虽然我当时还太小，不那么灵巧。索尼娅不一样，她很快就学会了很多。

“生了我以后，我母亲身体就很不好，所以有一段时间没有登台。她不想再参加巡回演出，根本不想去了，这是后来索尼娅告诉我的，但她还是又复出了。我确信是因为将军，那个在我们面前扮演父亲角色的人

[1] 卡拉干达（Karaganda），哈萨克斯坦中部城市，卡拉干达州首府。

说服了她，因为那对他有好处，有利于他在部队里的声望。由于不是每个部队都有高大的大厅，所以她的表演经常在露天地里，在训练场上，地上铺着沙子或者士兵们窄窄的床垫，安全起见，他们还拉起了防护网，就挂在训练场的路灯杆上。这些灯总是亮着，不管什么时候，不管在什么地方。军官们就像是参加节日或者检阅部队一样坐在主席台上，士兵们按照命令从不同方向入场，一个连接一个连……”克鲁索的声音变了，他现在换成了妈妈这个词。

“他们利用我妈妈表演的机会来宣布对军官和士兵的奖励，有的时候也宣布处罚决定。军官摊开手掌扇士兵的脸，左边，右边，其实也就是这些而已。有一次，我忘记是在哪儿了，妈妈突然也被叫到了前面。她看上去很意外，当然也很害怕，穿着白色芭蕾舞鞋的脚从士兵们臭气熏天的床垫上迈着碎步走过，看上去就像来自另外一个星球。她被授予苏联军队的特殊贡献勋章，这本来是给士兵的荣誉。我们的将军父亲亲手给她挂上勋章，我还记得他把别针从缀着银色亮片的演出服上别进去费了多大的劲儿，也记得我对她的担心。他最后还是别上了，并且敬了一个军礼，在他穿着银色演出服的娇小妻子面前行军礼，后来还亲吻了她，结果碰歪了头上的军帽。整个演出过程中，帽子都那么歪着。那顶歪斜的军帽，他尴尬的微笑，还有四周成百上千的士兵，绽放在那些孩子气的脸上的喜悦，我想，她就是为了这些才做那一切的……

“我总是坐在最前面，第一排。司令员给我准备了糖果，包在蓝白纸里的米什卡巧克力。纸上有一幅小小的画，三个小熊宝宝和熊妈妈。有的时候还有冰激凌吃。从军装上散发出的大蒜味儿让我恶心，但那也可能是因为我的恐惧。我不太明白她为什么非要不断往那上面爬，爬到悬在高空中的那根钢丝上，为什么她总要去面对那种危险，当着我的面。我绝对不能有她会从上面掉下来的念头，因为那样她就真的会掉下来，肯定的。

“最好的替代方式是想她绝对不会掉下来，要不停地想，只想这个，其他的什么都不想，但那样做很困难，我从来坚持不了足够长的时间。坏东西不知从哪儿，总能一点点钻进来，那个坏的、不能有的想法必须用大炮和怪物联队消灭，为此，我虚构出整支的军队，还有大到不可能存在的武器，但那坏东西还是能找到漏洞钻进我的脑子里。

“第二好的替代形式就是分散自己的注意力。把糖果的包装纸刮平，不停地弄，用手指甲。我试着不那么关注妈妈，但是却做不到，除非我彻底切断自己和她的联系，切断所有的情感，把自己完全隐藏起来，就好像世界上除了我的手指甲和米什卡包装纸外再没有其他东西。

“我六岁的时候，她掉下来了，就在我生日之后的那天。我听到一声闷响，那是有东西砸在地上的声音，‘啪’的一声闷响，就像是个口袋。她突然躺在我面前的地面上，一条腿拧在一旁，就好像那条腿不是她的，就像是有人把那条腿推到了她身边。这是她的魔术之一。她的头插在两个床垫中间，就像是想逃走，钻进去，消失……

“我当然什么都没懂，那是马戏表演，而我能做的只有大笑。我笑了。我深陷在第二好的那个替代形式里，跟妈妈没有任何实际的联系，你明白吗，艾德？”

克鲁索把精心折叠好的那张写着特拉克尔诗的纸插进裤兜，仿佛那是一张用了很久才抚平的巧克力包装纸一样，而他就像依然深陷在那个第二好的替代形式里，久久地盯着窗户。

“几个军官飞奔过去，朝她弯下腰。后来有一个人要我站起来。站起来，小伙子，他说话的声音很轻。我的手是湿的，怀里有一摊黏黏的液体，是融化了的冰激凌。那天是1967年6月3日。我六岁。六岁零一天。

“从七十年代初开始，苏联军队的死者开始用飞机运回国。我母亲是留在这里的最后一批死者之一。我确信她并不喜欢这样，因为她一直都想回家。她躺在敞着盖儿的棺材里，被人抬着在城里转，先顺着中央大街向上，然后又向下到铁城门那里，途中从我家门口经过两次，然后被抬到了为在战争中牺牲的情报人员修建的纪念碑那里。走在棺材前面的一名下士托着妈妈的特殊贡献勋章，勋章放在一个小小的软垫上。那个下士迈着正步，踢得很迈力，鞋跟在大街上发出响亮的声音，除了这个声音外就是一片寂静。我站在门前的台阶上，不能够上前去。尽管如此，我还是看见了穿着红色盛装的她。成年人穿红色下葬，小孩儿穿白色，姐姐给我这样解释，她一直站在我旁边。

“在公墓门口，他们亲吻了妈妈，到墓前又亲吻了一次，这是惯例。在墓前大家行了军礼，就像是对待一位大官，那肯定是违反规定的。从公墓的门口开始，一个小乐队就开始演奏《忠诚的同志》，但没有人唱歌。我父亲下令鸣枪致意，枪声不断，因为大家都爱她。我也爱她，但却不能够亲吻她。我想就算亲了也不会有人怪罪我，除了我自己，我会感到不好意思。我试着不要笑，而是哭，但是做不到，我陷在那个第二好的替代形式里怎么也出不来。我姐姐在墓前表演了小魔术，都是她从妈妈那儿学到的，她一点都没有发抖。从那时起我就知道姐姐是自己要依靠的那个人，在接下来的人生中——倒不是说我知道接下来的人生是什么，但我能感觉得到，能非常清楚地感觉到。实际上我们根本想不出接下来该怎么办，没有了妈妈。

“事情的后果接踵而至。将军之前恐怕树敌太多。听说有人发现那个钢丝杂技演员的表演没有得到任何正式的许可，从来没有，在哪儿都没有过，此外，这种马戏表演还会败坏道德和士兵的战斗意愿。结束了，我父亲被调回俄罗斯，但是因为部队需要他，或者是因为其他什么我不知道的原因，他很快就又回来了，非常奇怪。没有人知道他具体在做什么，在哪儿，我们已经很久没有他的消息了，但是这也无所谓，艾德，完全无所谓。我如今想起妈妈，总是看见那张有三只熊的画。它们在一根树桩上玩，其中一只已经爬上去了，那是只勇敢的熊，我想成为那样的熊，它下面是那只胆小的，不敢往前走，第三只在最下面，它站在一旁，什么也没做，只是对着森林深处出神。画的前方是熊妈妈，大张着嘴，像只狼一样在吼叫。我一直在琢磨它为什么要这样吼叫。”

嘴唇

艾德把头转向一侧，因为这样更舒服。那个女孩儿没有注意到他。他像死人一样躺在水里，伸开双臂，随波逐流。他能感觉到身体下面的石头，沙子，碎砖头瓦砾。大海包裹着他，平滑、怠惰，轻轻晃动他的大海。这是全身心付出的一刻。

那个女孩儿在跟海浪嬉戏，她扑进水中，但并没有忘乎所以，她很谨慎。她懒洋洋地站起身，跌跌撞撞地退回去，不过那只是为了重新开始的助跑。等到玩够了，她就蹲在海浪的边缘上，离艾德只有几米之遥。也许她并没有注意到他，那只潜伏着的动物，温暖海浪中的一根浮木。艾德见她很享受海水舔舐脚踝的样子，浪花冲进她的两腿之间，打湿了她的游泳衣。她伸开双手插进身前的沙地里，慢慢地把手转来转去，然后突然停下，定定地看着天边，仿佛发现了什么一样，可是不但默恩岛看不见，那儿就连一艘船也没有，艾德明白过来，她这会儿是在小便，他一下看到了沙地上那股细细的冒着热气的水流，看见涌动的海浪抹去了一切。他又把脸没进海水中，等待着，但女孩儿没有走。

后来艾德没有办法，只能侧过身子，省得女孩儿看见他勃起的阴茎。就像不太能够想起什么叫迈步行走一样，他动作僵硬地沿着海滩朝上走。上岛之后他瘦了，岛上的工作似乎让他的身形变得更紧凑，又瘦又结实，并且他跟所有的短工一样，皮肤都晒成了均匀的棕色，从洗碗间油腻的热气中走到外面时，他的皮肤会闪烁出青铜的光芒。他现在不再束发带了，而是学克鲁索的样子把垂肩长发在脑后扎成一个短马尾。他以前从来没有这样扎过头发，因为害怕自己看上去像个女人。他用的是朋友落在他房间里的那根皮筋。

午休还没有结束，但是克鲁索已经站在洗碗池边了。他把手从水里抽出来，拿起一块布。

“抱歉，艾德，本来不应该有这样的事。那些帮忙分配的短工……他们有的时候醉得太厉害。”

艾德过了一会儿明白过来，他说的是C的事。

“有的时候事太多，我没法全都兼顾到，总是不断出现问题，特别是自由分配和集中分配一起进行的时候……”

“她还在岛上吗？”

“谁？”

“C，那个遭遇船难的女人。”

克鲁索死死盯着艾德。

“我就知道，艾德，我……”

他走前一步，或许是想拥抱他的学生，但艾德迅速地朝洗大件的水池转过身去，抓起了一个平底锅。

“关键不是这个，我的意思是……”

“那关键是什么呢，艾德？”

“没什么。”

“关键就是这个，是我们的事业，艾德，是我们这里的人……”他用胳膊画个大大的圆，“共同捍卫的事业。”

艾德点点头。这种囊括一切的动作让他有些吃惊，加上在这个远离各种房屋管理机构的地方突然又听到“集中分配”这种词……不过他得先呼吸一下，喘口气。他吸着洗碗间里的蒸汽，手在闪闪发光的黏稠液体里打转，满是各种丝各种块的浓汁，有机废物组成的糊糊。毫无疑问，他就快丧失理智了：C还在。

她轻轻地走进房间，直接爬到他床上，身上有股刚洗完澡的清新气味，头发是湿的。

“我不想打扰你。”

“你不打扰我。”他很想马上躺到她身边去。

“你在哪儿冲的澡？”

“你不知道吗？”

艾德强迫自己在桌子边再待一会儿。他看了几行字，又朝窗户伸开胳膊，深呼吸，仔细研究天边的那点灯光是不是在移动。C给屋里带来一股洁净的、带着咸味儿的空气。

他站起身，穿过房间，然后又回到桌边，把垫在桌子下面的一块砖摆正。一种美妙的愉悦憧憬淹没了他。他重新在凳子上坐下，往笔记本里写了一句话。那是一句很脏的话，他从来没有写过这样的句子，青春期的时候都没有过，那时类似于“操”或者“日”几乎都是不可以碰的词，属于另一个世界，属于一个阴暗、肮脏的世界。如果要说，他们就用“啪啪”，用这个可能源自图林根地区的温暖柔软的词来表示。“怎么样？他跟她啪啪了吗？”这样的问题显得温和、孩子气，而“操”听上去则硬邦邦的，直接，锐利。艾德还记得他们关于“妓女”和“婊子”之间区别的讨论，当时他才十四岁。其中非常强硬的一派认为，妓女从根本上来说只关心钱。但这也没有解释清楚，比如能不能把妓女叫作婊子。实际是不可以的，他的朋友哈根说。按照哈根的理论，可以认为婊子总是愿意白干的。艾德很怀疑这点。不管怎样，这个世界上肯定是有婊子的，尽管这点显得不太可信——随便就干的女人，给谁都行，还什么都不为，这简直像个传奇故事。当时艾德还仔细观察过他周围的每一个女人，朋友们的母亲，女邻居，女老师，商场的女售货员，看她们有什么样的标志，特别是，得发出什么样的信号才能让她们愿意跟人干那个？因为这才是所有秘密当中最大的秘密，从根本上来说，这点到现在依然还是个谜。

“你在写什么？”C小声问。

“没什么，我只是得赶紧把这点弄完。”他意识到自己这是在她面前摆出知识分子的架势，突然感到一阵尴尬。

“你的东西放哪儿了？”

“树林里，一个篷子下面。”

“这儿有地方。”

“我们所有人的东西都在那儿，只要我们还能在岛上支撑下去，它们就放在那儿。”

艾德明白过来，他对克鲁索的宏伟计划其实知道得很少。

“你过得好吗，我是说，你觉得怎么样……在这儿？”

“很好。”她小声说着，疲惫地笑笑，转过身冲着墙。她肩胛骨下的阴影线，上臂，腰，所有这些在艾德眼中都显得无比珍贵。他默默地做完自己的事，依偎到她身边去。

“那你感受到了吗，自由？”

接下来的几天里，克鲁索继续扩大倾诉的范围。他们俩单独在洗碗间的时候，他喃喃自语的声音有时会突然大起来，这时艾德就会更加小心自己的动作，尽量少弄出声音，但这在洗碗的混乱中几乎是不可能的。克鲁索低沉、单调的声音仿佛全神倾注在所说的话上，听上去就像他只是在为自己而说，只是对自己说，对着水池，对着油腻的稠汤，并不是对着艾德。盘子，刷子，锅，罗马长袍，周围的一切都改变了——洗碗间成了一种表述，表述的是其他的，必须要小心对待的某种东西。很长一段时间里，艾德都不确定克鲁索是不是真的期待自己会有什么反应，自己在与不在有没有区别，还是说洗碗池里的那些餐具或者洗碗水更重要。

艾德得到的回答是间接的。克鲁索当着他的面在洗碗间里念他的诗，这被克劳斯纳的人当作一个信号。艾德加，le nouveau plongeur[1]（兰波说），彻底成了自己人。兰波现在再带着新书或者新想法冲进洗碗间的时候，马上就开始把艾德也纳入到听众的范围中来。他的开场白通常都选尽量简单的，易懂好记的句子，这句话被他当作“今日箴言”抄在写着当日菜单的石头黑板上。经常会有些游客，特别是那些来一日游的客人会急匆匆地，或者完全因为误解而点这道“今日箴言”。“请来两份万物皆流[2]”，或者“我们要上帝已死[3]……”。还没等给他们解释清楚，他们点这个餐只是——或许是度假引起的——脑子短路的结果，没等他们笑着表示道歉（明摆着这句话跟萨克森地区的血肠很像啊，那种血肠叫“祖母已死”），兰波就已经被叫过来，他会非常严肃，但又毫无倨傲态度地就“万物皆流”或者“上帝已死”发表一番简短的讲话，同时顺便表示抱歉说，“万物皆流”和“上帝已死”现在还没有进菜单，不，还没有，以后也许会有，是的，等到了共产主义社会，当然，或许只是乌托邦，这一点大家知道，很难实现——兰波以此作为这番题外话的结束语，并顺便推荐菜肉卷。

他说这些话的时候，常常在那些目瞪口呆的客人头顶上甩着一张收银条，就像那张条子上记了什么重要的东西一样，不过他从来不往条子上看，他这样做只是要指挥着句子们一个接一个地飞向餐桌的上空，可能性更大的是，他说话的时候就是得用手指尖夹点纸，这是他在普莱瑟河畔的莱比锡市[4]做大学讲师教哲学时留下的老习惯。

“荣誉，你什么时候来？”

兰波并不是真的期待会有回答，他把条子插在收银台旁的钉子上，

[1] 法语，意为“新的洗碗工”。

[2] “万物皆流”是古希腊哲学家赫拉克利特的名言。

[3] “上帝已死”是德国哲学家尼采的名言。

[4] 普莱瑟河（Pleiße）是埃尔斯特河的支流，在萨克森州的莱比锡市（Leipzig）开始分流。

从大胡子下面轻轻地吹出那几个字，并不是作为问题，更像是一小段乐曲：

“荣誉，你什么时候来，来，来……”

自从书商上次到过养蜂人小屋之后，他就开始往窝里放作家安托南·阿尔托[1]的书。“本季的宠儿。”克鲁索冲着新鲜滚烫地哗哗流进水池的水腾出的蒸汽说。那些书的标题都是类似“结束上帝的审判”或者“梵高，因社会而自杀的人”这类的句子。艾德不得不承认，兰波朗诵的阿尔托让他摸不着头脑，他意识到自己关于诗其实所知无几，虽然装了满脑子的存货。“在一股屎味儿的地方 / 闻到生命的味道。”这句倒是很明白。只是艾德此前从未想到诸如“追求粪便”这样的话也可以——成为诗。“生活中 / 有样东西 / 诱惑众生 / 这东西就是，没错 / **狗屎**。”如果用法语说，那这诗听上去肯定完全不一样。不管别人怎么看，他从兰波身上还总是能学到点什么的。

相比较书的内容，附录里面的作者照片倒是给艾德留下了更加深刻的印象（摄影师是一个叫乔治·帕斯捷）的人——他还从来没见过没有嘴唇的人，而阿尔托就是个没有嘴唇的人。诗人的下巴突出，鼻子突出，本应是嘴的地方只有一个窟窿，一条褶皱横穿过这个窟窿，几乎延伸到耳根。那褶皱看上去更像是一根线，勾勒出嘴的大致样子。如果安托南·阿尔托有嘴唇的话，那肯定就是长在嘴里面了，也就是说，他是用长在嘴里面的嘴唇在说话。类似的嘴到目前为止艾德只记得在海纳·米勒[2]的照片上见过，但米勒的嘴唇还不是完全看不见。这位著名作家很受那些看书的短工的推崇，兰波到处引用这个人的话，据说米勒曾说过这样的话：“阿尔托，痛苦的语言！”这句话艾德也马上就听懂了。按说，在这个地方解释两者之间的关联并指出嘴唇和文学的内在联系，这应该是兰波的特权，但兰波只是又引用了一句米勒的话：“如果站在欧洲的废

[1] 安托南·阿尔托（Antonin Artaud，1896—1948），法国戏剧家、诗人、演员。

[2] 海纳·米勒（Heiner Müller，1929—1995），德国剧作家。

墟上看的话，阿尔托的文章会成为经典。”

那么，薄嘴唇的人和没嘴唇的人创作的文学作品还有意义吗？——艾德的问题激怒了兰波。艾德认为他有理由生气。他的评论太幼稚，纯粹是狂妄无知的表现。是的，艾德情绪的确高，甚至有种幼稚的狂妄，因为他是那个拥有了C的男人，而且C有嘴唇，用不完的嘴唇。

改变

7月20日。“……突然开始小声说话，站起身，唱歌，做几个舞蹈里的折返动作，眼睛闪闪发亮。或者她去上厕所的时候，半夜里，踮着脚尖走到外面，走进过道，胳膊伸到空中，用修长的手指打着响指，噼，啪，噼，就像是飘在空中的脚步声……我觉得，她这样做不是因为我，不是为了让我看。有的时候我们正是很安静时，然后……应该怎么说呢？我想，那跟我没关系，或许也跟我们俩没关系，只跟她自己有关系。”

“很有可能，艾德。”

“我从来没有体验过这样的快乐。”

“你快乐的方式不一样。”

“自从G不在了，老伙计。”

“你找到了克鲁索，你找到了我，你在这个世界上并不是完全孤独的。”

“我向你隐瞒了一些事。”

“好了，艾德，你知道，我躺在这里，在海边这个舒适的洞穴里，慢慢地和潮汐融为一体。这时你来看我了，跟我说话，我想，这是最让我高兴的事了，老天，我是说，对于一只处在我这种状态中的狐狸而言……”

“那是我们在一起的第一个早晨。C躺在我的床上就像一个幻影，像虚构的。她把头发别在耳后望向大海的时候……非常镇定，你明白吗？她说自己从来不打理头发，不做发型什么的，就是头发而已，像流苏一样，她都是自己剪，或许就是用她的折叠刀。她看着窗户那边，脸上带着临近圣诞时的那种光彩，四周的一切都跟着焕发光彩，地平线，松树，所有一切。突然，她问我是不是更喜欢那样。”艾德的脸红了。

“她到你房间里的时候，你睡着了，是不？都是一场梦，所有你做过的，都是……”

“一场梦。尽管如此我还是以为她不会为了这个再来。”

“明白。”

“是的，你明白。”

“从某种意义上来说，她是第一个。”

“是啊，见鬼。”

“你会记着她，不管以后会怎样，我的朋友。她是你的处女作，你的成人礼，也是你将用来收藏照片的相册。”

“这些跟G都没有关系。”

“没有，艾德，一点关系都没有。”

“和她的一切都……”

“不受影响。”

“我们昨天到海滩去了，C画了画儿，她随身总是带着一个素描本，还有那把削铅笔用的袖珍折叠刀——铅笔必须始终很尖，所以她总得削……”

“讲讲，艾德。”

“后来C想到海岛影院去。那天下午放映的是《小马腾和白贝壳》，晚上放的是《另一种负担》，深夜场放的是《直到死亡将你们分开》。”

“我们生活在圣经的时代。”

“害虫已经出来了。一大群除虫专家正把克劳斯纳整个用烟熏一遍。

所以我这会儿才能在这儿，在你这儿。”

“感谢蟑螂。”

“我和C从电影院回来的时候，整个饭馆的人都被疏散了。有几个睡在特选地，还有几个睡在克鲁索分配体系里的那些住处。我们就是没得到消息。到处都没有上锁，一切看上去都还是原样。也许是炎热让我们成了瞎子。”

“你跟谁说这话呢，艾德。”

直到这时，艾德才发觉狐狸情绪激动地看着他。它小小的，白骨嶙峋的眼窝底上是一堆糊糊，那糊糊自己在那儿搅来搅去。

“哦，老伙计，哦见鬼，请原谅……”艾德飞奔到水边，从岸边的石头中间抓了满满一把沙子。

“瞌睡神，亲爱的瞌睡神……”[1]

“请原谅，狐狸先生！”艾德想说笑一下，他小心翼翼地把沙子撒进那两个眼窝里，先是左边，然后是右边。他的朋友长舒了一口气。

“太阳底下40度，而且我的窗户关着，因为维奥拉一直提醒大家注意恶劣天气，每个小时都报告一次从西北方过来的什么风暴，还有大使馆里的难民，但我们都没有认真听，我们就好像游离在那些消息之外，而且我想就是那样的，老伙计，我们都不是真的属于这个世界。我的房间里到最后可能有五六十度。走到台阶上的时候我就已经听到了沙沙声，像丝绸的摩擦声，或者拆开礼物的声音。我还在说着什么通风，打开窗户，新鲜空气，心中满是憧憬的喜悦。我打开灯，然后……”

“什么？”

“一些就是因为看见了才不明白的事。先是爆炸，无声的，没有中心。你只能看到那些肥硕的棕色玩意儿像波浪一样朝四面八方汹涌而去，所有的一切都开始流动，我觉得墙也成了波浪，你能看见那些东西涌进

[1] 德国一档晚间儿童节目《小瞌睡神》的主题曲。

角落里，堆在一起，像闪着光、拥来挤去的泡沫，似乎有噼噼啪啪的声音……你知道，我并不害怕蟑螂，而且我认为C也不害怕，尽管如此我们还是尖叫起来，两人一起，就像被针扎了一样。我动了手，胳膊挡住脸，就像打仗一样，我很生气，真的很生气，手里突然拿着那个笔记本，抬手就打，不停地打，汗水哗哗地流，等我一回头的时候……”

“什么，艾德？”

“不知道我是不是能……”

“能，艾德，你能的。”

“最好还是不要。”

“像讲故事的人那样做，他们想跟什么事保持距离的时候，就干脆用另外一个人称——他，你，她，它。”

“你是说他们陷在里面太深了？”

“也不一定。”

“保持距离。”

“那么他看见了什么呢，我的朋友？”

“他转过头的时候，看见C也像疯了一样到处乱敲。她用的是自己的皮凉鞋。她的动作很笨拙，每敲一下都会发出短小急促的斗士般的叫声，声音中充满张力，就像是网球运动员发球时的叫声，听上去总是有些绝望，但同时又是她意愿的最纯粹体现，你明白吗？”

“然后呢？”

“然后就开始了我们，呃，我是说，他们共同的围捕行动。他们敲打着前进，杀出一条道路。她发出轻轻的砰砰声，他发出响亮的啪啪声，一个小号的，一个大号的，简直就像音乐一样，仿佛他们俩是鸳鸯大盗邦妮和克莱德。突然，她笑了起来，她躺在床上，紧紧盯着我，笑着……抱歉，我又用我了，我用那个方法不会讲。我就说我，或许你可以想象成他？”

“我是别人。[1]”

“兰波说，这必须用法语说意思才对，而且只对以前有意义，在大家还知道别人是什么人的时候。”

“用法语说？”

“是的，你这个腐烂的小预言家，说的就是这个。”

“我就知道。”

“笑声就那样从她口中喷涌而出。她躺在那儿，在床上，两个胳膊挥舞着，脚后跟磕着屁股，整个身体一抬一抬，肩膀一抽一抽，她一边笑一边叫，她叫的是‘哦，哦！’，还有‘不可思议！’‘啊！’，然后她就开始打嗝，打得非常厉害，你肯定从来没见过打嗝打成那样的。”

艾德的肩膀也抽搐起来。

“可能是因为吓着了。后来她就只能喘粗气了，她的眼睛越瞪越大，看上去就像一个小丑，眉毛挑得高高的，我渐渐开始担心起来。”

“不奇怪，艾德。”

“你知道，我见识过蟑螂，服兵役的时候跟这些虫子在一个房间里待了整整十八个月。它们是顺着暖气管道爬过来的，从洛伊纳[2]化工厂一路爬到兵营里。那些大的真是很肥，可能是基因变异的品种，被化学品弄得身强体壮，而且一代比一代强壮。不过几个星期之后我就熟悉了它们的习性，我了解它们，甚至可以说我都知道它们在想什么。比如我就知道它们那小小的复杂的身躯会对气压有什么反应，我是说，对气压的最细微变化。哪怕我只是举起笔记本，它们都能知道。我只是翻一页，它们在窝里就能感觉到，而且我确信它们能记录下我写的每一个字，一个字一个字，都被它们翻译成非常细微的振动频率。从某种意义上说，它们就像是读者。它们不但对我柜子里的巧克力和脏衣服了如指掌，还

[1] 诗人兰波的名言。

[2] 洛伊纳（Leuna），德国东部市镇，位于哈雷市南，以化工业闻名。

熟悉我写的家信，知道我试着写诗时的得意洋洋，每一个词……”

“你打死了自己的读者。”

“秘诀是：永远不要朝它们待的地方打，不对，你要朝它们逃跑的路上敲。C看我打的时候明白了这一点。等我明白她明白了什么的时候，我的经验，我的自信，我突然不觉得恶心了，正相反，那是一种狂喜，C让我们结成了某种联盟，这些虫子和我，猎人和猎物，古老的命运共同体。”

艾德喘了口气。狐狸的眼睛里动了起来——像是感兴趣，艾德心想。

“当然，那些跟我在部队的窄柜里见过的三四只蟑螂是不能相提并论的。它们一直都在，虽然我早就不在食品柜里放任何吃的东西了。有的时候我会觉得那里总是那几只，然后就会感到有些哀伤，可能是因为一直被圈着的缘故吧。而事实上我已经打死过几百只。那已经成了我的晨练。被放出去休假之前，我们都会被叫到训练场上。向前两步走，举包，倒衣服。‘倒！倒！你们这些蠢货！’是中士，茨维卡中士，一堆肥肉。他简直不能说话，也不能用眼睛看，什么都是靠鼻子。我猜那是他自己的主意，并没有命令或者别的什么。‘不想让女人得心脏病吧。’——每次休假前都是这句话，从鼻子里哼哼出来。可能他是好意吧。”

“你跑题了。”

“打嗝的时候应该屏住呼吸，抬起胳膊什么的，但是C只是抽搐，什么声音都发不出来。是紧急情况，我觉得。”

“紧急情况？”

“是啊，她就像是要抓住最近的一根救命稻草。”

狐狸轻轻叹了口气。

“我说，肯定有人使劲念叨你呢，我的意思是，我当时真的束手无策了。”

“‘是——呃’，她说着，把我拉到床前。我脚周围一阵骚动，就像有几千只毛毛虫在吃东西，但是慢慢地，潮水退去了，周围逐渐安静下来，后来就只剩下C，她轻轻地发出吧唧吧唧声，真是很轻，除此之外就没有别的声音了。我周围的一切都那么柔软，像天鹅绒一般，突然，不知道——突然我就行了。突然我就可以一边做一边看着她的眼睛了。”

艾德不说了。

大海恢复了呼吸，深沉的基调，轻轻的泛音。现在简直可以说是凉爽的。艾德看着C。他的手放在她的头上，她的眼睛，高高的、汗津津的额头有点像鸡蛋的形状，还有那些她从来不打理的头发，除了让头发拂过他的大腿，除了把他连到她的电路中来。几根发丝的尖端粘在他的阴茎上，给他通了电。一阵轻微的眩晕，他仿佛被她托起，轻轻地，摆脱了束缚。

“这些甲虫，艾德……”

“我想那是唯一的一条路，我是说，那一刻……”

“……改变了你，是吗？”

克鲁索能量

诗歌带来的亲切感让克鲁索和艾德走到了一起，使他们的关系一天比一天牢固。现在克鲁索也参与打烊后清洗洗碗间的工作，他甚至经常亲自把那个装着泔水的桶滚到外面去，还有那些自然而然落到艾德这个克劳斯纳最新员工头上的活儿。克鲁索用水冲洗洗碗间的时候，艾德手里握着秃头地板刷，蹦来蹦去地像在跳土耳其旋转舞。艾德用一种只有他能做得到的方式，始终紧随在跳跃着飞扫过瓷砖地的水柱后面——这是一种舞蹈，是为即将到来的夜晚预热。最后，艾德用抹布把地板擦干，洛沙把水管盘起来。他不知道突然想到了什么，把一只脚放在了艾德的头上，但并没有使劲。艾德抓住那只脚往下一坠。

整体看来，这已经不止是亲切，也不止是信任。从根本上来说，成为两人友谊基础的是一种共同的陌生感。两个人都没法谈论最让自己的心感觉沉重的那件事，而这个反倒比所有的坦诚相见都让他们更加亲密。没有合适的言语可以表达，所谓理解其实不过是正视这一点。反正已经无法挽回，只有诗歌才最能去除那些构成他们不幸（决定他们行为）的东西。他们互相为对方朗诵了特拉克尔的《索尼娅》，洛沙还把那张照片送给了他。套在磨旧了的袋子里的美丽微笑让艾德看到了G。他不断拿起照片，同时抚摸自己。每次凝望着那个女孩眼睛的时候，他自己的故事就和克鲁索的故事合二为一。“你在这个世界上并不是完全孤独的。”艾德小声说着，吻吻装照片的那个陈旧的袋子，随即感到害臊，他发现自己已经找不到感觉。他对G的感情肯定并不是十分深，因为他现在已经不太记得她的脸。不过他又可以想她了，没有电车出现。他看见她坐在软椅里，在跟他说话。她的嘴在动，但他听不见说的是什么。她很严肃，看样子她想告诉他的事情很重要。话说到一半的时候，她把手伸到背后，摩挲着驱蚊草的叶子。房间里一股柠檬的味道，艾德的心揪在了一起。他站在清凉的水井底部，四面是死气沉沉的存货们垒起的井壁，巨大的墓石上密密麻麻写满了字，这些东西啃噬着他的痛苦，把痛苦变成——距离感。

透过糊满污垢的窗户，艾德看到克鲁索又检查了一遍装泔水的桶，时不时的还把手探进去一下。尽管（或者是因为）自从C住到自己这里以后，他就没怎么睡过觉，尽管（或者是因为）这一刻他热泪盈眶，哀伤可能降临，但洗碗间让他有种安全感。他看着洗身仪式后水池边沿留下的痕迹:几根扎头发的皮筋，泡泡浴，一个皇宫饭店[1]小肥皂的包装盒。搭在放锅的架子中间绳子上的抹布还是湿的，艾德很费力才克制住把脸埋进抹布中去的冲动。

每次艾德冲完澡回到房间里，就会在床上看到一张旧的克劳斯纳抬头的信纸。他逐渐读到了那些克鲁索一直说想要结成集子的诗。“没有比弄一个集子更棒的事了！”一开始，艾德是在脚头那边找到这些诗，后来是在他的枕头上，就放在他晚上睡觉时在枕头上压出的那个坑里面——在我头的位置，艾德心想。

洗澡的时候，他眼前会浮现出那幅画面：泛黄的信纸，朝左或者朝右斜过去的诗行，戴着血红色帽子的字母。他仿佛看见克鲁索走进自

[1] 皇宫饭店（Palasthotel）位于柏林，2001年被拆除。

己的房间，艾德想象中那就像是在敬礼，他的朋友在放下诗的同时鞠躬——他允许自己做这种想象。水从他耳朵上哗哗流过，他把身体毫无保留地交给运气，任水流到哪儿是哪儿。

能看到默恩岛。艾德试了试辐条的眼镜，他一直让眼镜搁在洗脸池上，自己也解释不清是为什么。他洗了洗镜片，用毛巾擦干净。他第一次看到了海浪在石灰岩峭壁前连出的那条细细的白线，还有岸边的树林，一条深色的带子，距离五十公里。

“啊，辐条。”克鲁索喊道。他突然出现在房间里，带了白葡萄酒。他让艾德喝酒，自己也喝了一口，然后把腮帮子吸进去——他的眼皮一动不动地垂在半中间。他用手搓搓脸，好像很累的样子，不过那只是打算开口说话而已。

“你在洗碗间工作，所有的话都对着水池说过上百遍，直到那话成为真的。实际上你非常想沉进去，潜在里面，但是现在只要手在里面打转就已经足够了。加上沉闷的，几乎听不见的下水的声音，荡向左边，荡向右边，盘子摇晃着沉向池底，像沉船一样。你那些诗句也失了位置。一摞摞沉向池底的盘子发出闷响。你可以拯救一切，清洗、摞好、擦干——每种声音都像是一个洞穴，一种语言，艾德，这个你懂，因为你就住在声音里，你就是从那儿在问，也就是说：所有的话你都要重复上百遍，对着自己的耳朵。你可以忘掉词的意思，或者这样说吧：打破语义三角。一开始这一切让人难以忍受，玻璃杯和茶杯叮叮当当，盘子乒乒乓乓，餐具当里当啷，加上难以忍受的高温、闷热、污垢、油腻、眩晕和恶心……你会觉得只有损失，但实际上，你并没有真的失去什么，没有失去什么人，艾德，没有失去谁。你就继续轻轻地自言自语，用你的声音，直接叩响词语，用你的声音，上百次，对着自己的耳朵，然后你就能听见了……”

洛沙纯净的语气。在真理地图前就是这样的声音——圣洁，像唱歌一样。艾德开始明白其中的关键，那就深藏在他的存货里。诗是一种反抗，是寻求解脱的路，一种非常强大的可能性。克鲁索给他看了一些书。最多二十本书，他称之为自己的“藏书”，其中有列奥·舍斯托夫和根纳迪·福斯德伯格这样艾德从来没听说过的作家，也有巴贝夫，布洛赫，卡斯塔尼达这样的人物。[1]

“思考让事情变得可笑，艾德，什么都成了故事，我们永远到达不了诗的核心。那些超现实主义者也很可笑，因为他们试图用技术手段回避问题，达达派就更不用说了，他们把一切都打碎，然后等着有人来说这一切都是有意义的。我们需要的是自己的声音，它就像音乐，要从词语里发现一片天地。我们需要的是自己的声音，一个充满空白的空间——一个为了赢得时间而存在的地方。”——克鲁索摊开大手指着房间的地板：地板裂开，几堵墙像书页一样翻开，艾德看见了洗碗间，他看见两个诗人并肩而立，站在各自的洗碗池前。一位伟大的诗人，未来他将会进出于这世界上最好的出版社，另外一个披着罗马长袍，手里拿着铝制的餐具，他还真能用那餐具写字，他站在伟大诗人身旁，不断地做着记录。

艾德喜欢克鲁索对自己倾诉，克鲁索说话的时候或许偶尔会忘记他，但他并不在意，就是听几个小时也没问题。克鲁索的声音给这个世界笼罩上了另外一种光。说到底就是一种态度而已，一种复杂的，同时也是唯一可能的存在形式。克鲁索从本质上来说就是一种态度，这就是克鲁索——一种奇特的混合物，包含着几达禁欲的严格和克己，同时还有近乎狂热的果决，加上对奇幻和禁忌的偏好。禁欲的狂热，如果这有种东西的话，纯洁与义无反顾的奇特混合，洛沙或许就是靠这个赢得了短工们的心。此外还有他那种神圣的严肃，静静振动着的气场，或者说——克鲁索能量。

[1] 巴贝夫（François Noël Babeuf，1760—1797），法国大革命早期的政治鼓动家，空想共产主义者。布洛赫（Ernst Bloch，1885—1977），德国哲学家。卡斯塔尼达（Carlos Castaneda，1925—1998），秘鲁裔美国作家和人类学家。

一切都可以是宝贵的，一切都可以是重要的。仿佛关键就在于听、看、活着，从现在就开始，随处可能都隐藏着诗句，一个恰当的词。于是洗碗的工作和糟糕的环境也获得了完全不同的意义，浮木、锅炉、泔水桶，饭馆里最普通不过的各种组合，这些都可以成为诗的一部分。自己的声音，自己的语气——这是一道光，一个灯塔，从现在开始为艾德指引方向。征服，他的脑海中闪过这个词。

他猛然想起，不知道克鲁索是不是参加了洗身仪式，不知道克鲁索是否看见了他们，触摸了他们，是否用自己灵巧的手为他们洗了身，是否用了那些抹布。他仿佛看见C蹲在自己那个洗大件的水池里，他看见C完美修长的脊背，脊柱上那排长长的突起，看见抵在她胸前的两个白色的、尖尖的膝盖，撑在水池底上的双手。他还看见了克鲁索，正从一个水池走到另一个水池，分发着皇宫酒店的白色小肥皂。

音乐会

防空洞那儿没有人。艾德一个人到这里来是为了让脑子清醒一下，但才走了没几步，他就开始对着脚下的海浪朗诵。“这就是秋天，让你黯然神伤”或者“不要为我哭泣，阿根廷”，都是他父母亲磁带上那些流行歌曲的歌词。

一开始，他父亲还试着切掉主持人尧赫还有戈特沙尔克的连篇废话，这些“广播节目”主持人有个坏习惯，歌曲已经开始了，他们还继续说话——他父亲痛恨这一点，但是又无计可施。他跪在录音机前，一根手指放在“播放”键上，另一根早已僵硬的食指放在消防车颜色的录音键上。他弯下上身钻在组合柜里，宇宙苍穹都因为两根食指的紧张蜷缩成一团。那两个键必须完全同步地被按进他们家那台无比珍贵的 B56 录音机（后来换成了 B100）里，但是尧赫突然又想起了点什么。“闭嘴！”他父亲怒吼道，他觉得这种连篇的废话根本就是故意找茬。接着，终于，轻轻的一声“咔嗒”，磁带转了起来，由于他自己的延迟，经常又会损失一秒：“……要为我哭泣，阿根廷”。

入口已经不见了，只剩下一条缝，艾德从这条缝钻进一个小小的，到处是粪便和报纸的夹层里，还没等钻出来，他就听见了说话声。是卡瓦洛，就站在他头顶的陡崖上。艾德不知道他是不是尾随自己而来的，但他又打消了这个念头。卡瓦洛带着他穿过草地，来到一个垃圾堆跟前。垃圾堆上密密麻麻挤满了海鸥，所以只能大致估摸出垃圾堆的轮廓。他们穿过进车的入口，拐进洼地里，这时，那些鸟懒洋洋地飞起来，带起一股让人窒息的臭气，浓厚的腐臭气。

这时，艾德听到了喧闹的人声，还夹杂着类似唱歌的声音，但是嗓音不亮，更像是嘶哑的喊叫，像海鸥和它们那凄惨的叫声。

“他们甚至获得了表演许可，”卡瓦洛解释道，“镇委会给的。”他们面前的沙丘让艾德想起了凯尔特的王陵，沙丘间形成一条通道，能一直看见闪闪发光的大海。太阳改变了方向，开始每天的落日表演。

形形色色的人热情洋溢地跟他们打着招呼，脸贴脸。这些人艾德都不怎么认识。然后是克鲁索的脸颊。

“你去哪儿了？”

“怎么？”

“你们为什么来这么晚？”

艾德想开个玩笑，说自己方向感很差什么的，但克鲁索马上打断了他。

“以后别这样，艾德。”

这个夜晚就像个大杂烩，各种表演，各种饮料，各种乱蹦乱跳。正中间有一个四人乐队，吉他和电子琴接在一个旧的小汽车电瓶上。电子琴放在一个旧的硬壳旅行箱上，一个瘦削的，面色苍白的男孩儿正跪在旅行箱前，藏在超大的厚眼镜片后愣神，一副漠不关心的样子。酒瓶在沙丘上的草丛里闪闪发亮：艾德看到了“施特拉尔松德”“公牛血”“杀人犯”，还有咖啡利口酒和樱桃威士忌。打击乐器一半埋在沙地里，一个铁皮手推车被改造成了脚踏鼓。艾德认出了厨师迈克的星牌录音机，录音机被当成了吉他的扩音器。离乐队不远的地方有一堆篝火，几个短工负责添柴，他们干得卖力又认真，仿佛那是他们这一辈子得到过的最重要的工作。

艾德感到厌恶和一丝轻蔑。他渴望回到自己的房间里去。他想在那儿等待，只是等待，等C。也许他们这次会睡在外面，睡在冰川堆石之间，过上一夜或者两夜，直到除虫的毒气……卡瓦洛往艾德手里塞了一瓶“公牛血”。

乐队的歌手开始了一番令人费解的狂纵表演。他推着一个希登塞岛手推车转圈，并把那个叫作“机器”。他还数次把那车子像一只公羊一样推着去撞聚拢在四周的一小群短工。那些人尖叫着跳开，开怀大笑。偶尔会有一个（被撞个正着的）倒进手推车里，但马上就又从那里面跳出来。“机器，机器，和海神是一伙……”歌手嗓子沙哑，似乎比别人都认真。他穿着一条破旧的棕色皮裤，赤着上身，只在脖子上系了一条围巾，左手手腕上缠着一条腕带。艾德听不太懂他唱的什么，好像大多数时候都是要别人为他调制的某种酒。“给我调一杯酒，让它把我带走”，他发出的更像是嘶嘶声，嘎嘎声，没有节奏，没有曲调。艾德站在黄红色亮光之外的暗处，亮光在跳舞的人身上闪动，把这些人变成了火焰的一部分。一股汗味。艾德闻到的是蟑螂味。闷热消退，跳舞的人解开了他们的衣服。

等乐队停下来，短工中的朋克和长发族怪腔怪调的懒洋洋的喝彩声也已经结束后，一个长着亚洲人面孔的男人羞涩地走到他们中间。他费劲地把一盘磁带塞进厨师迈克的录音机里，然后开始跳舞。“高棉舞蹈。”走回到他身边的卡瓦洛在他耳边小声说。“仙女舞中的一段，”一个短工补充道，这个短工站在他身后，呼出的气吹在他的脖颈上，“柬——埔——寨，明白？”

柬埔寨人跟大家一样光着脚，他也像那些长发族一样甩动起自己黑色卷曲的长发，只不过没有那么多绝望。他的舞骄傲、感性。歌刚放到一半，克鲁索就走上前去想要拥抱舞者，结果让舞者失去重心，踉跄了一下，直接撞进一群热气腾腾的短工中间。那些人抓住他瘦小的身躯，一下子抛到了空中，就像抛起胜利者一样。群情激奋的掌声，艾德也加入其中。小个子柬埔寨人硕大的白色牙齿在他们头顶上闪着光。后来克鲁索示意大家安静，并且开始他的朗诵，凝滞的节奏，膀阔健硕的身躯里蕴含着令人难以置信的张力。那本书的标题叫《铅之夜》，这几分钟内笼罩在集合场地之上的是同样铅一般沉重的黑暗。

克鲁索的声音，克鲁索的音调。

他把书合上后，催眠的状态久久不去。大海小心翼翼地发出轻轻的哗哗声："你可以用我的音调。"仿佛从彼岸传来的这一句话，于是哗哗声有了核心，突然就有了秩序和纪律。艾德的心脏泵着鲜血，他的眼睛闪闪发亮，心中燃起希望。

克鲁索从口袋里抽出一小捆纸条塞进艾德手中。"海岛日的安排。"他根本无需提高声音，四下里这时非常安静。艾德把那些手写的小纸片分发给短工们，仿佛这个活儿从来就是他在做一样。

"能怎么样，谁能预言我们的事？"歌手沙哑的声音响起，乐队再次加入。这首歌大家似乎很熟悉。他们喊着"洗——礼，洗——礼，洗——啊——啊——礼！"，先是个别人，然后是齐声高呼，紧接着歌手把那个铁皮手推车（机器）推到场地中央：

青——春先行，青——春做主，
开拓自己的路，
没有强迫，没有管制，我行我素，
从今往后，做生活的主……

艾德感到不寒而栗。又过了一会儿才有人报名。艾德看见一个女孩儿试图阻拦，但是穿皮裤的哑嗓子早已经把手搭在那个牺牲品（艾德想的是牺牲品这个词）的肩上，这就算是定下来了。

青——春先行，青——春做主，
那光你要大胆瞧，

那光你绝对不会少……

乐队敲击出狂野的节奏。那个牺牲品身上只穿一条游泳裤，乖乖地让几个帮忙的人把自己捆在机器上，双臂反绑在后面，双腿交叉着被皮带捆在辕上。一个一直作为助理站在旁边的短工身上只围了一条围裙（就像阿兹特克人或者古代的劳动者一样，那块布紧紧拧在一起夹他的双腿之间，阴茎被朝上兜起，挤成了奇形怪状的一堆），这个助理把一根管子塞进那个牺牲品嘴里，管子的另一端连着一个亮闪闪的红色铁皮漏斗。他举着那东西慢慢地绕起圈。

"捐一点，捐一点。"他嘟囔着，周围的人随即歪一下酒瓶口，之后他自己再加上一口气泡酒。"慢慢来，慢慢来，朋友们。"系围裙的人提醒大家，每次有人捐了酒，他都要像举一个胜利的标志那样把那个漏斗举向空中。

这时，捆着人的手推车被另外四个短工抬起再丢下，节奏非常快，像掐了表一样匀速。尽管下面是沙地，但每次砰然落地，装着巨大的轮子、安着细细的自行车轮胎的手推车都会高高弹起。那个牺牲品的女朋友一会儿哭一会儿笑，像是喝醉了。这时艾德认出来了那个男人，是北角的洗碗工，他刚上岛那天，就是这个人在他背后像说什么暗号一样轻轻地说了"克鲁索"这个词。

那个机器很长一段时间没有动，洗碗工被人非常隆重地推向海边。艾德的胃一紧。

这显然是仪式的要求，大家把手推车推向大海——人声鼎沸，水沫翻腾，洗碗工的身体已经湿了，闪着暗沉的光，这时，车子撞上一块石头，翻倒了。

每一次浪涌上来，男人的头都会被海水淹没，那些之前抓着车辕的短工们笑得忘乎所以。洗碗工好像也在笑，扯着脖子笑，或者他是在大声呼救，在汹涌的波涛中没法分辨。系围裙的人得意忘形地把剩下的气泡酒倒在浪花里。“青春先行，青春先——行……”。

艾德和其他人都还没反应过来是怎么回事，克鲁索就已经三跳两跳跨过了海滩。他张开手掌狠狠地扇了系围裙的人一记耳光，把他一下打翻在地，那人像傻了一样躺在那里。接着，克鲁索抓住了手推车，但是车架已经陷进沙子里。几个刚才还在笑的短工飞奔到他身边，抓住垂在车子侧面的绳子和皮带。“没有——人，没有——人。”克鲁索怒吼着，用这个给大家喊号子。

“你肯定没想过自己在岛上的生活会是这样的吧？”

“很多东西都改变了。”艾德回答说。

或许克鲁索已经从脚步声猜出是他，或者他就是确信那个跟在他后面跑过来的人是艾德。他们一言不发地并肩走了一会儿。他勇敢的朋友显得很安静。他的手里拿着那本书，艾德琢磨着，不知道这本书之前一直放在什么地方。

一阵咸咸的、细密的雾扑到他们脸上，岸边的石头在月光下闪闪发亮。艾德脑海中有几个句子盘旋不去，他突然有种很好的预感，但还没等他说起 C（甚至还可能说到 G），克鲁索就开口解释起来。

“他们把这个叫灌装。机器蹾到地上的时候，混合的酒精——白酒和气泡酒——就会直冲脑门，人就像是被发射到了另外一个世界。搞那个不需要很多的酒，那个效果是物理的，不是化学的，你明白吗，艾德？”

“我物理从来学得就不好。”艾德回答说，强烈的想要跟克鲁索聊一聊的愿望让他感到不好意思。

“以前他们把这叫作礼拜，一周搞一次，不知道为什么，每次都是在水里结束。他们在意大海，尊敬海，崇拜海。这很原始，但能理解。他们以前的那个歌手搞灌装的时候追求的是开关的效果，脑袋里面的电路开关，能够开阔思想的大脑程序什么的，不过那个人已经离境了，去年。从那以后，这件事也开始走下坡路。甚至包括那棵佛树……”

“佛树？”

“是，一棵长了上百条胳膊的树，就是上百条树枝。一棵无与伦比的了不起的树。有些人也把它叫作梦之树，就在卡普里路边上，紧挨着海岸。他们用这棵树来举行接纳仪式。他们坐在树上——边喝酒边等着看谁会先掉下去。几乎每个人都会被接住，不会出什么事。据说这棵树能给所有需要的人带来好运气。不过我真的不建议你去尝试，艾德，你不用那样做，他们现在已经知道你了，也会接受你的。”

克鲁索的体贴。艾德很感动。

“很多事都改变了。”他又提起那个话头。

“你说得对，咱们用在诗上的时间越来越少，是吗？”

“咱们的神圣事业！”

艾德回答得太不假思索。一种反抗和好感的迷乱组合。

“我知道你为什么会在这儿，艾德。”

艾德没说话，他的视线模糊了。他就是太累了而已，这些不眠之夜让他变得敏感。但是风吹干了湿润的眼睛，要说的话很自然地就出来了。

“你姐姐的那张照片，洛沙，让我想起了G，我的女朋友，她被车撞死了，有轨电车，一年前。我知道这听上去很疯狂，可有的时候，我会觉得咱们俩失去的是同一个人。”

克鲁索停住不动了，如果说在一块全是石头的海滩上能够不动的话。

“你不是遭船难的人，艾德。”

“不是？”

“不是。你来之前两天的那个晚上，我梦到你来了。我看见你走过来。就像有人写过的那样：现在是时候给我一个仆人，给他一个能提供帮助的朋友。”克鲁索转过脸去迎着风，一只手放在艾德的肩膀上。他轻轻地笑着，不过艾德也可能是听错了，那也可能是叹息，或者什么都没有。

“不过是笛福的句子而已，艾德，别害怕。对于鲁滨孙来说，星期五就像是他的领航员，至少在他的梦里是那样的。星期五是能够帮助他离开那个岛，帮助他离开自己所遭遇不幸的领航员。在梦中，是星期五告诉他要躲开哪些地方才不会被吃掉，哪些地方可以放胆子一去，哪些地方不行，或者他应该怎样获得食物……”

“但故事的发展又是另外一回事，书上说，是克鲁索救了星期五，故事里讲的完全相反。”

“你确定吗？”

“你可能看到过我，在我到的时候，在港口？”

“不，艾德，只是梦到过。一开始我当然很怀疑。但是那些诗证明了一切。”

艾德尽量控制着走的速度，努力不让朋友的手从自己的肩膀上滑脱。他想到，从克劳斯纳的窗户实际是看不到下面的海滩的，这是他几天前发现的，在那之前他眼睛肯定是出毛病了。他肯定是自己以为分配日那天看到了海滩和兵营，在克鲁索的望远镜里，在克鲁索的手掌底下。

他的朋友走在海滩里侧，这让他显得更为高大，艾德只要稍稍一转头，头就会靠到克鲁索的胸前。他发觉克鲁索也努力跟他的步调保持一致，这在坡度很大的海滩上很困难。艾德的鞋（确切地说是辐条的那双鹿皮鞋，他几天前开始穿这双鞋）早就湿透了，因为他并没有躲避那些温柔地卷过来的浪花边缘，而是径直穿了过去。

克鲁索看着他。

或者说看着他身后，看着恰好在这个时候超过他们的一艘巡逻艇上的灯光。

或者他看的是更远处的那些小光点，在那些远洋轮船或者瑞典人专用渡船的航道上，它们从那里驶过，慢得就好像需要好多年的时间。艾德发觉肩膀上的那只手变得僵硬。他转过头，这时，克鲁索的嘴唇贴在了他的脸上。

小精灵玛伦

……寂静，静到仿佛只剩下这栋房子还在听着那哗哗声，伴着松林的和声，被海浪拥在怀中，轻轻地，谨慎地，谈天说地，在石头水池中变化，在不锈钢水池中变强。在水流之下，不锈钢水池像鼓一样发出沉闷的响声，那是家的声音，将艾德包裹在舒适和惬意中，因为这就像是*以前在家里*，水流砸进浴缸时发出的闷响一样，直通式热水器发出嗡嗡声，传到客厅或者儿童房里，星期五的18点，深深沉浸在哗哗声中。

但这并不是他儿时的洗澡日，那曾经是一周中最美好的一个夜晚，这只是：今夜。由洗身的闷响开始，接下来是楼梯上的脚步声，很少能听到窃窃私语声，只有门发出细微的砰砰声，每个人都知道自己应该往哪儿走，这在艾德看来也像是谜一样。在那之后，维奥拉的声音才会慢慢出现，“晚间音乐会”，之后是新闻播音员的声音，那声音晚上听起来跟白天不一样，因为它现在边说还要边对付瞌睡和黑暗，为了这个目的，说话的人会在新闻直播间里强调某些词，同时让其他一些词低沉到几乎听不见，中间夹杂着长长的停顿和翻纸的声音，前前后后翻来翻去，播音员就好像正在绝望地寻找下一个句子，或者到这一刻才在想该怎么说。是啊，这个夜晚，他独自一人，孤零零地伴着自己的声音，艾德心想，他想到了C，他想的是*我要*，也知道自己将会怎么做，包括接下来，再

接下来，再接下来。

他又走到门边，仔细听着。

新闻之后是“晚间广播节目”。又在报道匈牙利难民的事，每天的跨境逃亡，有些词不断重复，或者那只是些被接收不稳的维奥拉特别强调的词，使馆，特使，卫生条件。艾德点上一根蜡烛，吹灭火柴上的小火焰，同时骂了一句，他的嘴唇碰到了火柴。“一股高气压盘踞在大西洋东部上空，清凉的海风从高气压的东部边缘随着一股西北气流进入德国，由于各种潜在的干扰因素，未来几天，天气情况多变。”艾德感到一阵恶心。维奥拉非常喜欢天气预报，这是它唯一会从天空中一句不落摘下来的节目。

门开了，怯生生，静悄悄。在烛火的摇曳中，他房间的三角墙滑向深处，但不断又有污渍斑驳的墙从上面滑下来补上，起先缓慢，然后越来越快。艾德的手迅速地摸向电灯的开关。

“你是谁？”

“我是玛伦。”

她个子矮小，一头卷曲的短发，长着一张小精灵的脸。

“玛伦，你走错门了。”

“我想没有。”她低头看着地面，但之后还是抬头看着艾德，或者说看着他身后的窗户，仿佛她知道这将是最困难的一刻。

“C在哪儿？”艾德问。

他只是幻想出了这样一个小精灵，他希望C还会出现，或者会突然从眼前这个精灵的身体里脱壳而出。

女孩儿的脸亮了。“是啊，下午她还在呢，在树林里，但是晚上就不见了，没有来喝汤。她到我们营地的时间已经很久了，我觉得比我们任何人待得都久，可能她的时间到了吧。”

就像梦里的人一样，小精灵玛伦飘上了他的床。她的一举一动都像是遵从着某种更高的法律，艾德也会记起这项法律，或早或晚。她流畅又谨慎地开始脱下自己的裙子，脱的时候，她没有看艾德。

“你是艾德加，对吗？”

艾德大步流星地走着，他能感觉到胳膊上、胸膛上、浑身上下的皮肤上——有什么东西像要爆炸一样。欲望已经外化，他正穿行在欲望亮闪闪的伤口里，伤那么深，那么敏感，以至于不管碰到什么，或者没碰到什么，他都会疼。低矮的密林抽打着他的脸，树枝在他脚下断裂，林子里有一股霉烂的味道。

太黑了，但他依然能感到铺满了山谷底部的昏睡。他走得更近一些，辨认出睡觉人的轮廓，塑料遮雨棚闪着微光，睡袋，呼吸声，梦中的抽搐。活埋，艾德心想，脑子里突然想到了万人坑。仿佛身不由己，艾德又往前迈了一步，这时有人从后面揪住他，把他按倒在地。艾德嘴里有股克鲁索的味道，克鲁索的护手霜，克鲁索那只按在他脸上的手。

洼地里一盏非常小的灯突然射出一股光柱，随即熄灭。艾德轻轻呻吟了一声，克鲁索放开了他的嘴。

“C在哪儿？”

“你以为她能一直待在这儿？”

“我只想知道她在哪儿。”

“别这么幼稚，艾德。”

“还有，让那个精灵离开我的房间。”

“你的房间？你以为你是谁？那是克劳斯纳的房间，是它珍贵的舱房之一，永远不要忘记这一点。C待了五天，比这里任何一个人都长，你好像忽略了这一点。你以为这是谁安排的？”

“我要……”

“是啊，艾德，你要。没错，我得说，根据我们对你的了解，我们感到很意外。不给艾德加分配，当时的指令是这样的。”

“每个人选择自己那个遭船难的人，这是你说的。”

“没错，艾德。第一次的时候。”

克鲁索指指那些昏睡者的坟墓。“分配得有标准，需要公正和纪律，否则就没有意义了，你明白吗？在我们的道路上，自由和秩序总是纠缠在一起。绝对不要忘记大家是怎么接纳你的。你在这儿找到了自己的洞穴。你只考虑自己的日子已经太久了。”

艾德的喉头一紧，他想扑向克鲁索，但同时又因为这个想法感到羞耻。他几乎无法呼吸。不再是最好的朋友——转瞬之间。只是被容留的人。比这个还不如。

“当然你完全有自由离开，随时。我无法阻止你。”

在朋友的眼中艾德是个废物，这个人曾经为他全身心地付出，他是个好伙伴，最好的伙伴。克鲁索现在仿佛收回了一切，就用一句话。

“你梦到过我。”

“现在你是克劳斯纳的一分子了，这难道不是梦吗？”

院子里静悄悄的。洗碗间里没有灯光，只剩下吧台柜里的那个小小的紫色霓虹灯管亮着。他们坐在窗边端盘生的桌子前。克鲁索往一个咖啡杯了倒了些樱桃威士忌。之前，他把一只胳膊搭在艾德肩膀上，就像护送伤员一样把艾德带回了克劳斯纳。艾德直打颤，牙齿磕着陶瓷杯子，仿佛他的身体这时正在对失去的信任做出反应。迷乱依然在他眼中闪烁，但是愤怒已经烟消云散。他冲着咖啡杯短促地喘着气。仿佛他当时去就是为了找洛沙。从来都是为了找他。不是为了 C，也不是为了 G。

“你本应该待在自己的房间里。”

洛沙听上去忧心忡忡。

“你喜欢待在那儿，你是我们中间在房间里待得时间最长的人，你可以继续那样。”

被包裹在樱桃威士忌里的感觉温暖、美好，就好像是樱桃威士忌喝掉了他。等他抬起头，他看见隔壁桌子下面有两只瘦削的光脚。有人躺在那儿睡觉，艾德心想。每个人都只是需要一个地方睡觉而已，一个容身之处，一个营地，能……”

“C 安全吗？”

“她很好，艾德。她的时间到了。”

“她还会再来吗？”冰箱的压缩机突然启动，震得吧台里的酒杯叮咣作响。不锈钢小壶在半明半暗中闪闪发亮，就像刚抛过光一样。艾德知道这些壶的里面是棕色的，结满了咖啡垢，有些里面几乎是黑色的。

“她不是真的离开，她现在成了我们中的一员。所有那些顿悟了的人相互间都是有联系的，每个女人，每个男人。”

艾德出了口气，把杯子推到桌子中央。他不是很明白，他正在忘记句子的含义，他现在住在一个洞穴里，深藏在声响中。那里的人都是轻轻地自言自语，用自己的声音。在那里，听这些语句的声响，感受到克鲁索的强大和能量让人感到非常舒服。

“他们在练习自由，艾德，没有什么是他们必须要做的，没有什么是你必须要做的。”

“他们没有思想吗，我是说……”

“他们在学习，艾德，对某些人来说这并不容易。有些人感到迷惑、惊讶，这很正常。由于自由，他们突然发现了很多东西，发现所有那些被丢弃的欲望，这往往是瞬间完成的。”

哗哗声依然在夜色中穿行，艾德被包围在其中。那哗哗声把他压缩到只有一个蛋的大小，而外部的一切却在不断地膨胀。有一天，艾德在一把金属咖啡壶的底部发现了刻在那里的一个标记，那是这个世界上被最严厉禁止的一个标记。他之前热切地、木然地把刷子朝金属壶里捅了好几下，结果那个标记就从积垢中闪着微光露了出来。艾德突然明白了他们这些洗碗工所肩负的责任。简直难以承受。

那个新来的女孩儿动动自己的胳膊，艾德醒了。“2 点 04 分。没有新的路况信息。”哗哗声依然在夜色中穿行。艾德被包围在其中。那轰鸣声把他压缩到只有一个蛋的大小，而外部……

遭遇船难的人（二）

没有标志，没有暗号。临近午夜时他们就端直走进他的房间。他们站在黑暗中，没有人开灯，维奥拉在演奏国歌。

没有人开灯，这仿佛是一个条件，或许是某种保护，克鲁索的某项规定。他们轮廓模糊，跟周围的东西粘连在一起，于是就连白天他们也在那里，在桌旁，床上，地板上，慢慢地，他的房间也成了倾覆的模样。陌生的和熟悉的倾覆，整个国家的倾覆。

没有人长久地去摸索电灯开关，没有人一定要卑躬屈膝。克鲁索说很多人是想有所回报，但没有什么是谁必须要做的，而他则什么也不用做。

事情就是这样。

一切都自然而然。没有面孔。

小隐形人莫妮卡不久后就给他的房间里又添了一床被子，艾德想要及时地从床上换到地板上，试图以此保持距离的时候，就把自己裹在那条被子里。

但这些非法留宿的人里面也有一些压根不想跟他太过亲近的人，这些人也不敢独占空床。他们默默地，一点声音都没有，像幽灵一样关上门，然后在门口躺下。

就这样，在一些夜晚，床上没有人，而肮脏的地板上却很拥挤，那里还留着一小堆一小堆已经干了的蟑螂，整整齐齐，几乎是有秩序地排列着，就像是有公墓管理员费神把它们弄到一起似的。艾德迷迷糊糊地琢磨着什么动物吃蟑螂。说不定它们沙沙作响的身体里包含了人所能想到的各种维生素、微量元素和珍贵的物质，如果服用的剂量合适，这些东西没准能让人长生不老，或者至少让人获得某种敏感性，在它们的帮助下，人可以不再只用眼睛看书，也可以用皮肤，比如在非常黑的时候。

艾德加醒来的时候（常常是惊醒，大汗淋漓，同时还有勃起，硬得发疼；有时他会试着抚摸自己，就像要通过抚摸安慰小孩儿一样，但是他碰到的总是一根毫不解意的树棍，突兀地支楞着，已经开始自行其是，无视艾德，无视他——应该怎么说呢——争取尊严的各种努力），他听见呼吸声，别人的呼吸声和他自己的呼吸声，呼吸声互相窥视着，这是空气间的对话，一直持续到他辨认出其中的节奏，跟上那个节奏，重新进入睡眠状态，倒在荒唐的梦境里。

不是所有的特征都会被黑暗吞没。有些遭船难的人身上散发着自信的气息。他们骄傲，不哀怨，满怀梦想和各种打算（这个岛的最主要功能）。有些人会跟艾德说话，声音很轻。这些人在他黑暗的房间里轻声细语，他们会说自己的名字，愿意回答问题，很是感激的样子。他从来没有碰到过那种只想打听他隐私的人，这无疑要感谢克鲁索的筛选，感谢他的谨慎和他的标准，到目前为止，艾德都还不清楚那是些什么标准。不过，有几个人经历的船难却像是源自百无聊赖，而且他们一直以来的无聊似乎并不会因此结束。他们就好像只是在履行某项义务（也许是为了幸福），遵循对欲望的某种想象。这想象随着这个岛在全国范围内的名气送进他们耳朵里，但不管什么对他们来说都没有意义。有这些人在，房间里就仿佛一丝风也没有。他们是些尖刻的人，如此而已。还有一些人在艾德看来就像是落魄的生物，会动，但动作迟缓、拘谨，因为预感到下一次的失败。有些人会久久地站在那里不动，挨着门站在黑暗中，一动不动。就像是胆小的，受了惊吓的动物，虽然到了藏身的地方，但又不能真的放下心来。他们好像有很重的恐惧要克服，艾德心想。

他假装睡着的时候，有时会突然感到强烈的同情。他看见自己是怎么逃亡的，怎么找睡觉的地方，他能在这些非法留宿者的呼吸中读到自己头脑中的绝望。有些人会说梦话，脸冲着墙，突然大声说两三句抱怨的话，然后就又不吭声了。有些人会哭泣，久久地屏住呼吸，哽咽，为的是不哭出声。艾德一直弄不清楚这些人的眼睛是不是睁着，不知道他们是不是在黑暗中看着自己……是的，他的境遇要好于这些人，这几乎让他感到不好意思，在那些时候，他就会感到把这些夜晚出现的人拥进自己温暖的臂弯中是没有错的。

他已经很久没用过闹钟了，生炉子的时间已经刻在了心里，虽然夜会让他对时间的长短失去把握。他按下门把手，摸索着下楼，用人楼梯，院子，斑驳的台阶，等到了那儿，到了炉子前，黑洞里，他才吸一口气，深吸一口气，然后把衣服穿上。

现在艾德晚上会在海滩待很久，为的是把他晚上碰到的一些事情对着狐狸的洞倾诉一下——就像大家说的，倒倒心里的话。太阳下山前，他会在丘陵上和高处的树林里焦躁、匆忙地转悠。他成几个小时像幽灵一样在灯塔的光柱底下转来转去，希望不会碰到什么人。

不是那些遭船难的人，不，贬低他的是他自己。他心怀厌恶，眼中含泪，手里拿着索尼娅的照片，为的是能够想起G（他现在经常这样做），但他能感受到的是纯粹的欲望。突然，G似乎再次离他远去。他把这比喻成很久没吃而非常想念的食物的气味，而他很饿，已经饿得前胸贴后背，或者比这更甚：他已经上瘾了。他的禁欲突然不再，就连伤痛都被欲望渗透。那是一种苦痛，但在苦痛的另一面，让人难以理解的欢呼却已经开始唱起了荒淫、贪婪的歌。

22点，自行车巡逻开始。两个士兵骑着自行车，沿着水泥板路骑到下面村镇中去，车子一路不停地叮叮咣咣（就像讽刺的、虚伪的掌声）。

风中是他们的交谈声，机关枪在白日的最后一丝光线里闪烁着柔和的光。这两个哨兵会沿着这条路穿过整个岛，一直骑到哈森海滩，那是一片长长的插进大海中的沙滩，上边设了个岗楼。克鲁索说，那上面有最精良的装备，用那台望远镜能看得清海滩上的每一根阴毛——还有每一个逃跑的人，一直看到三海里之外。此外还有一挺轻机枪，还有如克鲁索所说“足够对付我们所有人的弹药”。

艾德把肩胛骨紧紧地贴在灯塔的基座上。吕根岛上的灯光那么近，近到仿佛只要蹚几步水就能过去，然后敲敲窗户说：我来了。他感到了那种一直存在的对家的渴望，一个能够装下他有些让人费解的茫然的巢穴。从一个岛到另一个岛，不断继续，继续……艾德仔细听着那个说了这些话的声音，想知道它指的是不是整个人生。

被太阳晒热了的石头贴着脊背。刚开始他吓了一跳，以至于发根那里都有了感觉。然后是一种温柔的、除了舒服还是舒服的压力，从眼皮底下开始，再从那儿一直延伸到骨髓里。

那东西就在他的身体里，就在那儿。

格里特

大家都在装，艾德心想。他叉开腿站着，这样能更低一些。他得使劲把身体朝前弯，用手撑住，再把自己那玩意儿朝下弯出一个角度，以免尿撒得超过了便池，超过了克劳斯纳，一直撒到宇宙中去。

这是一种生理反应，原始而强烈。这是吃人，艾德想。自从C失踪之后（C，无忧无虑、手舞足蹈、兴高采烈的姑娘，在他碰到的一系列人中占头一个），他就在欲望的漩涡中浮浮沉沉。有些话说的就是这个，比如“把大脑从脑壳中干出去”，很少见的以画代签名，上面是画，刻在抽水马桶水箱的灰绿色油漆上，刻得乱七八糟，画的最上面是一个笑得非常开心的阴茎，颜色已经脱落得斑斑驳驳。谁知道是哪个旺季留下的，艾德想着，眼前出现了那些照片。他想起六八年的那拨人在照相那一刻的样子，所有的男男女女都把酒瓶口贴在嘴唇上，他们是假装的。

很疼。

看上去像有残疾。

他（尽可能）抬起头，观察着那幅画。也许是兰波画的。“把大脑从脑壳中干出去”——没准这还是引用的阿尔托。那个咧嘴笑着的玩意儿这会儿就在他眼前，看上去比他两腿中间的这截树棍有生气多了。它一副不屑一顾的样子，艾德又感到那种熟悉的低人一等的感觉。C就好像只是一个幻象，而他从来就没有过那样的笑。就好像他还蹲在真话树上，在一片被烧焦的树林中央，一片焦黑色的林间空地，一个十四岁的男孩儿正轻轻地在朋友哈根的耳边说“啪啪”这个词（克劳迪娅·卡汀娜的嘴唇，哈根说：“我一下就硬了。”艾德则小声回答说：“是的，让人立马就想啪啪她。”也许他是在那一刻才第一次说那个词，第一次认真地和别人谈论这种事），那个可能源自图林根地区的温暖柔软的词，而“操”或者“日”始终是难以想象的，属于另一个世界，是一个没有伪装、没有柔情的世界里的词汇，大家说那是一个直奔主题的世界，他恐怕永远也应付不了的一个世界。

背后的水箱发出哗啦啦的冲水声（没羞没臊，没完没了），穿过走廊走回去，克鲁索的门，厨师迈克的门，他的邻居卡瓦洛的门，那扇门里很少，几乎从来听不到什么声音。

艾德小心翼翼地打开自己的房门，一股风，同时，屋里有什么东西动了动。

“我的名字叫格里特。”

一股皇宫酒店的味儿。他能闻见她头发上的潮湿气味，她就那样顶着一头湿漉漉的头发，摸索着朝他走过来，伸出手，按照她曾经学习过，一辈子都不会忘记的方式。艾德找了半天那只手，找到时，发觉那是一只很小的手，比格里特的气味显得小。

“你好。”

格里特把声音压得低低地，说她想要睡在地板上，但艾德不允许。她情绪激动，看上去很害怕，她滔滔不绝地说了起来。

“谢谢你收容我，我是说克鲁索，我是说，克鲁索说我们这里所有的人都是……同命相连的人，但我是第一次到这个岛上来，而且……”

“你好，我的名字叫艾德加。”

“我知道，克鲁索把你的名字告诉我了，他还给我很仔细地讲了怎么能找到洗碗间，哪个水池，哪个房间……”

他们聊了几句。

她的轻声低语听上去就好像从他房间某个尚不为人知的角落里传来的沙沙声。夜晚也能够帮助他们弄明白一些事，现在艾德明白了遭船难的人告诉他的那些事，他们轻声低语，经常欲言又止，让人摸不着头脑。他们白天的经历，他们在海滩接受的培训，还有这个岛无与伦比的、刻骨铭心的影响力——跟克鲁索事先告诉他们的一模一样。

对，克鲁索是他的朋友。

对，一个真正的、亲密的朋友。朋友和老师。

他们说笑了几句。艾德是第一次这样说话，他找到了表达自己钦佩之情的话，丝毫不打折扣，一点没有不好意思。他承认自己对克鲁索的崇拜，并且从格里特那里得到了回应。或者他自己就是那个回应。格里特比他更把他自己当回事——作为克劳斯纳的洗碗工。从格里特这儿，他明白了自己的角色：他是克鲁索那艘传奇般的方舟上的一员，他收容了格里特。对格里特来说，艾德就是一个证明，一个例子，只要愿意，就能从他身上看到自由是什么模样。

格里特告诉他老师在海滩上都跟他们讲了些什么。艾德觉得自己就像很久没有看到过自己的朋友了，而朋友现在仿佛跟格里特一起进了房间，站在他的老位子上，靠近床头的地方……

“他说，我们，我说的是我们在这儿的人，”（她摸摸他的胸膛，可能也摸了摸自己的某个地方）“组成了最小的细胞，这是第一个，但有时也是唯一的可能性，至少在开始时是这样，直接组成共同体的可能性，用它来替代各种扭曲的关系。他说，自由其实一直就存在，在我们的内心中，就像深藏的遗产。他说，如今想要找到这个遗产特别困难，对人的要求基本上已经过高，但在这个岛上是可能的，在这个海边，只要无所畏惧，就能感受到它内心最深处的跳动……”

她不停地说。

是他让她说的。

没有人开灯。

顿悟的人不需要灯，只有那些还在黑暗中的人才需要。

她能不能把说过的话再说一遍？她毫不犹豫地照办了，仿佛这是又一个珍贵的，接受教育的机会。

突然，一切之间都有了联系，艾德开始理解洛沙了。先是肩膀，然后是臀部。他把她稍稍推向一侧，动作轻柔，然后便非常使劲用力，非常坚决。她现在脸朝下趴着。他抓着她的腰，像握着一个花瓶。他等着，仔细听着。他闭上眼睛，用自己的身体盖住她的。他已经进入她的身体时，她还在说话。他就像是在学着她说话一样，用她的声调，用她的话。

“请再说一遍，再——说——一遍……”

“好，”格里特小声说，“好。”

等到陌生、但又熟悉到不可思议的格里特只剩深沉的熟睡的呼吸声时（她的胳膊交叉着抱在胸前），艾德摸索着来到地下室，坐在炉子前自己的位子上。他慢慢地拧开炉膛的盖儿，看着里面剩下的灰烬。炉渣，泥土，呈现复杂几何形状的炭灰。中间有一堆蓝灰色的东西，全是生了锈的钉子或者铆钉，其中一部分是手工铸造的，这些全都从浮木中给烧了出来，船舶的残骸，本来应该驶向某个地方的船，结果可能是碰上了战争或者风暴……他的脸热了，眼皮耷拉下来，敞开的炉子散发的热气一直穿透到眼窝的最深处。在一个玻璃般清澈、永远不会再出现的瞬间，他觉得自己仿佛了解了这个国家所有人的命运。这些命运的种类是有限的，五种或六种命运，其中包括他自己的。

陀思妥耶夫斯基

艾德从海边回到洗碗间的时候，他的耳朵在唱歌，像一个小小的塞壬女妖，就藏在他的脑袋里，但是他始终很平静，他又开始干活，用盘子和餐具的声音来对付它，过了一会儿，那声音减弱了。

比起平底锅来，艾德更痛恨那些大勺子。他说不出是为了什么，但到现在，这已经发展成为根深蒂固的敌对情绪。他轻蔑地把它们扔进水池，把拳头杵进它们寡淡的勺子头里，动作剧烈，过于狂暴，他甚至连看都不仔细看。通常，勺子会充分利用自己的阴险狡诈（以及杠杆原理），成功地把一米多长、带着丑陋小钩子的铝制勺把杵到艾德脸上，那不过是时间问题而已。勺子就像一只许多世纪前就已经宣告灭绝的史前爬行动物，从覆盖着薄薄一层泡沫的洗碗水中蹿出，把可怕的黏稠液体喷进他的眼睛里。艾德闭着眼睛骂骂咧咧，双手在空中胡乱挥舞——同时被勺子击中。

“这个蠢猪！”艾德怒吼道。这简直就是羞辱。

这些大汤勺的外面常常已经发黑，就好像曾经被直接架到火上熬过汤汁一类的东西似的，或许就是克鲁索给圣汤预备的那些魔药中的一种——“可恶的萨满。”艾德一边嘟囔着，一边使劲擦着铝勺。

这时又热了起来，洗碗间里的空气变得厚重、闷热，水池里升起一股味道刺鼻的蒸汽，他的手在池子里搅来搅去，洗碗液刺激得他的黏膜火辣辣的疼。“可恶的萨满，可恶的深夜幽灵……”艾德担心自己会在浓雾般的蒸汽中昏倒。自从他的房间被纳入克鲁索的分配范围，疲惫就让他昏昏沉沉。“创造——造饭——翻倒。”艾德的脑袋嗡嗡作响，嘴里嘟嘟囔囔地骂着，满腹的不满和尖酸，他变得挑剔、坏脾气。早就在酝酿着的反对意见：“什么见鬼的草药，洛沙，还有，弄那个臭烘烘的汤有什么用，洗碗间里的那些罗马幽灵又是要怎样……”凭着洗碗液带来的灵感，还有丑陋的小钩子在他的太阳穴上留下的印（那个勺子，那只猪猡，把自己的章扣在了艾德脸上），他向克鲁索宣布说自己受够了，彻底受够了。艾德呆呆地盯着自己的洗碗池。一个盘子正摇摆着沉向池底，猛然间，他仿佛看见变成某种餐具的C——浑圆、闪亮，他看见她的额头，自己留在那额头上的泡沫，一种浅色的潮湿的东西流进她的头发和眼睛，必须要擦掉。

打烊之后还得好几个小时，眩晕的感觉才会消失。

艾德不知道别人是怎么做到的，克里斯或者卡瓦洛，他们怎么能够做到面不改色坐在早餐桌旁，而他却昏头涨脑、眼神呆滞，要么盯着自己抹了果酱的面包，要么试图捕捉克鲁索的目光。艾德拼命克制自己，才没有把头放在休息桌上。从根本上来说，只有一种解释：其他人都睡觉。他们早就习惯了这一切，克鲁索的体系。艾德是除了罗尔夫之外克劳斯纳最年轻的一个，虽然不是毛头小伙子，但却是新手，而且从各个方面看都是的。他在性方面的经验不多，其实得承认，他就知道些皮毛。C是例外，是开始，是沉沦。

时间久了，疲惫不堪的就不止艾德一个人了，旺季的高峰期要求他们做相应的付出。中午时分，就餐区和洗碗间当中那条进港航线上的奔跑越来越经常地引起碰撞。餐具粉碎，汤汁四溅，肉排和菜肉卷洒落一地，加上骂骂咧咧，推推搡搡，拳脚相向，到最后就喊声一片。这时总是吧台的两口子像爹妈一样四下里安抚。他们一边连哄带训地劝克里斯或者卡瓦洛，一边用手摇晃着那些装了五彩斑斓的高浓度液体的小瓶子，就像是要催眠一样。在用餐高峰期的洪流中，吧台的看管作用是不可或缺的，并且这种作用还在与日俱增。

按惯例，每个端盘生都有自己的杯子，这个喝水的容器有个响亮的名字，叫休息杯，放在吧台一个专门的格子里。里克在格子上标了“私人用”的字样，字用蓝色圆珠笔写在白色的所谓“鸡皮胶带”上。兰波用的是一个厚底大玻璃杯，杯子底上有一个气泡，卡瓦洛的是一个小高脚杯，是压制玻璃，但打磨得很好，克里斯的是一个0.5升靴形杯，上面写着“祝苏尔茨巴赫－罗森贝格[1]好运”，这个杯子是一个巴伐利亚的游客送给他的礼物——那个人郑重地宣布，这是为了一个东德人为他服务时所表现出的真挚的热情。这个事件的特殊性如今仍仿佛触手可及，因为的确极少会有西边的人误打误撞来到岛上。在那些人眼中，这个东边的小岛就像短工们心中的西方一样：一样的遥不可及。或许这就是为什么没人真的会对维奥拉播的新闻有反应。这些天，新闻里一直在报道那些往西边逃的人。这些报道仿佛并没有什么实在的意义（让人难以置信），比如跟那个“祝苏尔茨巴赫－罗森贝格好运”的靴子的故事相比。

旺季在持续，现在他们越来越撑不到下班后再喝酒，到了七月底，早餐时喝烈酒就已经不是什么稀罕事了。艾德曾经看见兰波一大早就让里克用咖啡杯给他弄酒喝。兰波的酒用烧酒和薄荷（薄荷利口酒）调成，他把这酒叫作“草原小鸟”。里克认为自己有义务为店里的人预留出（他这样说）足够量的他们最喜欢喝的酒，所以像“椴树叶”或者苹果利口酒（莫娜的酒）只有店里的人才能喝得到——“实物津贴。”里克解释说。喝掉的酒被记录下来，然后从每月的工资里扣，收和支一般刚好能达到平衡。厨师迈克喝的是樱威（樱桃威士忌）和烧酒的混合，有时也

[1] 苏尔茨巴赫－罗森贝格（Sulzbach-Rosenberg），德国巴伐利亚州的一个市镇。

喝气泡酒加罐头菠萝。雷纳和卡瓦洛喝的都是加了咖利（咖啡利口酒）的樱威，卖冰激凌的有时还会加上“罗森塔尔的卡达卡”，这种从保加利亚进口的红葡萄酒因为甜度特别高，所以大家都喜欢喝。艾德喝纯的樱威，或者“草药彼得”，这是一种草药酒，他服兵役的时候就喝过。这种酒不容易弄到，但是里克还是宽容地接受了他的选择。卡罗拉喝“古塔诺”（一种苦艾酒）或者果味混合酒，这是他们这儿的特色饮品，里面混合了各种水果，葡萄白兰地，葡萄酒和啤酒，在10升的桶里调好，然后要在酒窖里放一段时间。果味啤酒卖得特别好，是除了被里克称作“波茨坦”的果味啤酒外，克劳斯纳又一带有传奇色彩的特色饮品，每三天就要重新做一次。克龙巴赫喝的是“金色皇冠”，这种葡萄白兰地被里克归为“劣质酒”。大家经常能看见克里斯用巧克力的小碗喝蛋利（鸡蛋利口酒）。罗尔夫喝的是可乐伏特加，这种混合饮料是舞厅里的新宠。他们所有的人都喝“施特拉尔松德”，这种啤酒味淡，但是很解渴。

尽管困难重重，厨房还是像一块岩石一样在汹涌的海浪中屹立不倒。厨师迈克像个国王，国王大汗淋漓地怒吼时，那就片刻都容不得迟疑。厨房的至高无上和吧台温和的令行禁止都是不容置疑的。但现在不光雷纳，连卡瓦洛和兰波也越来越频繁地流露出不屑或者挑衅的意思，只有克里斯从来不那样做。旧时代流传下来的等级制度显现出来，在这个等级体系里，洗碗工处在最下层，远远低于其他工种。厨房和吧台自不用说，但最重要的是，洗碗工还要低于端盘子的服务员，虽然他们都不是真正的端盘服务员和洗碗工，而是哲学讲师，社会学博士，优秀诗篇的作者，海边陡崖上的生活艺术家，或者像艾德是个学德语语言文学的大学生。

他还是吗，实际上？不。

他实际上还想是吗？不。

他能够想象有一天会回归曾经的生存形式吗？

无解。

其他人呢，他们又怎样？

远离世事还是被世事远离？既合法同时又不合法，不在所谓的生产环节之内（社会的机械神经中枢），不是劳动英雄，却又在接受劳动的洗礼（饭馆，泛观，跟宇宙观差不多吧，像宇宙、地球、人类？）。反正他们不是无用之人，不是寄生虫，只是已经完全进入了另外一个世界，在很远的地方，就像宇宙飞船里的宇航员，统统被划归一颗雾霭重重的星球，那星球就是被解放的生活，倒映在他们闪闪发亮的眼睛里，就像映在航天英雄头盔上的地球的影子。这些英雄正离开母船，打算开始媒体兴高采烈谈论着的"太空行走"……没错，他们全都是英雄，这个旺季的英雄，这种生活中的英雄，既是群体又是个体，手中举着他们的"休息杯"："为唾弃干杯！""为被唾弃干杯！""为小岛干杯！""为克鲁索干杯！""为大海，为无边无际的大海干杯！"里克再次把杯子斟满，这是希望之杯，固执己见之杯，执迷不悟之杯。

艾德听人说起过一些短工，据说这些人曾经发表过东西，在杂志或者文集里（这些词听上多么迷人），自封的诗人，自称为作家，这些人晚上在海滩谈起他们可能创作的新作品时，总会受到众人的敬仰。他们讲得活灵活现，计划之宏伟，就仿佛那是直接源自大海，只可能源自大海，而且只可能在这个地方。

艾德的动作慢起来，他开始犯错。一摞盘子从他手里滑落，看到这个，雷纳像敲鼓一样敲着挖冰激凌的勺子，还假装吹喇叭的样子。克鲁索马上过来帮他收拾碎片。"一定要把所有的碎片都清理干净。"艾德仿佛看见了瓷砖地板上的那些光脚，将要来的光脚，他心里想。

他的朋友马不停蹄地又开始干活，只把言语和眼神留给艾德。他似乎能轻而易举地让艾德想起他们一起读诗和四处巡查的那些日子，还有那天晚上海滩上的散步。言语和眼神，仿佛克鲁索通过格里特了解了艾德，就像艾德通过格里特了解了克鲁索一样。克鲁索知道他的一切，他的眼神有说不出的温柔和宽容——不，艾德还没有到干不动的时候，没到完全动不了的地步。

克劳斯纳踉踉跄跄地保持着航向。

所有发生的事情，都不是简单的发生了而已，每一次灾难都是一个完整过程中的必要组成部分，就好像只有通过磕碰、咒骂和背诵（为什么月亮和男人要结伴去海上）才能获得足够的力量。高悬在海面上方的这个接待企业疗养客的饭店虽然混乱，但依然运转着。就像里克强调的，关键是航向不能变。这些天，里克的吧台智慧显得尤为重要。

有一次兰波突然发作，尽管他竭尽全力，但还是没克制住朗诵的冲动。他斜着眼睛，嘴唇像野兽一样抽搐着，样子看上去非常可怜。

“荣誉，你什么时候来？”

克鲁索试图把这里最聪明的端盘生的脑袋塞进洗刀叉的水池里浸一下凉水，但太迟了，兰波挣脱了克鲁索的手，冲到外面的平台上，怀里抱着一大摞盘子，这是他冲出去的时候顺手抄起来的。他把盘子扔在那些毫无防备的游客面前的桌子上，把他们吓了个半死，同时，他舔着大胡子下面宽大的白牙，双手支在一把啤酒花园椅的椅子背上，就好像站在一个大礼堂的最前面一样，只不过他并不是对着那一群像往常一样数也数不清的度假者说话，而是对准了恰好坐在那里，坐在那张椅子上的那个客人的耳朵大吼：

“不知道为什么……”（停顿，露牙，胡子颤抖）

“我总觉得”（对着大家露牙，牙齿对准脖子）

“他并不是跟我一起在监狱里。”[1]（咬）

或者说试图咬，因为就在这一刻，克里斯和卡瓦洛抓住他，把他拖开了。兰波用牙齿在胡子上咬了好几下，就像要把胡子扯下来。“陀思妥耶夫斯基，”卡瓦洛叹息道，“他现在念的是陀思妥耶夫斯基……”

---

[1] 出自陀思妥耶夫斯基的《死屋手记》。

下午，艾德几乎已经忘记了自己对汤勺的仇恨。到了咖啡餐具时，活儿变得轻松、愉快，打烊后，他跟卡瓦洛一起喝了咖利。活干完了，他们蹲在院子里的休息区，默默地共同享受着满足感的滋润。后来，厨师迈克也来了，海象一样的身体在长凳上拧来拧去。卡瓦洛给他倒酒，三个人都不说话，他们也没有面对面坐，而是并肩坐成一排，就像坐在学校长凳上突然老去的学生，他们呆看着树林边上的松树，松树开始在傍晚的夕阳中发出光芒。没有比这更美好的时刻了。

过了一会儿，松树上的黄色开始变暗，一点点往树皮里面渗，直到完全渗进去。这时，那些树木开始从身体内向外放光。卡瓦洛给他们倒酒时，问题来了。

为什么松树的光芒让我们的眼睛那么舒服？

那些突然老去的学生坐在长凳上思考。卡瓦洛给出了答案。

发光的是松树的灵魂。

和我们自己的灵魂本是同根生，艾德补充道，比如在勃纳尔[1]的画里就能看到这一点。

要这么说的话，那灵魂的颜色就应该是介于黄与棕之间的，厨师迈克心想，他说："我还得把明天的土豆放到火上去。"

厨师叹着气站起身来。卡瓦洛拍拍他的肩膀。

---

[1] 勃纳尔（Pierre Bonnard，1867—1947），法国画家，画家团体"纳化"的主要成员。

耳朵

7月29日

克鲁索的标准？兰波说：一切都是诗。在这件事上，洛沙从不会出错，“虽然存在道德上的暗区”。克里斯说我是唯一一个几乎每次都分到女人的人。跟男人在一起不一样。我甚至还跟蒂勒一起去了海边，去看海浪，奇妙极了。所有的疲惫都洗刷一净。蒂勒想读摄影或者摄像专业，但是没有名额，根本没可能。他全都是靠自学，画素描，看书。他精力旺盛，打算攒钱买一个西边产的照相机。我原本还想带他看看地下室的。

小仓库后面的枞树像耙子一样，把六点的晨曦耙成宽宽的一条一条。一片寂静。自从艾德接过生炉子的任务，他的一天就从柴堆旁劈柴的木头墩那儿开始。他把几根木柴在胳膊上摞成一摞，然后抱着柴钻进地下室。有时，他能看见经理从陡崖那边过来，迈着碎步朝克劳斯纳走去，像个被催眠了的人。他肩上搭着一条白色的、叠得整整齐齐的毛巾。

艾德从黑洞里能听见克龙巴赫收拾账房的声音：挪椅子，把床摆正。随后就响起打字机的“嗒嗒”声，打“当日菜单”的声音：酥皮奶油牛肉、俄式蔬菜汤、浓汁鸡肉丁、炸肉排、奶油猪排。艾德坐在炉膛口前，呆看着火焰。他的欲望还在，只是剥离了下来，像个异体，并且存在的目的只是要让他发疯。它闯进来，轻轻嘀咕着“耳朵，哦，这些耳朵！”。突然间，小巧的、形状周正的耳朵就成了最能刺激他的东西。多么荒唐。有些耳朵保持着微笑，有些则不苟言笑，态度坚决。耳朵表达的内容可以跟脸表达的完全相反，比如背离眼睛里的内容。通常，耳朵要诚实得多，毫不矫饰。耳朵看上去总是比脸纯洁，C那只长着痦子的耳朵更是其中的佼佼者。一开始还没有看惯的时候，他会想到“碎屑”，同时手已经打算要把它悄悄擦掉。到后来，这粒碎屑又包含了一切，说明了一切。“我最亲爱的耳朵，我最最亲爱的。”他的欲望小声说，同时勾勒出一些画面。美丽的耳朵就像是性器官，或者还不止如此：那是一个能始终让人看到的开口。这个世界上似乎很少有长得凶神恶煞般的耳朵。

之前一天，从海滩返回的路上，他看到一个长着巨大凶恶耳朵的男人，那人正咬着一个男孩儿的脖子。再看，他才弄明白那个动作：轻微上下摆动着的头，脖领子里那条长得惊人的舌头。男人在舔那个男孩儿。然后，男人把冰激凌还给了男孩儿，蛋卷滴滴答答，男人此前一直伸长了胳膊把蛋卷举得远远的。跪地的膝盖和那条胳膊看上去突然有了骑士风范，邪恶的部分消失了。我父亲绝对不会舔我，艾德心想。他盯着热水箱上的温度计。火生着后发出的“呼呼”声就像一股水流，包裹着他，冲刷着他，安慰着他。地下室，火炉边，这是他的地盘。在这里，他可以一个人，可以静静地跟这些东西待在一起。

他喜欢四处转悠，查看那些柜子。那些储备物资，那个保险箱，克劳斯纳创始人的那个刻着“坦豪森镇[1]隐士居所”字样的镀锌洗澡盆。上面已经传来了做饭的声音，厨师迈克上班了。

通向酒窖的通道尽头是一扇铁门，门没有锁。门后的温度是6摄氏

---

[1] 坦豪森镇（Tannhausen），德国巴登－符腾堡州的一个市镇。

度，能听到冷却设备的轰鸣声。每年旺季开始的时候，都会有货车给荆棘岩拉来满满一车酒精饮料，所有能储存的都进了酒窖。吧台后面有一个盖板，类似地板上的一个活门，盖板下是通向那些饮料存放地的台阶。地下室里带着霉味的潮气会让瓶子上的标签脱落，这是吧台的一个头疼事。标签会腐烂、长霉，慢慢变成棕色。由于装饮料瓶的硬纸箱也会腐烂，所以得把那些酒一瓶瓶拎出来，小心翼翼地——里克教过他怎么弄。艾德现在经常给吧台帮忙。“元首水泥，坚不可摧！”里克走下黏糊糊的水泥楼梯时会这样喊，那是他最爱讲的一个故事。他说克劳斯纳能有这段被他称为“蓝色楼梯”的台阶（因为水泥的硬度）多亏了那些海军。战争开始时，他们驻扎在森林酒店里，任务是安放高炮，并修建北边的防空洞。他们修的地道据说贯通了整个高地。

“非常明显是那种材料，优质的德国防空洞水泥！”

从这个月初开始，克劳斯纳每天都要消耗十桶啤酒，上千升。艾德刷洗那些臭气熏天的酒桶。里克插上酒矛，这东西还是战前的产品，上面有接二氧化碳气瓶的接口，还有压力表。他用锤子把酒矛砸进酒桶的出酒口，艾德则负责拧好带密封圈的螺丝。有的时候没弄好，那他们就得在满地的啤酒或者红色气泡饮料里蹚来蹚去。里克一直都很冷静，他会骂人，但声音非常冷静。对艾德来说，里克是这个岛上情绪最稳定的人。里克说是这个岛让他的灵魂变得开阔，他觉得喝酒是好事，因为他们从桶里抽出的不是苦酒，而是幸福的酒。“灵魂在叫嚷，想要更多的幸福。”里克说。

里克的眼神朦朦胧胧，细细的眉毛向上挑着，眉毛的尾端还往上又勾出一个弧度，让每一个进入他柜台气场中的人都感到一种亲切。里克浑身散发着善良的气息。他的身材其实很高大，一眼看上去显得太高、太壮，不适合那个吧台，但只要一拿起杯子和饮品，他的动作就变得柔软，像猫一样。看他干活是一种享受，他手上的每一个动作都让周围的人感到舒服。不过他几乎占据了吧台后的所有空间，以至于他的妻子卡罗拉不得不站到吧台外面去干活儿。卡罗拉倒好像没受什么影响，站在外面一样能用两条细胳膊接啤酒，并操作那两台被里克称作咖啡炮弹的巨大咖啡机。每个炮弹能生产四十壶咖啡，每次的咖啡时间大概要接三百壶（里克说“发射”），也就是说每天要七到八枚炮弹。

里克有智慧，卡罗拉则精于数学。她记得所有东西的价格。啤酒（0.56 马克），烧酒（1.56 马克）或者桶装汽水（每杯 21 芬尼），这是比较简单的，这个站吧台的女人还知道那些数不清的葡萄酒里每一种的价格，所有罗马尼亚穆尔法特拉尔的酒，柯纳利的酒，匈牙利托卡伊的酒，[1] 那些捷克的、波兰的、俄罗斯的烈酒更不在话下，还有刚刚流行起来的起泡葡萄酒，这种酒特别受客人们的喜爱。“是聪明，这个小家伙。”里克说。

卡罗拉给艾德的感觉就像是一株来自柏林的植物——骄傲，自信，机敏。她有一身雪白的牛仔服，有的时候，她连干活都穿着这身衣服。她的每一个动作都很有力，身上的一切，包括她的红头发都让能人萌生敬意。干活的时候她会把头发高高地盘起，像个小塔一样，每走一步都摇摇欲坠，但从来也没掉下来过。卡罗拉给克龙巴赫计算每天的营业额，她也负责计算店员们欠吧台的钱——这事换了谁都做不了。

吧台的两口子从一开始就对艾德很好，几乎可以说关爱有加，像父母亲一样，或者至少是给了他某种他很怀念的感觉。里克选他干酒窖的活儿——成为里克的帮手是他，而不是罗尔夫或者雷纳。卡罗拉每天都会把新冲的茶给他端进洗碗间，有时还会给克鲁索或者他来一个冰块按摩，在他们工作的同时。她用冰块作工具，动作连贯，一气呵成，就像是在片肉。“接着干活儿，小家伙，你就当我不在一样，相信我，只有这样才能真正放松。”

吧台的两口子跟克龙巴赫一样住在克劳斯纳四周那些非常小的简易

---

[1] 穆尔法特拉尔（Murfatlar）、柯纳利（Cotnari）、托卡伊（Tokaj）均是著名的葡萄酒产区。

房里。里克把它们称作瑞士小屋。那儿没有自来水，没有厕所，地方非常小。“还要什么呢？”里克问，然后又开始了自己的吧台演讲。他说岛上的环境让人变得平和。“时间就像被人拉长了，艾德，拉到无限长。”

根

经验告诉艾德，要摆脱C在自己心中勾起的欲望不会很容易，但那感觉突然有一天就结束了。遭船难的人在一片黑暗里轻声说出他们的名字，但几秒钟之后他就已经记不起了，甚至记不起这些人是不是真的说过话。他经常会突然进入梦乡，就像昏倒似的，也不会再纠结于如何忍受黑暗中挨着自己的这个身体或者那个身体。秘诀就是，闷头睡觉。

睡过这些天后，艾德就像换了一个人。他任由克鲁索去分配，不过这个伙伴他现在几乎看不见。因为那个叫格里特的遭船难者，他曾经模模糊糊地产生过一个想法，仿佛这些非法留宿的人都是克鲁索选派的使者，是他本人的代表，能让自己有可能和克鲁索保持亲近，如今，这个想法更明确起来。他能听到克鲁索在想什么，甚至能听到他抑扬顿挫的语调。各种消息化身为遭船难的人，在午夜前悄悄溜进他的房间。乌托邦幻化成遭船难的人，艾德想象着可以闻到他们的味道，听到他们的声音，能够（在他吵嚷不休的饥渴终于安静下来之后）从他们身上学到东西，不管这些人是在他旁边摊开了身体躺下，还是直接在地板上睡下，或是先在门那儿僵立一会儿，站在黑暗中让人根本看不到他们——个性真不一样，艾德心想。这些他都见识过，都了解，但现在他还是觉得这些客人不一样了，变了，特别是，他们没有了失败的印记和那副了无生趣的样子。

这些人停住嘴的时候，艾德会小声地要他们再多讲一点，把所有的都讲给他听，关于克鲁索那个伟大自由的全部故事。大多数人都能明白艾德想要什么。那就像是小孩子的愿望，睡觉前想把他的童话故事（他最喜欢的那个英雄的故事）再听一遍，然后再听一遍。有些人则把这个当成了考试，最后一个测试，类似于这个夜里的入场费，这是睡觉前要为陡崖上这个宝贵的栖身之处做的最后一件事。经过了海滩上的课程训练，那个汤，洗身，还有制作首饰的那几个小时，现在基本上已经没有什么事会让他们感到意外了。

他们一开口，曾经的生活（生活中的困顿和纷争）就仿佛在小岛难以言传的氛围中得到了升华。在大海的波涛声和永无休止的剧烈运动中，在早晨清凉的海水中，在不断从眼睛直接吹进大脑里，并在那里解放了思想的清新海风中，他们的生活得到升华。他们的故事不断回到从高地对小岛的俯望上，那是所谓的海岛大观景台，让人难以置信的美景打开了他们的双眼，对万物之始的某种记忆被召唤回来，那是对自己的回忆。的确经常有人提到一个孩子气的愿望，说自己想把展开在面前的这个脆弱的小岛——左右两边是大海，中间是那条娇弱的，仿佛一碰就会碎的陆地——直接贴在心口上……

几乎没有哪个非法留宿的人不提到一件事：他们久久地盯着那片雾气，小岛最南端的尖角就笼罩在这片雾气中（很少能真的看到那个角，事实上基本上看不见），这时他们意识到，他们的生活到这时已经变得多么费解，多么让他们感到压抑：这是彻底的围困，自我就像是一条多愁善感、嗜酒成性的狗缩在窝里，它被夹在各种东西之间，孤独，遭到厌弃，感到耻辱。黑暗中的人就这样小声地讲述着，或许讲得并不对路，但艾德想听，什么都想听，这种黑暗中的讲述让他感到一种无可比拟的温暖，他静静听着，一动不动，体味着那温暖如何变成共有，感觉他们仿佛成了一个整体。他看到这些人如何毫不费力就成了这个岛的自己人，某种厄运的老熟人。这厄运一直就在，而且还会一直存在下去，但其中似乎又蕴含着希望——假如有足够的激情的话。希望就深藏在厄运当中，艾德心想，这种悖论只有在某些诗里才碰得到。那些诗对他的意义甚于这世上的其他任何事情。他现在也许可以认为那些存货们闭嘴了，没有有轨电车，没有刺耳的“吱吱”声，取而代之的是一丝羞耻感，分布在广阔战线上的羞耻感和嫌恶感。但到最后，这些感觉他也累得顾不上了。

要想说清小岛给人的影响力，还真是没有很好的比喻。很多人解释说，这个反正是没有语言能够描述的。他们顶多就是说自己在那个地方，在海岛大观景台，突然又开始能感觉到了。克鲁索说这是被掩埋了的根，所有的一切最终都要回归那里，“要回家”，那个提到狗窝里喝醉的狗的人做了这样的总结。那个人在门口又站了很久才在艾德身边躺下，艾德还在专心地听，那人就已经昏睡过去了。波涛哗哗，松林沙沙。

不管这些夜里来的人讲的故事多么五花八门，甚至滑稽可笑，也不管他们的表现多不一样，讲的时候是站，是坐，是急促还是迷迷糊糊，艾德总能从这些黑暗中的讲述里听到克鲁索的声音。克鲁索的话在这些遭船难者和无家可归者的讲述中继续发着光，而现在这些人在艾德看来几乎就是禁欲的化身，是不能触碰的。有时他会觉得克鲁索就在自己的耳边轻声细语，仿佛在用他那独特的音调抚摸自己，弱化的辅音，含混的发音……

“这个岛是第一步，你懂吗，艾德？就在这个岛。大多数人几个小时后就能触摸到那个根。这根过去就钻进了我们的身体里，不是在出生的时候，不是在这几天，或许有些人会那样想，但不是的，我认为：是从人类有了思维以来。假如我们能触摸到这条根，那就能感觉得到：自由就在那儿，深藏在我们心中，那里是它的家，隐藏得就像我们最深层的自我一样，那就是我所说的自由。它是最深层那个自我的思想，是历史上那个自我的思想，而我们要做的只是叫醒它而已。它经常被囚禁在昏厥的状态中，囚禁的形式有很多种，艾德，恐惧、噩梦、抽搐、麻木不仁，还有那些垃圾，没完没了的垃圾，我们活一天，就在我们身上压一天的垃圾。这是这些垃圾的惨败，争名逐利、权力、占有欲、占有，所有这些生了锈的、有毒的、灰烬般的垃圾。当然，那个根有时已经腐烂或者干枯——那是些废人，维护黑暗势力的人，自暴自弃的人，但他们中间没有这种人，艾德，否则他们就不会到岛上来了。他们感觉到了那条根的存在。”

克鲁索的音调。

艾德想起来了。他仿佛看见洛沙在海滩上走来走去地说话。他曾经躺在高处的峭壁边缘上，看着下面那群突然围坐成半圆形的人。他当时正一个人游荡，先呆看了一会儿海浪，试图弄清那儿的一只鸬鹚扎进水中的节奏。二十秒，十二秒，二十秒，后来他睡着了，再醒来时就看到了那些人，克鲁索的一小群人。他们在做首饰，把鸟的脚环串起来，拧牙医用的细铁丝，耳环，一对20马克。在乌托邦里，上午工作三个小时，然后休息两小时，搞“文学研究”，这是托马斯·莫尔的表达方式，[1] 克鲁索给他念过。

风变得强劲起来，海浪声盖过了说话声。一个遭船难的人举起胳膊，或许那是格里特，她总是什么都想知道，但从背影艾德辨认不出是不是她。克鲁索回答了些什么，同时指指海面。大海。不容置疑的广阔，压倒一切的气势。再看自己这可笑的促狭。所以大家才上这儿来，艾德心想，他们要来看看世界的尽头，亲眼看看，前仆后继。

那只鸬鹚不见了。笼罩着落日光芒的默恩岛矗立在海中，艾德觉得它比以往任何时候都更高大，更真实。一条微微颤抖着的海浪线将水、陆地以及岸边陡峭的石灰岩分隔开，石灰岩从白色慢慢变成浅灰色，看上去跟艾德躺的这个陡崖很相像。默恩岛就像一面镜子，艾德想，一面能让人看到彼岸世界的镜子，那是欲望最初始的形象。阳光慢慢地在翻

[1] 指托马斯·莫尔（Thomas More，1478—1535）的作品《乌托邦》。

滚着巨大蓝灰色波浪的水面上降下一座金桥。年复一年，那水啃噬着高地西边的海岸，越啃越深。在金桥的中央，一些火堆血红色的轮廓闪着光，那是海底居民聚居区里的开阔地，是海底的光，耀眼的倒影，仿佛沉睡海底的维内塔城[1]，随时要刺穿波罗的海的海面，像另一种力量，一个别样的地方，它横空而出，终结所有的倒影，永远。

“有时，这是一项非常痛苦的工作，”克鲁索在讲课，他指的并非是那些牙科的细金属丝或者鸟的脚环，“你们必须先把那个根……你们每个人……这就是说……”风向又转了。

海洋研究者不久前才发现那个城市，就在几个海岸之间。“想想看，他们住在那下面。坐在桌子旁边，散步，自由自在，每个人都自由自在……”嘴里念叨这样的话让他感到很舒服——洛沙知道这片大海是个坟墓。

风朝西面吹，把那些话推向水面，推过金桥。艾德看见巨大沉重的暗流交汇到一起，这些暗流突然显露了出来，就像光组成的河流。

“没有人非得逃走，从来不……”

“很多人知……”

“半个国……”

“自由让我们……”

“……召唤并且为之服……”

“独一无二的朝圣之旅……”

“……开始了。”艾德小声说。这些遭船难者没讲完之前，他不想睡，但后来眼皮还是忍不住耷拉了下来，他又体会到了儿时那种沉重、纯粹的疲惫，那种疲惫能够让人从童话直接滑进梦乡，从这个世界滑进另外一个世界，从一个故事滑进另一个故事，没有门槛，没有边界。

在梦中，艾德看见岛上人山人海，港口、荒原、高地和沙滩——密

[1] 传说中被洪水卷入波罗的海海底的城市，据说在特定的时间会短暂地重出水面。

密麻麻，黑压压的全是人。就连防波堤上，还有从岸边海水中露出来的那些冰河时代留下的岩石上蹲的都是。这些人就像懒洋洋的大海鸟，只是没有羽毛而已。他们的皮肤被太阳晒得通红，他们的喃喃自语到晚上都能听得见。那声音混在波涛声中，爬上他的窗户。沙滩上到处都是粪便和腐烂的海草，海草中，死去的小鱼还有其他垃圾闪闪发光。

海岛日

“这是你的标记，艾德。”

克鲁索从胸前的小包里抽出一张四四方方的包装纸。他摊开手掌按着纸，从桌子上推过去。

那个黑点，艾德想。

那天是 8 月 6 日，休息日中的休息日。岛上的饭馆酒吧休息的时间各不相同，但在这一天会重合，所有的营业场所没有一家开门——一年一次，一定会出现，同时又像日食一样稀少，在旺季的中间。这一天是短工们的节日。

“我们依据的是希登塞岛上最古老的那种房屋标志，”克鲁索开口说，他的声音很轻，“这是一种自创的文字，像如尼文[1]，古时候烙在物品或者动物身上，甚至包括土地上，泥土上，总之就是人们拥有的所有财产上。”

他微笑着，盯着艾德的眼睛。

“一直这样，从希汀和赫金的传说时代，赫定岛的赫定王时代……”[2]

[1] 一种曾经通行于北欧等地的古文字。

[2] “希汀”即“赫定”的挪威语译名，赫金也是《埃达》里的人物，其女被希汀掳走。

克鲁索一边数说着他们这个岛在北欧传说中的宿命角色，一边从胸前的口袋里一张接一张掏出皱巴巴的包装纸，“……比如《埃达》，还有《谷德伦[1]之歌》，那里面的国王们……”

显然，他脖子上挂的不仅仅是首饰工场的收入，还有整个如尼文的字母表。最后，他从那个鼓鼓囊囊、油腻发亮的小皮口袋掏出的写着字母的纸在数量上恐怕已经超过了那里面钱的张数，这种推测让艾德感到一丝欣慰。

“今天的夜会很长，”克鲁索继续说，“因为过节，所以这次咱们下午就开始分配住处。”他的声音听上去既严肃又忧心忡忡，每次说起遭船难者时他都是这种语气。克龙巴赫站起身，对四周的人点点头，回他的账房去了。

“接收工作在15点，汤也请提前到下午，还有洗身，所有水池放抹布和肥皂。标志埋在沙子里，头边或者脚边，你们就睁着眼。”

一切都合情合理，同时又很荒唐。似乎并没有人认真表示质疑，只有雷纳的眼神中带着冷冷的嘲弄。由于他和小隐形人是两口子，所以他们并不参与住宿的分配，吧台的两口子和克龙巴赫恐怕也是。

“好了。”克鲁索说着，从吧台后面像变魔术一样捧出一个新做的苹果蛋糕。

“梅特妈妈做的！”

“梅特妈妈，好人！”

里克给大家倒上烧酒，卡罗拉把蛋糕切开分给众人，克鲁索给大家添上新煮的咖啡，为了倒咖啡，他拎着沉甸甸的、冒着热气的不锈钢壶绕着饭桌走了整整一圈。他为每个人倒咖啡的时候都是同样的专注，轮到艾德时还把一只手放在他的肩膀上。

“来说说位置吧，朋友们。”

---

[1] 《埃达》中的英雄。

大家马上七嘴八舌起来。克里斯手舞足蹈，兰波咬牙切齿，厨师迈克跳起来，比画着射了几脚门，那百分之百就进了，假如……他几乎吼了起来，把擦汗的布像套索一样在空中抡着，“百分之百就进了！”

“我建议艾德去左边，接辐条的位置，”克鲁索喊道，“你打左前卫，艾德，你防后场，如果有人进攻，你就补位，迎上去。”克鲁索的战术安排淹没在一片嘈杂声中。

艾德机械地点点头。他以前总是打左边，克鲁索肯定知道这一点。他是看到自己过来的，他还梦到过自己，而且他的房间里还有一架望远镜，能一直看到发生在遥远过去的事情……不管是后卫，中场还是前锋：总是左边。尽管他不是左脚。在左边却不怎么会用左边，艾德心想，就像他爸爸曾经说过的，连“在家用”都不够。多年来，（虽然整体还算稳定），这总能让艾德隐隐约约想到假象和虚伪，就像是欺世盗名一样。如今在岛上，特别是在克鲁索身边，这种让人难受的感觉还是不时会来骚扰他，压迫他。

“不一定非得是左脚，才能打左边！”艾德在一片七嘴八舌的声音中突然大声说道，声音过于大了。这早就已经不止是队员位置的分配问题了。

“我在后场，然后迎上去。我迎上去！”

他跳起来，带翻了自己杯子。桌边的人突然安静了下来。

“好，艾德，很好。”克鲁索说。雷纳耸了耸肩膀。

在那些如尼文中间笨拙地走来走去让艾德感到很不舒服。柔软的沙地让每一步都变得胶着、不灵活，没一会儿他就产生了一种挥之不去的感觉，仿佛腿越来越短，他不得不过一会儿就把头往上伸一伸，免得自己完全陷下去。有几个标记做得出人意料地随意，用的是非常小的、几乎看不见的贝壳，黑色的小石头或者细木棍，有些甚至就用草或者海藻。不过关键就在于要摆放得整齐、清楚，艾德想，因为这些标志都很像。他的如尼文标出的女孩儿坐在很靠前的地方，挨着波浪的边缘。她呆看着水面，就仿佛救星会从那里过来，一艘七帆船……

艾德看出了她的羞臊。她的胸很小，皮肤还不黑。她用两根手指把及肩的金色发卷绕来绕去。会有船来的，艾德想。

她叫海克，这是艾德第一次自己带遭船难者进克劳斯纳，或许是因为他到那时为止是唯一一个没有自己符号的人。他正在想现在应该做什么，应该怎么解释，海克已经脱掉了衣服。

“这是你的水池？”

“是的。”

那是他的水池。

“洗大件的水池。”艾德加上一句，他的脸一下子红了。

海克二话不说就爬进了石头盆里。她先是把一只脚放在比较低一些的餐具存放架上，在那儿蹲了一下，就好像在模仿一只巨大的、稀有的鸟，然后就一步跨进了水池。她早就什么都知道了，艾德想。

“水这样可以吗？”艾德问，他就像是个理发师一样，或者神职人员——在完成第一次洗礼仪式。这个念头从艾德的脑海中闪过，莫名其妙地。

“可以，”女孩儿说，“刚刚好。”

她转过身，把头朝前俯下，这显然是在要求给她的脊背打肥皂。

艾德平静下来。

他看着那根完美无瑕的脊柱，陌生而又不真实，脊柱上绷着雪白的皮肤。他从盆边上拿起布擦洗起来，慢慢地，小心翼翼地，来来回回，从脖子一直往下，再往下，顺着被一分为二的，覆盖着闪亮泡沫并因为弯腰而紧绷的身体正中，一直擦到这头脊椎动物那个看不见的源头，最具诱惑力的那个点，他的手就仿佛心不在焉地到达那里，然后停留了非常短的，无法测量的一刻。

“头发，”艾德喃喃地说，“现在是头发。”

假如他知道什么的话，那就是这个了，埋葬两栖动物的时候他就见过头发……

这时克里斯也带着自己的遭船难者来到了洗碗间。他们用的是克鲁索那边的水池。他们的到来让这个程序突然变得简单了——这就是洗身，整个程序中的重要一环，如此而已。艾德突然知道还要做些什么了。他是站在自己水池边的一个洗碗工。他擦、洗、冲。海克顺从地伸展开身体，她的个子非常小，能够毫不费力地在他的水池里挪动。她垂下头，艾德拉起水管，但是水管太短了，女孩儿不得不再次转身，把头直接伸到水龙头下面，额头抵着石头水池的底，就像在祷告。

克里斯洗他的遭船难者时就好像那是个病人。他说“好，就这样”，还有“就剩这个地方”，还有“咱们马上就好”。仪式进行过程的中规中矩打消了所有的羞耻感，两边同时进行同一件事也让这件事变得几乎是正常的。克里斯迈着他那有力的小碎步绕着水池走了一圈，这实际跟他在露台上端盘子没什么两样。海克的头发被水带进下水管，顺着落水管向下，一直被拖向盖住下水道的那个霉迹斑斑的篦子。饥肠辘辘的两栖动物张着满是灰色黏液的大嘴去够她分叉的头发尖……每根头发一个蘑菇，每次洗身一个汤，洗礼和重生，艾德胡思乱想着，同时——非常利落地——又一次拿起那根短水管，给海克冲掉脖颈上的一点泡沫。

擦干的布已经准备好了。

海克就像阿芙洛狄特一样从洗碗池中走出，艾德递给她一件罗马长袍，硬邦邦的布发出一声闷响，这是让人安心的响声。遭船难的人用那块巨大的、或许已经有上百年历史的床单把自己包裹起来，她站在洗碗间正中，看上去就像一场长长的、锲而不舍的梦结出的果实。到这时，艾德终于明白了：所有这些遭船难者都是朝圣的人，是来梦想之地朝圣的人，这是边界内的最后一个自由之乡——克鲁索就是这样说的。他不过是个助手而已，是这条道路上一个类似小工的人，克劳斯纳的帮工，是誓约共同体的组成部分。这里有自己的法律，一种特殊的信念，并且或许只有这一个义务。

七打七。四面八方都是加油的声音，踢出好球了会有非常慷慨的掌声作为鼓励，高棉人的鼓一直沉闷地响着，是岛上的那个柬埔寨人，他的手上下翻飞，他能一边敲鼓一边跳舞。最后，艾德一共参加了这次竞赛里的四场比赛。他们队是由克劳斯纳和岛吧的雇员联合组成的混合代表队（就像克鲁索说的，他们“家”），每个半场十分钟。很多比赛过程就是没完没了的犯规和随即而来的道歉，犯规和伙伴关系的声明，犯规和拥抱，脸贴脸：有些球员在恶意地抬脚过高之后，会久久地站在那里，在场地中央，陷入一种常见的温柔情绪中。希提姆和荆棘岩的“家庭”被认为是很强大的，但并非不可战胜。岛吧的那个印第安人打自由人，克鲁索在中场，前锋线上是羚羊，那个女端盘生，也是岛吧的。艾德没想到厨师迈克虽然体重大，但在各种位置之间飞来飞去的时候，也能那么准确，跳得能那么高。“他特别喜欢接球，是个天生的守门员，”兰波评论道，“正是因为这一点，才让他那么可怕，神出鬼没。”

一切都跟晚上不一样了。艾德的遭船难者没有被黑暗吞噬，能够看得一清二楚。她白皙的皮肤，她的脸，比赛时她一直站在边线那里，时不时对着赛场吼句什么。艾德忘了自己不过几天前还精疲力竭。兰波仿佛一只斗兽，对每个球都要评论一番，尽管他没有针对什么人，但还是让比赛一再中断。那个把头发编成辫子的印第安人甩开大步横跨过场地，看上去似乎很慢，几乎是懒洋洋的，这跟他笨拙的巨大身躯有关，但这不过是体型造成的错觉，因为实际上他的速度很快，快到让人根本无法抵挡。他斜穿过来，发动进攻，往前一塞，圣地亚哥已经埋伏在那里，或者是克里斯像跳旋转舞一样蹦来蹦去，灵活、精明……艾德看见克鲁索在他左前方的位置上接到一脚传球。克鲁索的速度没有那么快，但从他那里断球很难。艾德迅速迎上去。

“洛沙！”

鼓声砰砰，艾德感到一种曾经有过的，但已经几乎忘却了的骄傲。

他眼前出现了儿时最喜欢的那些球员，他模仿那些人的样子。科特[1]，那个斗士，前锋，不管推搡还是出腿都不能让他摔倒。黑夫纳，大师。德尔纳[2]，自由人。后来科特突然就销声匿迹，在事业正处于巅峰的时候，只有《体育回声》上豆腐块一样的比赛速递里能看见他的消息，没有照片，没有报道，只有他的名字，作为射手，很多次，不间断的，科特，潜在的逃亡者，被流放到丙级联赛的荒岛上。艾德经常琢磨他怎么还能继续比赛，怎么还能够继续射门，并且在梦中追寻着科特。

聚集在赛场周围的不光有短工，还有当地人，来一日游的人和疗养的人。其中有几个据说是名人。里面有一个戴眼镜的瘦高个男人，大家叫他里皮[3]，这个人大家在电视上见过。他旁边还有一个男人，天气那么热，那人还穿着皮夹克，夹克上有编织的肩章。歌迷们兴奋地朝他喊“嗨，科瓦斯特[4]！”。不过大家的谈话主要还是围绕着那些短工，关于他们在维特村，克劳斯特村或者诺恩村那些传奇般的饭馆酒吧里传奇般的工作。这些皮肤被晒得黢黑的旺季英雄们让人赞叹不已，还有他们在岛上自由自在、无牵无绊的生活。正因为如此，这些人能团结一心才更让人惊讶。简而言之：比赛最后成了短工们的节日，为的是庆祝对他们这个阶层的认可。他们并不是沉淀在社会主义底层的那些东西里的异类，而是被人视为赫定岛的赫定国王勇敢族裔的后代，克鲁索肯定也是这样计划的。

打到决赛的时候，来了些穿制服的人，其中几个围在厨师迈克的球门后方，就好像要把悬在柱子之间的旧渔网当成掩护一样。出什么事了，

---

[1] 科特（Peter Kotte，1954—　）东德的著名足球运动员，后由于政治原因只能参加低级别的联赛。

[2] 黑夫纳（Reinhard Häfne，1952—2016）和德尔纳（Hans-Jürgen Dörner，1951—　）都是东德球星。

[3] 即沃尔夫冈·里佩特（Wolfgang Lippert，1952—　），著名电视节目主持人。

[4] 科瓦斯特（Quaster）原名迪特·赫尔特拉普夫（Dieter Hertrampf，1944—　），东德著名摇滚乐队 Puhdys 主唱兼吉他手。

但是比赛正在进行中，大家也就没有太留心。

“洛沙，洛沙！”

艾德往前移动。他迎上去。

我要迎上去，艾德心想。

他的朋友抬起头，艾德看见他眼中的怒火。

终场哨响起后，酒杯马上递了上来。在去往海滩的路上，艾德听到了好几次维利·施密腾多夫的名字，说的人充满敬意：维利·施密腾多夫，荆棘岩的经理，他捐了一桶酒。“维利·施密腾多夫的啤酒！”，这句话听上去就像在说“全线胜利！”，它像集结号一样把大家聚拢到水边。毫无疑问，他们当得起大家的赞美，每个人都是，能够成为其中真正的一员，艾德感到很幸福，他或许是第一次产生这种归属感。他们一起高高举起带柄的玻璃杯，那些杯子看上去就像用很多小块牛眼玻璃粘合而成的，阳光在上面四分五裂，短暂的一瞬间，金色的光芒就像圣光一样笼罩在他们大汗淋漓的头顶上。谁的头上要是被这种杯子来一下，肯定会马上毙命——艾德不知道这个念头从哪儿冒出来的，马上毙命。

那个遭船难的人形影不离地跟着他。他们一起费力地爬上堤坝，堤坝上有一条铺了柏油的狭窄林荫道，林荫道一半已经埋在吹过来的浮沙下。艾德首先感到的是一种温暖，就像有人在抚摸他，温柔，出乎意料，一股暖流吹在脸上。

“那是什么？”

她细细的声音在风中颤抖，直到这时艾德才朝海上看过去。长长一排灰色的巡逻艇和鱼雷艇封锁住了地平线，在傍晚曚昽的光线中就像是一堵浮在水上的墙，钢铁制成的罗马界墙，离岸边不过几百米远。如果炮艇不是因为节日被装点过的话，那么那些竖起的小旗子应该就是船上的装备，也许是一种战争装饰，艾德想。那景象非常壮观，有种不可抗拒的力量。

士兵们像蚂蚁一样把木柴拖过来，巨大的一堆火向上吞噬着夜晚的天空，把海滩一分为二。焦煳味和海腥味混合在一起。左手边三两成群的是胆怯的短工们，他们蹲在用单孔石、浮木和垃圾武装起来的海滩城堡的残骸里面。几个人喝啤酒，几个人对着瓶子小口抿着烧酒。阵地战。看到这些人从坟墓里无助地伸出的脑袋，艾德感到心里一疼——他们茫然、胆怯，像被遗忘在海滩上的孩子，四周的世界突然变得陌生、充满敌意。他们四下里看看，就像在等人给他们解释这一切，告诉他们应该如何理解这里正在发生的事，在他们自己的节日这一天，在他们自己的海滩上。“去他妈的兵”或者“拿牛眼杯砸他们的脑袋！”——这不太可能，肯定的，他们这时需要的是行动准则，假如克鲁索用他那特有的严肃态度给过类似的准则，那可就说不定了。

火堆的右边，哨兵连的三个军官站在一辆运兵车旁。宽大的车轮一半陷在沙子里。那几个军官在抽烟，看样子他们在整件事里只起辅助作用。艾德认出了岛上的指挥官福斯坎普，还有他的上士。天已经暗下来了。

远处的灰墙里面，马达发动了。中间三艘船同步转动甲板上的大炮，逆时针方向转了三圈。从沙地上的孔洞那里传来几声勇敢的口哨声，几下“哇”的喊声，还有孤零零的一声欢呼，就像大型摇滚音乐会的录音一样——一声孤零零的、疯狂的欢呼，通过录音剪辑变成神秘的永恒的一秒。不管是谁喊的那一声，他现在都会马上感到后悔：三门炮中的两门又转了起来，不过这次只转了九十度，黑乎乎的炮口和它们小小的、圆形的沉默现在直接对准了岸边。海滩上再次沉寂下来。

克鲁索在哪儿？

中间那艘炮艇的甲板上冒出一个水手，比画着各种旗帜。他的动作威风凛凛，像是在跳霹雳舞。甲板上的探照灯照在他身上。这个人的个子非常小，实际上，就是因为他有力的动作，人才能看得到他。尽管短工中间没人看得懂这种舞蹈，但他们还是目不转睛地盯着那个拿旗子的小矮个。

各种形状，各种颜色，一堆五颜六色的十字和正方形乱糟糟地搅在一起。只要愿意，就能从里面读出代表好与不好的标志。那艘船的船头上写着自己友好村镇的名字："维特"。"他们把这艘船叫'教父船'。"有人在艾德身边低声说。是岛吧的印第安人，他肯定是因为待的年头多了，所以知道这个。

"教父船。"艾德小声重复道。他也找到了自己的教父，而今天，他自己也成了某种形式的教父，或者说临时教父。先是洗礼，然后结成监护关系。从根本上来看，这里一切的基础都是这种监护关系，艾德心想。这种关系替代了友谊，几乎比爱情还强烈。他深深地感觉到沙滩上的这一切看在洛沙眼里会是怎样的一种羞辱。

一个士兵从运兵车的天窗里探出上身，下面随即钻出他的旗子，就像变魔术一样，他用旗子回答海兵的旗语。肯定有人坐在下面的驾驶室里，这个人已经预先知道要回答什么，知道接下来会发生什么。一股带着咸味的雾气从海滩上吹过来，艾德揉了揉眼睛。

那个看上去像半人马一样的兵比画的时候，船上的矮人就伸直了胳膊，双手交叉按在大腿上，这时的他几乎成了隐形人。毫无疑问，这场旗子表演预示着危险，看上去充满了威胁，但同时也让艾德觉得很啰嗦，装腔作势，空洞，还有种，没错，有种很怪异的亲密。整个过程中有种奇怪的多愁善感，他们就像无意中见证了一个正在灭亡的物种最后的代表如何谈论它们那个世界的灭亡。而他们说的内容只可能是：要不要把这片服务员海滩，包括上面的沙丘、烟头和安全套，沙堡和火堆留下的残迹，装鱼的木箱垒成的吧台和藏烈酒的地方，当然还有海滩上的所有短工打得粉身碎骨——打得灰飞烟灭，这个念头从艾德脑子里闪过。

渐渐地，短工们想起来自己实际上是无所畏惧的帮工，至少在本国境内是这样的。他们一点点靠近火堆，因为这时海滩上已经冷了起来。那些船的灰色变得模糊，大炮仿佛完全被忘记，或者是被抛在脑后了。他们对所有威胁自己的事情都不太在意。这是一种原始的，但又让人难以忘怀的智慧，艾德因此悟出了他们这种自由自在的生活所需要的那个秘而未宣的前提条件。

人果然越聚越多。人们围在火堆四周，其中几个拖来了新的柴火，他们大大咧咧地跟士兵们攀谈，因为没完没了地请那些兵喝酒而让那些人感到尴尬。短工们就好像要借此解释他们的自由源头为什么不可侵犯。火光越来越暗，但这个信息倒开始放起了光。

艾德和自己那个遭船难的人蹲在外围，在沙丘的阴影里。见几个士兵总是忍不住要盯着海克的腿看，艾德把她往自己身边拉了拉——毕竟他还肩负着这个责任。他突然产生一种欲望，希望能够再给她洗一次身。运兵车的司机似乎也在看她，但艾德不是很确定，因为火光反射在挡风玻璃上。他的脸在燃烧，艾德心想。

一个吉他手坐到海克身边唱起了《在风中飘荡》，他的金发朝后梳着，那是“野蔷薇”里卖冰激凌的。艾德不知道是不是所有卖冰激凌的人都这么让人讨厌。兰波走过来，给他们拿来了烈酒。艾德想问问他洛沙在哪儿，这里又是怎么回事，*多么卑劣的背叛*，但他得先来一口。兰波天马行空地讲起了很多很多年前（“我小的时候”）的划船比赛和舰队分列式，隆重的节日，有讲话，列队游行，海军舞会，部队驻地的军乐团——说“部队驻地的军乐团”这个词费了他不少劲，他说出来的词里包括了两个嗝：部队——呃——驻地军——呃——乐团……

“好了我饿了！”他那个遭船难的人跳起来，截断了兰波的话头，并说要去弄点汤喝。*用汤换汤*，艾德心想，尽管克鲁索的汤只是让人感到恶心。背叛的感觉又一次刺痛了他。“我迎上……”就好像他这一刻正把那个名为艾德加或者艾德的黑匣子上的钥匙放在员工餐桌上：“我迎上……”

看不到洛沙。

士兵们站在炊事车两边，监视着食物的分发。看到艾德那个遭船难的人时，他们呆呆地仿佛变成了锡兵。她的两个脚后跟发着光，像汽车尾灯一样明亮——她的脚在沙地上不知怎地与众不同地一扭一扭，使她的臀部不断地画着圈，同时，她的胳膊僵硬地，几乎是隆重地伸展着。

她在行军，艾德想，她在行军。

“当然不是在这儿，”兰波自顾自地说，“但是在所有那些比较大的港口，罗斯托克，格赖夫斯瓦尔德，[1] 施特拉尔松德。”他提到了好几次“波罗的海周”这个词，“包括参观鱼雷艇，包括所有波罗的海国家的旗帜，到处都是漂亮的瑞典蓝加黄，丹麦的红加白，里面还夹着巨大的横幅，比如‘波罗的海——和平之海’，或者‘鲭——沉默谅解之鱼’，等等。”

兰波滔滔不绝，艾德则在他胡话里跌跌撞撞。“在风——风——风中飘荡……”天空中，一朵鱼形的云变暗了。他不得不把身体朝后靠了一下。他喘着粗气，一闭上眼睛就能看见索尼娅的照片，在他想象中那已经变成了 G 的照片——他不再抗拒，有种强烈的渴望，对死者的渴望，现在他这样称呼这种情绪。忧伤锁紧了他的喉头。他醉了。

“我所说的自由，”[2] 他身边的餐具从深处叮叮当当地说，还有：

“所有街道都通向黑色的腐烂”[3] 以及“小心落石，抓紧球！”

慢慢地，小小的圆形的沉默消失了。艾德想象着那些炮管如何在黑暗中缓慢地垂下脑袋，抬起，然后再垂下。

波涛翻滚着鼓掌。

---

[1] 罗斯托克（Rostock）和格赖夫斯瓦尔德（Greifswald）均是德国北部临近波罗的海的城市。

[2] 德国民歌歌词。

[3] 出自特拉克尔的诗《格鲁代克》（*Gródek*）。

琥珀的传说

他跳起舞来就像一个被冻在轨道上的火车头，只有上身在动，双腿僵硬，微微张开，胳膊弯曲，左、右、前、后，就像在走路。屁股一动不动，不摇，不转，只是偶尔会突然弯腰，毫无先兆，就像那个上身突然要向一片虚无弯腰投降，同时，他的脑袋猛烈而长久地转圈、甩动和摇晃，其实这才是重点，因为跳舞的意思就是要让空气和头发混合在一起……

这是瓦尔哈拉跳法，是在瓦尔哈拉发明创造的，那是他家乡最主要的舞厅，里面有蓝调乐队表演，吉卜赛、Sit、共生、帕萨特，还有一支乐队里的鼓手会在歌唱到一半的时候跳起来，用自己剃光了的脑袋去撞一面金色的锣。那面锣就像一片巨大的神光悬在舞台上方。

后来，DJ 们利用没有乐队表演的空当，慢慢进驻舞厅，唱起那些可笑的流行歌曲。他们一开始还怯怯地缩在舞台脚下的某个小阁子里，但是没过多久，城里就全成了迪厅，连神圣的瓦尔哈拉的舞池里也挤满了跳舞的小孩儿，十四五岁年纪，做着可笑的芭蕾舞动作，并不会像笼中困兽一样上蹿下跳，或者至少摇晃一下脑袋。不过他们就算晃也没用，因为他们的头发是短的。他们的脸上没有那种反抗，没有那种沉迷在生活之中的欲望，而正是这种欲望让那些跳蓝调的人像跳旋转舞一样在舞池里舞动，不是一对对，不，是所有人一起，所有人一起让他们的长发充溢在舞厅之中……没有，这些跳迪斯科的人脸上什么也没有，除了化妆品外什么也没有，没有感情，没有能让周围舞动起来的节奏，没有抗争，更没有乌托邦。他们不属于那群超越了时代，超越了社会和社会秩序的人，这种秩序已完全被平庸、强制和规则污染了，被它的垂死挣扎污染了，以至于丧失了最重要的东西：真诚、团结，或许还有爱情……不，什么都没有。除了粉饰着光彩的一无所有外一无所有，这就是那些跳迪斯科的人的脸。

他们突然就老去了，那些自称为“流浪艺人”的唱蓝调的人，其中一些人才刚二十出头，像艾德这个年纪。才二十出头就已经老了。迪斯科战胜了他们的族群，把他们赶到乡下，在那里，木头楼梯通向非常小的歌舞厅，在被烟熏黑了的酒馆上面。那里还有乐队，那里还有人能徒手按碎玻璃杯，一个流浪艺人会给另一个拔出扎在手掌上的碎玻璃碴，带着为这种动作规定好的，无与伦比的温柔。晚上，他们被一辆衰老无力的伊卡鲁斯牌班车运到乡下，回家的时候则只能靠走，穿越田野的漫长征程，田野就是他们的荒原，他们的北美草原，最寒冷的冬季里也一样。他们来自切布尼察，克斯特里茨，科尔布森或者魏达，[1] 摇摇晃晃好几个小时，眼神呆滞，穿行在奥斯特兰地区[2]漆黑的夜色中，头发上是雪，胡子里有冰。羸弱的人会倒下，不想再动，但是谁也不能那样做，没有哪个流浪艺人会把其他流浪艺人丢下不管，绝对不会。

艾德抬起头，在一闪而过的清晰中，他看到了镜子的碎片，并且在镜子的碎片中辨认出非洲的轮廓，一张张脸在熙熙攘攘中沉下又浮起，一幅表现厮杀的油画。几个短工，只是匆匆掠过，他面前是自己那个遭船难的人的雪白面孔，圆圆的脸颊和半垂的眼皮。是她建议说可以去希

[1] 切布尼察（Trzebnica）是波兰西南部市镇，克斯特里茨（Köstritz）、科尔布森（Korbußen）和魏达（Weida）均为德国图林根州市镇。

[2] 历史上对图林根、萨克森和萨克森－安哈尔特地区的统称。

提姆找亚历山大·克鲁索维奇，这个建议出乎意料地让人眼前一亮，因为大家之前计划给短工们搞一个迪斯科舞会，以此结束这一天。从海上吹来的夜风给他们的太阳穴带来清凉，在沙地上走路让他们感到疲惫。他们碰到了一堆闷声不响地陷在沉睡中的海滩篷椅，艾德的头早已十分沉重，无法把头一一探进这些上了栅栏、散发着一股刚刚冷却下来的人造革味儿和防晒油味儿的东西里面去看。

“洛沙，见鬼，洛沙！”

她舞出小小的、梦幻般的弧线，双手使劲伸出，上身轻轻摆动。小海鸥，艾德心想，因为他现在就是森林。他的胳膊冻僵了，脖颈也变得僵硬。我是森林，艾德心想，最后的港湾，先洗身，然后喂食，然后睡觉，睡觉，最后的港湾——但是后来，海水漫过了堤坝，嫉妒的大海……艾德的动作迟缓，如果他现在不是疯了的话，那就是已经成了传说的一个部分。他大口大口喘着气，在自制迪厅球灯可怜的灯光下，泪水像琥珀一样在脸颊上一闪一闪，那个球灯像地球仪一样转动着，那是它曾经的身份，曾经以往的，比现在好的生活，没有碎镜片，满满的全是非洲、亚洲、乌拉尔山，全是那种“请您说出苏联的工业区！”这类的故事，没有碎片，全是学童艾德，他仿佛被阴郁的经济地图上那片沙漠黄晃花了眼，手指着萨马拉和伏尔加格勒。[1] 满满的全是东方，全是西方，哦，你这个充满了苦痛（碎片）的地球啊，哦，你这个可怜的被蹂躏压榨的世界啊，哦，世界，你旋转，旋转，用假的反射折磨他，而艾德现在只能站在那儿。

哭泣的森林。

琥珀的传说。

他费力地抬起胳膊，碰碰海鸥，然后又指指舞厅的端头。

[1] 萨马拉（Samara）和伏尔加格勒（Volgograd）均为俄罗斯城市。

最好的朋友会带来痛苦，艾德心想，这是一个信号。他跪下来，抱住粘满屎点的马桶。

“我很抱歉。”他那个遭船难的人在他背后轻轻地说。她的声音里包含了很多，其中最多的是理解。那些艾德从来没有说过，连想都没有想过的东西现在一行行就像用打字机写好了似的，大踏步从他的脑壳中穿过，戴着血红色的小帽，整整一个军团，他自己的话，像诗一样，或靠左，或靠右，顺风势长歪了的树冠在它们身上投下阴影，它们就这样横穿而过，在某个地方写着：我们接过吻，你明白吗？

“这样行吗？我不想待太长时间，我是说，这是男厕所。”海克轻声说。

艾德没有转头，他举起胳膊，又把胳膊耷拉下去：你走。

马桶散发着恶臭。马桶的深处出现了曾经的一位流浪艺人的样子，非常酷的流浪艺人，在这一点上，所有喜爱蓝调的人都意见一致，斯特芬·艾斯曼，他最好的朋友，他唯一的朋友。如果他现在来的话会怎样，现在，到这个可怕的舞厅里来，朝他伸出淌着鲜血的手，会怎样，如果……艾德冒出一身冷汗。他想留住那副影像，于是把马桶抱得更紧。在他身后，一个男人冲着刚刚涂过焦油的便池撒出长长的一股尿，汩汩而下的液体估计直接进了海港。撒尿的声音在艾德耳朵里轰鸣，迪斯科在马桶里轰鸣，后者有一股屎尿的味道，直要把史蒂芬·艾斯曼撵走。艾德温柔地把碎玻璃一片片拔出来的时候，坐在桌边的人都看着，斯特芬的大手背放在冰凉的，被啤酒浸湿了的桌布上，每拔一片看一下眼睛，是为了荣誉，也可能是为了某个女孩儿（叫克斯廷或者安德烈娅），是为了音乐和那种找到了节奏的感觉，自我的、别样的世界里那个自我的、别样的生存方式的节奏。“自由……”艾德对着马桶喃喃自语，“自由总是……”不，不对，“自由是不同的……”不是，“不同的自由是——自由？”[1]

[1] 罗莎·卢森堡（Rosa Luxemburg，1871—1919）的名言，原句为：“自由总是持不同思想者的自由。”

太差劲了，他连这个句子都说不到一起，这句在这个国家里人尽皆知的话，肯定都知道，卢森堡，伦敦，驱逐出境，自愿出境，没完没了的抵制与被放逐，住在酒瓶上的那个哈雷的房屋管理员，躲在柜子里的那个秃头男人，在柏林市中心的一条马路上，还有这里的所有遭船难的人，所有的短工，我的短工们，艾德叹息道，被我装进心里的人啊，罗尔夫，兰波，卡瓦洛，好脾气的里克，善良的卡罗拉，还有克里斯，他们那个待人严格的喜剧演员——那他呢？想到这里，他心里很痛。他又是什么，他是谁？

"我迎上去。我从后场上来，迎上去，"艾德在马桶令人窒息的臭气里喃喃自语着，终于，他冲口而出，长长的，不断从他内脏的深处燃起的吼声，"克鲁——索，克鲁——索。"那么炽烈，那么绝望，就像临终前的最后一声呼唤，独自在远离岸边的大海上。

"这个蠢猪！"

舞厅的门突然窄得奇怪，但他们最终还是从对方身边挤了过去，艾德和卖冰激凌的，卖冰激凌的和艾德。但是之后艾德就叫了起来，吼声远远地冲出海港，越过了那些船，越过了浅海湾：

"这个蠢猪！"

雷纳马上就出现在他旁边，二话不说就想把他摔倒在地。艾德一惊，差点被吓倒，恐惧仿佛一声欢呼，从他身体里穿过：是的，他想要战斗，不计代价地战斗，他要战胜这只蠢猪！

打头几下的时候——大松了一口气。然后就是疼痛，刺痛，从眼睛底下开始。每次被击中，艾德的表情都像小孩儿一样，毫无矫饰，茫然无助，不过主要还是吃惊。有东西正在被摧毁，而小孩儿艾德加·本就从被摧毁的东西下面看着外面的世界：我为什么在这儿？为什么一个人？

接下来发生的事情就很难理解了。雷纳一把抓住他的头发，艾德已经被他拽得几乎趴在地上，但还是努力要保持站立。他拼命挣扎。艾德对这个世界以及这个世界中那个自己的所有理解，都被雷纳拽住他头发的那只拳头否定了。拳头神出鬼没，劈头盖脸地落在他身上。右眼窝里的一阵疼痛直穿进脑壳。卖冰激凌的猛地一拽，把他拽得跪倒在地，但艾德又挣扎着起来……

短暂的惊讶。

艾德摸摸自己的头，好像要整体检查一下：头在这儿，头发在那儿。我的头发，艾德想，抓在雷纳拳头里的是他的头发。

小狗现在是不是想——洗洗？小狗对这个不是很在行嘛，洗碗，还有所有那些神神鬼鬼的事。这难道不是小狗最愿意干的？艾德听见那个问题，雷纳就站在他面前，但问题却是从很远的地方飘过来的，雷纳正从手上弄掉一绺沾着血的头发。

头发在那儿，头在这儿……

艾德还没明白过来，卖冰激凌的就抓住他，把他从通向港湾的斜坡上推了下去。旺季，艾德心想，却不知为什么会想这个，水冰冷，他的伤口却火辣辣的。他感到了自己的轮廓，他被囚禁在这个身体里面。他终于从码头边挣扎出来，游到最近的快艇旁，手在船舱板上摸索着，木头，海藻，苔藓——他心中生出一阵感激，就在同时，他感到一个坚硬的东西，一股力把他朝下压，想把他压到水里去。他先是陷进烂泥里，然后又浮起来，腿像灌了铅，他大张着嘴喘气。

雷纳现在在上面，高高在上，手里拿着一根救生杆，每捅一次，他都显得比上一次更加熟练。他像打台球一样把港湾里的艾德捅来捅去。艾德呛了一口水。一个锈迹斑斑的梯子从旁边漂过。他吼了起来，可发出的只是一声细弱无力的悲鸣。

“小狗，小妞。”

有人在码头上笑。是那个疯男孩儿。

失去意识前，艾德看到了自己的父亲。浮上来喘气的时候，他感到一股清新的空气吹在脸上，清凉的夜风吹在浅海湾上。他看见港口建筑物模糊的轮廓，码头，希提姆，黏糊糊的，扭曲的，旅店的几个窗户亮着灯。他看见一个男人走到窗户跟前，那是他的父亲，毫无疑问。他的父亲会在最后一刻打开窗户，一声令下，终止这一切。但那个男人只是拉上了窗帘，他的影子沉了下去。

第一个房间

第一个房间，没有窗户，没有门，但是有一个洞。那是个通道，通道里透进来些许光亮。但这些都是在会说话之前，所以艾德还不能回答外面传来的呼唤声。人待在这里，听着别人叫自己，真奇怪。没人知道卧室后面这个没有窗户的小房间原本是打算用来做什么的。储藏室，存放扫帚的房间，后来放过针织机，那机器用棕色的油纸整整齐齐地包着。这里是房子的背面，冲着小溪，潮湿，霉迹斑斑，这是墙上会生碱花的一边。他听见水流的声音。他听见在溪边斜坡上吃草的牲口踩出的嗒嗒声。他什么都能听见，但却不知道小溪、溪岸和牲口的存在。有时会有一只牲口过来在木桁架房子的侧面墙上蹭，鼻息喷在墙上。他的第一个地方。第一个房间。

在外面喊他的那些人实际上很高兴他能长久地、沉沉地睡着，喜欢他制造的寂静。他是唯一一个孩子，只可惜他还是会让人疲惫。那个老女人在他头顶上做的任何事情都伴着一种美妙的、温柔的、奇怪的声音。那是叹息声，是他最早听到的声音。对所有的一切都要叹口气，煮尿布，去镇里修女那儿取乳娘的奶。通向邻村的漫漫长路，带着小铝壶，走去又走回来，一步又一步。黑色橡胶壶塞上用粉笔写着“艾·本”这个简写的名字，她把壶塞拔出来时发出“嘭”或者“嘣”的一声，叹息随之而来——从灵魂最深处传出。东西伴着叹息声被清点，并按顺序摆好，一个接一个。在叹息声中，一小时变成一天，一天变成一周，又变成一年。她以一种深深的、原始的哀怨关注起他，它在小艾德加的儿童床上闪闪发亮，它的脸是电灯光中间的一个亮点，苍老，跟这栋房子一样散发着霉味。“艾德加！”

艾德加——没错。在那个小房间里他不得不成为这个人，他必须习惯做这个人，一点一点的：艾德加，艾德尔，艾德，直到“针织机”这个词登场，冷冰冰地进入他的意识，靠在对面墙上的那个静静的棕色家伙是一匹裹着布头的小马，他的马，天一黑就会跟他说话。他们变成蛹的过程也类似：艾德缩进被子底下的密封舱里，小马缩进布头里。冬眠。那是他唯一的好朋友，他们之间的约定是最好的朋友之间才有的那种，不言而喻的。假如他有一天不小心没有醒来的话，小马就会用洁白的牙齿咬断绳子。它健壮的深色马头把那些绳子甩掉之后，就会来到他的床边，它其实只需要转下身子而已，小心翼翼地：然后它会叫醒艾德，用纯粹的马的呼吸，它会把新的生命吹进他的身体里。

“艾德加，艾德！他动了，是不是？”

叹息声和马的呼吸能变成任何东西，名字，语言，歌曲，也可能是一种独立的存在。但是他母亲从医院里回来后，叹气的人就不见了，永远的。他还仔细听了很久——没有。取而代之的是温柔的、愉快的说话声。新的气味，新的面孔，无尽的爱。他还不认识她。他试着感受她，他说出的第一个词是一声叹息。他的母亲听不懂他说在什么。

“艾德加，你听见我说话吗？”

听得见，但是他的眼皮沉甸甸的，最好还是闭着吧。密封舱包裹着他，尽头在被子下面。被子柔软舒适，一直护到他的下巴。往下，密封舱似乎延伸出去很远，穿过他的床板，穿过地下室的地板，从那儿一直往下，直到厄尔士山脉，故乡的厄尔士山脉，放射着光芒，温柔地、亲切地把他拉到自己身边。

“嗨，艾德加，您听得见我说话吗？”

“铀，沥青铀矿，同位素235！一直到下面的神经官能症！”[1]

“什么？谁知道这是什么意思吗？”

是他的存货们在说话。

有人在摇他。

有人在掐他的胳膊。

在水下，我还在水下呢，艾德心想，他想把这个说出来。

三圣人从雾气中走来。

克龙巴赫，一个陌生人，还有岛上的警察。

---

[1] 出自德国诗人、作家戈特弗里德·贝恩（Gottfried Benn，1886—1956）的作品《托勒密》（*Ptolemäer*）。

冰凉的手

他找不到自己的脸。抬起胳膊去摸脸的时候，他摸到的是一种陌生的东西。也许是面具，艾德心想。他又摸了摸，但是还没摸完就又睡着了。

克鲁索朝他弯下腰来。他黑色的大马头，大大的白色牙齿。他感觉不到那个吻。

我很抱歉。

他再醒来的时候，想微笑一下，却没法笑。他的眉毛凸出，就像一个小阳台，他的鼻子也像个黑影朝房间里伸出去。他是透过一个隧道一样的东西往房间里看。隧道的尽头：洗脸池和柜子。他想起了辐条：那个人总有一天会回来拿自己的东西，他的牙刷、鞋、毛衣和眼镜。也许到那时我已经不在这儿了，艾德心想。

从这个时候起，他的房间里就总是有人，像展示访客的画廊，没有尽头，如在梦中一样：岛上的警察，岛上的女医生，克龙巴赫，卡瓦洛，兰波，所有的店员，还有一个戴变色太阳镜的陌生男人，他说自己是镇上卫生站的。来的最多的是莫妮卡和莫娜，那个洗衣精灵，她们每天都来。突然，隐形人不再隐形，艾德的房间里充满了巨变的香气。

"你醒过来太好了，艾德。你要喝水，多喝水。"

她把杯子举到隧道的高度，然后碰碰他的嘴唇。他深吸一口气，淹在水下的声音又来了，他的脑袋里响起折磨人的潜水进气管的声音。

“克鲁索在哪儿？”

“你得喝水，艾德。”

“出什么事了？”

“他不见了。他们盘问我们每一个人，一问就好几个小时。他们把他的房间翻了个底儿朝天，但是我父亲……”她看着艾德眼睛，点点头。

“他现在会在哪儿？”

“岛上的人说，几个穿便装的人想要包围他，在你们的最后一场比赛之后，从那之后就没有人再见过他。你真是太傻了，艾德，整件事都是，完全没有意义。还有，雷纳也不见了。”

艾德在午夜时分醒来。他的门半开着，一股凉风吹着他的额头。他的头沉甸甸的，想抬起头来很费劲。慢慢地，他听明白维奥拉用报新闻的声音都说了些什么，又有人逃跑了，报道里说到一股真正的难民潮，跑步穿过路障，穿过边界。

艾德试着想象那个路障的样子，反复地想。

他看见奔跑的人，看见生锈的铁丝网，荒原一样的地方。路障始终很神秘。匈牙利边界之谜。突然就老了，突然就开了，没有人开枪。这怎么可能？

“现在是23点57分，在一天即将结束的时候，请听国歌。”

艾德的心脏开始狂跳。他猫在一片巨大的茫然之中。他莫名其妙地想到了《肉》，如果没记错的话，那是一部西德的电影，尽管如此，电影院还是放了。在所有以逃亡为内容的作品中，没有比这部电影更让他印象深刻的。一个男人从汽车旅馆的简易房里跳出来，朝沙漠中逃去，身后跟着一辆越野车。这些猎人要抓的猎物是人，他们要杀掉这个人，然后卖掉他的器官。艾德看这部电影的时候十五岁，是在他家乡的一个电影院，那里到现在用的还是“光影剧院”这个电影院的旧称。这个词写在木头牌子上，就是西边酒吧大门上方写“沙龙”的那种牌子。影院的牌子挂在一条从主街通向后院的石板路上，小影厅就在那里。想不出影厅是怎么跑到那里去的，还有《肉》，那部电影。艾德耳边响起海顿的音乐，他看见人们在奔跑，为了活下去奔跑。

岛上的女医生用一只手举着片子，伸直胳膊把片子贴在窗玻璃上，然后用另一只手里的笔在右眼眶上画着圈。他自己的骷髅头朝房间里看着。

“一小块碎片，可能之前就有。不知道这种事多长时间在您身上发生一次。”

“什么？”

“打架，溺水，被人往死里打？”

她很瘦，黑色的头发紧紧地束在脑后，扎成个马尾巴。她在空中一甩X光片，就像要使劲把艾德给推到一边去似的。她显得很苍白，瘦骨嶙峋，看不出多大年纪。

“您的鼻梁骨断了。一开始不太好判断，因为肿着。”

还从来没有过，艾德想反驳，但是女医生的语速很快，时间很紧的样子。

“挪地方太危险，因为我没法判断您头部的伤有多严重。”她现在坐在艾德的床边上，沉默着，好像突然没了头绪。“而且那天夜里的风力还有八级。”

“当时港口里很平静。”艾德嘟囔着，为了表示自己在认真听。他的声音听上去很陌生，说话让他感到很费力。他的上颚很疼。女医生的圆珠笔又在他骨折的眼眶上画了个圈。X光片在屋里投下灰色的光。

“鉴于您的情况，我们获准使用辐射研究所的仪器。严格说那不是医学仪器，但片子的效果要好于所有那些……”她出神地看着那张片子，圆珠笔从眼睛那个窟窿下面一条细细的，艾德看不见的线上描过去。那是又大又平的墨西哥湾里一个细细的，几乎看不见的裂缝。她若有所思地盯着他看了一小会儿，就好像要听听他的意见，然后，她放开片子，片子飘落在艾德的被子上。

“您好好保存这个。我过几天来接您，我想，咱们还需要再拍一次片子，本德勒先生。”

“谢谢，非常感谢。”艾德装出充满信心的样子，这是人们认为一个好病人应该有的样子。

“去谢您这儿的那些朋友吧。”她做个手势，指指克劳斯纳，然后就走了。

艾德屈起双膝靠近胸前，摊平双手插进大腿中间。他一点点明白过来。泪水火辣辣地刺着他的脸颊。他小心翼翼地摸摸自己奇形怪状的脑壳，这脑壳到晚上会变得很大，大到他害怕在枕头上挪动它。

“洛沙？”

天很黑。艾德听见了脚步声。油毛毡沙沙响，脚步声从餐厅的房顶上传来，一路走到他的窗户下面。

洛沙。

他从放着大笔记本的书桌上爬过来，爬的时候踩到了辐条的眼镜，碰翻了放着棉球的腰形盘，莫妮卡用这个给艾德擦脸。

短暂的寂静。

只有小桌子上他朋友沉重的呼吸声，他的汗，他的臭味。在这一刻，他是夜魔，在夜晚人们睡觉的时候，他蹲在这个地球的所有书桌上，轻轻吹着口哨，那首好听极了的歌，独有的音调，一直吹到被按在他爪子下面的那些言语决定宁肯死了，也比有什么含义强。

“洛沙！”

“小声点艾德，小声点。”

“出什么事了，”艾德小声说，“你去哪儿了？”

“你是唯一的朋友，艾德。”

“我到处找你，但是在希提姆……”

“我知道，艾德，我知道。你把照片放哪儿了？”

“那儿。”

夜魔小心翼翼地从桌子上飘到床上。他拿起艾德的笔记本，翻着，一直翻到他姐姐的照片掉进他的手里。

“你看到她了吗？”他看着照片。

艾德支起身子，太黑了，那张脸只是一个苍白的点，不过就是已经失去的那些东西残留的模糊轮廓。过去几个星期里，他开始明白过来。他开始恢复了记忆。他又体会到了那种绝望和损失。每一次，他都像是刚刚听说这件事一样：有轨电车，最后一段直道，快到终点站的时候……

“当然，洛沙，我每天都看这张照片。你知道她们两个人长得多像，索尼娅和G。”

“不，我是说，你在外面那儿看见她了没有，阅兵的时候，在其中一艘船上？”

克鲁索说得很急，艾德不明白他的问题，或许是他听错了。

“你为什么从窗户进来，洛沙？”

“我只是需要安静一下，如此而已，一两个星期。我得想想，艾德。我想试着把分配改在北边进行。海滩上有个地方，从瞭望塔看不见那儿。说起来，很多地方都要改善。种草药的苗圃，种蘑菇的地方，整个程序，特别是得有一个更好的分配体系，还要有新的，更安全的营地，真正好的藏身之处。”

“洛沙……”

“我们冬天打算用那个防空洞，你知道的，那条从克劳斯纳一直通到过去高炮部队阵地的地道。地道、隧洞，都只是被埋住了而已，咱们把它们清理出来，咱们有时间。咱们有吃住的地方，有孤独，应有尽有。从十一月到四月，六个月时间。然后就能把半个国家的人都安置在那里，你能想象吗，艾德？咱们把他们全都藏起来，直到那儿再也没有人，对面那儿。这里会坐上好几百人，围在长桌旁，坐在结实的长凳上，在地底下，藏起来。希登塞岛！在这个岛上会有很多自由的人，多过……”

“洛沙！”

他们沉默了一会儿。只有呼吸声，只有汗味儿。

“抱歉我当时不在。”

“他们为什么找你？”

“为我，为你，为所有的一切。”

他沉默了。

“海克去哪儿了？雷纳怎么了？他在这儿吗，在克劳斯纳吗？”

“他已经不是我们的人了。”

“你什么意思，洛沙？”

“别想这件事了。”

“谁把我从水里拉上来的？“

“在海港的这个部分，人都能站在水里，那儿是淹不死人的，艾德。“

克鲁索的手放在他脸上，就像要帮他合上眼睛，很疼，但是很舒服。也许他只是我的想象，艾德心想，也许这一切都只是个梦。说话让他感到疲惫。

“你看见她了吗？在外面的那些船上？”

克鲁索小心翼翼地摸摸他的头发根，小心翼翼地按住他的耳朵。他的手凉冰冰的。克鲁索看见他过来，他什么都知道，他知道没有比把冰凉的手放在皮肤上更让人舒服的了。

“为什么月亮和男人……”

“……要结伴去海上？”

柴可夫斯基

整个上午，太阳都晒在山墙上。阳光照在他的床上，晒得他暖洋洋的。天刚一亮，燕子就开始飞来飞去。它们住在他窗户上方房梁上一排坑坑洼洼的圆顶屋里，这是它们耗费几周的时间辛苦垒起来的。艾德觉得那房子搭得不是很专业，好像它们不太知道怎么用直立的方式把房屋垒得更稳当。有时会有一些黏土块剥落，掉在下面的窗台上，桌子上，笔记本上。

临近十一点时，度假的人蜂拥而至。一个个声音仿佛玻璃般纯净，还有短促、放纵的尖叫，就像小孩们玩儿的时候发出的那种叫声。卡罗拉的笑声就像一个休止符，像这出嘈杂声表演里的间歇。克里斯的“俄式蔬菜汤！”和“煎肉排！”，正午时分的克劳斯纳。几米远的地方就有几百人，他们正无忧无虑地在岛上穿行，仿佛穿行在美好的生活里。这是些没有走过弯路的人，总体来说是。上午，他们坐着船来，晚上，他们就又不见了。在克劳斯纳吃饭，在尾荆岩喝咖啡，或者反过来，在岛上的七个小时。

目前他还哪儿都不能去，这一点是肯定的。他是个象人[1]，被藏起来

[1] 英国维多利亚时期有一位身体严重畸形的人，因在戏院演出而闻名，其故事后来被改编成戏剧和电影，其人被称为“象人”。

了，模样不堪入目得吓人。他只照过一次镜子，之后就决定再也不照了。他得保持情绪稳定。

他等着自己的饭，等着下一次的询问。要么是岛上的警察，要么是镇卫生站的那个人。也许雷纳会再来，手里攥着那一绺头发。我真的很抱歉，可是你要知道……艾德站起身，在屋里转来转去。他想象着。他只是想象而已。他时不时地朝窗户外面看看，但是很小心地不让人看见自己。辐条的眼镜碎了。不是镜架，只是其中一个镜片。

夜晚的克劳斯纳寂静无声，像沉在水底的船。没有遭船难的人了，台阶上没有脚步声，洗碗间里也没有流水声。只有维奥拉还在响。艾德把门打开一点点，好听得更清楚一些。然后他坐在床上做起梦来。他不知道自己是想睡着还是已经睡着了。

那个匈牙利边界的谜现在每天都出现。据说每天大约一百人，数字很稳定。艾德仔细听着，不由得摇了摇头，摇得头一晕。

这一次是平缓的山丘——匈牙利，就像"椴树叶"的标签上画的那样，克鲁索的酒。标签上有山丘，有灌木丛。匈牙利的灌木丛，现在那后面猫着的是逃亡的人，等着跳起来，跑，为了活下去而跑。

克鲁索失踪了，卖冰激凌的也一直没找到。"我想您知道这是什么意思。"岛上的警察说。艾德合上眼睛，还真是马上就睡着了。他学会了把自己肿胀的脸当作面具来使用：我还太虚弱，太累，不能说话。岛上的警察摸摸他的肩膀，有些迟疑："本德勒先生。"他的询问，这已经是两天里的第三次，还没有结束。"本德勒先生，我最后想知道的还是，您自己当天晚上在港口给卖冰激凌的雷纳·萨尔茨巴赫造成了，或者可能造成了什么伤害，在您二人的纠纷中。"这个问题并没有让艾德感到气愤。那个晚上已经过去好多年了，在某片黑暗中，在港口的海水里，那水有股油味和海藻的味道。他茫然地，仿佛筋疲力尽一样地把头在枕头上动来动去，他的脸已经替他回答了。

第二天，他好些了，那天晚上他感到了饿，那场战斗之后第一次感到饿。他真是想到了战斗这个词，就好像还有希望剥去罩在一切之上的毫无意义，使之成为反抗或者忠诚或者勇气。“我那样做也是为了你。”艾德自言自语着，挣扎着爬起来。

海岛日是克鲁索的主意，但在最关键的时刻，他却没露面。这样想很幼稚，不妥当，或许也很愚蠢，但他就是很失望。那些短工们也没有来帮他。显然，洛沙向他隐瞒了一些事情，没准他还在怀疑自己。一时间，艾德真希望能回到那些共同度过的夜晚，那充满希望的夜晚。这不仅仅是失望而已，而是有些东西——应该怎么表达呢——浮出了水面。仿佛他在那些夜晚已经跟洛沙很亲近，而洛沙却并没有察觉。

洗碗间里干净、整齐。他没有开灯，维奥拉的那只魔眼足以为他在厨房里导航了。他动作很轻，给自己拿了两片面包，还有他的洋葱，然后在收音机匣子下面的凳子上坐下。他离那些消息报道的世界很远。他已经不是生活在现在。他想起了儿时的那个手提收音机，过去全家人一起郊游的时候，他就把那个收音机抱在怀里，坐着，在轰隆作响的手推车里。他莫名其妙地抖了起来，既忧伤又幸福，假如能够既忧伤又幸福的话。可能是因为受伤，艾德心想，墨西哥湾的一个小裂痕。他小心地嚼着面包，小口啃着他的洋葱。其实他已经不疼了，只是上颚稍微有些刺痛。

“在一天即将结束的时候，请听国歌。”

艾德想起镇卫生所的那个男人。那个人上来就对洗碗间的工作条件发表了一番意见，既失望，又满怀同情，但他问艾德的话全是关于克鲁索和他在“企业疗养院这个集体”里扮演的角色。当时房间里面很热，热到艾德不由自主地开始瞄着有没有蟑螂，而那个卫生官员竟穿了一件黑色皮夹克，上面还有很多实用的兜。每次他坐正，或者抬手拨开额头上黑色的直发时，这件夹克上都会出现浅浅的褶皱。他的变色太阳镜颜色越来越浅，最后，艾德看到了他的眼睛：呆滞的、浑浊的蓝。

不，这个人当然不是那类边缘人，他有自己固定的位置，是受到各方认可的秩序中的固定组成部分，尽管如此，他身上还是散发着一种迷惘的气息。这是一种平面的、粗糙的迷惘，缺少令人着迷的众多细节，就是那种细节曾经让艾德对德语学院的房屋管理员赞叹有加。从某种意义上讲，他在克龙巴赫或者兰波身上也曾经发现过类似细节，虽然这些人生活在完全不同的环境中，落户在一个天差地别的世界里。难道有一种名为徒劳的菌丝，埋藏得很深，人看不见，而他们都是从那里生根、发芽，破土而出？这样的根系深而庞大，一直延伸到故事的另一边，那里是虚无的领地，艾德踏上这次旅程之前，是很费力才摆脱了那种强大诱人的空。

没有跳。

等那个人漫不经心地说到艾德的证件里的——他真是用了“干部档案”这个词，尽管艾德不过是个旺季的短工，临时帮忙的洗碗工，洗盘子的，刷碗的，丝毫没有想干到厨房帮工甚或吧台的雄心壮志，从来没从饭馆经营者的角度考虑过问题，他在意的是其他一些东西和事情——简单说：戴变色太阳镜的男人说到他的干部档案（艾德一开始听成了蟑螂）[1]里既没有上岛后的登记表，也没有健康证明，但是这些问题都可以解决，到这时他就确信无疑地知道坐在床边的是什么人了。

“好吧，本德勒先生，您再给我讲点什么，比如您和克鲁索维奇之间奇妙的友情，关于这个，请您相信我，在岛上还是有些传闻的。”他噘起宽大丑陋的嘴，就像要接吻一样，艾德的脸红了。

他慢慢康复了。肿消了，伤口愈合了，但还是觉得很虚弱，所以很少离开房间。白天他睡得很久，晚上就到维奥拉那儿，坐在收音机匣子下面。他最喜欢听的就是旅行者热线。一天夜里，卡瓦洛走进厨房，打开灯，朝艾德摆摆手，就好像算准了艾德会在那里。

---

[1] 干部档案（Kaderakte）和蟑螂（Kakerlake）的德语发音相近。

“敌台？”

“一直都是。”

维奥拉放柴可夫斯基的时候，卡瓦洛抹面包，煮鸡蛋，洗苹果。他的内敛又一次让艾德赞叹不已，艾德佩服他麻利的动作，用刀时的准确、灵活，就像是柴可夫斯基的乐曲。最后，他把那些东西都装进一个小纸盒里。

“好了！”

“很饿啊。”

“饥肠辘辘。你呢，艾德加？躲在维奥拉这儿，但能知道的不多，是不？”

“没错。”

艾德知道卡瓦洛说得不对，不管怎样他说得都不对。卡瓦洛朝艾德走过来，抱了抱坐着的艾德，直到这时，收音机底下的洗碗工都没明白这真是在告别。

艾德听完那首协奏曲。演奏钢琴的是弗拉基米尔·霍洛维茨[1]。然后是节目预告，然后是国歌，然后是零点新闻和一条旅行者热线：“多格罗夫先生，目前估计正行驶在汉堡地区，驾驶一辆绿色的大众甲壳虫，车牌号 HH PN365，请您立刻给家中去电话。”艾德睡着的时候，听见走廊里莫妮卡的声音。

[1] 弗拉基米尔·霍洛维茨（Vladimir Horowitz，1904—1989），美籍乌克兰裔钢琴家。

行走在欲望地区

“他们会尝试走匈牙利。”卡罗拉说，声音里充满敬意。她用一个托盘送来了两瓶“椴树叶”，瓶塞已经拔出，另外还有几个杯子。艾德得知，莫妮卡根本没有真的跟雷纳结婚，所以从官方角度不可能阻止她。艾德对此表示怀疑。大家都聚到了他这里，只缺克龙巴赫和厨师迈克，后者要去港口接一批晚上到的货。就好像他的病房是补上饯行酒的最合适地点一样，那场告别是那么短暂，没有任何仪式。

几个人坐在艾德床上，几个人蹲在地上。罗尔夫坐在桌边的小凳子上，默默地看着窗户外面。他也是，艾德想，所有人都在等待。亚历山大·克鲁索维奇，正行走在欲望地区，驾驶一辆巨大、闪光的预言，车牌号不详，请马上和家人联系。再重复一次……

紧接在海岛日，那个短工们的节日，休息日中的休息日之后的是两个星期难以言表的真空状态，现在一切都发生得很快。清晨，卡瓦洛和莫妮卡离开了小岛，坐的是第一班渡轮。偏偏是莫妮卡……雷纳还没有找到，她怎么能离开？艾德的胸膛里，嫉妒像一个没来由的炽热的点似的怦怦跳动。不是柴可夫斯基，而是莫娜，那个小隐形人，要多少面包是她的吩咐。

兰波按照卡瓦洛像遗嘱一样用圆珠笔写在一张小票上的话，把朋友的书分给众人。艾德分到了一本介绍那不勒斯动物研究所历史的小册子。册子的封皮上是那不勒斯湾边上的一栋别墅，引水渠直接从海边通到这栋建筑下面的穹顶地窖——简直像是出自儒勒·凡尔纳笔下。另外还有一篇保拉·德尔佐波写的《浮士德在意大利》的论文，以及歌德的《意大利游记》。艾德一打开书，就看到一处做了标记的地方："老马。在这里，这种昂贵的牲口站在那儿，看上去就像找不到羊倌的绵羊。"

快九点的时候，厨师迈克走进房间，房间里一下子拥挤起来。这是奇怪的、让人不解的一瞬间，艾德将会永远记住这个瞬间。他们听说克鲁索被抓了。被抓起来送去了罗斯托克，听说是送去审讯。非法越境，反抗武装组织，涉嫌组织危害国家的团体——突然间说什么的都有。说他们是在灌木丛中的一个洞里抓到他的，那地方在贝西纳角，鸟类保护区里。港口的疯男孩儿说看到了手铐。克鲁索戴着手铐被人从村里押过去。说岛吧那儿差点因此爆发起义，不仅是短工，老顾客们也冲到了外面，梅特妈妈则像死了一样躺在马路上。看到那场景，所有的人终于都受不了了。"反正他们后来把克鲁索带到港口去的时候没有给戴手铐，他上船的时候没有戴手铐！"厨师迈克喊道，就好像在宣布胜利。

艾德呆呆地看着"椴树叶"的标签。标签上凝了一层水珠。他看见克鲁索的手指，温柔地从上面抚过，并且指着什么东西，他在发出某种信号，为了他，为了他的人生。

第二天上午，克龙巴赫走进房间，身上带着爱丝蕾邦的味道。他的脸色苍白，但是很亮。他刚抹过油。艾德等着他的简短讲话，没准是宣布解雇他。经理摊开手掌支在艾德的桌子上，朝外面的海看了一会儿。

"燕子，是不？"

"是的，自从有了小鸟……"

"扛不住，这种鸟窝。"

克龙巴赫深深吸了口气，拨拉掉桌上的几块碎泥巴，关上了窗户。

直到现在艾德才想到，这个人刚刚失去了自己的女儿，或者至少会有很长时间不能再见到她，或者再也见不到。

“你了解阿廖沙。你跟他关系很近。”

艾德没有吭声。

“他来这儿的时候，还是个可怜的小男孩。他成长得很好，出人意料地好。后来到这儿来的人很少知道他的事，不了解他的故事，也不知道当时发生过什么。但他全都带你看了，那些藏身的地方，真理地图，甚至还有他的诗，据我所知。”他朝床这边转过身，看着艾德的眼睛。

“我说的是他自己的那些诗，用我们克劳斯纳那台旧打字机打的。”

罗姆施塔德

艾德差点从陡崖的台阶上摔下去。他用烧红的煤钳把浴帘弄下一块，再用这块浴帘把文件夹包住。他打开手电筒，仔细听着。他决定从现在开始要从容不迫地做每一件事，一件一件来。他还从没把这句话当成一种建议，只是当成一句俗话而已：一件一件来——到午夜巡逻还有足够的时间可以用。

水面上还有亮光。明亮的、几乎是白色的一条，包裹在黑暗之中。

"已经太晚了。"

"对不起，这也许是最后一次了。"

"也许是，也许也不是。每次你碰到困难就来找我，是不是？"

"我不走运，老伙计，就是不走运而已。"艾德喃喃地说，摸索着走进山洞。他的狐狸已经变成了一块坚硬、蓬乱的皮毛。他小心地把尸体挪到一边，开始挖一个足够大的坑。

离海岛日还有一周的时候，洛沙把这个装着诗的纸夹藏到了地下室里，说是保险起见。那里面有四十多、差不多五十首诗——克鲁索的集子。

艾德仔细地把埋东西的地方弄平，然后把尸体拖回原来的位置。再用手电照一下。他的狐狸只有靴子底那么厚了。

“那张图呢，你这个英雄？”

艾德呆看着山洞里面。

“这几首诗跟那张图比算什么，那张真理地图？”

走到辐射研究所差不多需要一个小时。他的力气还没有恢复到能够走这么远的路，但是到外面活动，在露天地里走路，脸上是夜里冰凉的空气，这让他很舒服。他得先回到岸边的高崖上，然后穿过山丘到下面的浅海湾。眼睛下面的伤口开始一跳一跳的，但他不再害怕被人发现。他现在遵循的是更为古老的规则，那些最早的，从根本上来说幼稚的关于友谊的信念，还有当这个信念成为真实和唯一的时候所包含的内容。

被克鲁索称为塔楼的旧变压器房没有锁门。艾德使劲把那些悬垂在脸前面的被子推开，终于找到了上去的路。抽屉敞着。那张图不见了。

“太晚了！太晚了！”

艾德差点跪倒在地。

“别害怕，我就是坐坐，小伙子。”

那个人坐在靠背椅里，伸出手挡住艾德手电筒的光。

“别……”

陌生人的怀里卧着一只猫，那只猫沉重的大脑袋跟小孩儿的脑袋差不多。克鲁索的猫。猫宽大的爪子抱着男人的膝盖。

“我上次见您的时候，您一直叹气，您的脸怎么样了？”

“好了。”艾德机械地回答道，多一个字他都说不出来。他的眼睛慢慢适应了黑暗，他开始明白过来，这个坐在他对面的男人是罗姆施塔德教授，克鲁索的养父，辐射研究所的所长。

“我给您拍了几张片子，这您可能知道。”

艾德努力打起精神。教授朝艾德伸出一只手。艾德快步朝他走过去。那个男人个子很高，坐着都很高。猫大张开嘴巴。

“据说那个照片，我是说那个片子效果很好，听岛上医生说的。”坐在椅子里的教授沉默了，那个有些结结巴巴说出的句子引起的回声持续了很久，直到句子的无足轻重显现出来。

“那个照片——不过照片现在无关紧要。不管怎样。我很高兴您来了。我很高兴阿洛沙在岛上找到了一个真正的朋友。”

艾德想说些什么，但罗姆施塔德摆摆手阻止了他。他请艾德把克鲁索书桌上的蜡烛点燃。

“没错，他们已经来过了，甚至比我动作还快。但这又能说明什么？他们恐怕总是无处不在的，什么都知道，什么都能看见，说不定呢。他们第一次来是在索尼娅死了之后，或许咱们最好还是说，失踪以后。阿洛沙九岁。当时他们盘问了我们每一个人，包括已经完全混乱了的阿洛沙。他很长一段时间一句话都不说。”

教授停下来。也许他是吓着了。他之前似乎是在等艾德，或者其他什么人。他穿着一件黑色短宽的上衣，棕色的灯芯绒裤子已经起了鼓包，就像刚刚忙完花园里的活儿一样。艾德看不清他的脸，只能看见银灰色的短发。

“每年夏天，他们两个人都要搭一个沙堡，就在现在的服务员海滩那儿，用石头摆上字，白色的石头，黑色的石头，卵石，玄武石，那是一种马赛克，会耗费他们好几天的时间，一件真正的艺术品。其中包括了他们的出生日期和名字，索尼娅和阿洛沙——阿洛沙就是亚历山大，他母亲那样叫他。”

“那个杂技演员。”

“他们在海滩上。阿洛沙看见他姐姐走到水边，但肯定也就看到这些。你在这儿一直等着，不要走开——她这样跟她弟弟说。所以他就在那儿一直等着姐姐，在他们的沙堡里。就这些。后来他告诉我们这些，是含着眼泪讲的。他等着，可是姐姐没有回来。事实上，他直到今天依然在等待，不走开，他在等姐姐。您明白这是什么意思吗？”罗姆施塔德朝前俯下身子，艾德看见一小撮灰色的毛发从教授的耳朵里伸出来，仿佛听觉的触角一样伸进黑暗中。

“洛沙从来没说过这个。”

“我知道，洛沙就是阿洛沙，对吗？洛沙和艾德，他们两个。”

艾德不知道克鲁索是不是说到过他，偶尔在谈话中提到他——艾德，就像哎，不过是个语气词而已。

“他们的母亲去世后，我的连襟把两个孩子交给我们抚养。他们两个形影不离。实际上还不止如此。他们两个是天生的一对姐弟，悲惨的过往，遭遇的不幸让两个人唇齿相依，他们不能没有对方。”

艾德靠在克鲁索的书桌上，桌子上立着几本书。从桌上灰尘的痕迹能够看出，这儿至少缺了一半的书。在剩下的书里，他看到了本诺·普鲁德拉[1]的书，《小马腾和白贝壳》，还有加缪，棕色雷克拉姆出版社出版的《鼠疫》。没有禁书，没有西边的书。

“奇怪的是，”教授继续说，“她失踪的那一天，海上有两三艘灰船巡逻，离岸边不远，反正比平常近，后来岛上的居民说，船近得让人感到惊讶。实际上没有人在意那些船。他们看到的是司空见惯的东西，基本对这些已经视而不见。渐渐地，大家也不怎么记得边界的存在了。”

塔楼里静悄悄的。烛火晃动着，教授的靠背椅越来越远，它漂走了，漂向虚无之中。

“我们费了很大工夫才在沙堡里找到了阿洛沙。他站在那儿，就像生了根一样，呆呆地看着海上，颤抖得像片杨树叶子。夜里，他跑回沙滩上，还是那个地方。海上那几艘灰色的船依然泊在那儿，船上亮着灯。他喊叫着，我们不得不把他架起来。他连踢带打，我们最后没有办法，只得把他的手和脚都绑起来，然后放在手推车上推回了家，穿过了半个岛。他一路上都在喊叫，我想，当时没有人没看到我们。”

“灰船是干什么的？”艾德问。

---

[1] 本诺·普鲁德拉（Benno Pludra，1925—2014），德国儿童文学作家。

“巡逻艇，边境连，我以为您知道。从那时开始，阿洛沙就开始做类似于航海日志的东西。一直到那些人再次来抄走了所有的东西，我们都不清楚他是在干什么，不过我就是做梦也不会想到去看他的日记。他几乎不跟我们说什么，他的父亲，那位将军，来看我们的时候，他的话就更少了。我想，他恨他的父亲，自从我们把他像行李一样从海滩上拖回来后，他也恨上了我们。请您原谅，我当然不可能知道阿洛沙，我是说洛沙已经讲过……哪些事，我是说，他姐姐的事。”

“我有一张照片，那是……”

“索尼娅的照片！”教授插进来说，“很好，太好了，非常好。”他很意外，并且试图掩饰这一点。

“不管怎样。整整七年，他记录下了他们的所有行动，岸上的警卫，炮艇，扫雷艇，每一次演习，船只的类型，时间，航线，还总是会记下船上是否有灯，什么灯，什么颜色。他们盘问了我们很多次，想知道他为什么把每一个绿灯都特别圈出来，但直到最后他们也没找到解释。现在我很确定，他是在里面找到了某种信号——给他发出信号的索尼娅。他认为是那些绿色的灯。”

艾德想到洛沙问自己的话。有没有看到索尼娅，“在海上”。

“他们当然给他判了刑。涉嫌非法越境，涉嫌逃离共和国，涉嫌叛国，不管他们是怎么称呼的。他那一年十七岁。有个人说，我们养大了侵犯边界的人，在他们看来，是我们侵犯了边界，那是祖国的皮肤，是它敏感的身体。就像败坏了的血液，充满脓水的脓包，会突然破裂，想要流出来。”

艾德琢磨着是不是应该告诉教授那个镇卫生站来的人的事，但大猫缓缓地摇了摇头，这个否决持续时间很长，而且让人感到奇特的愉快，完全控制了艾德。他想起了马修。他的伤口嗡嗡响，恨不能就地睡一觉。

“我有一些发现，在放射物理方面，这一点您可能已经知道，甚或可能已经感觉到了，如果允许我这样说的话。我们的养子被捕后，这事就完了。所有的实验都被终止，我的同事都被调去柏林。仪器都还在，保养得很好。像您这样的事真是百年难遇，那之后我就又开启了我的研究站，嗯，您真是个特别的病人，本德勒先生，天下第一的叹气高手，如果您允许我这样说的话。”

罗姆施塔德轻轻笑了起来。

从教授的哀怨中能够听出一种非常阴郁的腔调，艾德决定要小心提防。

“那些日记后来怎么样了？”

这个问题显得既愚蠢又多余。

“阿洛沙被送进了少管所，在托尔格洛[1]。实际上就是一座监狱，纳粹统治时期那儿是关逃兵的。半年之后他被放出来了，还比较快。不是每个人都有个将军父亲。我们也做了些努力，但没起什么作用。他们让他好好表现，参加社会主义建设什么的。奇怪的是，他自己提出要去克劳斯纳。小时候他就经常到那上面去，那些旺季来打短工的人喜欢他。他有的时候会帮忙收酒杯，擦桌子，他们就给他冰激凌或者汽水。他在那儿待的时间很长，他是那些人的吉祥物，大部分人都知道他的故事。不过那会儿的那些人都已经不在这儿了，都是好人，分散到了天南海北，好了不说这个。他们要送他去接受专业酒店工作人员的培训，但是阿洛沙拒绝了，他就愿意去洗碗，作为没有经过任何培训的人。后来他们也同意了。我想，他们把这看成了一种忏悔，把克劳斯纳当成了劳改营，于是洗碗成了特别的改造方式，惩罚性的劳动，临时的，可以赶走他脑袋中的那些古怪想法，这是重新做人，成为被人认可的社会成员的必要前提，类似于‘用我的手制造我的产品’[2]。今天看起来，那是个很荒唐的想法。但在当时，这里还是另外一番景象，这个国家不一样，这个岛

[1] 托尔格洛（Torgelow），德国东北部市镇。

[2] 东德的宣传口号。

也不一样。那时还没有脱离了社会的社会，虽然有旺季来打工的人，没错，但不是现在这样的人，也没有他们的那种装腔作势。有些东西真是很没品位，不是吗？”

“我没怎么参与，到目前为止。”

“您从来没在那棵佛树上过过夜吗？”

“洛沙说不是非去不可。”

“不是非去不可，很好！这个聪明的年轻人在洗碗间里干了十年了，脑袋里烟雾缭绕，双手泡软了，而且没有产品——不是非去不可，是吗？”

大猫在教授的大腿中间蹭着自己圆圆的大脑袋。这一次是点头，有催眠作用的点头。

“冬天，我就把他雇作辐射研究所正式的房屋管理员。想想看，他从托尔格洛回来之后就拒绝走进正屋，真荒唐。所以他就住进了这栋砖房，以前的变压器房，我们没来之前就已经用来临时存放实验室的垃圾。他把这里叫作塔楼。冬天这儿冰冷刺骨，但阿洛沙无所谓。这是他的堡垒，他坐在望远镜前，写着，筹谋着。”

“有些人宣称他们当天还看到索尼娅了，在大街上，在村子里。”

“岛上有很多传言，年轻的朋友，关于索尼娅的失踪至少有二十种不同的流言，并且每过一个漫长的冬季就增加一种，您要知道，阿洛沙现在在这儿很出名，没准是这个岛上最有名的人。从托尔格洛回来后，他就开始跟各种人攀谈。那儿肯定是对他有什么改变，一些东西从那时起就不断在后面督促他。跟我们，他只有打算在正屋里找睡觉的地方时才说话，给那些可怜的穷光蛋准备的非法宿营地。这些人两手空空地来到岛上，行囊里只装着自己和对于广阔天地的渴望，这些人一年比一年多……好了不说这个。是啊，他当然是一片好心。但这些人只是在利用他，全都是！尽管如此，他还是想要争取到所有那些醉醺醺的短工，就为了……”

“……组织，为了拯救遭遇船难的人，为了使他们顿悟，为了……”

“老天，是，他就是用的这些词——无家可归的人，遭遇船难的人，特选地，所有这些。阿洛沙小时候就经常玩海盗和船难的游戏，反复玩。假如，抱歉这样说，假如您能够在观察的时候再用心一点，再仔细一点，在得出结论的时候再小心一点，那就好了。”

“我一直是支持洛沙的，站在他那边，这就是说……”

“当然，当然，您误解我的意思了。这对阿洛沙当然很好，有您……支持他。我确信他是把您看作自己的伙伴，特别是——应该怎么说呢——在他绝望的时候。就像他当年着了魔一样记日记似的，实际是脑子不清楚，后来他又一门心思、丧失理智一样地搞那个，我听说他现在起了个名字叫‘同道者联盟’，一种类似于积累内心自由的地下活动，一种精神上的共同体，类似于这样的东西，不侵犯边境，不逃亡，不溺水。不是小的幻想，而是发展成熟的病态妄想，让我感到非常伤心，这您大概能明白吧。”

“您想错了。”

“阿洛沙是个有强烈欲望的男孩儿。您也是吗，艾德加？”

“洛沙在帮助大家！”艾德的正义感，滚烫滚烫。

“他的绝望，他的顽固，所有这些都曾经是欲望，他的欲望就是过于强烈了。”

“洛沙照顾每一个人！这就是他在做的事情。他勇敢，充满了……他收容了我，而且不光是我。他还教给我很多东西。当然，很多事大家不可能一下子明白，有时候我也会感到无力，或者太害怕，并且……”

“现在您是他的朋友了，现在您想要帮助他，这可以理解，而且很棒，就是因为这个我才跟您谈话，就是因为这个我才告诉您那个故事，而不是把您从房子里赶出去，告发您，或者”——他温柔地抚摸着猫的大脑袋——“指挥这个小宝贝儿咬住您的喉咙。”

教授微笑一下，艾德看见一排牙齿一闪而过，牙上围着一圈黑。被辐射污染了，艾德心想。

“我们要信任，要抱有最美好的希望。我只是想给您上一小课，稍作警告吧。您也看见了，那张图没了。阿洛沙很长一段时间也不会回来了，假如他还能回来的话。您想不想在研究所里转一转？”

过去的生活

8月18日。他就那样站了一会儿，看着辐条的包。（被捕了。）然后他合上柜子，坐到床上，从床下拖出自己的包。（很长时间都不会，假如还能的话。）带拉链的侧兜是他保存日历本的地方：他已经好几个星期什么都没写了，他的日记本休眠了。（托尔格洛。）

他在里面翻看了一会儿。蓝色的线，没有记录的日子。粗糙的纸让他的嘴里有种毛毛的感觉。SA代表日出，SU代表日落。[1] 还有以前约定的那些日期。4月23日：跟W教授讨论浪漫派考试的事，热身话题[2] 诺瓦利斯，1）"百科全书"，对于世界及其认识定义的研究，2）"幻想对于我们意志史的意义"，3）"欧洲与基督精神"。1月8日：电影俱乐部66，关于马克斯·恩斯特[3] 的电影。留在他脑海中的是沙漠里盖房子的那段，太阳和木头，自己的房子，画家如何规划、修建，给自己的工作造了一个窝，远离一切，没有干扰。每六个星期会有个画廊老板从纽约过来看他有没有完成的作品。5月3日：克努特·麦维斯的博士论文答辩，那是

[1] 取自德语中"日出"（Sonnenaufgang）和"日落"（Sonnenuntergang）两词。

[2] 东德的用词，学生可以选择一个话题作为考试时的热身话题。

[3] 马克斯·恩斯特（Max Ernst，1891—1976），德裔法国画家和雕刻家，超现实主义真实派创始人。

G 的一个老朋友，曾经到他们沃尔夫街的家里来过几次，一个大眼睛的笨重的男人，大胡子，不拘小节，研究的是维兰德[1]。2 月 2 日:煤。3 月 14 日：兽医。8 月 25 日：雅特拉。电影？印度音乐？反正是他写下来打算要做的事，好几个月之前。就像那个坐车去他父母亲平房的计划（可能是去干活儿），日期 6 月 30 日，已经过去很久了。他记下了火车的时刻，从哈雷到蔡茨，从蔡茨到莫伊瑟尔维茨，从莫伊瑟尔维茨坐公共汽车到凯纳，[2] 如果没车就步行，路不远。

等等。

他就好像在翻看一个死者的记事本，然后又觉得好像他以前的生活还在——奇怪的感觉。他溜走了，从为他安排好的生活里。如今，那生活虽然让他感到陌生，但依然是为他安排好的，他心想，不知那生活是不是还在等着他，在那个放着两把破软椅、有小柜子和驱蚊草的房间里。

孤独地被留在那里，艾德想，过去的生活，靠在火炉上，待在那儿，孤零零的，只有它自己，多么屈辱。

他继续翻，开始数：他到岛上已经六十八天了。六十八天，不是年，但无疑又是年。

他本不想那样，但后来，他还是开始数起离新学期报名结束还有多少天。他算了算，到上学期结束，他只缺过三个星期的课，就三个星期。他也会生病啊。没错，他没有请病假。但是情况特殊，他不稳定的状况，可能随便开了个什么证明，心理问题。

他开始想 G。

他又可以想她了，没有特拉克尔和那个。他看见她写字时握起的拳头，给他留言时，她用弧线和点勾勒在签名里的那个笑眯眯的小动物（像一只老鼠）。“游行结束后到柯尔索来。等你！”下面是那只老鼠。那

---

[1] 维兰德（Heinrich Otto Wieland，1733—1813），德国作家，德国启蒙运动后期重要代表。

[2] 蔡茨（Zeitz）和莫伊瑟尔维茨（Meuselwitz）均为德国东部市镇，位于哈雷市南约 70 公里。凯纳（Kayna）是蔡茨市的一个辖区。

是5月1日，工人阶级战斗和庆祝的日子，游行结束后那个不用上课的美丽下午，还有他俩的传统节目：先是柯尔索咖啡馆，然后是哥塞啤酒吧。

我有心理问题，艾德说。听上去挺可信的。

他想起了克龙巴赫。

健康吧，真的健康吧？

然后是他的谎言。

他是假装的。他是想要失踪，从根本上来说，他是想让自己失踪。在这样一个国家不可能，在这里，只怕所有的地方都以某种方式联接在一起，大学，登记处，镇卫生委员会？但不包括克劳斯纳，艾德想，不包括方舟！他摇摇头，头依然沉重，他感到一阵眩晕。

自己的声音

SA 4:49。他出发的时候，天还是黑的。他穿过森林，走到水泥板路上。他透过脚下麂皮鞋柔软的鞋底触到了水泥板上的标记。他仿佛又站在了父亲的脚上，然后他的父亲朝前走，旧时的游戏，在星期天的中午，如果他完成了练习的话。他们早饭后快九点时开始，到快十点时，第一次流泪，艾德已经连二加二都算不到一起了。然后是最可怕的事：父亲决定给他把数学再从头，从最开头讲一遍。“没有这些基础，一切一切的根基，你以后能干什么？”接下来是不耐烦，勃然大怒，脑袋嗡嗡响。眼角的余光扫着房间里的表。总会结束的。然后就结束了。父亲把他拉起来，抱一抱，然后把他放在自己穿着拖鞋的脚上。他们大步（艾德的胳膊搂着父亲的腰）走过橘红色的地毯，走上阳台，然后回到卧室门口，来来回回，大大的步子压制着自己内心里的行走。每走一步，深藏在身体里自己的方向感都要被抛弃一次：反抗，放弃，轻松，每一步都是，还有一声欢呼——这毕竟是个游戏……让自己走，艾德心想。

似乎没人认真考虑过他会离开这个岛。

不管是岛上的警察，还是镇卫生院的侦探，都没有说过他有留在这儿的义务，没有任何能让他听出自己正处于软禁中的话。对他们来说，他是嫌疑犯，他还是病人，而且他属于克劳斯纳，实际上是永远属于这里。有什么东西让他们确信不疑。或许是他的脸。但是那些伤口在愈合，尽管他看上去依然伤痕累累。就好像我没有自己的生活一样，艾德心想。

把脚伸平使劲踩在路上的话，艾德能感觉到水泥板上的标记。其中一些按照艾德的理解应该是水泥的货品等级，还有一些就像象形文字，金字塔上的文字，也许是古埃及文，阿兹特克文，苏美尔文。“它们让我们摆脱所有的沉重，如果你能找得准的话，它们就能去除你的负担，解除你心和灵魂的负担。”克鲁索曾经这样说，并同时加快了速度。他走在那些符号上，臀部僵硬。呆滞的正方形，中间是克鲁索的男根——艾德想着这个词，眼前出现它的样子，在臀部运动的中心点。下山路，经过海岛大观景台，现在成了一路小跑，毫不费力，轻盈地跳跃，每一步都能跨过两三块水泥板，从一个符号到下一个符号。脚后跟每一次接触到地面，都会有什么东西跳进艾德的心里。五十米后，他已经不再拘谨：两个成年男子，像孩子一样跑下山。“来，来！”克鲁索吼着，越跑越快。艾德有了轻盈的感觉，他们像要飞起来一样地奔跑。他的面前是小岛，长长地伸展开去，而他正要飞跃过去。世界升起落下，起起伏伏，他的脊柱融化了，开始流淌起来，一种能够征服一切的感觉。这种感觉从后面流进他的身体，充盈他的身体，他发出一声欢呼，他跳起来欢呼，不能自已。“快，快。”克鲁索吼道，地与水融为一体。艾德深深吸着大海的气息，海岛的味道。他跑着穿过那气息，就像穿行在梦中。

到港口用了十五分钟。不管怎样，都要考虑到他们可能已经监视起了那些船。他先是藏在港口破破烂烂的茅房后面，这个很久很久以前留下的棚屋已经被钉死了。他把包塞在灌木丛下面，然后坐在包上。他自己现在就是失败的中心，他一个人。

天快亮了，第一批乘客就快来了。只有当地人才会坐早班渡轮，那些在大陆上工作的人，要去买东西的人。大家互相打个招呼，他们认识船长。艾德羡慕岛上人这种简练的相处方式，几乎没有话，就是些动作而已。稍稍点下头，含含混混的套话，表示一下对数不清的陌生人，还有那些人吵吵嚷嚷的入侵的反感。每年夏天，小岛都会被这些跟北边格格不入的各种杂音淹没。那些短工和他们对小岛、大海和生活肆无忌惮的高谈阔论也被隔绝在外。就算是在挤得满满当当的船上，也能一眼认出谁是本地人。他们看上去对四周的吵吵闹闹完全没反应，就好像已经把自我完全密封起来了，就好像打过防疫针，一劳永逸地对这种叫作度假客的丑陋玩意儿免疫了，不同的世界之间没有交集，只有像克鲁索这样的人才会在两重世界中来回穿梭……被捕了，艾德心想。很长时间都不会，假如还能的话。托尔格洛。

一个由木板搭成，铁管做栏杆的跳板被人拽着搭到船上。艾德挣扎着站起来。旅行包的带勒进了肩膀。这时，他看到了他们，吧台夫妇，推着满满一手推车的行李。他将信将疑，那两个人的举止让他感到有些陌生，就好像他们正努力不是那两个人——或许他们真不是那两个人？艾德迟疑着。他又把包塞回灌木丛下面，兜了个圈子——绕到通向港口的那条路上。

吧台夫妇。两秒钟的欣喜。就像无意间碰到了熟人一样，惊讶之下，他们问候他时热情得有些过分。下一秒钟，卡罗拉就已经变得面无表情，里克则紧张地朝渡船那边看着。

艾德连忙解释说自己只是到港口来取克劳斯纳的手推车——运面包。说话时，他的眼光落在装着行李的手推车和那上面用红漆写的“克劳斯纳”上，他的谎言飘在空中，仿佛也被刷上了红漆。

“好啊，等着。”卡罗拉简单地说，开始往下取行李，还是那么风风火火。

“不用，不用，还有，还有手推车，后面，在放手推车的广场上。”艾德连忙说，血冲上了头顶。但之后，他就开始帮着卸行李，要不还能怎么做。最后，好像他就是专为做这个来的，他又帮着把东西卸到渡船的船头上。码头栈桥和船舷之间的缝隙，对吊桥的恐惧。能够坦诚相告的时机已经过去了。没说去哪儿。某个使馆或者那个匈牙利边界之谜？没问。

行李：就这些了。一个包里，瓶子叮叮咣咣，另一个包里探出一个粘着贝壳和琥珀碎片的台灯。一个大得看不到边的东西开始挪动，它在不断挪动，势不可挡，坚定不移，他们就像在巨大的浮冰上随波逐流（一种深切的、孩子气的感觉），当吧台夫妇跨过吊桥，马达启动，船身上的钢板颤抖起来的时候，他们已经离开对方很远，如同身处两个大洲。

船上响起刺耳的汽笛声，疯男孩儿进入画面，他指挥着渡船起航。船尾慢慢离开海港的边沿，朝港湾摆过去一点。男孩的右臂像风车一样在空中画着圈，船身摆正了。随着一身沉闷的轰隆声，轮船起航了。艾德闻着柴油的味道，蓝黑色的毒气刺激着黏膜。

卡罗拉的嘴唇始终紧绷着，好像下定决心一言不发，不说克劳斯纳，也不说他们的联盟。对那个团体而言，这对吧台夫妇可是像父母亲一样。也许卡罗拉是不信任他，甚或肯定不信任。他这样突然出现在码头上，要让她怎么想。运面包，他每天早上的这个时候可都是钻在地下室里烧火。运面包，面包房的卡斯滕可是从来不会在八点前……直到现在，艾德才看到泪水，卡罗拉最终还是张开了嘴巴。柴油发动机放声大哭，而他只看到她的嘴唇在动。

艾德盯着她，他抬起胳膊，感到难以置信，犹豫不决。他不经意间在告别的时候流落到了错误的那一边。

“别离的时刻，艾德。”

她说了吗？

是的，毫无疑问，是她说的。

或者说的是别的？

“不错的时光，艾德”或者“不要使劲抵抗，艾德”或者“不管要的哪个，艾德”。

不要使劲抵抗。说的时候她做了个手势，冲着艾德，就好像要抚摸他，之后又好像要抚摸荆棘岩、高地和整个小岛，用这种距离下可能有的最温柔的方式抚摸。她和里克在船舷的栏杆边又站了一会儿，然后就离开了。

艾德依然无法相信他们离开了。他更不能忍受的是想到他们把自己看成了什么。各种意义上的背叛。想想没有吧台夫妇的吧台。

一群群一日游的客人从旁边走过。一下班渡轮，下下一班渡轮，没有艾德。车夫迈基和他的熊马，熊马充满疑问地看着他。疯男孩儿张着嘴巴。他坐在码头边的一把塑料椅子上，跷着二郎腿，上身拧到一侧，就像突然要呕吐。其实只是因为风，他垂着头，这样就能少一些风吹进嘴里。他对着风嘟嘟囔囔，大呼小叫，发出又像海鸥又像婴儿的叫声，长而持久。从旁边走过的时候，艾德发现那并不是个男孩儿，不是个孩子，早就不是了。他满脸沧桑。

因为依然觉得尴尬，所以他就继续装作是来取面包的样子。他把旅行袋从灌木丛里拽出来扔在手推车上。等他想起那个瓶子的时候已经晚了——“蓝色杀人犯”，无恙。他拧着瓶子盖，仔细等着那个小小的咔嚓声。他边喝酒边听那些瓶子吹出的驱赶鼹鼠的哨声——对着西边的月亮。

希提姆的大门上贴着一层胶合板。他心想，不知道那个门在他俩战斗的时候有没有破。还有，从那儿到港湾那么长的一段路，他和雷纳是怎么走过去的。记不起来了。他看看四周，就像还能找到什么痕迹一样，就像卖冰激凌的会突然冒出来，从长在从希提姆去港湾半道上的栗子树后，那是四周唯一的一棵树。很抱歉，但是你要知道……手里攥着一绺头发。

在岛吧的吧台后面，艾德认出了圣地亚哥的身影。艾德低头看着地面，绕开沙地上的一个洞，走了过去。豪普特曼故居的展示窗里还亮着灯，尽管这时太阳已经高悬空中。玻璃后面曾经挂着豪普特曼那首诗的地方，现在挂着一张作家赖纳·基尔施[1]作品朗诵会的公告，介绍他的新书。伊沃·豪普特曼水彩画里的蓝已经褪色了，上面的图钉开始生锈。不知为什么，艾德对画家伊沃·豪普特曼产生了一种亲近感，也许是因为那人是个合格的儿子。

艾德把手推车留在路边，步履沉重地沿服务员海滩朝北走了一段，这个时间，他的脑子完全是空的。他跨过隔开海滩和防洪沙丘的铁丝网，又走了几米后扑倒在地，睡着了。他又看到了第一次早餐时给他赐福的那只手。然后是洛沙搭在他肩上的那只手。

等他醒来时，阳光照在脸上，他能感到自己的伤口正在愈合。他从包里拽出瓶子喝了几口，然后又睡着了。他做了那个骆驼的梦，那个伴着他出发的梦。等他再次醒来时，看见了克劳斯纳，那艘方舟，看到缺了的人：雷纳，卡瓦洛，莫妮卡，卡罗拉，里克，克鲁索，还有他自己，人少了一半还多。他喝着酒，吃着洋葱，那本来是包起来准备坐船的时候吃的，还有两片混合谷物面包。固沙草的尖在风的驱使下，打着转在沙地上画出几何图形一样整洁的圆圈。旁边是海浪的声音，轻轻的、坚持不懈的哗哗声像一个温暖安全的茧，将艾德的思想裹了起来。

然后，他听见了。第一次。就在他的身体中央有一种声音。自己的声音，简直就像是自己的命运。他只需要跟随它的指引：还有两个星期假期结束，还有四个星期旅游旺季结束，艾德想着，又合了一下眼睛，但只闭了短短几秒钟时间。

[1] 赖纳·基尔施（Rainer Kirsch，1934—2015），德国作家、诗人。

血以后流

卡普里路挨着断崖的边沿，周围是茂密的树木和灌木丛，所以不怎么能看得到大海。艾德使劲嗅着树林的味道，这味道和大海的声音混合在一起，竟生成了一种细腻的、有些亚洲味道的混合物。借松树根搭成的台阶前，松针早已堆成了长长的地毯，一步一步在他脚下屈服，柔软而有弹性，仿佛行走本身就是彻底的享受，仿佛回家的路早已准备好：我来了，我会在那儿，洗碗间，炉子边，洗碗工和司炉工，只要我手脚够快，还能负担一部分倒酒水的工作，比如汽水，塞尔托斯汽水。另外一部分的工作就得由兰波和克里斯完成了，罗尔夫也许可以负责咖啡。冰激凌柜台继续关着——没什么损失。

他几乎感觉不到旅行袋的沉重。天际是白色的，模糊不清。前面是一艘巡逻艇的轮廓，正从雾气中钻出。巡逻艇越清楚，艾德越觉得自己早上的打算不可行。那个没有明说过的前提条件——他现在满足那个条件了。克劳斯纳就是他的家，他没有别的家。

他想起自己小时候跑出去的事，下午放学后，独自穿过森林，一直走到森林边上。他从来没有仔细想过，但总是走到长满青苔的小斜坡为止。从那儿能看到田野，田野里，遥远的世界或是忘我地摇摆身躯，或是静止不动。之后，时间到了，他得回家去了。

他捡了几片大树叶，把裤子褪到膝盖下面，然后蹲到一个坑里。这些坑看上去就像弹坑。树叶的背面覆盖着白色的茸毛，蹭到肛门上的时候出人意料地粗糙。他得非常小心，因为这绿色的玩意儿很容易破。他又蹲了一会儿，像变成石头一样。一股温暖的风从海上吹过来，在他两腿之间蹭来蹭去，鸡皮疙瘩一直起到了头发底下。

“马上就好！”

艾德吓了一跳，随即认出了那个声音。是那个好兵，就蹲在艾德前面不过三四十米的地方，正忙着生火。他一边把小树枝折断，并朝艾德看不见的一小簇火苗吹气，一边大声地自言自语。仿佛皮影戏的又一幕，一直藏在一株高大的、黑乎乎的山毛榉树干后的又一个人物这时被推上了舞台，人物的轮廓一下子清晰起来。毫无疑问：是克鲁索。

或者也不是。“蓝色杀人犯”喝多了，艾德这样想着，就蹲着没动。落日的光芒把人影投射在树林上，是幻象和幻想中的声音。艾德试着把注意力放在自己的裤子上：裤子，腰带，衬衫。一种漫过了一切的喜悦开始在他身体里跳动，让他的手颤抖起来。他难以自持。

在接下来的一幕中，克鲁索的轮廓和好兵的轮廓交叠在了一起。艾德被从海上穿过矮树林射过来的阳光晃花了眼。他听见一阵笑声，几乎像是窃笑，随后，克鲁索的身影像在解释什么，用他那特有的严肃，同时，那个影子指着一棵树的树干，艾德也认出了那棵树，是佛树，有很多胳膊和酒瓶的，酒水永不干涸的树，这是短工们给它起的名字，他们的魔树。

他们拥抱了很长时间，紧紧地，含义深长。好兵从树根下抽出几个瓶子，他们干一下，喝一下，再干一下，两人笑得就像刚想出什么了不起诡计的小偷。

艾德的欢喜非常单纯，突然之间就照亮了所有的失败——因为分配而失去的房间，因为规则而失去的C，所有那些不眠之夜，脸上的伤。

他像个孩子一样大松了一口气，这个孩子突然发现自己所有的恐惧和担心都是多余的。他曾经失去了一个朋友，他曾经失去了这个小岛，但现在，这些都回来了——一下子。

“你好吗，洛沙？”

“很好，艾德，我真的很好。”

“他们把你……”

克鲁索手一挥就把这个问题扫到了一边。他们喝着酒，笑着。他们笑着！艾德想到了手铐，审讯，罗斯托克或者托尔格洛的牢房，可能还有酷刑……

他们再次拥抱。他们会说到的，以后，肯定会的。

从克鲁索温暖的大脸上，从他的胸膛，他跳动着友谊与难以遏制的愿望的心脏中，艾德看出了些什么。他想起了罗姆施塔德，那个辐射研究所。但是这一刻，所有的怀疑都被盖住了。脸颊贴着脸颊。

“好好好。”好兵说。他一脸神秘地从武装带上取下一个刀片——其实，艾德后来也记不清那个刀片是从哪里冒出来的了，那把劣质的，沾满陈年皂垢的钝头刀片。

他们跟着克鲁索朝海边走了几步。火球正在落下，卡普里，红色的太阳，再过几分钟，它就会被大海吞没。

第一个问题就是从什么地方切。得找个好地方，克鲁索解释说。说到“切”，艾德首先想到的就是手腕，然后又想到了他胳膊白色、柔软的内侧，想到了那里皮肤之下蓝绿色的三角洲。他没有太感到害怕，可能是因为喝醉的缘故。就像工匠检查工件一样，克鲁索在自己长着浓密汗毛的棕色手臂上摸来摸去，最后在腕关节的上方找到了一个可以用的地方。“随时都能看得见，相伴终生的疤痕，比金子还宝贵”——亚历山大·克鲁索维奇能把这种话说得一点也不显得滑稽。

当然由他带头开始，有力，毫不迟疑。艾德惊讶地看到好兵第二个抓起了刀片。克鲁索在鼓励他，但这并没有让艾德感到不悦或者委屈，那本来也是有可能的。这个士兵现在突然和他们这对伙伴站到了同一个高度上，跟他们传奇般的重逢站到了同一个高度上（他朋友的回归跟他自己的返回重合了——幸好他把旅行袋留在了那个坑里），充满喜悦的重新合而为一，这可以成为今后一切的基础……是的，这是一场胜利。艾德越想，越是想不明白那个好兵怎么如此轻易就被允许成为结盟的第三个人。

“兄弟们，向着太阳，向着自由。”克鲁索催促道，然后嘟囔了些听不懂的话。事实上他是在唱那首歌[1]，轻轻的，声音几乎听不见。兄弟们向着光明出发。艾德的心听懂了这个指示。他们要敞开胸怀，团结一心，放开手脚。那个士兵当然不是黑暗势力的维护者，克鲁索知道自己在做什么。

刀片被好兵的鲜血弄得滑溜溜的。艾德惊讶地发现这个刀片很容易弯曲，而且很难用拇指和食指捏住它。他不会用刮胡刀。他父亲用电动的，他十五岁那年，父亲把自己那个旧的贝保·谢尔牌电动剃须刀给了他。

一下——没有血。

于是艾德再下手，动作像个孩子一样僵硬，非要写字，但对写字的工具又还不熟悉。他手一滑，没切到第一次的刀口上。他通常徒手就能画出漂亮的直线，但这一刻想那些毫无意义。“这么直，就像拿尺子比着画的一样，艾德加！”他妈妈经常这样大声说，赞誉有加。可在皮肤上是另一回事。皮肤会退缩，皮肤会躲避。

他后来能够记起来的是：他其实很想把自己毫无意义的想法说出来。也许是因为害怕，所以他无意间用了过大的力气，可能还伤到了某个重要的血管。艾德脑子里突然闪过一个可笑的念头：没准他身体里是干的，或者那里流淌的、现在需要拿出来给人看的兄弟之情不够多。这肯定跟他的血压低有关系。从很小的时候，别人就让他养成了喝咖啡的习惯，

[1] 《兄弟们，向着太阳，向着自由》是一首工人之歌，在东德的示威活动中被合唱。

不光是在家庭聚会的时候，还有周末。咖啡和点心，每天下午，跟下班了的父母亲一起，“真正的现磨咖啡！”自豪地指出这种苦涩的饮品多么珍贵，他们用水或者牛奶帮他稀释，“血以后流……”

“血以后流。”克鲁索小声安慰他，语气中带着担心，因为他看见艾德拿着刀片在皮肤上划来划去，又着急又焦躁地想赶紧把刚才划开的地方弄得更深。

就像是要对时间一样，克鲁索和好兵把血淋淋的胳膊弯过来，好兵拉过什么东西放在切口边上，克鲁索的血则直接滴在沙地上。他把一只脚踩在上面，拧来拧去——就像在踩灭香烟。

血突然就来了。

它从所有的细缝和切口里喷射出来，喷向四面八方，真像泉水涌出。艾德匆忙中又用黏糊糊的刀片在肉里划了一道，根本没有必要——这血真让人舒服。

太阳消失了，大海黑暗无边，树木的轮廓仿佛触手可及。夜里的海浪声听上去很有力，在他们待的上面这里听着就更有力了，小岛就像搁浅的海洋动物。他沉睡中的呼吸声，或许这是临死之前的呼吸声，呼，吸，呼，吸……艾德看见一个闪闪发亮、镀铬的大听诊器，看见听诊器钻进灰色的，皱巴巴的皮肤里不见了，然后是心跳的闷响：怦——怦——怦——咚……跟他们上边这里这些干净利落地流着血的胳膊比起来多么可笑，他们少年时代的那些故事多么可笑，跟“侵犯边界者”这个词一样可笑，跟这个世界一样可笑。海浪发出长长的，持续的翻滚声，他们把胳膊紧紧贴在一起，手握成拳头。艾德感到一丝热血朝胳膊肘那里流去，那一瞬间：他慢慢地从自己的茧里滑出来，穿过叹息声组成的长长的隧道，舒展开身体，解脱了——找到了两个兄弟。

潘神[1]

没有人安排住宿了。那些遭船难的人就像无主的羔羊一样没精打采地在海滩上走。他们的朝圣活动像潮水般渐渐退去。尽管如此，还是每天都会有新面孔出现，为了追寻有人指引出的那条自由之路。总会有那么几个人曾经听说过驴圈、端盘服务员的房间或者掘墓人的小屋，听说过高悬在海面上方、视野开阔的观景平台，那里有喝的，每天还有热汤。有些人能在海滩坚持几晚，直到他们被搜出来，顶上逃离共和国的嫌疑，迅速地被押上最近的一班船，其间不乏威胁的言辞，例如“主管部门会去找您”，或者“我们很快，非常快就会再找您的”。

短工内部的气氛很压抑。他们变得谨小慎微，疑虑重重，也很少再有表示亲密关系的动作。据说一部分人已经离开希登塞岛，往南边去了。大家不太说起这个，就好像这些都是犯忌的，就像一对恋人发现彼此间的爱情突然熄灭时所受到的那种严重的伤害。维奥拉现在每隔一小时就要报道一下最新事件，这内容在它的报道中已经占到第二或者第三的位置，但大家并不怎么说。一开始，艾德以为这是谨慎起见，渐渐地他明白过来，这其实是为了牢牢抓住这个岛以及海岛的特殊性带来的优势。

[1] 希腊神话中人身羊足、头上有角的畜牧神，爱好音乐，创制排箫。

是海岛给他们心里带来安全感和自信，海岛几乎变成了他们的出身：他们是岛上人，今后也永远是岛上人。他们是为了保护这块少见的、几乎独一无二的“飞地”，不让它受到其余世界里各种迷惘混乱的侵扰，躲开那个世界里的各种威胁，诱惑，要求，纠缠，对海岛无边无际的欲望……

克鲁索二话不说就接手了吧台的工作。负责桌前服务的克里斯和兰波也尽了他们最大的努力。艾德现在基本上是一个人洗碗，他有这个力气，也有这个自信。回来之后，他基本上是连轴转。干完活儿之后，他就在收音机底下的那个位子上窝一会儿，稍稍休息一下，顺便啃他的洋葱。广播里报道了一场所谓野餐，欧洲的跨境野餐[1]，据说当时有六百余逃亡者跨过了通向奥地利的边境线。这些报道跟艾德想象中那个南边国家的画面倒是颇为契合，灌木丛，葡萄架，还有一个可能全是窟窿的带刺的铁丝网。危险的逃亡变成了野餐，大家带着毯子，篮子，或许还有匈牙利的萨拉米香肠。潘神登场，用欧洲的方式演奏着音乐……干了一天活儿，筋疲力尽的艾德滑进了一个奇特的梦境中，那里，钢铁围墙先是变成了疲惫不堪的铁丝网，然后又变成了窃窃私语着的可爱芦苇。

白天没什么人说这些事。只有因为卡瓦洛的离开而倍感失落的兰波（他自己不会承认）会说说这个，评评那个，尖酸刻薄，对时局的评论，字字铿锵，只是每个句子末尾都在颤抖。他很久不在窝里放书了，后来也不再往菜单牌子上写那些至理名言，取而代之的是对政治问题的自言自语。他最喜欢的话题是西方的政客们，说的话听上去就像是引用某首辛辣的讽刺诗，就好像安托南·阿尔托死而复活，要把恶毒的讽刺泼在每一个人的头上。

他喜欢骂那些客人，对他们的长相，他们点的菜，还有他们那些在他看来差到不能再差的知识和语言水平说三道四。他端着一盘装满了酒

[1] 指 1989 年 8 月 19 日在奥地利和匈牙利的边境线上发生的一次和平示威活动。

的啤酒杯走上观景台，对着那些桌子大吼“量力而行！”，一脸的盛气凌人，就像决战前夜的统帅。

这些日子，兰波的头发开始白了，大胡子粘在一起。往收款机里敲进要收的款项时，他的眼睛显得很大，闪着光，头却连抬也不抬。“荣誉，你什么时候来……”慢慢地，他变成了一个幽灵，顺着进港航路冲进洗碗间，把餐具叮叮咣咣扔在存放架上，样子看上去就好像要吐。

最近这些日子，他们常常感受到吧台夫妇的缺席。卡罗拉的魔法茶，冰块，脊背上她冰凉的手指尖。还有里克，他从来不认为替服务员向客人道歉是丢人的事，对一起干活的人从来没有一句谴责，只有好言好语和父亲般的提醒。他们的吧台老头边提醒，边把大家的杯子在吧台的塑料台面上排成一排，然后把甜甜的、黏糊糊的安慰倒进杯子里，倒得满满的。

8 月 27 日。克龙巴赫抱着一摞摞床上用品从院子里穿过，脸埋在那些床单被罩里。残余的香味，艾德心想。经理接手了女儿的工作，像做追思弥撒一样干着她的活儿。现在，给餐厅里的桌子摆台也是克龙巴赫亲自动手：面包篮，刀叉，调料瓶，调料瓶的中间是橘红色的芥末罐。他像个第一天干活的帮工一样，在吧台前面转来转去，添盐添胡椒，搅一搅芥末，那些芥末酱的中间是些水乎乎的小坑，四周却已经硬邦邦地成了深棕色。

“早上好，本德勒先生！”

艾德猛地转过身，一个汤碗撞在石头水池上。卫生警察抬起手，露出变色太阳微笑。他应该是从卸货台那儿悄悄进的洗碗间。艾德努力把注意力放在手里的活儿上。警官猛地蹲下，在下水道那儿捅了一会儿，也许是因为被洗碗间的蒸汽抹掉了记忆。他突然跳起，抓住艾德的胳膊，让他“下班后”到户籍登记处去一下。

克鲁索又开始四处巡视了。艾德不明白他怎么还敢走以前的那些路线。刚回来时的那几个休息日，他走出去就像是得胜还朝一样，几乎每到一处，都会有人热情地跟他打招呼，有人还会隆重地表示问候，喝的，吃的，还有小礼物。尾荆岩拿出一整瓶薄荷利口酒。在岛吧，圣地亚哥给他准备了一顿饭。尽管如此，到最后大家还是不打算重新开始以前的那种谈话。他们避开话题，再倒上些酒，谈论岛上的琐事。不管他们曾经的首领怎样把话题往那上面引（间接地，小心地，充满尊敬地），碰到的总是回避，托词，有时对方干脆沉默不语。失望的克鲁索不久后就用上了“无论如何”和“情势所迫”这种词。他越说，那些短工们的脸上越是空空荡荡。

于是克鲁索就往更远处去。下班后，他步行到岛上相对来说比较偏僻的南端，那儿的人对他不是很熟悉。但即便在那儿，他也一样没能找到新的盟友。曾经那些与对自由的想法自然而然结合在一起的激昂情绪，爱岛主义的最纯粹体现，突然间都不复存在。在克鲁索看来，这是因为旺季而产生的迟钝态度的复发，是一种病，传染病，这一切就像是瘟疫的蔓延。

克鲁索那么快就能回来，这引起了大家的怀疑，怀疑造成了严重的后果，他的英雄形象（戴着手铐被人押走）遭到质疑，流言四起。

“克鲁索，那个俄罗斯人？”

“说的可是德语。”

“那口音呢？那些奇怪的用词？”

“可能是图林根方言吧。”

“他不是那儿的人。”

“也不是这儿的人，不是吗？”

在本应是分配日的那些日子里，克鲁索就坐在克劳斯纳的观景平台上喝酒。几个短工上来，替其他不能来的人表示道歉。现在，克鲁索干活的时候多半只跟兰波说话，有的时候会去克龙巴赫的办公室。晚上，他就坐在艾德那儿，后者结兄弟盟时割的刀痕（七条）已经被洗碗水泡得发炎了，但这伤口不值一提，不值得当着像以前一样来房间看他的洛沙提。

本来是艾德有话要问，但现在反倒是克鲁索一脸疑问地看着他，就好像应该由艾德把那个说出口，说出那个名称，一个灾难，一个看不见的伤口。通常他会请艾德朗诵特拉克尔的诗，他最喜欢的是那些提到姐姐的诗行。这样的诗有很多，或许有二三十首，也可能更多。克鲁索不再朗诵自己的诗，他说自己不够纯净因而不能，不知道是什么意思。他还会说其他一些奇怪的话，但是关于他的被捕始终只字不提。艾德决定不逼他。他只是要克鲁索朗诵特拉克尔，一直说到他的朋友真开始朗诵为止。

克鲁索只朗诵了四行就停了下来，他又无声地尝试了一会儿，嘴唇摆动，但随后就放弃了。他的脸上空荡荡，一点表情也没有，脸颊突然非常大，变得像婴儿一般，那是蕴含最深刻柔情的地方。艾德换了一种眼光去看自己的朋友，几秒钟而已，因为他坚持不了太长时间。他轻轻地念着诗，尽自己所能，非常努力，几行之后，他发现自己突然找准了音调，他的心跳得更有力，力量在声音中颤抖，还有节奏，足以用诗治愈那个看不见的伤口，那些沉重忧伤、超越了一切的诗。

他们喝“椴树叶”，聊着候鸟和鸟的脚环，这时，克鲁索突然向他保证说雷纳那事不是他。他什么，艾德问。他说自己和另外一些人只是帮了帮忙而已，但已经晚了，他说自己感到很抱歉，但是现在艾德已经好起来了，在辐射研究所治疗过之后。什么治疗，艾德想问，不过那个并不重要。拍了个X光，也许拍了好多个，无所谓。有朋友在身边，他感到很安全。最好的、唯一的朋友，现在甚至还成了兄弟。

机器

“你怎么样？”艾德问。

靴子底儿的脸只剩骨头，有些地方还残存一些毛皮。这张充满讥讽的脸已经变了样子，没法再归在哪个种群里，但它依然还是他的狐狸，空荡荡的眼眶里全是专注。

“你什么时候埋葬我，艾德？”

“我想给你念点东西。”

艾德费力地从裤兜里掏出一张纸条，念了起来：

> 您可以问我，我也会坦诚相告我知道什么，想的什么，但我希望保留对别人同样坦诚的权利，可是我如果还和您在一起工作，那我就做不到……

“你觉得怎么样？”

“可怕。”

> 我不可能做双面人，我希望把所见所想和盘告诉当事人，但只是这样一想，就已经让我感到压抑。

“这个怎么样？”

“不怎么样，艾德。为什么要提压抑？你以为会有人对你的压抑感兴趣吗？你只会把这说的就像你真正的弱点。你真啰嗦，这性格不好，什么话都藏不住，什么都要讲出来，你天生就完全不适合，你就承认吧。在真话这件事上你还是个信奉道德的人，你就是不能向任何人撒谎，哪怕你愿意，你明白吗？你承担起责任，表现出警觉和阶级意识——通过提醒自己小心自己。”

过了维特村之后，艾德一路沿着海滩走。他感到了曾经的那种恐惧，它如今像个包体一样，已经成了木乃伊，快变成石头了。恐惧练就了不死之身，随时准备复活。它已经开始明确身份，确定地位，那些幼稚的称号和名字，比如“赫尔穆特[1]的狗”，或者“睡觉的时候瞎掉”，或者“贪吃的坏蛋瞌睡虫”等等，还有一些隐藏不那么深的，那些叫“十天后考试”，或者“练兵场”和“战斗警报”。那些很久不说的语言（比如俄语）也在身体中的某个深谷里过冬，还有一些许久没有用过的词，永远不想再有的情绪，都用这种方式深藏在身体深处，艾德心想。

隶属自由德国工会联盟的“东海”酒店开着侧门，房间里装着深色的墙板，灯光昏暗，白色的桌布就像船帆，在大厅里一副茫然的样子。一个服务员正在整理刀叉，他弯着腰，下面放了一个同样镶着木板的盒子，里面的格子分别放着刀子，叉子，灯。[2]艾德低下头，从旁边溜过去。他就保持着这个姿势走着。铺着黑色和白色的石头地砖通向大堂门口。对于清凉和更美好生活的构想。

通向户籍登记处的门。艾德迟疑了一下，然后走进走廊。办公桌后面的女人抬起头，脸上挂着大大的微笑。

---

[1] 赫尔穆特（Helmut Schmidt，1918—2015），曾任西德总理。

[2] 德国一句意在告诫儿童的谚语：“刀子、叉子、剪子、灯，小孩你们可别动。”

“请您直接穿过去到后面！”

她肯定很熟悉整个流程，所以艾德就把她这种奇怪的喜悦解释成一种想要摆脱自己所扮演角色的努力，不清不楚，或许有些绝望。

后面那个屋子的门虚掩着，卫生警察朝他走过来。半道上，他像个正在指挥交通的警察一样猛地抬起胳膊，第一次说了自己的名字：“我姓雷鹗，请！”他用右手指着一把椅子，那显然是给艾德准备的，他的左手指着自己的座位。两人面对面，分坐在一张光秃秃的长条桌子两边，桌子四周还有十到十二把椅子。

“您好吗，本德勒先生？”

艾德不由想起，过去这段时间工作人员吃早饭的时候是多么拘谨、沉默。长桌两个端头的人没变：厨师迈克和克龙巴赫，就像两个桥头。其中一个还是大汗淋漓，另一个依然裹在爱丝蕾邦的香气中，涂着面霜。艾德这边只剩下罗尔夫和他自己，两人之间隔了好几把椅子，因为依然保持着曾经的座次。他左边缺了吧台夫妇，右边缺了雷纳。他们都从他身边挪开了，而这是他的错……有的时候他会禁不住那样想。

“本德勒先生？”

警官穿着那件有很多实用的兜的黑色皮夹克，变色太阳镜闪烁着柔和的浅棕色。长桌端头的椅子上立着一个扁扁的文件包，就好像它才是这场会面的主持。

艾德拨开垂在脸上的头发，他的伤口已经愈合了。他不知道自己应该怎样回答。

“罗姆施塔德教授处理得很好，是不是？您跟他聊了很久吗？您怎么看这个人？我们以前在那儿碰到过一些问题，挺遗憾的——这么优秀的一位科学家，如果您明白我的意思的话。我们需要科学！比以往任何时候都需要。我们需要手、心和脑！您肯定听说过我们的微处理器，32 比特！乖乖！”

“我当时还昏迷着——处理的时候。我想说的是……”

“当然，您当时没有意识，本德勒先生。但是您也该清醒过来了。顺便问一下，您的朋友怎么样，在他幸福地回归故乡之后？”

艾德看着窗户。泥泞的院子里全是又宽又深的印，就好像有拖拉机在那里兜过很长时间圈子一样。泥地上的圆圈中间放着一辆废旧汽车，旁边是岛上警察的那辆绿色的“燕子”牌自行车，安全头盔挂在车把上。大海顶多在百米之外，但他听不到海浪的声音。

“您在上面克劳斯纳那儿是怎么坚持下来的？您平常做些什么，比如晚上？您又开始搞那些诗了吗？还是画图？给那些遭遇船难的人或者无家可归者的图片，就像您的朋友用的那些词，他那颗斯拉夫的灵魂可真是体贴、亲切，是不是，本德勒先生？您可不要把自己的心变成土匪窝！”

雷鹞。奇怪的名字，假如这不是个假名的话，艾德心想。他不知道那个文件包里是不是放着录音机，能把他在狐狸的帮助下所做的自我批评全部录下来。他眼前又出现了那台 B56，放在组合柜里他父亲的那台捷克产的录音机，用来卷带子的摇把，还有那个火红的录音键——《阿根廷，别为我哭泣》，他经常倒到这首歌上，然后……

“我只是在咱们俩之间说这些，在某种程度上。假如您的朋友不是那样彻头彻尾地斯拉夫化——或者我应该怎么说呢，本德勒先生？——那他早就不可能在这儿自由地跑来跑去了，这个您知道的吧？或者咱们这样说：苏联的司法管辖范围。父亲在波茨坦的俄罗斯城，哎哟老天爷！是个将军！不过这点您早就知道了。只有在我们这儿的人才烦恼缠身，工作全都压到我们头上，就好像我们这儿是萨哈林岛或者圣赫勒拿岛[1]！不过也不光是我们，还有您，教授，克劳斯纳，所有被他扯到他那个圈子里去的人，正是这一点，本德勒先生，您似乎并不清楚，这多么危险……”

[1] 圣赫勒拿岛（St. Helena），大西洋中的岛屿，距非洲西岸 1900 公里。

先是DJ的声音，做作的激情四射，就连歌曲宁静的、轻轻的前奏似乎也无法阻止，所以前面的几个小节总是被污染。不过艾德已经躺在了地毯上，摊开双臂，等待着那个名叫朱莉·考文顿的女歌手宛若天籁的声音。他十四岁，事实上痛恨一切可以被称为流行歌曲的东西，但是现在他只是躺在那儿，在地毯上，不久之后，眼泪就开始流淌。

“亚历山大·克鲁索维奇是我兄弟。”

其实他不是要说这个。

其实他准备好的话不是这样。

但这是他的话，一个非常棒的句子。

他依然看着窗户外面。

院子里的拖拉机车辙上方已经盘旋着他的第二句非常棒的话：

“咱们不都是斯拉夫人吗，一直到易北河[1]，雷鹨先生？”

转眼间，他就已经记不起自己说的是斯拉夫还是奴隶。[2]

卫生警察瞪着他，然后看看自己的记录本，就好像要拼命把注意力从艾德这个人和他身上所有令人讨厌的东西上转移开一样。一个微不足道的，肮脏的旺季短工，意志不坚决，摇摆不定，让人没法评价。关在象牙塔里，就算前途无量，但到目前为止，除了几首腐朽的、全是乱伦关系的诗，从生活中什么都没学会。

他们离开了户籍登记处，但是事情还没有完。雷鹨走在前面。想想别人会看见自己跟这个人走在一起，真是难受。两个骑自行车的人，还有散步的人，晚饭后出来溜达的游客。在这种度假酒店，经常18点就吃晚饭。两个人走进户籍登记处斜对面的一栋房子里，一个小小的，笼罩在阴影里的走廊，走廊尽头的台阶通向地下室。先是一间低矮的房间，

---

[1] 易北河（Elbe），中欧主要航运水道之一，发源于捷克与波兰交界处，经德国东部流入北海。

[2] 德语中这两个词发音接近。

被日光灯照得通明，里面放着长凳和椅子，就像间教室。一股消毒水的味道，也有可能是老鼠药的味道。艾德感到一阵颤动，然后就听见了嗡嗡声。警官走到教室前面，从讲台下抽出一根教鞭。他就像要打台球一样仔细看着教鞭涂了红漆的尖头，把教鞭在手里稍稍转了转，然后举到嘴跟前，就像要亲吻它一样。最后，他噘起嘴唇，吹掉漆上并不存在的残留的粉笔灰或者灰尘，教鞭随即开始发光，也许还是灼热的光，但那只是电灯的反光而已。他手上的每个动作这时都变得漫不经心而又有把握，跟在上面户籍登记处时不一样了。雷鹑仿佛到现在才进入状态。他半靠坐在桌子上，动作懒洋洋的，同时又高高在上。他那根教鞭的把手轻轻地，仿佛不耐烦地敲在桌子的金属架上。艾德站在教室的大门口，一个正等着接受惩罚的学生。黑板那么干净，就好像从来没有写过字一样。

艾德后悔到这儿来了，他应该可以拒绝的（可以吗？），他应该可以忘记的，一个不小心忘记，但他那时害怕，而且总觉得该了结什么。他必须这样做，为了证明他并没有瞧不起这个警官（实际上他是瞧不起），如果表示了这点最起码的尊重（为了安慰他，艾德想，让他忘记自己狡诈和丑陋的形象），那么退出的路上就没有障碍了，证明他压根没有能力搞阴谋诡计。一上来就拒绝是不可能的，不能够接受的。首先得对约定的日期表示尊重，然后再把头（慢慢地，小心地）从绞索里抽回来。只是，现在恐惧又冒出来了。纯粹的恐惧，很不理性。

警官朝他走过来，有节奏的双击，先敲长凳，然后是墙。一扇到这时才显形的门打开了，芝麻开门了。例行公事，艾德心想，司空见惯。奇怪的只是，现在是他在经历这些，现在，此刻。

嗡嗡声大了起来，很吵，一股让人窒息的恶臭扑鼻而来。他们走进一间放着机器的屋子，艾德右边是雷鹑，他正跟操纵机器的人打招呼。那机器是个钢架子，放在屋子中央，上面有一堆突出的奇形怪状、闪着乳白色光芒的东西。这机器有头，却没有脸，反正嘴唇是没有的，也没有耳朵，只有牙齿。它有头发，上面粘着沙子和海藻，四肢的残骸伸向不同方向，透着灰色和绿色，就像蒙了一层保鲜膜的苔藓。一只肿胀的脚，一个好像是脚的东西。嗡嗡响的不是这个机器，它没有嗡嗡响……

艾德向后退，他想找出口，但那个操纵机器的人拦住了他，并把一个白色的搪瓷桶塞到他怀里。一开始艾德还以为他要把这个桶扣在自己头上，但那个人最终只是把桶把套在了他的脑袋上。这个桶把似乎特别长，毫无疑问，这个桶非常适合现在的这个用途。尽管如此，还是有几根头发被夹住扯掉了。艾德还在呕吐的时候，卫生警察就已经开始介绍起了那台机器。

“这具尸体在水里泡了三个，或者至少两个星期……本德勒先生，您听见我说什么吗？”

艾德吐了一口吐沫。

“好，这样就好。本德勒先生，您能不能证明这个死者，”他的教鞭在那个机器上方画着圈，“就是失踪的雷纳·萨尔茨巴赫，希登塞岛克劳斯特村企业度假村克劳斯纳里的冰激凌售卖员？”他问得勉强，几乎提不起兴趣，就好像这件事实际已经没什么意思了一样。

那个机器。一堆烂糊糊、黏糊糊的东西。

警官试着继续保持教育者的姿态，边解释死者的状况，边用眼睛瞄着艾德，就好像要检查他是不是在认真听。

“雷纳·萨尔茨巴赫很典型，依我看这是一个典型的侵犯边界者。最重要的特征：这些人倾向于过高估计自己，这是他们的本性，对吗，本德勒先生？所以他们才会低估距离，寒冷，大海。而我们就得去救他们，当然，我们不可能关照到每个地方，也不可能总是及时赶到。”

艾德的耳朵里是机器设备的嗡嗡声（现在可以看出那是一个冷却设备）。他紧紧抱着那个桶，把桶更用力地按在自己的肋骨上。他现在就是那头骆驼，梦中的那头骆驼，脖子上套着食盆。台球杆的红尖画着圈，然后划出几条弧线，像要在空中写什么。雷纳乳白色的残骸现在成了一个玻璃的或者冰的平面，上面有球在滚动，滚来滚去，然后一个接一个消失在机器上那些黑洞洞的、已经腐烂的开口里，悄无声息。

“我们想知道的是，这些伤口从何而来，本德勒先生？”写字的杆突然不动了，红色的尖垂到那堆乳白色和灰色的烂肉上。艾德吐得眼泪汪汪、头晕目眩，他感到浑身发冷。

“比如这块血肿，毫无疑问，这是受害者在进水之前就已经有的。外行可能看不太出来，就是我也不行，这我得承认，但我们有专家，本德勒先生，我们有实验室，船只，潜水员，我们有32比特，如果您明白我在说什么的话！”

先是碰了碰，然后是细细的一条黏液，像蜘蛛丝一样把教鞭和机器连接起来。艾德觉得自己要昏倒了。他双膝发软，他想蹲下，但后面那个操纵机器的人走上前架住了他。他那个桶的把手长长地“吱”了一声。

“好，本德勒先生，您怎么想？或许您不记得了，反正记得不清楚了？不用担心，所有人都是这样，一开始的时候，但是之后都还是能谈的，而且通常要说的都很多。”

一个装着轮子，好像配餐车一样的不锈钢桌子被推了过来，上面放着一些需要艾德签字的纸，大约四五页。他朝前俯下身体的时候，桶发出刺耳的吱吱声。

悲剧的最后一幕

9月5日。厨师迈克没有来吃早餐。克龙巴赫来了，他清清嗓子，念了一封用粗笔和大大的印刷体字母写在一张包装纸上的告别信。信里说到住在吕根岛上山里面的一个女人和一个孩子，厨师迈克的女人，厨师迈克的孩子。里面还说到共同的旅行，经过多少多少年之后的一个重新开始的机会，如此等等。最后一句话里用了"在这个艰难时期"这个说法，同时请求"大家"原谅。直到这时，艾德都不知道还有这么个家庭存在。他眼前出现了厨师迈克，每个毛孔都淌着汗珠，费力地写着"给大家"的告辞信，就像是在写订货清单。

"你们也知道，厨师迈克本人就是可靠的代名词并且……"克龙巴赫就像要致悼词，但他截住了话头，最后只是指出在"现在这种情况下"几乎不可能找到新的厨师。

"为什么要找？"克鲁索小声说，他坐得笔直，端端正正的，一如既往。他的手分别放在盘子的左边和右边，就好像要安慰那张桌子。

"罗尔夫，你怎么想？"克鲁索一直等到助理厨师看着他。

"第一：菜单。从今天开始从少从简，只提供你会的那些，简单的小东西。第二：用餐高峰的时候你，维尔纳，可以到厨房里去搭把手。"

克龙巴赫没有吭声。维奥拉那儿传来新闻的声音，听不清，然后是路况信息，听不清，然后“早祈祷时间，今天讲话的是达姆施塔特[1]的托迈牧师”。这是克鲁索第一次公开下达命令。

假期结束后，度假的人明显少了，特别是来一日游的游客。渡船的时刻表也做了调整。他们卖力地干着，勉强维持着克劳斯纳的运转。艾德很享受晚上那种筋疲力尽的感觉。甜蜜的宁静，除了最后要一杯喝的东西之外，别无所求，然后坐在观景平台上发一会儿呆。温度降得很快，午夜时，月亮把自己的光泼洒在松树的尖上。

就好像要忘记那些过于血腥的噩梦一样，艾德忘记了那头腐烂的骆驼的梦。实际上那比遗忘还要更彻底，就像是用剑砍断了，那东西掉了，掉进了心中的某个黑暗角落——还在，但是看不见。留下来的是与洛沙之间更加亲密无间的感觉，还有那个因为雷纳而乱糟糟滋生蔓延的负罪感。根本不用他说什么，大家就已经传得沸沸扬扬，说找到了，用渔网从水里拉出来的，据说成了好几块。还有其他一些版本。如果艾德在跟前的话，大家就会压低说话的声音，各种猜测进行得更加小声，更加像猜测。对他以某种方式间接参与了这起死亡案件这件事，大家很乐意有所顾忌，这起死亡案件是这些日子里最彻底的一种退场形式。

那些简餐很受欢迎，罗尔夫一个人在厨房里孤军奋战。大家接受了简化的菜单，所有的事情都会被接受，实际上还不光是接受，这被当成了对幸福感的证明：红色的汽水淡而无味，但毕竟是岛上的，寡淡的咖啡味道好极了，因为它能够证明他们经过努力到了这里，到了这个观景平台上，高高地在海面上方，这个国家视野最漂亮的地方。这必将成为难忘的一天。

但同时，这些赶着旺季的尾巴来的游客似乎会将他们咖啡杯和酒杯

[1] 达姆施塔特（Darmstadt），德国中西部城市。

里的东西更快地倒进肚子，就好像要把这个奇怪的夏天尽快喝完一样。酒吧的柜台上，点酒水的单子积了一堆，克鲁索骂骂咧咧，所以艾德后来放下了洗碗的活，跑来给朋友帮忙。正是在这日复一日的战斗中，艾德感受到了两人间深深的情谊，不多的几句话，偶尔的肢体接触（就像是脉脉的柔情），在他们共同证明克劳斯纳永不沉没的时候，对对方表示的理解几乎是盲目的。

9月19日。厨师迈克离开两个星期后，兰波没来吃早饭。罗尔夫给大家倒上咖啡，提出要去蜂巢看看，叫醒同事，这个人前一天晚上可能是，按罗尔夫的说法，“把眼睛喝得睁不开了”。克鲁索朝门那边摆摆头，但眼睛看的却是艾德，看样子艾德才是在座的人里应该负责这件事的。

一种绝望的声音充满整个林间空地，这声音就像是从地底下，而不是从蜂群那里钻出来的。蜂王死了，艾德心想，他也不知道自己为什么会这样想。他喊着兰波，慢慢地推开门，一股甜甜的浊气扑面而来。床铺乱糟糟的，一股睡觉和剩饭的味道。艾德走到书架跟前，就好像他是专为这事来的。直到这时他才看到，书架的每一层上都有打烂的蜂房，里面的蜂蜜不断滴在书上。兰波不多的藏书（不超过两百本）变成了一大块柔软的、流淌着的金色。书里面像是有个活物，结实的有机体，一个奇妙胚胎最外层的壳。那美味不断地流淌着，一点没有减少的意思，就好像蜂房里有取之不尽的储备，或者现在从书里也在往外淌着蜂蜜。这甜蜜的，呈波浪状缓缓流下的东西似乎让下面的书很满足，书们就像是在神游或者沉思。“为了安慰。”艾德喃喃地说，因为蜂蜜就好像在安慰那些书，没错，蜂蜜和书是一体的，书和蜂蜜，独特的长生药。不过这当然是错觉。事实上，那些书跟洒出来的蜂蜜一样哀伤。从现在开始，书们心想，再也不会有端盘子的把我们带到洗碗间去念给洗盘子的人听，也不会再有懂得以诗作答的洗盘子的，也就是说，这个世界上再不会有洗盘子的人写的诗，也就不用再巴望他们写书，循环就这样被打破了。

“不，还没有，还有点时间，”艾德小声说，“我向你们保证。”

蜂蜜藏书。艾德不知道自己盯着那缓慢的流淌和温柔的坠落看了多长时间。他还不想回去，于是就在窗户前面的小桌旁坐下，那上面放着一支铅笔和几个如尼文字母，也许是海岛日那天，或者以前分配日的时候留下的。他的脚碰到了一个煤桶，这个桶其实并不应该出现在这个没有炉子的养蜂人小屋里。他从桶里拿出一些揉成团的纸，把它们捋平。绝大多数纸上都只写了类似于标题的一行字，此外再就没有什么了。“我们在这里本没有常存的城，乃是寻求那将来的城。希伯来书13章14节。”艾德见过这句话，就写在海岛公墓停尸间的上方。还有一张纸上是一篇关于蜜蜂的短论文，下面画了一个像蜜蜂一样的男人，胸前覆盖着细细的绒毛，他那张蜜蜂似的脸上全是愤世嫉俗，或者至少是愤怒。他的两个下肢末端长着脚，紧紧并拢放在性器官前面（或者那个可能是性器官的地方）。看上去他就像在用两个脚后跟互相摩擦。你也可以说他是个佛陀，没准是在暗指短工们在佛树上的恣意狂饮，但男人的脚趾上长着小小的、弯成倒钩的爪子，胡子尾端弄成三叉戟的样子——这毫无疑问是艾德见过的最奇怪的东西。

艾德默默地把这张有蜜蜂文章和男人画像的纸放在克龙巴赫的盘子旁边（不经意间——还是以前留下的对经理的敬意），但克龙巴赫看都没看，就把那张纸递给了克里斯，克里斯又把它推到克鲁索坐的那一头。克鲁索道了声谢，客气得有些奇怪，就像一个要提醒自己保持尊严的人一样。他小心翼翼地把纸举起对着光，看了一眼，然后又放下。他低着头咀嚼，吞咽，然后再次拿起那张纸，念了起来。

“有生殖能力的蜜蜂……”克鲁索顿了一下，然后又重新开始，“有生殖能力的蜜蜂——蜂王和雄蜂——为了交配需要飞很远的距离。蜂王在飞行状态下与多只雄蜂交配。为了保证与具有最优良品质的雄蜂交配，必须找到能够防止那些未被选中的雄蜂靠近的地方，比如岛屿。繁殖的目标是使种群具有勤劳、温顺和不喜爱聚集结群的品性——apis mellifera carnica[1] 的品性，希登塞岛种群。”

吧台的冰箱启动了，声音盖过了松林间的风声。秋天的风暴来报到了。

“这个消息，”克鲁索解释说，“证明兰波早晚有一天会回来。”

来不及说这个消息是从煤桶里找出来的。艾德同时也问自己，为什么要那么仔细地把纸捋平，然后像个请愿书一样把它从养蜂的小屋里带上来。

“一些人现在离开了我们。”克鲁索开口小声说道。他站起来，脸消失在就餐区吊灯上方的阴影里。“其中有不少是我们很需要的人，是这里急需的人。”他双手支在桌子上，脆弱的大脸颊又回到光线下来。

“其中一些人会再回来，甚至是很多人。他们抛弃了这个岛，但是不久之后，他们就会明白，就算是用外汇……”

虽然只是在克鲁索说的话里，但那个词依然像黑暗中的一块金币一样闪闪发亮，它放着光，偷偷地发出叮叮当当的声音，而且气味芬芳，外汇，西边的货币，多么饱满，多么纯正的声音，而东边的钱就像猪食桶，铝制的刀叉……

克鲁索就像猜到他会这样想一样，他停下来，俯视着艾德。“只有自由的假象才是有价的，自由是无价的，它首先由义务组成，见鬼，不是由特权。”他没有再用那种“这事难以言表”的语气。

“咱们还是这样说吧：那些现在离开我们的人否认他们对这个地方负有的责任，他们只想着自己，而现在担负起一切的是你们，你们，用你们的劳动，每个人在自己的位置上……”

“好了，没什么。”克里斯嘟囔着，把烈酒倒在咖啡里。罗尔夫低头看着地，看上去很苍白，他把椅子从桌子边往后挪了挪。

“……也包括那些遭遇船难的人和无家可归的人，这些人还会在很长、很长一段时间内存在，从一个充满各种窘困的大海中被抛到这个岸

[1] “卡尼鄂拉蜂”的拉丁文学名。

边，那是个能让人窒息却不死的海。”

艾德突然觉得自己必须向克鲁索表示一下怜悯。他不知道为什么竟然生出了同情心，同时又因此而感到羞耻。在这儿慷慨激昂地说话的可是他的兄弟，他说得难道不对吗，从那种深刻的，非常深刻的意义上说？尽管如此，他还是仿佛站在巨大的浮冰上，克鲁索给他们列举获得自由的途径（克劳斯纳，小岛，大海）以及被人奴役的途径（外汇）时，那浮冰还在不断向外漂去。

“我现在只想说：我们的药草欣欣向荣，蘑菇在生长，汤已经烧好，房间准备妥当——我们提供的能够过夜的地方数字喜人，基本上可以说比以往任何时候都多，对不对，维尔纳？不久后，整个旅馆就会空出来。我们应该这样看问题。一切都会稳定下来，秋天已经来了，冬天也在眼前，你们已经做好了准备，为此，我要感谢你们！”

已经有什么在悄悄进行，陆地在移动，靠五个人几乎不可能把克劳斯纳经营下去。提到冬天让艾德心情沉重。圣诞节，礼物，寒冷，一种巨大的遗憾之情，巨大的哀伤之情，他就像是应该未雨绸缪一样，但是现在已经太迟了。克鲁索的浮冰这时已经远远地漂开，所以他们已经听不清他在说什么。只剩下天边他的身影，面颊上苍白的光芒，嘴的不断开合。

克里斯又朝早餐的咖啡杯里倒了些烧酒，烧酒和樱桃威士忌，一半一半，这是厨师迈克最喜欢的混合方式。

“为什么月亮和男人……”

“要结伴去海上。”

少了一些声音，他们站起来，喝干杯中的东西。艾德熟悉洛沙的面颊（大而柔软，胡子拉碴），但现在，他的拥抱似乎不同以往。曾经，他们关心的还只是一张照片，是诗，是他们失去的某个人，那曾经是他们在世界上最关心的事。

实行应急人员调配的日子来了。早晨，克鲁索把工作人员餐桌旁边那些没人坐的椅子挪开，摆到客人就餐区的桌子旁。在艾德看来，他们还固执地守在那里，那些离开的人，守在不同的桌旁，像一群被驱逐的人，尽管是他们自己决定离船的（像克龙巴赫说的那样）。

他们坚守着各自的岗位：克里斯在桌边服务，罗尔夫在厨房，艾德在洗碗间，克鲁索在吧台，克龙巴赫负责安抚那些企业疗养客。他每个星期三还是照旧举办所谓的旅馆之夜，在这个活动上，他会讲这个小岛的故事，并且让他的那些灰色的心脏表演。他把手举过头顶，看也不看，挽出一个又一个心，然后把它们扔在女游客的怀里。这样的夜晚里，他光彩照人。之后艾德还看见他跟几个客人上了观景台。艾德听见他们的声音，咯咯的笑声像是从很远的地方飘来的，仿佛来自久远的过去。最后，他那张桌旁只剩下一个胖乎乎的小个子女游客，穿着白晃晃的开襟毛衣，整个人缠在克龙巴赫身上，就好像那是她最后的依靠。克龙巴赫半秃的脑壳在平台上路灯的照耀下放着光，也许是因为爱丝蕾邦，艾德心想。他不由想起了那个朝北边游了二十多公里想逃跑的人，最后在午夜时分，他抱住了一个标志航道的浮筒，浮筒上煤气灯散发出热量足以防止他被冻死。这个故事是卡瓦洛讲给他们听的，他还说了那个男人的名字，米特尔鲍尔或者米特鲍尔。到早上，米特鲍尔打算继续游，向剩下的那些路程发起进攻，这时一艘名叫“北部地区”的吕贝克[1]的渡船刚好从旁边驶过，“北部地区”的船长从船舷边（从他头顶一栋楼一样高的地方）问这个逃亡的人，需不需要带他一段。

“你知道这个游泳的人怎么说吗，艾德？”

“怎么说？”

“为什么不呢。他说：为什么不呢。”

这个游泳者的回答真是非常出乎艾德的意料。“为什么不”是一个委婉的肯定，显然是衡量过否定的各种理由后作出的肯定。为什么不。卡

---

[1] 吕贝克（Lübeck），德国北部、波罗的海沿岸城市。

瓦洛讲的那些逃亡故事听起来跟克鲁索的不一样，卡瓦洛的都是能给人满足感的好故事。

艾德又朝平台看了看，他明白了，克龙巴赫身边不会有船经过，这个白色开襟毛衣就是终点站。最后一个浮标。

休息日前的那天夜里，艾德已经精疲力竭。他之前又不得不上吧台那里去帮忙，所以有一部分碗盘他到打烊之后才有时间洗。“把那些脏东西铲掉。”里克曾经这样说。盘子上残留的食物已经硬得像石头一样，咖啡的印子就像烙在了杯子边上。一干完活儿他就上床了，他那身湿漉漉的、沾着各种污垢的衣服散发着难闻的臭味。自从莫娜走后，床单被罩就没有再换过。他的脑袋嗡嗡作响，耳朵里全是海浪声。他又离开房间，走下克劳斯纳的楼梯，他已经好几天没有去过海边了。

回来的时候，他突然感到一阵虚脱。“十月，最后一只蜜蜂 / 也积攒了坠落需要的体重。”[1] 过度劳累后，他的存货们又开始说话了，非常地柔和，并且，应该怎么说呢，非常善解人意。它们不再是入侵者的姿态。上台阶的时候，他觉得自己就要倒下了，朝后倒进海里。他的脑袋有种惬意的沉重，还有突然而来的诱人的虚弱，他曾经有过、但早已克服了的坠落的欲望的残余又闪着光填满了他的脑袋。他看看四周，水上漂着一个银色的高脚杯，底座一直伸到岸边，一个黑色的柱子支撑着月亮。

艾德绕着克劳斯纳兜了一个大圈，穿过院子走进洗碗间。他没有开厨房的灯，要定位有维奥拉就足够了，它现在正在播放亨德尔的协奏曲。他从冰箱里拿出自己的洋葱，把煎土豆的平底锅里剩下的东西刮到一起，刮出了油乎乎的一小堆。然后，他在收音机下面的凳子上坐下。就这样，怀里抱着平底煎锅，脊背靠着冰箱，他终于睡着了。

[1] 彼得·胡赫尔的诗句。

德国广播电台

9月26日。离午夜还有7分钟。维奥拉像念童话一样预告着第二天的节目。说话人温和的男低音，起先只是稍稍发出"喀喀"声，然后就非常清晰地从东西的底部刮过去。好像每一个词对他而言都同样重要，每一个句子都像是从麻木的，但同时又有着父亲般柔软的嘴唇里说出来的。艾德静静听着，让那个声音进入自己的身体。思绪飘到了他小时候，那时他曾经试着跟外星人通话。他把手提收音机放在面前的书桌上，在他的儿童房里。他调到短波，搜寻太空，白色的调台旋钮捏在手指中间，一毫米一毫米地找，一直到那些人的信号响起。以上是节目预告。德国广播电台。在一天将要结束的时候，请听国歌。零点时我们会再回来——新闻。有时，外星人的信号会中断，艾德把那理解为请求："喂，喂，我在这儿，请过来。我生活在地球上，在格拉－朗根贝格[1]，夏洛滕堡路24号，德意志民主共和国，你们听见吗？请过来。完毕。"

国歌美得难以言表，就像是为了庆祝一样，它唤起了对被禁止的那部分的回忆，古老的歌词里透露着对德意志高于一切的病态渴望，音乐和歌词似乎是密不可分的。他琢磨着那个词：密不可分。Z博士曾经在

[1] 朗根贝格（Langenberg）是格拉市的一个辖区。

课上说起过，那个诗人奥古斯特·海因里希·霍夫曼·冯·法勒斯雷本坐在当时一个英属小岛上，[1]从遥远的北方（病态的渴望）看着自己支离破碎的祖国。零点。德国广播电台——新闻。苏联总统，苏共总书记戈尔巴乔夫说，苏联的改革已不再被视为从上层发动的革命。为严重的问题提出简单的解决办法就意味着欺骗人民。纪律比以往任何时候都更加有必要。把按钮拆下来不太容易，但艾德后来还是把晶体管收音机上的那个木头小方块从硬邦邦的皮套子里弄了出来，这样他就能更好地对着收音机讲话了："喂，喂，你们在哪儿，你们什么时候来？完毕。"他的嘴碰到了喇叭的金属罩子，在上面留下一个湿湿的印。嘴唇上一阵麻酥酥的，外星人又开始发信号了……

艾德睡着了，没听到新闻，天气预报，路况信息和大部分的"摇滚时间"，今天播的是吉米·亨德里克斯的音乐。在半梦半醒之间，他听了现场录制的《嗨，乔！》——吉他的声音伴着一种类似于乌鸦、海鸥或者电锯的声音。"喂，喂，你们的星球叫什么？假如你们还需要人手的话，我夜里总是一个人在房间里。完毕。"在没开始联系他们之前，他已经给外星人打开了窗户，尽管已经是十一月，寒冷的风吹着他的脖颈，他只顾轮流把耳朵和嘴贴在喇叭上面那层冰凉的金属壳上。这样发信号时最奇怪的是：自己的声音。双唇之间的窃窃私语声，出气的呲呲声，脑壳下的嗡嗡声，双眼之间哼哼唧唧的抱怨声，特别是：这些声响中的那种陌生，就好像在很深的地方，他自己声音的底部，有一个陌生的、无比强大的东西在动，只有通过持续不断的轻声细语才能阻止那东西冲出来。那是死亡的声音——后来他就这样称呼那东西。

他错过了一点的新闻，天气预报，汉堡海洋气象监测站的一则消息和汽车协会ADAC的一个旅行者热线电话。他睡过了"摇滚时间"的第

[1] 奥古斯特·海因里希·霍夫曼·冯·法勒斯雷本（Angust Heinrich Hoffman von Fallersleben，1798—1874）是德国诗人，他于1841年在当时的英属黑尔戈兰岛上写下的诗歌后来成为德国国歌歌词。

二节。第二个小时放的是民谣，其中包括女歌手梅兰妮唱的《有些人说走开，有些人说不要走》。然后是类似于休息信号的七下清脆的响声，就像用来哄孩子睡觉的那种八音钟的音乐一样温柔。他睡过了一台的晚间音乐会，还有好像有夜盲症一样的声音轻轻说出的那句“我们向收听这个节目的所有听众朋友们问好”。

外星人一声不吭，于是艾德就开始摆弄那根镀铬的收音机天线。这也不起作用，他于是站起来，肩上扛着收音机在屋子里走来走去：“喂，喂，我听不见你们说话了，请讲话！完毕。”他爬上书桌，伸直胳膊，把收音机在空中甩来甩去。不可能是电池的问题。“你们在哪儿？出了什么问题？喂，请讲话！完毕！”

艾德醒过来，喝了一口之前带到收音机下自己座位旁边的咖啡利口酒，然后又睡过了那场歌剧音乐会，开场的序曲是莫杰斯特·穆索尔斯基的《莫斯科的晨曦》，然后是一首蒙特威尔第的八声部圣歌。快五点的时候，奇妙的八音钟又发出了七声响。那是播音开始的信号。或者是外星人的，连续三次。半梦半醒之间的报纸摘要。间或的爱尔兰民族音乐。雪线降到了 1500 米。那些想要离开的人不再相信上层的领导。

七武士

10月7日，克龙巴赫卸任了。只是一个简短的讲话，更像例行公事，类似于总结报告。整个下午，经理都在做准备。他占领了厨房，还在院子里奔来奔去。尽管是国庆节，马车夫迈基还是从港口那里送来了鳗鱼，几瓶少见的葡萄酒，还有两箱石塔路普拉门酒[1]，这是跟着那艘顶推船一起上岛来的。每个箱子里都少了几瓶酒。

一直到晚上，迈基的车都停在院子里。艾德走下去问候那匹熊马，这匹马在他眼中就像从遥远过去来的使者。他用手指尖摸着马双眼之间那片光滑的皮毛，马猛地朝空中扬了扬脑袋。艾德又站了一小会儿，等着自己的思想回来，思想没来，倒是下起了雨。他回到房间里，天慢慢冷了，他房间里的暖气是坏的。

按照约定时间来到桌边的只有他们三个人。后来，克龙巴赫抬起手，他们开始吃饭。罗尔夫和克里斯之前暗示他们更愿意去希提姆参加一年一度的“共和国舞蹈节”，艾德因为顾虑克龙巴赫所以没有说。鳗鱼很好吃，他觉得。除了鱼之外还有土豆，俄罗斯鱼子酱，之后还有几种他没见过的奶酪。克鲁索给大家添酒，他们喝得很快，每口都很大。

[1] 一种捷克啤酒。

他说自己临时决定拒绝最后一拨的企业疗养客，撤销了，克龙巴赫解释说是因为突然人手短缺。他们的固定客户，下舍纳维德[1]的金属冶炼和金属半成品制造厂马上对此做出反应，免了他的官，并且展开调查。主管旅馆经营的女经理在电话上声音都变了。在所有她提出的指控里面，“犯罪”还是最轻的，此外，她还表达说自己确信（基本上是尖叫出来的，克龙巴赫说着，用手指尖摸了摸自己的光脑壳）他一直就是个骗子，做的是阴阳帐，还倒买倒卖矿藏，非法容留他人，总而言之就是个破坏社会主义的坏分子，所以她对现在的一切一点都不感到惊奇，一点都不惊奇，谁都不会感到惊奇，等等。最后，主管旅馆经营的女经理问他打算如何对那七位劳动者和他们的家庭负起责任，加在一起一共是二十四位本国公民，他们等这个疗养的指标等了好几年，也有可能是好几十年，为了这好几年和好几十年，他们辛勤工作，力争上游，难不成，她的最后一个问题是，他的背心口袋里还装着好几个其他的岛？

背心口袋很贴切，艾德想，他肯定克龙巴赫以前穿过背心，在皇宫酒店的时代……

“其他的岛！”克鲁索的声音都快变了。

“你是怎么回答的，维尔纳？”

“没回答。我现在收到传唤，得去柏林。而且主管旅馆经营的女经理还宣布成立了审查委员会，并且动用了秩序维护人员，恐怕路上他们就会跟着。”他给自己添上酒，举起杯子。他的手在颤抖，但似乎并不在意。他并不为此感到羞耻。

“好，我这里只是想说，我真的一点都没有想到自己要为这七个……”他深吸了一口气，“七个劳动者负起什么责任，为这些”——他想找一个大到至少在这一刻能够容纳自己悲愤的词——“这七个屎拉不得冶炼厂的日本武士。”“屎拉不得”是克龙巴赫给舍纳维德改的名字，

[1] 下舍纳维德（Niederschöneweide），柏林的一个区。

每次他喝了酒，想对柏林的固定客户发牢骚时就会这样说。他自己只不过是个承包人，梦想着有一天能拥有克劳斯纳，他们的方舟，到某一天，在另外一个时空，在来世。“我也看不出有什么理由对你们隐瞒这些，一比一，在这一轮里——在某种程度上。”他的手划了很大的一个圈子，就好像大家都还坐在桌旁，他所有的水手，那个团结的集体。“跟其他那些人不一样，那些，应该怎么说呢，不吭不哈就下船了的人不一样，是不是？”

他把杯子里的酒一下子全都倒进嘴里。三个人沉默了一会儿，克龙巴赫喘着粗气，然后他清了清嗓子唱了起来。一开始声音很小，只是轻轻地哼。

“外面的防波堤上，站着老灯塔的地方……”

后来，他们都唱了起来。

桌布晃着艾德的眼睛。看到那些剩饭菜让他一阵恶心。他眯起眼睛，看到企业度假村老板的脸颊上，泪水滚滚而下。

“外面的防波堤上，他们看着广阔的大海，外面的防波堤上，心因为渴望而沉重，外面的防波堤上……”

最后，克龙巴赫烂醉如泥。克鲁索也一样。他一动不动地蹲在厨师迈克的椅子上，在长桌的另一端，二十海里远的地方。艾德也一样，他在所发生事情组成的航道里浮浮沉沉，非常费力地倾听着这些事情的含义，但已经没法弄清楚它们是什么意思。

秋天，秋天

艾德走进黑洞生炉子的时候，天已经蒙蒙亮。他再上来的时候，天并没有亮多少。从客人就餐区朝他飘过来一个满是小火苗的木筏。他揉揉眼睛，想赶走那头骆驼，这家伙随时都会出现，但那不是他的梦。员工餐桌上静静躺着一个蛋糕，上面插着照明用的蜡烛。蛋糕看上去就像被轰炸过，蜡烛实在太大了，它们插在破碎的蛋糕里，看上去就像一根根新鲜的甘油炸药，随时可能爆炸。

“三十五，我的朋友，你不用数了。这儿的人都不用数！”

艾德看见桌上新摆了餐具，给所有的人。盘子，咖啡杯，酒杯，还有刀叉，十二个人的。他看见索尼娅的照片，就像一个静静的礼物，像长桌端头的一个小小的坟墓。这是父母亲充满爱意准备的早餐桌，等待着随时会从房间里踢踢踏踏走进餐厅的孩子。孩子们睡眼惺忪，心中充满愉快的自信，知道自己是一个温暖的、充满善意的世界的中心。照片的左右两边摆着第十三套餐具——刀和叉，周围是一圈蜡烛。艾德看见索尼娅额头上的光芒：那是他的照片。克鲁索朝他伸出胳膊，但是没有够着他，于是焦躁地在空中挥舞着，炸药管的亮光开始摇摆不定。

“你得吹蜡烛，艾德！”

“寿星佬吹蜡烛。”他说得很快，不假思索。可能只是因为那是他的照片，他自己的小逝者。

“吹啊，见鬼！”

“我觉得，这个不该由我来做，洛沙。”

“好。好。艾德加阁下……寿星佬刚好不在，她还待在外面的什么地方，就在那儿的某个地方！”他的胳膊指着海面。“所以她不能来，今天不能，你懂吗？这么说够了吗？”克鲁索的脸颊是灰色的，好像灌了铅。

“确切地说，这是她第十九次错过自己的生日。确切地说她今天的年龄已经超过了她的母亲，很奇怪，是不是？”

“抱歉，洛沙。”

艾德想到了什么，但他也感到了恐惧。

“咱们一起来吧，洛沙，我是说，咱们俩，作为——她的兄弟。”

克鲁索瞪着他，嘴里冒了一句俄语，他甚至都懒得把音发清楚，所以听上去更像是吐了口唾沫。艾德不知道他是怎么把餐具和酒杯完好地摆到桌子上去，又是怎么把蜡烛固定住的。洛沙面无表情，但是之后，就好像明白过来了一样，他的嘴角慢慢地扭曲了。

“咱——们——俩！”

艾德低下头。

“再说也没有别人在了，”克鲁索含混不清地说，“都走了，艾德，走了，走了，走了！——尽管早餐的时候有气泡酒喝，掺了樱桃威士忌的气泡酒。”他往自己还剩半杯酒的香槟杯里倒进烈酒。艾德依然还巴望着克龙巴赫会从他的账房里走出来，或者厨师迈克会出现在桌子旁，手里拿着一张汗津津的订货单——他希望能那样。

“敬索尼娅，索尼什卡，索菲娅，敬索尼娅·瓦伦丁娜·克鲁索维奇，三十五岁！祝她生日快乐，祝她……见鬼，艾德，你能想象吗，我唱了那个歌，我，艾德，她的小不点，不起眼的兄弟？”

“敬索尼娅。”艾德应和着，举起酒杯。他想起了 G。想起她找到马修的那一天，还没睁眼，毛黏糊糊的。

两个人的头朝桌子摆过去，突然很使劲，很迫切，嘴唇噘起——就好像同时想要去亲吻那张照片。艾德几乎到了忘我的境地，他吹气，吐唾沫，吸进黑烟。

“你留下，小兄弟，是不是？你给我好好地待在这儿！”

克鲁索的头画出几道醉醺醺的弧线，以此来解释为什么这是特别必须的。

艾德第一次穿辐条的毛衣。他把毛衣抖开，用手在上面摸索着，把脸埋进毛衣里。上面有股烟味，他心里略过一丝感激之情。

“歇业盘点”——他从海边回来的时候（大海狂吼乱叫，那模样能把人吓晕，或者至少跪倒在地），在门旁边发现了这么一块牌子。顾客餐厅里有股烟熏火燎的味道。

“生日快乐，小家伙。”

那张脸上溅满了蜡。

他迟疑了一下，然后拿起那张照片，送回到他的房间里去。他慢慢地沿着走廊，打开所有的门。没有人了。

克鲁索横躺在吧台上睡着了。他的右手垂在水池里，手里握着一个酒杯。艾德把酒杯从他手里拽出来，把已经被泡软了的手放在干的地方。

他的朋友用胳膊肘撞翻了几个干净酒杯，其中一个摔碎了。艾德用桌布盖在熟睡的人身上，给他头下面垫了一块干抹布。克鲁索的脸颊被他捧在手里，片刻。

他开始收拾碎玻璃片，然后收拾了员工餐桌，保险起见还收拾了吧台，手里一下也不停。他毫不犹豫地把剩下的蛋糕扔进了垃圾堆。厨房里一片混乱。他去地下室看了看火，对着火苗说了几句话，然后把灰端到灰桶那儿。他在灰盒上盖了一块抹布，免得风把灰吹出来。这时，他又想起了自己的父亲，但在这里，担负起责任的是他自己。他把脏煎锅摞起来端进洗碗间，放水泡上。他一直等到确定外面平台上没有游客了（偶尔的说话声，叫喊声，摇晃门把手的声音），这才走出去，把黑板上的菜单擦掉。想到他们的菜单，他突然感到很难过。这个世界上本来就已经有太多的奢望。"但即便是奢望，也是有理由存在的，甚至不光是有理由存在，所以根本就算不上错，恐怕既不正确，也不错，这点你得承认，就承认吧。"艾德小声说着，放松了下来。他的自言自语开始了。他检查了冰箱里的储备，干活让他沉默下来。很久没见我的熊马了，艾德心想，接着他眼前就出现了那匹马的脑袋，他的思想就围绕着那个脑袋的轮廓慢慢展开，迟疑，而且并不清楚，但是他能清楚地感觉到在思想的是他自己。是他。

"我们有两个窗口，艾德，饮料窗口和冰激凌售卖处，就是所谓的冰激凌窗口。也就是说，我们要把所有地方都封起来，露台，大门，餐厅，只把朝前的窗口打开。这是战争，艾德，暴风雨中的克劳斯纳，航行在很困难的航线上，人手很少。"他指指艾德和他自己，同时点点头，就好像在对自己和所有的一切表示赞同，最后又划出一个不太明确的弧线，那意思应该是说，不排斥别人帮忙，但也不是非得有人帮。他直到临近傍晚的时候才醒过来。他洗了澡，刮了胡子，穿上干净的厨师服。细方格的裤子太短，裤脚悬在脚腕上。艾德坐在厨房里收音机下面听他说话，盘子上放着一个洋葱，两片黑面包。他以为克鲁索会试着用某种方式来打动自己，或者会求他。但现在他知道对于克鲁索来说，自己留下和他们俩继续干都是多么自然而然的事。

"你知道，里克总是把那些窗口叫作活门，从今天开始，我也要这样叫，但这跟他没什么关系。我想建议你从现在开始把窗口叫活门。就这么办？"

"办什么？"

"你没听我说话。"

“听着呢，听着呢，你说的是那两个窗口。”

“我说的是把窗口叫活门，而且从现在就开始。”

“好的，洛沙。”

“好：两个人——两个活门，意思是说，如果运转一切顺利的话。但更常见的情况应该是：一个人——两个活门，来来回回，前前后后。你明白吗，艾德？另外一个人要在后面这里准备弹药，热香肠，煎肉饼什么的，小口径的子弹，还要随时准备很多面包，很多芥末酱，这些能安抚情绪。东西直接送到冰激凌活门，或者按现在的功能说，给出餐口。不管怎么样，咱们都得小跑，艾德，你和我，但这对咱们俩来说不算什么，是不是？酒水活门后面就是吧台和咖啡机，没什么路要跑，不存在问题。东西都从那儿出，咱们这里所有的液体。

现在，福斯坎普几乎每天都来观景平台，经常上午就来了，还带着几个手下的兵。并不是正式的检查。他点个咖啡，放很多糖，搅很长时间。他把一条胳膊放在酒水活门前面搁东西的木板上，评论一下天气，问问克龙巴赫的情况。这位驱逐舰的舰长表现得就像个老邻居一样，其实就是友好船只上的军官，这船停在北边大约百米外的地方，同一处海岸。克鲁索为经理编了个去柏林的主管企业出差的故事。艾德又一次对这个伙伴感到佩服，他竟能克制自己，装作很情愿介绍情况的样子，尽管福斯坎普在海岛日那天是那样的表现。也许那跟克鲁索的被捕有关系（他自己不说）或者是因为那个好兵也在，他跟福斯坎普巡逻队里的其他士兵一起蹲在平台上，一直紧张地朝他们这边看。他们兄弟盟里的第三人。

他们把克劳斯纳变成了堡垒，这一点显而易见。所有的窗户和门都插上了，窗帘拉着，除了那两个窗口，全都密封起来了。“两个活门，”艾德小声说，“射击孔。”

几天后，驱逐舰舰长提出要四处看看。他走过空荡荡的房间时，一脸遗憾的样子。他没有在意堆满地板和桌子的脏东西，最后，他穿着锃亮皮靴的脚走过厨房，把手伸给艾德。艾德没有办法，只好握住了那只手。他跟克鲁索说话的时候，态度克制、和蔼，就好像这是一件跟他们两个人都有关系的丧事，虽然两人受波及的程度不一样。

这天晚上，克鲁索向自己的朋友艾德解释了他们必须保持警惕的原因，为什么坚持非常重要，特别是在这个时候，边哨显然非常警觉，不排除他们会有过激反应。他第一次主动谈及维奥拉和它报的大陆那边的新闻，关于莱比锡、普劳恩和德累斯顿[1]这类的城市。“咱们的活门是一个信号。”

他们在吧台那里一直坐到深夜，然后裹着绗缝被又到露台上去坐。变天了。雾笛整夜整夜地响。信号灯的光似乎转得更快了，圣诞松摇摆着僵硬的枝干，好像要表达困囚在自己身体里的绝望。每次有响动，洛沙都会抬起手，瞪着暗处。他开始讲述，讲他的姐姐，讲他们在辐射研究所共同度过的那些日子，他们的游戏，他们的藏身处。讲他们当时觉得那栋建筑物是多么巨大，那些走廊仿佛没有尽头，错综复杂，走廊里没有窗户，只有罩在毛玻璃后面的灯不分昼夜地亮着。讲那些机器多么神秘，它们能够照穿人的身体，以至于他很长一段时间里都以为他的养父能读出人的思想。“我当时确信他就是为了这个才让我们每星期上他那儿去一次，到实验室里去。我害怕去那儿的日子，因为我自己脑子里有些可怕的想法，所以想要藏起来。就是那个时候我发现了塔楼。那里面全是垃圾，木头箱子里放着成千上万张X光片，一支骷髅头组成的军队——后来他们把这些片子全烧了。我们自己的片子挂在通向实验室的走廊里面，我想他是特别喜欢那些片子，但我从那里面看到的就只有骷髅头，骷髅的头顶上飘着一把尺子，就像一片圣光，毫米的刻度线闪着

[1] 德累斯顿（Dresden），德国东南部城市，萨克森州首府。

白光。每次站在这些片子前的时候，我都会对自己产生恐惧。我害怕的是那些藏在我身体里的东西，无形的东西。”

克鲁索像老师一样，小声地介绍着克劳斯纳这个平台可以继续扮演的避难所的角色。他说起回归者，说这样的人会不在少数，一旦那些人认识到商品世界里的种种虚伪。“他们还有机会认识到，艾德，很多在那儿出生，从来没有接触过其他世界的人，那些人不会意识到自己的不幸。娱乐产业，汽车，私人住宅，整体厨房，为什么不呢？对那些人来说，那就是他们的身体，是他们身体的自然延伸，他们感觉和思维的所在。他们的灵魂牢牢地锁在汽车仪表板上，已经被立体声震聋，或者在博世牌的灶台上蒸发。他们已经体会不到自身的不幸，听不到消费者这个词里蕴含的辛辣讽刺——单单这个词本身！这个词发音里的动物性，全是牛铃的声音，被赶过小康生活的山丘，吃着草，咀嚼着，消费，消化，再消费——吃喝拉撒，这就是消费者的生活，所有的一切都是为此而设计的，从消费者的出生直到死亡。对消费者的保护就像围栏，是草场上的篱笆。消费者中心记录下畜群的每一次行动，报告平均消费量，不是像发动机那样按里程记录，而是按年，按十年。比如说以一生来计算，消费量是多少，到一个消费者消费不动需要多长时间。单这个词本身，艾德，这个牛眼一样的词，就已经足够证明了——如果人们还有耳朵的话。”

他们沉默了一会儿，静静地听着每隔二十秒就响一次的雾笛，“嘟——嘟——嘟”，停顿。“我们面对的是一个重要的旺季延长期。我想咱们很快就重新开始安排宿营。”因为不能表示赞同，艾德感到很伤心，但他也没有反驳。他的任务是留在伙伴身边，照顾他，保护他，在必要的时候，还要小心他不伤害自己。同时，想到现在坚守在这里的不是别人，就是他们两个，这又让艾德感到很幸福：两个最亲密的朋友，独自经营着克劳斯纳，完成的是实际上不可能的事，用他们自己的劳动，就像两个英雄。

克鲁索对即将到来的分配日寄予了很高期望，虽然眼下已经没有什么可分配的了。主要是维持关系，维持“组织”，那个“家庭”或者曾经被称作这个的东西。他酒喝得比夏天时更多，说话的时候很快就会漫无边际。他把克劳斯纳的那两个活门连续好几次叫成“自由的心门”。

艾德像刚到这儿的那几天一样削着洋葱，洋葱和土豆。查看了地下室和冷库的储备后，他列了一个清单。他学着厨师迈克的样子弄了一个购物清单，设计了临时状态下的菜单：炒鸡蛋，煎肉饼，香肠，可以选择配面包或者土豆。他现在是克劳斯纳的军需员，既是厨师、助理厨师，也是洗碗工，是这个如今显得十分巨大的厨房的核心，尽管也难免会有沮丧的时候，但他心中还是有种自豪感。还有什么能够更好地证明他从出发以来有了多大的变化。趁着怀疑或者哀伤还没有占领他的这个想法，他使劲咬了一口洋葱：鲁滨孙梦到星期五，星期五就出现了。克鲁索把筹码押在他身上没有押错。克鲁索选择信任他，在他身上看到了他到那时为止都不具备的东西。克鲁索的梦是对的。

这些天，那个没明说的前提条件的账户上多了不少收入——应该早就盈余了。那种说谎的感觉，或者在克鲁索身边，在短工圈子里，在所有那些号称具有反叛精神的人中间时不断在艾德心中引起压抑感（让他沮丧）的东西烟消云散了。还有：他没有走，没有随波逐流。

地下室的储备里有几百个梨罐头，罐头盒上已经生了锈，应该是前些年留下来的，标签已经烂了。艾德把罐头盒清理干净，把罐头搬到上面的厨房里。他向克鲁索建议说可以把这些梨罐头当成蜜饯甜品卖。还有冷库里的那些糕点，这本来是给最后那拨企业疗养客（七武士和他们的家属）准备的，那个可以当成“餐后甜点”提供。他用餐刀比画着，解释自己打算把那些橡皮一样的果冻蛋糕切成多大的块卖——尖尖的一小块，“30 或者 40 芬尼一块”。克鲁索正在两个活门之间奔来奔去，以便传送餐点和酒水，他瞪着那把餐刀，然后抱住了艾德，用俄语说：

“我有一个姐姐一个弟弟！”

他一溜小跑回到窗口那儿。是的，现在他们真的亲如手足了。

到了本该是分配日的那天，只来了五个短工，艾德都不太熟悉。没有遭遇船难的人，没有无家可归的人，没有人带着小包的捐赠品。很快他们就弄明白，这些短工只是想来喝酒看日落的。尽管艾德招待得很周到，他们还是抱怨说夏末的那种陡崖特饮怎么没有了。克鲁索回到吧台前调酒。艾德很生气，但他的朋友示意他冷静。这群人手里拿着酒杯，爬到海边陡崖的最高点那里去，那个地方在兵营的视线范围之内，但似乎并没有人在意。

他们喝着酒，呆望着海面。断崖边的风非常大，大到直接把笑声从他们的嘴边切掉。于是他们就像傻子一样站在那儿，嘴唇和牙齿做出无声的怪相，手中的酒杯凝结成冰。低沉的日光把默恩岛的白垩悬崖从海中托起，宛若奇迹。那个被人热望的小岛在过去几个星期里似乎真变大了，或者靠得更近了。也许这是因为太阳现在更加靠左，比夏天落山的时候更加靠南，而且秋天的光线也完全不一样。主要是冰冷的空气，艾德想，这种空气更透亮，而且风也让视线更加清楚。

一拨拨的大风从西边吹过海面，横穿山一般不断翻滚着涌来的海浪。按照海洋专家的说法，这些海浪将会吞掉荆棘岩和岩上的灯塔、兵营还有克劳斯纳，速度虽然慢，但肯定会的，一块接一块吞掉。太阳落下去不过几分钟，海面就已经成了无边无际的一团漆黑。他们背后灯塔的柱子上方，狂风呼啸着唱起歌。云是一大片明亮的灰色，像巨型化工厂排出的废气一样一团一团——“布纳布纳，”艾德低沉着声音轻轻说，他想起了布纳化工厂的橡胶人，还有他们那些巨大的战列舰在他逃离的那个城市的城门前喷出的让人窒息的烟。

他从悬崖边往后退了一步，四周突然安静下来，风仿佛突然停止，世界上也再没有别的什么。他又看到了 G，看到她蹲在院子里地下室的通风口那儿，试着用满满的一小碗牛奶把从棚子顶上掉下去的那只非常非常小的小猫引出来："马修！"他脑子里想到的也可能是索尼娅。他突然感到一阵燥热。"这就是秋天，它——会打碎你的心田……"[1]他脑袋里的存货们又开始说话了，但作者的名字他没有想起来，这首诗的其余部分也消失在雾气中。

秋天，秋……秋天？遗忘已经开始了。

[1] 尼采的诗句。

晚安

夜里，那些空房间的寂静宛若冰封。外面的树木或者大海或者时间在哗哗作响，但是他们在里面，被保护着，时间静止。克鲁索在喝酒，他看着昏暗的酒店，搓着双手，就像要搓掉什么东西，但又搓不掉。然后，他停下来，张开手指，看上去就好像抽筋了一样。他时不时地溜达到厨房里去，把这样那样东西扶正。或者跑到洗碗间里，去拿那个装着神奇手霜的瓶子。自从他们不必每天把手泡在洗碗水里好几个小时以后，手就变得像破旧的、被阳光晒裂了的皮子，像裂了口、长了白毛的手套，脱不掉的手套，不管他们多想把它脱掉。

有时，他们彼此间表现得就像陌生人。

艾德想挑起谈话的努力听上去空空洞洞，像陷进了沙地里面。自从克劳斯纳只剩下他们俩，想躲起来一个人待着就不太容易了。突然间，每个想独自待着的愿望都仿佛别有深意。那些坐在一起度过的长夜让艾德别扭，不过他们可以靠喝酒来掩饰。等到克鲁索最后走到吧台后面去洗酒杯、小案板和刀（不能放着不洗）的时候，他们已经醉到不会再觉得在晚上分开是虚假的或者不自然的。尽管如此，当克鲁索隆重地祝他“晚安”，像父母亲一样，并且还要添上一句“睡个好觉”的时候，还是会显得很奇怪。艾德马上用同样的话作答，那一刻，他们又变成了孩子，穿着条纹睡衣的孩子。他们的工作服还真是很像那种条纹睡衣，这些对于秋季来说早已过分单薄的衣服因为脏而变得坚硬，在手腕脚踝上晃晃荡荡，这是他们的囚服，或者睡衣。

短暂的一刻，他们脸贴脸站着，胡子拉碴，脏兮兮的，简直可以说邋遢。艾德感到眼睛下面仍有些微的疼痛——墨西哥湾上的小裂缝。克鲁索朝他弯下身子，因为他是两个孩子中个子比较高的那个，他是哥哥。他们对待彼此当然非常谨慎、小心，并不只是在这一刻。或许是因为他们知道还有整整的一个秋天和整整的一个冬天需要对付。一天晚上，艾德在跟朋友告别的时候问他（他们已经到了楼上的走廊，站在各自房间外面）想不想去藏诗稿的地方把诗稿取回来，克鲁索只是摇了摇头，便悄无声息地关上了门，以至于艾德都不确定他有没有听懂自己的问话——两个人中间总是有些没挑明的事。

夜里，艾德加觉得好像地震了一样。在梦中，克劳斯纳滑进了海里，缓慢，从容，四周的小窗户全都关着，像一艘正离开船台的战列舰。吧台从船顶凸出来，那是指挥台。艾德看见克鲁索在上面跳来跳去，手里晃着那架望远镜，大吼着下命令：船只起航。怀疑统统从他身上消失，纯粹的喜悦，难以言表。

不要使用武力

10月14日。秋假开始了。又是满满的一船船来一日游的人，不过肯费力气爬到荆棘岩上来的人并不多，旺季后期来的大多数游客都决定在平地上转转，从浅海湾到海跟前去一下，然后再回来。那条路上没太多可玩的，于是大家就在海岛博物馆转一圈，再在豪普特曼故居里转一圈。有些人模模糊糊记得一出叫作《纺织工人》的戏剧，有些人脑子里除了大海的轰鸣声外空空如也。艾德想起克鲁索讲的早年间短工们在豪普特曼的书房里非法集会的那些事——午夜时分，几乎在一团漆黑中，因为这栋房子从街上看很显眼。兰波曾经在那儿介绍过跟他同名的那个诗人，报告的题目叫《奥菲莉亚以及浮尸的诗》，整整一个小时，没用任何笔记，没有讲稿。

“你真应该看看那些短工，那么认真地听他说话。所有这些尸体，艾德，就像是在黑暗中从大家身边漂过，珍贵，像活着一样，或者说神圣——豪普特曼的书房就像一个漂满尸体的水族箱，而他就站在豪普特曼那张像礁石一样黑乎乎地露出水面的斜面桌旁。那是我第一次产生一种愿望，希望自己曾经上过大学，是普莱瑟河畔莱比锡市兰波博士的学生。”

尽管大多数人都很懒，但爬山的人还是不少，于是克劳斯纳的窗口前也像模像样排起了长龙，至少在中午时分是这样。克鲁索在两个活门中间蹦来蹦去，自由的心门，它们之间的距离总是有些过大，无法让克劳斯纳这样一个庞大的有机体不间断地运行。听到喊声，艾德就把吃的送过去。为了缩短路程，他把这些吃的放在冰激凌窗口里面的一张桌子上，这样伸手就能够着——这是他的主意。此外他还负责咖啡机，有的时候甚至还能在吧台那儿搭个手，但他的伙伴（战友，艾德心想）似乎并不总是会买账。

假期的生意做起来了。待在活门里面的他们就像囚犯一样，他们得弯下腰才能从那儿往外看一眼，不过很少有时间那样做。通常，他们只能听到声音，看到的顾客只到齐胸的高度。阳光偶尔会透出来，让游客们变得活跃。“要是那能成的话，俺看就不会有人逃跑咯。”毫无疑问，这个男人说的是那些逃亡的人，还有一些会阻止他们，甚或让他们回来的事，就像克鲁索预言过的那样。“对话”这个词频频出现，大家谈的是“对话的意愿”，艾德理解那是一种要求。他朝窗口俯下身子，把啤酒推出去的同时，看见了那个男人的脸，那人对他点点头，但之后就转过身，去平台上找了把椅子坐下。那些桌子没擦，艾德想，他决定回头擦一下，晚上——“如果那能成的话。”艾德小声说。

他发觉克鲁索会给有些声音提供免费的酒水，或者只是象征性地收一点，无疑他是把那些人看作了遭船难的人，但事实上，那只是些利用他朋友帮助的二流子而已。有时，那里会聚集起一小群效仿的人，他们懒洋洋地闲待在平台上，没过多久就开始提要求，表示对“服务”的不满。几天之后，这些人就又不见了。

度假周消耗着他们的体力。这些怎么喝也不够、怎么吃也不饱的旅游者，还有他们的议论纷纷，普遍存在的不满情绪，这种会传染的躁动情绪从窗口漫进了克劳斯纳。到假期的最后一天，正在用餐高峰期，克鲁索突然情绪失控。他离开自己的位置，怒吼着冲到外面。顾客们于是从敞开的前门涌了进来。

直到一个陌生男人跑进厨房站在他旁边，并且伸手去抓煎肉饼时，艾德才察觉到。他条件反射似的猛回身，手里的刀差点捅到那个男人。那个人歇斯底里地喊叫着："不要使用武力！"那些人用难以置信的眼神看着厨房里满是剩饭菜和其他脏东西的地板，把这些人从酒吧间赶出去费了艾德不少劲。这些客人似乎比夏天的那些更加自信，几乎无法驾驭，他们什么都不害怕。尽管窗口后面的房间里堆满了酒杯和一摞摞的脏盘子，有几个人还是马上坐下来，抬起手要点餐，或者要发言。这简直就像即兴发起的一场集会，为的是提要求和那些已经压抑了太长时间的批评，这里就是地方，现在就是时间。对于使馆和难民潮的议论七嘴八舌地充斥了整个房间，几个人已经开始自己去吧台取东西了。艾德很快连声音都变了：他命令、威胁，摊开胳膊比画，手里还拿着那把刀，不时地在空中挥舞，就像在矮树林里抡起大砍刀。他能觉察到自己突破了自我。在通向外面的门槛那里，他的手已经抓住门了，这时还有一个上了些年纪的男人朝他转过身来，站到他的面前。他离艾德那么近，近到让艾德无法躲开他用言语和唾沫组成的抗议："你可以退回去了，小家伙，这里所有的人都可以退回去了，滚回你那个破烂监狱……"

艾德筋疲力尽，但是委屈的感觉要更强烈。他在吧台那里洗了脸。晚上的某个时候，克鲁索回来了，没有解释，没有一句认可的话。他手里拿着一个啤酒杯（牛眼玻璃杯），二话不说就朝维奥拉扔了过去，维奥拉立刻就不吭声了。玻璃杯没有掉下来。绷在收音机上结满了油渍的棕色罩布裂了个口子，维奥拉把酒杯整个吞了下去。一种不祥的寂静出现了。

虽然这几天来观景台的人寥寥无几，他们也能趁生意回落稍稍喘下气，但克鲁索依然在窗口之间忙来忙去，他僵硬的步履重重地踩在地板上，就像卡瓦洛用来吓唬客人的那种步子。就像是在行军。克鲁索擦洗着酒水窗口前那块放东西的板子，就好像那是船上最重要的一块舱板一样。然后他又在吧台那儿把几个酒杯擦亮，再洗一遍，然后再擦亮。之后，他又跑到冰激凌柜台那里，穿上雷纳最后穿过的那件污渍斑斑的白大褂。他用挖冰激凌的勺子敲打着窗口下方那个旧铝桶的桶壁，一个没有光泽的细长桶，里面早就不放冰激凌了，桶里散发出一股霉味，这一敲，霉味更重了。

艾德在厨房里有活儿要干。他要清理乱七八糟的锅碗瓢盆和剩菜剩饭，所有那些不得已丢在那里没有管的东西，这些活儿够干好几天的。干活儿让他感到舒服，还有那些声音，从某种程度上说也是。不管怎么说，活门那儿那些没名堂的瞎忙也比维奥拉的沉默强。最近他经常想：我的航线错了。我离开正在盖的房子和我的生产队去申请上大学的时候，人生就上了错误的轨道。是克劳斯纳，是这儿的工作才把我带了回来……他猛地把一个不锈钢锅举向空中，使劲捅着锅底，直到一块半圆形的煳痂从上面脱落下来，掉进空水池里。一个在锅底烧成的闪着银光的黑月亮。艾德用食指把这个星球碾成碎炭渣，然后再拢到一起，直到它们形成两个字母，J 和 A：JA——好的。[1]

[1] 德语“ja”意为“好的”。

黑带子

雷纳回来了。艾德醒来时听见他的声音，非常清楚，带着鼻音的不可一世的说话声："想要点什么，女士。"艾德还没明白怎么回事，就看见了卖冰激凌的人，看见他说笑话（政治笑话），一边说，自己却忍不住咯咯笑，他看见雷纳笑的时候，台球从那些腐烂的黑洞里滚出来，一个接一个滚进桶里，或者直接滚到大汤勺上，"15 芬尼"。

艾德悄悄走下楼梯，到处都亮着灯。他走上通向洗碗间和厨房的那条路，在酒吧的弹簧门前停下来，从门扇中间偷偷朝里面看去：他看见了克鲁索，克鲁索正一把扯下卖冰激凌的大褂，一边咯咯笑着。之后，他的表情变了，变得严肃起来。他迅速地走到收款台前，抬起头。"荣誉，你什么时候来？"接着，他把食指放在上唇上，就好像要思考一下，然后对着棋桌喊："d5 去 d6！"棋子已经摆好。克鲁索又咯咯笑了一阵（他迷上了雷纳那种娘娘腔的咯咯笑声，尽管他这一刻明显是在扮演兰波），他伸出食指，往收银机上随便敲了一个想象中的数额，十五位，二十位数，就好像在敲打字机，也许是在写他自己的某一首有魔力的诗。果真，他有那么一刻似乎凝固成了自己的蜡像——要做克鲁索显然并不容易。他快速地从收银台前退回半步，发出一声小小的马嘶，然后踏着马步跑到吧台前，混了一杯樱桃咖利，在棋桌旁坐下来，坐在卡瓦洛那边。“Perché questo silenzio?”[1]扮演卡瓦洛的演员小声用意大利语嘟囔着，走了一步棋，然后喝酒。一秒钟后，克鲁索郑重其事地站起来，手在棋桌上方做一个类似保护的动作，就像在赐福，或者类似于“祝好运”或者“永远是朋友！”这样的话。现实生活里的他们从来没有人做过类似的动作，克鲁索大概是在扮演这出展示克劳斯纳旧景的戏里的那个叙述者。这个叙述者也比那些人物的动作要慢得多，需要的时间多得多。就像是慢动作一样，他倒退着回到吧台前，转过身，摸摸啤酒龙头——某种过渡，或者是个不太巧妙的插入情节。“酒桶又空了，啧——啧——啧。”克鲁索试着把这个所有人都痛恨的句子用里克那种柔软、平静的声音说出来，但他现在已经不再平静，更多的是不满，有什么东西不对。抚摸变成了更猛烈的动作，就像是在挤奶一样，但龙头里还是没有酒。里克——克鲁索摊开手掌拍着吧台，酒杯叮咣作响。他不情愿地弯下腰，扯开地下室上的盖，钻进通往下面的笨重楼梯（“元首水泥！”）。对话的声音随即传来，还有一阵温和的咒骂：乱七八糟的地下室，潮湿，泥泞，都能把人滑倒，磕破脑袋。然后：“讨——厌的，讨——厌的混蛋！”可能是因为打不开啤酒桶，或者其他什么困难的事。只有里克能打得开，但也需要助手，得有人在他往桶里砸酒矛的时候，帮他把桶口带密封圈的螺丝拧紧。于是里克——克鲁索现在开始叫艾德。艾德——克鲁索回答他说：“我来了。马上来！”艾德——艾德只是站在那儿，屏住呼吸。他等了几秒钟，看另外那个他会不会出现，然后便悄无声息地回到了自己的房间里。

白天，四处一片清亮的寂静，几乎带着冬天的气息。晚上，荆棘岩像个茧，用震耳欲聋的轰鸣声包裹着克劳斯纳。信号灯射出一条光线，从餐厅的地板上滑过。这个房间似乎已经不在他们的活动半径之内，不

[1] 意大利语，意为“为什么这么安静？”。

能再进去。他们也不再去员工餐桌那里（就连早餐时都不去），而是坐在吧台前的棋桌那里，眼睛看着平台。他们喝酒喝得很凶，下午“椴树叶”，晚上樱威，咖利或者薄荷，有时掺上烧酒或者“蓝色杀人犯”。就着切成小块的熏火腿，这种肉他们有足够的储备。以前艾德没觉得火腿怎么样，现在他嚼得慢条斯理，就像干完活的农夫一样。他们吃饭的时间很灵活，没有规律，除了艾德的那个洋葱。克鲁索用旧铁丝重新盘了一个沥水的架子——他强调说是给下个旺季用的，在这种时候，他的声音里不再有悲愤。他用金刚粉把铁丝磨得锃亮，然后用地下室里剩的漆刷了一遍。一些漆溅在了桌子上，但他好像并不在意。蓝色的漆，跟用在儿童游戏场的跷跷板和平台上带棚桌子金属架上的漆一样。艾德走进厨房煮咖啡，他们谈论上帝和这个世界。

艾德给自己的朋友讲起他们家第一次和唯一一次去波罗的海度假的事，在吕根岛的格伦镇，1973 年夏天。他们三个人一起住在一个自由德国工会联盟的小酒店里，在镇子的中心，父亲，母亲，孩子。靠墙的窗户底下加了一张床，那是他睡觉的地方。艾德把捡到的贝壳装在一个塑料杯子里，盖好盖儿放在床底下，那些贝壳就在那里开始发臭。

一天早上，他们去餐厅里吃早饭，在自助餐台上那幅画像的框上，他发现了黑色的布。他不知道山羊胡子——这是他父母亲对国务委员会主席[1]的称呼——的画像上挂那个黑带子是什么意思，但他恍惚明白（他八岁）最好还是不要大声说这件事。他一直等到他们拿着面包和涂面包的软干酪在座位上坐下之后，这才又站起来，绕过桌子走到父亲身边，对着他的耳朵小声说：黑带子。父亲对这个小发现的反应异常强烈，以至于这件事永远地刻在了他的记忆中。他没有跟他们去海滩，而是待在房间里听了一天的广播。那天夜里，他又悄悄听了一个通宵。他把小晶体管收音机一半塞在枕头下面，所以传到艾德那里去的声音听起来都闷

[1] 指瓦尔特·乌布利希（Walter Ulbricht，1893—1973），德意志民主共和国国务委员会主席，东德领导人。

闷的。收音机闷声闷气地不断讲着山羊胡子如何掌权，又如何失势。其中主要讲的是德国境内，这天夜里，艾德有生以来第一次对这个词有了概念：在德国境内有一条血淋淋的线，就像是用手术刀画出来的，其中一个评论员这样说，从乡镇、房屋、家庭中间穿过，能够要人命的障碍物，无法逾越。

艾德努力用兄弟般的眼神看着克鲁索。他们中间也有一条界线，不过讲述的时候还是有这条界线比较好。讲述帮助艾德摆脱了拘束，还有恐惧。“我们有几辆坦克以备不时之需。”山羊胡子曾经这样说，他的声音几乎是刺耳的，又高又细很奇怪，这句话反复被提到，看样子是句非常重要的话，反正当时躺在加床上的艾德是记住了这句话。他把这些告诉洛沙。他还想起，当时他不会游泳，看到大海（那是他第一次见到海）时感到了深深的恐惧。克鲁索点点头，看着他的眼睛。鲁滨孙和星期五。他们又成了那两个人。

他们的桌子挨着吧台，这样克鲁索添酒的时候一转身就能拿到酒瓶。他们搞了很多擦洗缝补时间，这是他的伙伴起的名字。他们清理根本不怎么脏的下水管，劈柴，修理克劳斯纳四周的木栅栏，试着在洗碗间的石头盆里洗衣服。莫妮卡的洗衣机不听使唤。先是克鲁索，然后是艾德去试着用。这是一台 WM66，跟艾德家的一样，是这个国家最常见的洗衣机。小时候，他总把 WM 理解成世界杯，[1] 他确信这台洗衣机是因为 1966 年的世界杯才叫的这个名字。就像在很多事情上一样，艾德并没有找人求证过。从某种意义上说，他依然是那个迷迷糊糊、容易受人影响的小孩儿，认为这个世界跟自己梦里的差不多。

在克劳斯纳所有那些空荡荡的房间里，只有莫娜的两个房间还有些人气。有时，艾德会躺在她的床上，把头埋在枕头里。他一边使劲嗅着床单被罩上的气味，一边想着 C。然后他停止想 C，开始想 G。他试着

---

[1] “WM”在德语里也是“世界杯”（Weltmeisterschaft）的缩写。

回忆与G做爱的情形，能想起的画面不过两三个而已，少得让他感到羞耻。或许这并不重要，重要的只在于哀伤是用什么样的方式盘踞在他内心里。说到底，对他来说最重要的就是不能混淆。他的欲望只是一方面。对那些夜晚的某些回忆一闪而过。玛伦，格里特，蒂勒，黑暗中那些遭船难的人讲的故事。他有些夜晚从梦中惊醒的时候，他们还在，他必须得连续地自慰两三次，然后才能再睡着。睡着前的最后一刻总是C。她的笑声，她的嗝，她高高挑起的眉毛。C，她一边做一边看着他的样子。

时光一点点滴进海里。克龙巴赫说要来的那个主管企业的代表团迟迟未见。他们两个都不接电话。有一次电话响了整整一天，后来克鲁索冲进克龙巴赫的账房，把插头从墙上拔了下来。艾德不再相信酒店女经理会来，不管谁都会意识到，这不是派代表团或者监督委员会的时候。就连福斯坎普都好些天没出现了。这些都跟维奥拉被啤酒杯砸中前播的关于关闭所有边界的那些新闻和相关评论相符。很快克鲁索就从维奥拉播的最后一条消息里为自己的观点找到了佐证：坚持到底不放弃多么重要，建立据点（他用了这个词）多么重要，能够为现在发生的这些不可抗拒的事情而建立据点。艾德想到了住在格拉的父母亲，他开始担心。他们会以为自己还在波兰参加国际大学生劳动营，以为他们突然之间被一条无法逾越的边界线隔开了。

艾德现在骑自行车去买东西，他已经不需要手推车了，只要一个双肩包装面包、牛奶、一些小东西，其他东西他们仓库里都有。他非常喜欢穿行在那条林间小路上的感觉，还有那段水泥板下坡路，那条路简直能把人的骨头从身体里面晃出来，能晃掉脑子里积的水垢（里克的理论）。几天前，他曾经在村子里看见过自己的伙伴，当时他马上就拐了弯，就好像他不能在克劳斯纳的范围之外碰到克鲁索一样，就好像那样会不可避免地勾起什么，让一切都不再合理。事实上还因为他看见克鲁索时感到不好意思——克鲁索站在那儿，站在港口那些铁皮推车中间，神思恍惚，嘟嘟囔囔，垂着头，就像被围在羊群当中的牧羊人。克鲁索瘦了，但脸还是光光的，几乎像孩子的脸一样。他额头上那个旋里面的白头发似乎每天都在增多。

买完东西回来，艾德走进厨房，把双肩包里的东西掏出来。从洗碗间里传出一个熟悉的声音（他自己的声音）。他把东西放进冰箱，一转眼就已经搞不清楚自己是真的听到了那声音，还是做了个梦。他走进客人就餐区去收拾几个用过的白酒杯。实际上该干的都已经干过了，也没有什么地方还有特别需要干的活儿，但艾德留在吧台那儿，开始把架子最上层那些很久没用过的酒杯取下来洗。

我们两个人，艾德轻轻哼唱着——他想仔细想想下面要做的事，以及他对克鲁索和这个饭店所肩负的责任，但脑子里空空如也。先是那些告别，然后是紧急情况下的人员调配，然后是“两个人，两个活门”。他看着外面空空荡荡的平台。他把自己的身影套进窗框里，然后在想象中换了一个角度，从平台看向吧台。*你在这儿一直等着，不要走开。*这是索尼娅游出去变成绿色的灯之前说的话。

过了一会儿，他听见锅在厨房里发出叮咣声，类似厨师迈克气喘吁吁的声音，就好像在应答一样，艾德让他的酒杯发出轻轻的响声：厨师迈克——克鲁索和艾德——艾德，他们一起扮演的是克劳斯纳，是这个国家所有追求自由的人最后的希望。是的，现在他们代表了整个的从前的生活，在海边的这个高处，这个入秋之后就再没人来的地方。艾德从水里把杯子一个个捞出来，这时克鲁索来到他身后，头朝他俯过来，就好像能闻见艾德的思想。

“你准备好了吗，艾德？”艾德吓了一跳，差点摔了杯子。

“准备？”

“准备分配日，今天晚上？”

最后一次分配

刚到下午，天就黑了。艾德看看外面，但是什么也看不清楚。他打开了平台上的灯，克鲁索就像被晃了眼睛一样，抬起了手，或许他还冲艾德摆了摆手。一眼看上去，他的脑袋上就像接了电线一样。在雨中，他的长发仿佛壮大成了一个奇特的角撑，正支起那个高高扬起的头。在守卫着啤酒花园的钢铁路灯的灯光下，那个脑袋的上半部分像金子一样闪着光。

“看上去今天不会有人来了。”

艾德能感到自己的义务，但也觉察到自己必须学着体谅。他的朋友仿佛遥不可及。既近又遥不可及。在非常短的一瞬间里（短到让人没法真的理解那些事情），艾德意识到事情应该一直就是这样的。就是因为克鲁索跟他一样，他们才能够在一起，他们的相处方式：亲近，但个人是个人，都关在他们自己密封舱一般寂寞和混乱的生活中，也许是机缘巧合，也许是主导一切的航天控制中心为他们准备好了平行的轨道。

桌上放着三个酒杯，里面的雨水已经半满。克鲁索坐得笔直，一个圣人，艾德心想，正看着自己在永恒之中的固定位置。他右手握着酒瓶，左手放在怀里。雨罩在一切之上，细到让人感觉不到它的飘落，冰冷的雨盈满了空气，在路灯光中结成了浓密的雾。

“现在最好还是进去，是吗？”

“是啊，去吧，到里面等我，艾德。”

“咱们从棋桌那儿也能看得到平台。”

“如果没有人，也就不会有人来。”

“已经十一月初了，洛沙。”

“你不熟悉秋天，你还从来没有在这儿过过秋天。秋天的分配不一样。秋天不一样。”

“咱们可以让灯开着。咱们把厨师迈克的星牌录音机放到冰激凌窗口里。那声音整个岛都能听见。”

艾德一边说，一边慢慢进入了他的新角色。现在得由他负起责任来。他猛然间很想把克鲁索湿漉漉的大脑袋紧紧抱着，像摇晃一个弄疼了自己的孩子一样，一直摇到他不再伤心。把眼睛合上，一切都好起来。

“好的，艾德，好的，就一会儿，你先走，我就来，以防万一。”

艾德知道不可能再要求更多。他想起一把客人忘在这里的伞，但这似乎是不可以想象的。伞是荒唐的。过了一会儿，他再次走进雨里，把自己的外套给克鲁索搭在肩上，小心翼翼的，什么话也没说。他就像是在补全一幅珍贵的画，或许这就是他跟在克鲁索身边的本来意义。

外套把露台上那个已经湿透了的男人瞬间变成一个孤独的军队统帅，一个没有军队的将军，一个正在冻僵的英雄。尽管艾德忧心忡忡（从莫娜和卡瓦洛离开他们，悲剧的最后一幕开启的那天，他的忧虑就与日俱增），但他在这一刻感到一种满足，或者说惬意。他所做的一切都符合故事的发展，就好像让这个故事某一天能够为人所知是他一个人的责任。

雷鹁抬起头的时候，沙漠中的阳光开始在他的金属眼镜架上流动，五彩斑斓地闪烁着。阿拉伯人把他们的骆驼拽上一个粗糙的、生锈的金属架子，雷鹁是他们这场比赛的指挥。两三个共同参与者尽量向下朝架子腿中间抻长骆驼的脖子，指挥的任务主要就是切开那个脖子。割脖子是艺术，被视为一种特权。雷鹑在解释整个过程：刀子这样，皮肤这样，然后是下刀的动作，快如闪电。最核心的内容是要在骆驼的身体里面引起一种痉挛般的紧张感，一种挛缩，雷鹑解释说，要足够僵硬，足够持久，这样才能把骆驼变成结实、平坦的比赛场地。雷鹑弯腰钻在架子下面，阿拉伯人都跪下去。所有人都拿着台球杆。

一生的童话

早晨，克鲁索不见了。艾德被一阵负罪感驱使着，在荆棘岩上到处找。他还不断回到克劳斯纳，希望能在那儿找到伙伴。因为走得太急，一根树枝弹到了他的脸上，一股无名的怒火在他胸中腾起，随即转成无助。

特选地盖满了落叶，坑的痕迹已经几乎看不见。那下面，木乃伊躺在睡袋里，遭遇船难的人，被遗忘的追求自由的人，非法过夜的黑人黑户已经把自己睡成了黑颜色的，被埋在落叶里——艾德想到这儿感到一阵恶心，他迈着沉重的步伐赶紧继续往前走。

蜂蜜图书馆几乎被吃光了，读物已经变成了一堆闪着棕色微光、蠕动着的东西，由蚂蚁、潮虫和蟑螂组成。只剩几本亚麻布装订的书还保持直立，但也已经腐烂、弯曲。一片已经碳化的蜂房像一个被焚毁了的巨大娃娃屋。艾德盯着那些急匆匆、没头没脑地跑来跑去的新读者看了一会儿，它们啃着咬着，正往糖和纤维素构成的狂喜里面钻。他走近一点，辨认出几本书的残躯，是安东·库和彼得·阿尔滕贝格的书，《收获》与《第二次收获》，还有《一生的童话》。[1] 孤零零的一页书耷拉出来，像要跟他握手一样。阿尔托已经被啃得干干净净。

[1] 安东·库（Anton Kuh，1890—1941），犹太裔奥地利记者、作家。彼得·阿尔滕贝格（Peter Altenberg，1859—1919），奥地利作家，此处提到的三部都是他的作品。

艾德不得不安慰自己说，他并不是孤零零地一个人在这个世界上。他取了自行车，骑到下面的镇子里去。他没有锁克劳斯纳的门，但是那没关系，现在所有的一切感觉都不一样了。牧师住处的大门上方挂着一张海报，上面写着“宗教改革在继续”。艾德停下来，读了一下镇子布告橱窗里面的通知。在一封“公开信”里，岛上的居民要求“启动革新”。在信上签字的人抗议海岛缺乏管理，垃圾遍地，私搭乱建。

圣地亚哥拥抱了艾德，脸贴脸。岛吧的一个角落里支起了一台旧的黑白电视机。“他们想喝酒，也想看示威游行。”地下室里的一台洗衣机也是新添的，用来加热洗碗的水，所以现在圣地亚哥不用再烧锅炉了，他的幸福溢于言表。艾德问起克鲁索，他的问题让这个短工很意外，就好像出了什么不幸的事一样，他一下子用两只手捂住了脸。苏联童话影片里那些梳着金色发辫的姑娘听说龙杀死了自己的心上人，或者心上人被龙变成了动物时，就喜欢做这种动作。

艾德把那些非法宿营地挨着找过去。通向避暑小屋的路已经看不到了，杂草蔓生，长满了沙棘。一些藏身处变得像荒地一样。维特村和克劳斯特村之间那个石洞的入口前扔着剩饭菜，空罐头盒，报纸。粪便的臭味在路上都能闻得到。豪普特曼故居后面的那个小石头屋（可以睡两个人）被人砸开了。港口上方森林里所谓的主要宿营地那里停着两辆自行车。艾德心中燃起希望，但棚屋是空的。他从脏兮兮的窗玻璃往里看，只能看到几把破破烂烂的软椅，还有用黑漆或者焦油画在墙上的一张小岛的地图，岛的轮廓线上全是十字架，就好像那是一个死人岛。艾德看出，那些十字标的是非法宿营地的位置，数量之大远远超出了艾德的想象和克鲁索告诉他的那些。森林里到处是让人不舒服的阴冷潮湿。那台巨大的，说不清用途的机器的残骸像个哺乳动物的骨头架子一样趴在树丛中，从很远的地方就能看见。垃圾已经被落叶盖住了，一股冬天的味道。

艾德顺着海滩又找了一圈，一路向南，最后，他呆呆地看着海上，耳畔只有海浪冷冰冰的哗哗声。大海——希望之地。所有其他地方在艾德看来都已经被过度使用，被损害，被统治变成了灰色的。他以前就一直觉得大海好像要告诉自己什么，为自己保留了什么至关重要的东西，为他的人生准备了答案。哗哗声充满天地间，那是呼吸，一起一伏，无休无止，将一切都纳入怀中。没有哪一个身体，没有哪一个容器能够大到足够装下这个由呼吸组成的东西，反倒是这个精神巨人容纳了一切，使他的思想呼吸或是静止下来，轻轻摇晃着他，让他进入梦乡，冲刷着他的梦，把他的梦变成不可思议的模样。

你在这儿一直等着，不要走开。

一直。

这就是索尼娅离开弟弟的地方。艾德明白过来，他站在那儿动不了，一厘米也不能。这个告别的地方控制了他。

亲爱的索尼娅。

最亲爱的G。

他在这一刻失去了她。痛苦，绝望，自怜。无法估量的，不能控制的哀伤。艾德加，艾德尔，艾德，经历了这一切的人，现在他可以是那个人了。他已经得到了消息。

亲爱的洛沙。

维特村后面的岗楼浮在雾气中，边境的哨兵可能已经看到他了。想要从这儿开始游，从这儿下水，实际上是不可能的。那件事之后，这个地方应该没有很大的改变。一览无余的海滩，不管从那个角度都能看得到，几段防波堤，沙丘，能看见北边荆棘岩那个山头。“她游泳游得很好，艾德。”克鲁索曾经说过。

艾德想起了海岛日那天。他现在站的这个冻得硬邦邦的地方离当时阅兵的地方不过百米远。这是那个小弟弟望着姐姐的地方——看几眼——然后继续玩。

你在这儿一直等着，不要离开。

要他等什么，一直？先是一边用塑料贝壳把热乎乎的沙子铲过来铲过去，一边等他游走了的姐姐，一直。然后他看着海面，他只能看见她的头，如果那是她的话，头那么小，像渔网上的浮子，游在海浪中间的人。他站起来，深一脚浅一脚地走到水边。他一动不动地站在那儿，塑料贝壳紧紧抱在怀里。要喊吗，大声喊，有多大声喊多大声？还是说越在这种时候越不能那样，自始至终？

艾德想象着：游出去的索尼娅，然后是巡逻艇组成的那堵墙，然后是船上的螺旋桨，也许，也可能是一声枪响。或者游出去的索尼娅被一个水上摩托拽着——光天化日之下，这是个荒唐的设想。还是让索尼娅沿着沙滩一直爬到荆棘岩顶上吧，她在那儿一直藏到入夜，藏在一个气垫船旁边，沙棘丛的深处。谁都知道，陡崖脚下有个雷达信号的死角，那是最利于下水的地方。雷达是福斯坎普的人用来监视这个岛的——一台MR-10，克鲁索曾经跟他说过，并把那台仪器的测量半径写在沙地上。

后来，艾德终于能够挪动了。走近水边，他能听见蕴藏在呼吸之间的强烈躁动。那些深深的、沉重的呼吸像打雷一样充满攻击性，不过其中还有一个更为响亮的声音，像急促的喘息声，狗喘气的声音，大海上气不接下气，就像快要窒息……这是那些死者孩子气的叹息声。艾德没办法不这样想。他眼前浮现出躺在台球桌上的雷纳，机器雷纳，散发着臭味、缺胳膊少腿的机器，脚和腿正在这儿的海底来回滚动，卷好了，翻过面了，做熟了。他看见索尼娅，看见她在浪尖上漫步，毫发无损，额头上有一块祖母绿——水陆两栖的公主。他看见他的兄弟克鲁索，看见他在水下解维特村那些渔夫的渔网，并向网中的鱼儿解释什么是自由。他的嘴里冒出气泡，长长的黑发像漂在果冻里一样。艾德泪水滚滚而下，对此，别人也没办法。

你在这儿等着。

一直。

车辆入口处的金属栅栏门敞开着，辐射研究所下面的砂岩小屋前有一个老虎钳，焊在一段钢轨上，钳子嘴里夹着一个金属匣子，钢板上金属绿的油漆已经碎裂，盖子支在半空中。猛一看，那个老虎钳就像是在等待主人的夸奖，并替它取下找到的猎物。矿渣铺的地面上，硬币闪闪发亮，路上到处散落着纸片——表格，图，或许是实验记录。艾德拿起一捆被雨水泡得沉甸甸的纸，上面写的全是俄文。他发现了一个证件，证件上的徽章是做成火炬模样的两个字母：J 和 P——少先队。[1] 他打开证件，看到了克鲁索，那个孩子。一件带帽子的深色厚外套，上面有浅色的点点，脖子上围着一块小围巾，大脸颊上，黑眼圈若隐若现，眼神躲躲闪闪，几乎是恐惧的。旁边是岛上学校的章子，还有少先队员的十条戒律。照片上的孩子知道自己永远也做不到那些戒律要求的东西。艾德从来没有想到过这点，克鲁索从那个俄罗斯城七号搬出来后，应该成了希登塞岛上的学童，德国学校里的一个俄罗斯孩子。没有母亲了，突然间也没有了姐姐。失去了一切，孤零零地被丢在一个并不是自己家的地方。细密的鼓声响起，是一盏路灯的铁皮罩子发出的，又下雨了。艾德担心克鲁索。他把证件紧紧贴在胸前（辐条的毛衣上），想把它好歹擦擦。旧变压器房的门敞着，但塔楼里是空的。迷宫一样的被子不见了，底层一览无余。四周是一圈锈迹斑斑的桶，用钢条拴在墙上，就像中世纪的囚犯。艾德叫克鲁索的名字，没有任何动静。一个荒唐的想法从他脑海里一闪而过，他想自己的伙伴说不定关在其中的某个桶里——正滚进海里的约拿。他研究了一下那些桶，桶上的标志多半已经生锈脱落了，只有枞树或者骷髅头，还有残余的一些黑色和红色的字：“你们将我抬起来，抛在海中。”[2]

罗姆施塔德过了一会儿才打开门，但他并没有跨出门槛。他好像并没有马上认出艾德，但他在微笑，而且一直保持着那个微笑。走廊里灯

[1] 德语中，“少先队”（Jungpioniere）的缩写字母为“J”和“P”。

[2] 出自《圣经·约拿书》1 章 12 节。

光昏暗，有一瞬间，艾德以为听见了什么声音——有人在那儿，毫无疑问。艾德慌忙总结了一下关于他朋友失踪的一些必须要说的话，从其他那些人的离开讲起，确切地说，其他所有人，除了他自己。说的时候，他朝那个老虎钳半转过身子，就好像在那里的寻找也必须要提到一样。罗姆施塔德也看到了那个老虎钳，但他更像是在看着辽阔汹涌的海面。然后，他请艾德稍等，并且关上了门。不久，他重新打开门，请他进研究所里去。

他饶有兴致地看着艾德的脸，于是艾德就又重复了一遍关于克鲁索的问题。走廊里的空气污浊，一股剩饭味和陈年的汗味——一股罗姆施塔德的寂寞发出的臭味。艾德脑子里闪过一个疑问，不知道罗姆施塔德会不会也是一个边缘人，跟哈雷的那个房屋管理员一样，受过教育，是知识分子，但是已经退出了战斗，并因此感到绝望，还不止是绝望。

艾德就像上次去斯维登哈根时一样，也感到了这个地方对自己的影响。他很累，双膝发软。“您知不知道克鲁索去……？”教授摸摸他的头发，“您怎么样，本德勒先生？都恢复得非常好，是不是？”艾德很想坐下。他得休息一下，哪怕只有一小会儿。罗姆施塔德做了一个幅度非常大的、仿佛朝研究所的深处无限延伸过去的动作，把一把椅子拽了过来：地板胶发出一阵干巴巴的、抑扬顿挫的吱啦声，声音从房子里冷冷清清的走廊朝艾德飞过来。与此同时，房子的基座旋转起来，研究所里所有的房间都开始移位，伴着一阵电流的嗡嗡声……当然了，研究所就是为这个设计的，艾德推导着，迟钝而又睡意浓重，所以当那把椅子来到他身后，温柔地顶进他的膝盖窝，而他出现在实验室中间，正对着一些巨大的、铅灰色的射线发射机时，他并没有特别感到惊奇。现在他听出来了，发出嗡嗡声的就是这些发射机。不过就是弄明白了最重要的事情，艾德心想。他又提了一遍那个关于自己兄弟克鲁索的问题，但只是在脑子里，因为这时，罗姆施塔德开始说话了。

他就像列举荣誉称号一样说着自己这个研究所到目前为止有过的各

种名称。“辐射研究所，放射源研究所，海因里希·赫兹研究所，电子物理中心研究所。”1970年的那次大火无疑是一个重大转折，他们因此失去了自己的观察塔。老百姓一直把他这个楼叫作放射所。“从我们在对抗儿童骨结核病方面的成功，到发光研究，到发明节能灯……”这个讲话的内容是有关他这个研究所的历史，郑重，自豪。他讲的是几十年前（在他的领导下）就已经开始的实验，“想想看，都是用自己的人做实验，当然，这说到底跟那些伟大的研究者家庭没什么不一样，想想贝克勒尔，居里还有伦琴”。这些实验，罗姆施塔德强调说，很快就能重新开始，至少根据他对局势的判断是这样，全力以赴地继续进行，“因为我们就是人民，小伙子，我们留在这儿，在这个岛上，是不是，因为在这儿，我们就是人民！”

他又摸了摸艾德，但好像只是要检查一下他脑壳顶的弧面。

“这么说他接受您了？给了您所有的权利和义务？”教授摸着兄弟结盟时留下的那堆刀痕。他说得平静而缓慢。

“现在您自己也跟阿洛沙差不多了，勇敢，执迷，而且受着欲望的驱使，对吗？您会怎么称呼最后把你们……分开的东西？您还没有拥有的东西？”教授用一只手捏着他的下巴，给他的头调整好方向。

“人的迷惘和孤独感真是会非常强烈，是不是？”嗡嗡声变了。

“我当然发现了您那种特别的敏感，或者说易感吧，再加上您的记忆力，容易激动的性格，或者说您的整个精神状况。是透视让您放松下来的，不是吗？是它让您回到以前的时光——疲惫的村庄，叹息着打开的门……”

嗡嗡声变大了。

艾德看到自己站在一座沙山上，沙的世界。轻声细语滔滔不绝地滚出，它们也想要房子、桥梁和街道，轻声细语……

他看见自己还是个孩子时，清早出门到后院仓库前面的沙山那儿坐着。一整天就坐在那儿堆沙子，堆房子，桥梁和街道，一直到大人们晚上过来，对他的沙子城堡大加赞赏。这个巨大的城堡里应有尽有，都是能把这个世界从最深处结合成整体的东西：玻璃制成的细腻、闪烁着彩色光芒的轻声细语，还有一条长长的，完美无瑕的螺旋形轨道。

昏暗已经占据了天地的一半，大人们的赞美像灵丹妙药，他们巨大的、黑色的头上方是燕子的飞行轨道。

最后一个短工

为了避免把克鲁索关在外面，艾德既没有锁前门，也没有锁用人楼梯的门。观景平台上的灯开着，灯光将儿童游戏场也照亮了一些。跷跷板上的钢管像战斗打响前的火炮一样伸进刚露出的一丝晨曦中。

屋里有什么东西在动。

他在窗前静静地站了一会儿，仔细听着。进攻的人将从西边过来，从海那边摸上陡崖。他们总是从出人意料的方向过来。决定穿衣服去生火的时候，艾德依然不明白自己昨天晚上怎么能睡着。

第一是劈柴垛，第二是炉子，第三是咖啡。

他接过了指挥权。

木头很快点着了，着得很好。这是克鲁索精心砍出的细柴火。艾德呆看着火焰，让自己的脸暖和一下。他想起了服兵役的那段日子，想起了冬天的露营地。他们睡在集体帐篷里，帐篷中间有个小圆铁炉。十二个铁架子床，十一名睡觉的士兵。他试着换个方式去理解现在的状况：他在值班，其他的人都休息了。海面结了冰，大地也冻住了。他们用尖头十字镐挖了个厕所，砸地时的嗡嗡声现在还在胳膊里回响。看炉子的时候是不能睡觉的。他身上穿着厚军装，耳朵里听着帐篷后野猪的声音，眼睛看着炉子前沙地上的火光，然后就睡着了。不行，你值班呢，见鬼，打起精神。沙地上必须一直有火光。

他从厨房里拿了面包、黄油、果酱和一个洋葱。有声音。

大海。

只是另外一种形式的寂静。

他往杯子里舀了很多咖啡粉，然后浇上开水。从小他就能从自己制造的声音里面听出其他声音：轻轻的呼唤声，说话声，短短的圣歌，这是那些瞅准机会在这儿交流的东西必备的。其中也有讥讽和像是很快被掐断的笑声。他可以弄出更大的响动来暂时盖过这些声音，但他的动静总还是会再变小，静静的倾听于是又从头开始。

待在厨房里吃早饭更方便，但他还是把东西都拿到客人就餐区里，坐在员工餐桌旁他自己的位子上。我的位置，艾德心想。他第一次作为这里的员工吃的那顿早餐仿佛已经是几十年前的事了。他的盘子旁边放着一个收据簿。他手指中间的皮肤已经粗糙到几乎觉察不到捉在手里的那支笔。他想写个单子，列一下现在必须要完成的事，但却什么也想不起来。他脑子里闪过几个词，因为他想写点什么，于是就写了起来，写满了三四页纸。

他慢慢地嚼着，仔细看着以前的那些员工合影。他们的脸上明确地散发着集体的光芒。年代最久的那些照片挂在靠近天花板的半明半暗之中，其中缺了几年的照片。肯定有不少人现在已经死了，那就是说，现在俯视着他的是些死人的脸。死人的眼神总是带着些谴责的味道。这话是谁说的？可能是某个聪明的服务员，或者也不是，是某个站吧台的好人，就像里克。

艾德想象着一张有他和克鲁索的照片，晒得黢黑，裸露的胳膊发着光。他们在笑，那张照片下面写的标题是：鲁滨孙和星期五在下棋，1990年。

“在这上面待一小会儿，你就知道怎么能撑下去了，小家伙。”其中一个死人说，他挂在紧靠就餐区天花板的昏暗中，1932年的雇员。那人穿着白色的衬衫，戴一副黑色的圆框眼镜，从他身上看不出太多的东西。他长得像葡萄牙诗人费尔南多·佩索阿。

那声音又来了。有什么东西正从房子里穿过，但并不是脚步声。克劳斯纳就像是苏醒过来了一样，墙壁里面传出咕隆声，一种遥远的、沉闷的声音，在石墙深处。“他们在那儿发现了那个东西，”艾德喃喃地说，“在森林里的客栈后面，高高的陡崖顶上被称为森林客栈的地方，这里藏着一个史前生物，一个洗碗工被囚禁在它的身体里面，要在那里度过余生……”

“你起来！往尼尼微大城去……”[1] 佩索阿又开腔说道。

艾德站起身。他蹲下，歪着头。他跪到角落里，屏住呼吸，仔细地听。那声音来自四面八方。他试探着把一只耳朵贴到收银台的铸铁上，然后贴到吧台上，啤酒冷却机没有动静。他急匆匆地在房子里跑了一圈，但是那声音既不在楼上也不在楼下，它在动，它不在任何地方。

那就坐下，屏气凝神。

他的目光落在收据簿上。那是他写的？

是的。

不是。

洋葱。

他拿起小尖刀削皮，手腕僵硬。我需要一把梯子，艾德想。他想要试着修理一下维奥拉，但却没办法写下梯子这个词。

那是一种震颤、闷闷的咔嗒声，然后又是一下叹气声，也许是咯咯的笑声，但是声音非常小，而且在移动。

艾德把早餐推到一边，把耳朵贴到桌子上，胳膊长长地伸着。他努力保持平静，那样子看上去就像刚刚被枪毙的人一样。照片下面的标题：最后一个短工。他听到的是哗哗声，平常的那个哗哗声，这声音一直都

---

[1] 出自《圣经·约拿书》。尼尼微为古代亚述帝国的重镇之一，位于底格里斯河东岸，在今伊拉克北部城市摩苏尔附近。

在，在他身体里，在那些东西里。他听见自己的头发发出柔软的沙沙声。贴在耳朵上的木头凉冰冰的。他听见自己的血流声，心跳声，那声音正在安抚他：只不过是你那颗跌跌撞撞的老心脏，艾德心想。也许我跟克劳斯纳在一夜之间合二为一了，披哩扑咙。他差点笑出声来。

他现在要活动活动。他把餐具拿进洗碗间，努力回忆克鲁索关于写作的那番话。"实际上你非常想沉进去，潜在里面，但是现在只要手在里面打转就已经足够了……"他打开水，已经很热了（好炉子）。他呆看着水柱下的盘子，感到自己也很有兴趣把耳朵贴到湿漉漉的水池边上去。他草草地想了想自己看到的是什么——可能看到了什么，在他背后，在架子那里。

迟了。

爱情

那之后的一切就只是些零碎的记忆。他背后突然有什么东西重重地扑过来，直接从墙上扑来的。脖颈上的重量和呼吸，地板上的翻滚，蛮牛般的力气，想要把他的脑袋塞进下水道里。

艾德费力地喘着气，嘴里不断发出“不要——不要”的声音，然后是“啊啊——啊”和一句可怜巴巴的“求你”，刚说到一半，他的嘴就扎进了下水道篦子上面那堆丝丝缕缕、黏糊糊的东西上面。他唾了一口，又吸了些东西进去——肥皂和腐烂的东西。

毫无疑问：从墙上扑过来的那个动物就是克鲁索，喘着粗气，声音嘶哑。水从头顶的水池浇到艾德头上，让一切听上去都很模糊。克鲁索不断冲着他的后脖颈重复“背叛”这个词，还有罗姆施塔德的名字，以及“全都说了，全都说了！”。不过他说得最多的还是“背叛”：背叛索尼娅，背叛克劳斯纳，背叛“我的母亲，我的母亲……”说到这儿他卡住了，然后猛地换成了俄语。他像发烧了一样身体滚烫，呼吸中有一股生病的味道。

“洛沙！”喉咙里的话苍白无力。

直到现在他才发觉：手心里的刺痛。小尖刀。还要洗碗，把碗洗完，他当时这样想，或者是想到了克鲁索的洗碗诗学，都是些无关要紧的事。

在倒向地板的时候，在那个恍惚如在梦中并且一片混乱的瞬间，他的手握住了刀刃，他紧紧地抓着小尖刀，毫无意义的动作。

克鲁索现在跪在他脊背上，结结巴巴地，在他和那个瀑布上面远远的地方反复说着同样的话。最下面是艾德被挤在石头地面上的肋骨。它们会断的。放射所，卫生警察——到处都是背叛。艾德早已经听不懂克鲁索在说些什么，下水道篦子嵌进了他的脸里，把那张脸扭曲成一副怪相——冲走，这个词把他扯向深渊，冲走，冲进粪坑，冲进两栖动物的世界，像脏东西、垃圾和油腻的汤汁一样冲走，轮到他了……灰色的黏液是他的朋友。灰色的、混杂着丝丝缕缕的黏液拦住生锈的铁杆不让它们钻进他的肋骨里。他还有别的朋友，比如那些残余下来的存货，这些勇敢的帮手一如既往，想要悄悄跟他说些什么。一个建议，一个主意，在最后关头。

轻轻地，死人们把手
伸进他的嘴里。
索尼娅的微笑温柔又美丽……

一声沉闷的“咣”，克鲁索好像在飘。

艾德转动沉重的身体，翻到一侧，他蜷缩着身体，上气不接下气。水倾泻而下，他把脸伸到水柱下面，在水池里呕吐。他试着漱口，想把一切都漱出来。他干呕了一下，吐了一口唾沫。

克鲁索就像刚刚战死一样，摊开手臂躺在地下，克劳斯纳的洗碗间就是他的最后一站。他的头发里沾着血，不多，好像已经凝固了。小尖刀把他的衬衫从腰部的位置划破了，但是下面的皮肤上只有一点划痕。他的肋部被刺中，但并不严重，只是吃了一惊而已，突如其来的疼痛：克鲁索猛地直起身，头狠狠地撞在金属水池上，确切地说，是撞在架水池的角钢架上……

是位置，艾德心想，那个位置太敏感。

他站不住了，一屁股坐倒在地板上。他得缓一缓，他的心脏狂跳。后来艾德才想到，不知道自己的右手胡乱朝后面捅去的时候，那个小刀的尖是怎么露出来的。

地上的那个男人湿漉漉的，看上去很平静，他在休息。一阵细微的震颤穿过那个身体。艾德小心翼翼地摸了摸他的额头，额头很烫。他心里没有靠得住的感觉，只有更多的恐惧和慌乱。不请自来的忧虑想要帮他一把，凭借的却是他从来不曾有过的某种经验。还有失望，只有这失望是他熟悉的，而其中又包含着忧虑，真正的忧虑，朋友的忧虑，其中又是失望，苦涩而灰暗，里面是愤怒，还有藏在最深处的无助。所有那些已经让人无法理解的疯狂。

把克鲁索弄到克龙巴赫的账房里用了不少时间，也用尽了他剩下的所有力气。艾德用几件罗马长袍做了一个类似拖拽装置的东西。那个湿漉漉的身体不断滑下去，摔到地板上。“对不起，很对不起……”艾德累得浑身颤抖，每一个动作都会让他干呕，他快吐了。

账房让人觉得克龙巴赫是决心要给人留下一个整洁的印象。一股爱丝蕾邦的味道。艾德跑回洗碗间，又漱了漱口。他的舌头肿了，粘在牙膛上。他从地上捡起小尖刀洗干净。就像销毁证据，这念头飘过去，苍白而无关紧要。

克鲁索躺在克龙巴赫的办公桌前，就像一个巨大的猎物。担忧之下，委屈蔓延开来，寂静而冰冷。强烈的被排斥感。艾德把刀放在克鲁索的胸前，深吸了一口气。

他想起了一部电影里的场景，现在，他自己也在电影里，他是主人公，最后一个莫西干人。画面上，一个人孤独地骑着马穿行在沙漠上高耸尖锐的岩石之间，画外音说，委屈既然在莫西干人的肉体上刻下这么深的伤痕，那这背后就一定隐藏着某种伟大，这东西现在必须现身，要么现在，要么永远不再。必须做到袒露无遗，至少在这一刻：他的爱。

艾德把刀插进克鲁索的衬衫。

或者您想怎么称呼这个，这个最后的……

他把湿衣服一点一点从克鲁索身上割下来。

克鲁索的阴茎涨大，但并没有完全勃起。艾德试着把那个沉重的身体拖到高处的床垫上，但看样子这是不可能的。艾德重新提起一股劲，硬挤进倾斜的墙面和床中间，用这个方式把自己的身体做成杠杆。第一步，他要把克鲁索的上身倚在床上，还要小心不让他倒下去，朝前或者倒向一边，但他发现这很困难，后来没办法，他只好抓住克鲁索的头发，让他保持直立，同时自己还得绕着床跳来跳去地保持杠杆的位置。就在他又拉又拽的时候，克鲁索醒了。他马上用胳膊扣住艾德的脖子。

“一个人，两个活门，艾德，有的时候得那样。”

艾德小心地把头从那个扣里往回抽，他成功了。他绕着床铺转了一圈，把那两条长着浓密汗毛的长腿也放到床上去。那两条腿就像树桩一样沉重。

“或者只要一个，一个活门就足够了，艾德。”

艾德从地上捡起被子，给克鲁索一直盖到下巴，尽力给他弄得舒适。

“艾德加？”

“一个就够了，洛沙，就像你说的那样。不过你现在得休息一下。”

“为什么月亮……”

“和男人要结伴……”

“去海上？”

最后，他们两个人一起说了那句话，就好像这是两人共同的问题。

克鲁索又朝他伸出手。艾德看看放在桌上的小尖刀。然后，那只手又落回到被子上，他的伙伴睡着了。

“对不起，很对不起。”

艾德蹲在克龙巴赫的书桌旁，任由惊吓像海浪一样淹没自己，流逝的时间混乱而无法测量。他接下来做的事属于应急：他弄了一小盘东西。一小盘东西，就像他母亲曾经说过和做过的那样。那时他还是个孩子，孤独而不快乐，待在自己房间里的独生子，因为作业，也因为整个的生活而焦头烂额。

“我给你弄上一小盘东西，洛沙。”

他洗了一个苹果，然后拿起小尖刀，把苹果切成一瓣一瓣，均匀地摆在一个咖啡垫盘上，摆成太阳的样子。他一边摆，一边不停地嘟囔着“对不起，很对不起”。他想自己吃上一瓣，但嘴里什么东西也塞不进去。几滴泪水从他脸上滑落。

他跑进洗碗间，打算再漱漱口。他朝水池弯下身子，冰了冰脸，下水道篦子留下的印生疼。他现在需要保持头脑清醒。

他的目光落在饭菜升降通道敞开的口上，还有那里的一摊水。升降机！从来没有用过的那个东西，多年来不过就是墙上的一个洞，用餐高峰时间用来放卡罗拉的茶和烤蛋糕的铁盘。克鲁索在那儿蹲了多久？缩在这个四方形的洞里，他怎么做到上上下下地移动的，披哩扑咙？

克鲁索睡着了。艾德小心地把克龙巴赫的椅子挪到床头的位置，把那一小盘东西放在上面。

“我给你弄了一小盘东西。”艾德小声说。

一小盘东西代表着关心和安慰，但并不因此而过多干涉对方的不幸。

“要不要再给你弄一小盘东西？”

他回到楼上自己的房间，从笔记本里抽出索尼娅的照片。照片摸上去是滚烫的，就像克鲁索的额头，不过这原因在他，是因为他手上的刀口，那刀口现在开始有点火辣辣的疼。刀在洗碗工干燥的、满是白皮的手上没切多深，也没流什么血，只是些稀稀、黄黄的东西而已。是不是当洗碗工的人最后手里都没什么血了，只剩下碱液，皂液。

他把照片放在椅子上，摆得让克鲁索一醒来马上就能看到。他觉得自己像个正在抚摸一只垂死小鸟的孩子，而这只鸟就是他自己刚从鸟窝里打下来的。

直到现在，艾德才想起电话。

他这样就好像克鲁索是他的个人财产一样，就好像一切都是他的责任。由于某种可怕的扭曲，这个世界只剩下了他和克鲁索，那两个人。他又感到一阵恶心。

因为一下子看不清号码，他干脆把纸片从模模糊糊的塑料罩子里扯了出来。岛上女医生在克龙巴赫的名单上是第四个，三位数的号码。电话线的插孔已经快烂了，但插头还能插得住。艾德把耳朵紧紧贴在听筒上。他像失去知觉一样，静静听着交替响起的一声短音，和一声长的，持续很长时间的长音。就好像他不用拨号，也肯定会有人应答一样。

咱们留在这里的人

地毯，组合柜——他就像是走进了自己父母亲的房间。一堆堆人造革发着模糊的光——组合沙发，就像大牲口关进了小牲口圈。艾德吸口气，他费劲地喘着气。房子里面似乎比外面还要冷。

一眼看去，这里缺少的是那些电器。电视机，立体声音响，音箱——高光贴面上的黑印诉说着这些的缺席。后面的伤口，给电线留的开口。钢丝锯，艾德想，或者钻床。作为医生家的东西，这工艺真是粗陋得惊人，跟他父亲用在这种活儿上那成几个小时的精雕细琢有天壤之别。

这栋房子的位置正好在小岛曾经断裂，并且被淹没过的那个地方，那是很久以前的事了。住的地方在后面，诊所冲着街道。候诊室里没有椅子。只有些蹭出的印，那里曾经是椅子背的顶端，上方的墙面上有一团团油腻腻、闪着灰色光泽的污渍，那是病人们长年累月用疲惫的头靠出来的。漫长的，让人筋疲力尽的等待，等待安慰和死亡，一直等到终于可以回家。

治疗室里是大敞着的柜子，药品和像雪一样撒在地上的营养粉，婴儿秤上的铁盘坑坑洼洼。装病历的米色铁皮柜里面的东西一半被拉了出来，这个岛的疾病史。一个装电池的挂钟放在桌子上，像是被遗忘了，被无意间留在了那里。旁边放着几个空针筒，一个出诊包，还有橡胶手套。电子钟的秒针发出轻轻的“嗒嗒”声，但并不朝前走。

艾德骑自行车到诊所用了不到十分钟时间，他一路冲下荆棘岩，冲下水泥板路，然后是沙丘后面的水泥路，迎着风，穿过十一月的寒冷。房门开着，门框上门锁的位置那儿已经碎了。

有人在视力表上用圆珠笔潦草地写了“**江湖郎中！**”和“**混蛋国家！**”，旁边是刻着厘米刻度的T形尺。游标被推到了最上面，就好像最后在这里测量身高的是一个巨人。艾德看见自己贴墙站着：头上顶着那块木头，同时挺直脊背，勾紧大脚趾。“一米七四！”结果总是出来得太快，总不像是很经心的样子。测量跟测量不一样，他父亲总是这样说。多数情况下都是一米七四，但有的时候只有一米七三，只有一次是一米七五，最后他的证件里也是这样写的，分在身高中等那一栏。登记个人信息的时候，身高和眼睛的颜色是自己报——在警察局户籍登记处的办公室里，没有人看他的眼睛，也没有人会重新测量。这让艾德很吃惊，他心底第一次意识到制度里可能存在的漏洞。

艾德虽然抵制那个标题，但它已经在脑子里打转了：寂静的绝望。他看见了那几个字，都没法用，所有只是给感觉一个名称的词都没法用，抽象地存在于人性中的那些东西没法用，不是好材料。中等身高，蓝色眼睛，这都是数据而已。眼睛在光线下会变成灰绿色的，跟他母亲一样。在有阴影的地方是棕色的，跟他父亲一样。艾德一屁股坐下去。那是病人坐的椅子。他面前是一个米色的铁皮柜，还有玻璃柜镜子里他自己的脸——那眼神，就好像那里是他的家，干脆搬进去，去睡觉，在那个柜子里。

不，我不知道伤有多重。

我觉得他在发高烧。

差不多两天，全身都湿透了。

我想，他撞到要害的地方了。

有，不过就一点，不多。

是的，不过时间不长，然后他就醒了。

对，我想是的。反正他知道自己在哪儿。

……

不，没做什么特别的事，他只是用了电梯，用的是我们传菜用的那个旧升降机，可能一整夜。

……

具体？我会说周围是一圈棕色，中间是灰绿色的——我混合了父亲和母亲的特征，您明白吗？

嗨，本德勒先生?!

有人喊他的名字。艾德走到窗前，看见镇卫生所的警察正沿着街道慢慢走上来。他穿着那件有很多实用的兜的夹克。诊疗室的窗户就在被撬开的门旁边，门倒映在他变色眼镜的镜片上。雷鹑小声清了清嗓子。这鲜活的声音并不特意为给谁听。突然，艾德感到有什么东西逼近，想要把力气从他的骨头里吸出来。

“最值钱的东西已经不见了，本德勒先生。”警官从门缝里稍稍提高声音喊道，他肯定看见艾德过来了。也许他们总是能看到我们，任何时候，艾德心想，怎么躲都是多余的，不管说什么也同样多余。

“我找那个医生，女大夫……”

“我说的就是这个意思，本德勒先生。难道您以为我把您当成打劫的人了？很遗憾，我们没办法阻止这事，这种人现在太多了。多半都是隔壁的人，他们动作比我们快。我们的公民一看到街上有拎着箱子和提包的同胞，手里就拎起了铁撬棒。只是，逃亡者的财产本来应该是属于被他们背弃的国家的，第二号命令，您明白吗，本德勒先生？所以我想请您现在从那里面出来，我要封门了。”

奇怪的是，警官并不进屋。少见，他竟然说请，他表达的是一个请求，而不是威胁，不是最后通牒。猛然间，艾德觉得好像雷纳就站在雷鹟身后，没有脚，下面是已经腐烂的袜子，轻轻地摇晃着。

“您听明白了吗，本德勒先生？”

艾德没有说话，他糊涂了。他来之前给克鲁索留了个纸条，就放在那一小盘东西旁边，照片下面，椅子上，床头旁……他眼前一黑，往诊疗室里面退了一步，就像玩捉迷藏的孩子，别人找不到他，他自己则感觉离这个世界越来越远。

“此外，我很高兴听说克劳斯纳还在营业。”雷鹟继续说。他现在是在门缝里面说，头半钻进走廊里。“这个国家有些人重视自己的工作，重视他们在社会中的位置，他们不会马上把一切都抛下，我说这就是责任感，本德勒先生。”他就像是对着个隧道喊出那个句子，能听出来，他并不确定这些句子里的哪个部分能够被人听见。

艾德不说话。

“这个女大夫不一样，所谓的驻岛医生，早跑得不见影了——希波克拉底的誓言[1]完结了！不管怎么样，您的伤已经好了，好得很彻底，是吗，本德勒先生？”

艾德想起维奥拉在沉默下来之前的那几天里播过的一条消息。一个好医生不会丢下自己的病人，这是不可原谅的对最基本人性的践踏，等等——之后是卫生部长的声音，然后是维奥拉的评论，但是评论他已经忘记了，还有那个节目的名字，可能是“午夜新闻”，或者“日复一日”，或者“今日欧洲”？

“这几天，通向我们捷克朋友的边界又开放了，有力地证明了信任的存在。不过这个您肯定已经知道了。现在大家都可以离开了，从现在开始所有的人——这难道不是个笑话吗？您听没听见我说话，本德勒先生？”

艾德慢慢开始明白了警官的处境。不过，是什么阻止他走进这个诊所？

[1] 医生执行医务前保证遵守医德守则的誓言，守则相传出于被称为“医学之父”的古希腊医生希波克拉底之手。

“所以我很高兴，”雷鹑喊道，“真的是很高兴看到您还在这儿，您和克鲁索维奇，我们的朋友。你们在写诗，这个我们都知道——也可能是因为这个，谁知道呢？不排除，是不？已经有不少人在这个岛上写出了他们的作品，伟大的名字，老天，随便说几个，卢米池，齐布尔卡，普鲁德拉，当然还有格哈特·豪普特曼和约阿希姆·林格纳茨，[1]过去的那些才子，布尔乔亚人文主义的代表。您有没有考虑过出版，本德勒先生？作家协会的候选人——您听这个怎么样？咱们得团结，咱们这些坐在打字机前面的人，咱们这些打字机人！”

雷鹑小心翼翼地从门缝里挤进来，摸索着从诊疗室前走过，走进客厅。至少对艾德或者他大部分的混乱意识来说，这里还像是个家，父母亲的会客厅：组合沙发暗沉的光泽，棕黄色的地毯，每天绕着炉子吸尘，那个由烧焦的印组成的小小的星系被后来添的炉口挡板遮住了——突然间，这一切仿佛都没有了意义。

“那个跟您一起干活的就不一样了，那个卖冰激凌的，很笨，非常笨！先是干打架的荒唐事，然后自己又等不及了，还有他的逃跑……”

“什么逃跑？”艾德冲口而出，他几乎喊了起来，他沉默的时间也够长了。他的问题从走廊那边直接瞄准了警官的脊背，警官就像被击中似的一抖，猛地举起了双手。也许是因为这个动作，因为动作里面的夸张和歇斯底里，艾德突然生出恨意，就像是专为这个时刻积攒下来的恨意。

“什么逃跑？”艾德又问了一遍，他慢慢地朝警官走过去。

“哦，对不起，我是紧张，只是太紧张而已。”

警官也朝他走了一步。

“我还想跟您……”他想抓住艾德的胳膊肘，“我可以告诉您，有人找到了一艘气垫船，在山下的盖伦海角。我看就是常见的侵犯边界案

[1] 卢米池（Uwe Lummitsch，1956—1988），德国诗人。齐布尔卡（Hans Cibulka，1920—2004），德国作家。约阿希姆·林格纳茨（Joachim Ringelnatz，1883—1934），德国作家、喜剧演员、画家。

件，而且那是艘很烂的船……船头粘着一个牛奶袋子，里面有些私人物品，一点钱，各种证明，没有证件，但是有张照片——他的伴侣，据我所知……”他想了想，“一切都弄明白了，本德勒先生，还有那一段时间对您的怀疑……”

“您听着，雷鹞。我……一起干活儿的亚历山大·克鲁索维奇，病了。他急需帮助，立刻就要，他需要医生，一个……他受伤了。”

受伤——他吐出的那个词就好像是肥皂和腐烂物质的混合物，这东西像毛皮一样塞在他的嘴里，让他没法自如地说话。他觉得自己发出的只是动物的声音。

雷鹞转开身，好像有些失望。他敏捷地旋转了半个圈，一屁股坐在人造革沙发上，大声叹了口气。一阵狂风在房子的棱角那里发出啯哨声，大风肆无忌惮地卷过狭长的小岛，就好像要把小岛再清扫一遍之后再让它沉没。组合沙发后面像舞台幕布一样沉重的厚窗帘鼓了起来。艾德感到风吹在脸上，他发现有一扇窗户被打碎了。

“哦——哈！咱们的朋友生病了。”警官把双手的手指尖抵在一起，弄出了一个小小的尖屋顶。

“不是您的朋友。”艾德的毛毡嘴里发出沉闷的带回响的声音。他不由自主地用左手摸了摸右手腕上的刀疤，短暂的一瞬间里，他感觉到自己身体滚烫的轮廓。

“这点并不重要，本德勒先生，不管他是否曾经是，或者现在还是，或者他会不会有一天是，或者像我想的那样，有一天重新是咱们的朋友——咱们留在这里的人现在得团结，您明白吗？那些还留在这儿的人，compris[1]？”

镇卫生所的警察跷起二郎腿，就好像打算用锚永久性固定住自己。一股风，破窗户——一大块玻璃叮叮咣咣跌在地上，摔得粉碎。艾德毫

[1] 法语，意为“明白”。

无征兆地扑向雷鹑，把自己带着腐臭的呼吸喷在雷鹑脸上：

“我的朋友，我的朋友，我的兄弟！”

警官像个小孩儿一样弯起一条胳膊，胳膊肘挡在脑门上，另一条胳膊胡乱地朝艾德打去，而艾德则把对方的脑袋深深地按进了人造革里。变色太阳镜滑下来，一只丢了眼睛的大昆虫，艾德心想，只要轻轻一按，眼睛就掉到地上了。他盯着警官扁平的侧影看了一小会儿，只能大致看出嘴巴和鼻子，那张脸就像一个巨大的、磨损了的指甲，颜色灰黄，跟那片沙地颜色一样，在释放欲望那天，他和克鲁索在那里埋下瓶子，对着西边的月亮……

“我的朋友！”艾德又吼了一句，怒吼很舒服，嘴里的毛毡撕裂了，他终于能够听到自己的声音，终于听到自己吼出的话是没有错的。这时，警官缩手缩脚地团成一团，已经缩到跟他那个可笑的名字相符的大小。

风小了，下着细雨。他前面是警官。他们前后相跟着走完了到下面户籍登记处的那一百米。街上没有人，这个地方的人就像是死绝了，连警官走路的姿势都显得很落寞，支离破碎的小步子，就像他的脚在锁链里套过多年一样。

回到办公室，雷鹑逐渐镇静了下来。好几个文件夹被运到他的书桌上，他的手在那些文件夹上来来回回摸了一会儿，仿佛空气中有什么必须要整理和清点的东西。“我们帮助您的朋友。我们会尽力提供帮助，当然……”啰啰嗦嗦的就好像是在发誓，这能够让他控制住自己的恐惧。艾德看出，坐在办公桌后面的那个软蛋是认真的，雷鹑这次不是在演戏。

“请您不要感到惊奇，本德勒先生，”雷鹑开始了，“我们会帮助您的朋友，我们能够提供帮助。”

他站着就开始拨电话。艾德瞪着那根弯曲的食指，食指好几次都没有对准拨号盘。“请您不要感到惊奇，这是最简便的……”就在这个时候，电话接通了。警官调整了姿态，他的声音瞬间变得自信而稳定，开始说俄语。他说话的频率短而单调，就好像在报告一件别人可能已经想到了的事。对方只有一句追问，回答同样是简短的、孤零零的一个句子。他的每一个词中都透露着尊敬和无条件服从的意愿。

除了两三个词外，艾德什么也没听懂。上了那么多年的课，他的词汇量几乎没有增长。雷鹑在报经度和纬度，就像军人之间说到地点时常做的那样，然后是克劳斯纳的通信地址——艾德是第一次听见这个地址。就连那个地址，雷鹑说的时候都带着俄语味儿。最后，他不得不又重复了一遍自己的名字和军衔，他拼着字母，缓慢而清晰，但是听上去平平板板，无足轻重，就像是要成为某个人的最后努力。

东边的任务

克鲁索睡着。这就好像是童话里的那种睡眠。艾德摸摸他胡子拉碴的大脸颊，他的手摸过去，食指弯曲着，像夜里再次朝儿子的床俯下身子的父亲。他把手背放在额头上，然后又把嘴唇放上去，因为手背的感觉可能不准确。从早晨到现在像是已经过去了上百年。

艾德贴近克鲁索的脸停了一会儿，出于某种原因，他闭上了眼睛。他看见兰波站在收银台前，卡罗拉在吧台那儿，就连他的前任辐条也又跟他们一起坐在了桌子旁边，依次询问着他的包，他的眼镜，他的牙刷。不真实感达到了某种程度，以至于他可以身上穿着辐条的毛衣，同时又从柜子里拿出毛衣交给他，郑重其事，就好像那是他的总结报告，坦承他作为继任者积攒起来的某个几乎已经无法估量的罪责："请原谅，亲爱的辐条，我……"

他没冲成咖啡，就用开水冲了咖啡利口酒。他把纱帘拉开，看着外面的平台，就好像援兵随时会出现在那里，比如说一架直升机。或者一架新式的俄罗斯米格战斗机，那种能垂直起降的飞机，不需要跑道，只需要经纬度。他试着喝了一口，结果烫了嘴唇。

他走到楼上，开始打包医院里要用的东西。洛沙的房间很冷，他忘记生火了。刮胡子的用具整齐地排列着。他从柜子里拿出一些衣服，那里面也是井井有条。一小摞衣服，摞成黑色的棉布金字塔，金字塔尖上是几双袜子。随时待命。没有睡衣，没有浴袍——这些可能用得着。（主管护士马上表示轻蔑："没有睡衣？那就这个吧。"一件短衬衫，后面开口，露着屁股和脊背。）艾德把他们收入的大部分都放进一个信封里，然后把信封放在包的最底下。过了一会儿，他把那个信封又掏出来，在上面写下自己在大陆那边的地址：沃尔夫街18号，哈雷/萨勒，邮编4020。他不知道为什么，但是那样做了。"我的纸夹还安全吧，艾德，是吧？"他到现在才想起那些诗。过去几天，克鲁索提过几次他之前托付给艾德的那些诗。"咱们就继续这样，艾德，直到这里的状态稳定下来。然后我要把书弄完。"到狐狸洞打个来回四十分钟——但是，如果救援的人刚好在那个时候来了怎么办，如果洛沙醒过来，需要他的帮助怎么办。他脑子里没有地方用来长久地思考这件事。

他把包拿到账房，放在床的脚头那边。就仿佛有什么东西因此被永远地尘封，这种想法压倒了一切的时候，他又把包从那儿拿开，放在了员工餐桌旁克鲁索的位子上。他的无助触手可及。

克鲁索觉得冷，于是艾德插上电暖炉，把它推到床底下。"一件事一件事来。"艾德小声说。他从仓库里找来一个皱巴巴的"妮维雅"水球，洗干净之后，在里面灌上热水。这样做的时候，他试着不去观察自己，他试着从实际的角度看这件事。在短暂的一瞬间里，艾德觉得这一切都像是在幽灵世界里。他看见一艘幽灵船上的水手，船在幽灵岛的岸边搁浅了，遭遇船难的人，岛民，短工，他们都是幽灵。

正想给克鲁索把装得半满的橡皮球塞进腿底下时，他看见发着烧的朋友把什么东西紧紧按在肚子上，在被子下面。是那张照片，是索尼娅。

"好吧，好吧，"艾德喃喃地说，"你给自己弄到手了，是吗？"

他有了个主意。

克龙巴赫的爱丝蕾邦。他从柜子里拿出一瓶没开封的，上面附带的广告掉进他的手里。

*永远也不会太迟，但也不会太早……保护和滋养，就像每一块需要结出果实的土地一样……焕发年轻光彩……爱丝蕾邦这个名字提供远远超过半个世纪的质量与效果保障。*艾德算了算：2039年。远远超过：2050年？那上面是这样写的，但不是这个意思，不，肯定不是。

他小心翼翼地从克鲁索的手指间抽出那张照片，这下照片皱得更厉害了。他往手心里倒了一些这个长生不老药，抹在伙伴长着浓密胸毛的胸前。“就一下，洛沙，就一下，她马上就回到你那儿去，她会照顾你，她会回来的，咱们都知道。她就在这边，在椅子上，她在这儿等着你。”艾德感到手底下热了起来。克鲁索的呼吸加快了，他的皮肤变得滚烫，咳嗽声翻滚着出来，就像崩塌的卵石……

艾德吓得放开了克鲁索。这些做法可能都是错误的，可能都会起到反作用。他把照片从椅子上拿过来，插了回去，放在克鲁索的肚子上。

直到现在他才发现：柜子上面是空的。克龙巴赫那些灰色的心，不见了。它们不再跳动。

克鲁索醒了，但他很少睁开眼睛。艾德把白面包、牛奶和一些沙棘汁打成糊糊。岛上的人说沙棘是万灵药。他往里面加了糖和两片止疼药，这药是他在克龙巴赫的急救箱里发现的，那里还有一小瓶碘酒和几块已经发灰了的纱布。艾德灵光一现地还往糊糊里面混了几片克鲁索晾的那些干草药，他的伙伴曾经兴奋地说那是“本季最后的收获”。

就像给婴儿喂饭一样，艾德先用勺子碰碰上嘴唇，果真，就好像这种反射会持续一生一样，克鲁索张开了嘴，但只是张开了一点点。艾德刮掉一点糊糊，然后试着把吃的东西用勺子背往嘴里推得更深一点，终于成功了。克鲁索咽了一下，睁开眼睛，马上说起话来。

“东边的任务，艾德，我是说整个东边，从哈萨克的毡房开始，从我母亲的马戏团毡房开始，卡拉干达，你知道的，从那儿一直到这儿，一直到这个岛，这个方舟……”他呛了一下，吐了口痰，糊糊显然起作用了，“……将会给西方指引道路。一条通向自由的道路，你明白吗，艾德？这将是我们的任务，整个东部的任务。他们那些在技术上，经济上，基础设施上远远……”他咽了一口，然后更加有力地说下去，“他们那些在高速公路、流水线作业和联邦议会方面已经很先进的人，给那些人指出通向自由的路，这是他们……他们的生命中缺失的那一部分。”他又呛了一下，然后咳了一阵，就好像有个看不见的巨人捉住了他的肩膀，想要把他彻底地摇晃一会儿。

“嘘，嘘。”艾德说，但是看到克鲁索尖锐的目光，他马上又停了嘴。

“这是我们的任务，艾德。保护那些根，不让它们被现在要来的火山熔岩伤害，那些香得不可思议的火山里的熔岩，不可思议地诱人，温柔漂亮的熔岩，你明白吗，艾德？”

艾德一阵尴尬，他想要继续喂饭，但克鲁索不咽了。他把嘴唇一合，用这种方式把一部分糊糊又挤了出来。

“自由诱惑着我们。它认出了自己的帮手。它也认出了你。它也认出了你，艾德！”

艾德尽量擦干净胡子茬上那些黄白色的黏糊，还擦了他的胸前。这次的清洗提前到下午，艾德脑子里没来由地闪过这句话。他开始认真地跟朋友说话。

“咱们也得吃点东西，洛沙。我的意思是，为了补充体力对付熔岩，我的意思是，还有谁知道怎么……”

因为艾德没法大段地说出这一类的话（尽管他跟往常一样，感到内心里想要跟伙伴保持意见一致的愿望，不管两人之间有什么隔阂，都跟他保持一致），于是他背起了特拉克尔的诗。他还真是忘记了一些小节，甚至整首整首的诗。但这没有关系。他念诵着从其他地方搬来的诗行诗句，脑子里的存货们不堪一击的空架子，他就那样自顾自地念诵着，就好像一切从来都只是个充满善意的曲子，用的都是那个绝望的音调——

那个自己的音调。克鲁索的诗也在其中，然后还有一些他到那时都不知道其存在的段落。这就像一首自己的诗——他就好像开始了写作。

他的勺子碰碰克鲁索的嘴，芝麻开门了。

“好，洛沙，很好，”艾德喃喃地说，“咱们这样子就能行。”

去洗碗间的时候，艾德感觉自己又有了力气，他几乎感到心满意足。他把杯子里剩下的糊糊冲掉，然后盛满水。他把那只没有受伤的手放进杯子里，感受着水流。小弟，你在做什么，睡着还是醒着？[1] 他转了两三次身，转过去看那个敞开着的传菜升降机，那里面依然还有一汪水。他再回账房的时候，克鲁索似乎又恢复了神志。他的头斜靠在枕头上，左边的眼皮开始颤动。等他再睁开眼睛的时候，那个眼皮停了两秒钟，在半中间。

“你受伤了吗，艾德？”他去抓艾德那只受伤的手。

高烧像个面具一样在他脸上闪闪发亮。几个小时前他想把艾德的头塞进下水道时的那种愤恨荡然无存。

“这是你的了，艾德。”他把照片塞给他，照片已经折得皱巴巴的，被汗水，也或者是爱丝蕾邦弄得斑斑点点。

“不，洛沙，你现在应该把她留在身边，我的意思是说……”

“拿回去。她会照顾你。咱们就说，到下一次分配日的时候。”

那张照片已经成了一张碎纸片，但只要那个温柔的笑容还能够看得出来，这就是张珍贵的碎纸片。我们自己的小死者，艾德心想。

“咱们就把她放在这儿吧，放在床边，我的意思是说，给咱们俩。”

克鲁索脸上的表情变了。艾德赶紧去抓，但是现在克鲁索不松手了，他紧紧抓着那张照片，看着艾德的眼睛。

“她在外面的什么地方，艾德。你可以用我的望远镜。你可以利用那

[1] 出自格林童话《森林中的三个小矮人》。

些灯光确定方向。记着那个绿色的光。如果哪天我不在这儿了，一段时间，那么——就由你来负责，答应我。答应，现在！”

就好像在这一刻电路突然断了，克鲁索闭上眼睛，不说话了。

“我答应。”艾德喃喃地说。

他把照片放回椅子上。蜡滴，汗水，被折得零零碎碎的脸。他很心疼。

随便来个人，随便什么帮助。艾德看看表，小声骂了起来。会有什么样的可能性呢？来度假的医生？从十一月初开始，这个岛就像是被风扫过一样空空荡荡。当然，某个地方会有个医生坐在自己的膳宿公寓里，边切着混合谷物面包边心满意足地静静听着大海的波涛声。福斯坎普那个可笑的医疗点能提供的帮助不会比克龙巴赫的急救箱更多，卑尔根的医院离得也太远了。

他从克龙巴赫的办公桌里抽出那个长途电话簿。

艾德不习惯打电话。他们家从来没有过电话。对着仪器说话，看不见对面的人，这让他觉得很不自然，有些造作，几乎有些病态。艾德想起自己第一次打电话的事，小时候，在村里的消费合作社门市部。合作社的那个女工作人员从放着玻璃糖果罐的柜台上把听筒伸过来贴在他耳朵上。听到母亲的声音，他好像被打了一拳似的，他能感觉到她，在耳朵里，但是她人又不在。他一个字也没说出来，尽管店里的所有人都在鼓励他说话。一个字也没有。

长途电话簿（1986 年版）脏兮兮的黄色封皮上有很多虚线，不难看出，这是想用几何的方法表示那些长途电话。虚构的图景，上面的那些结点上蹲着小小的电话机，就像蜘蛛网上的蜘蛛。一个大一些的动物，从外形看像个拨号盘，已经被困在那里了。突出在所有这些东西之上的，是用整块石料雕凿成的一个漆黑的听筒，正仰面朝后倒下去，它就像个少见的神像或者神祇，笼罩了半个电话网，并且就要拉着所有的一切跟着自己一起坠向深渊。

第一页上列举的是“警告信号”。核威胁警报，空袭警报，化学威胁警报，解除警报。之后一页的各种规定艾德只是很快地扫了一眼，然后是“使用说明”。“为了双方的利益，并达到更好的通话效果：**请长话短说！**”这句话用的是粗体。艾德拨了紧急医疗救助的电话号码。一个声音响起，说自己是“问讯处”。这很奇怪，不过，也可能所有的服务都得通过问讯处。里面嗡嗡响，有一个什么计数器开始工作。不过让艾德迷惑不解的是另外一件事。他把灰色的听筒紧紧贴在耳朵上，他出汗了。

“我的名字叫艾德加·本德勒，克劳斯纳企业疗养酒店的雇员，嗯……在希登塞岛，罗斯托克区，吕根县。”他说得很大声，并且拼写了地址。

“喂，请讲？”那个男人回答说，在这一刻，艾德明白了。

“雷鹨？”

“对不起，我听不清您说话。请说一下您有什么事。”

“雷鹨，你这只猪！”

“喂，您好？”

咔哒一声，占线的声音响起，在艾德的耳朵里轰鸣。克鲁索的胳膊无力地从空中摆过，耷拉了下去。“现在到处都是叛徒，包括电话里。什么都偷听，这些蒙昧主义者。大海也是个恶劣的叛徒，艾德，这个你以前知道吗？浪涌，浪涌，还有一段时间！[1]”

克鲁索似乎在随口数着一些地方，他把这些地方叫作“根存在的地方”，普劳恩，哥达，佩奇，布吕恩，克拉科夫，库尔斯克，巴甫洛达

[1] 模仿歌德《魔法师的学徒》中的诗句：“奔流，奔流，还有一段距离。”

尔，卡拉干达……[1]

外面，天黑下来。

艾德打开灯，从插座上扯下电暖炉的插头。他从吧台端来一杯水给克鲁索喝。

“水是最恶劣的叛徒，艾德。我是说，深水，这个你以前知道吗？”

他又咳嗽起来。他的情况更糟了。他的皮肤上出现了奇怪的斑点，黑眼圈一直蔓延到了脸颊上。

“可惜，很可惜，老洋葱。”克鲁索嘟囔着。

去吧台的路仿佛一下子变长了，艾德觉得自己在地板上踩出的沉闷的脚步声已经不足以给他注入信任感。那些房间慢慢地都下班了，旺季结束了。

“艾德。艾德？荆棘岩着火了。”

艾德在办公桌前又坐了一会儿，然后爬上床蜷缩在克鲁索身边。他的伙伴之前翻了个身，这时额头抵在墙上。他叹息着、呻吟着，直到疲倦将他拉进梦乡。临近午夜，他又发作了一次寒热。克鲁索哆哆嗦嗦地不停说着含混的胡话。是关于他的母亲，那个走钢丝的女演员，还有他那张米什卡巧克力包装纸上的三只熊。俄罗斯城七号也出现了，还有一个被克鲁索称作“水源官”的人，无忧宫的水源官。

“真正的自由的种子，艾德，在不自由中孕育。”

他的声音越来越小。最后，所有的话都像是吹出来的气，结结巴巴的呼吸。

艾德费力地想给伙伴一点温暖，但这阵寒热太厉害。有的时候，克鲁索就好像是要把他推开、甩掉一样。艾德就把他抓得更紧，吟诵着那

[1] 哥达（Gotha），德国中部城市，位于图林根州。佩奇（Pécs），匈牙利西南部城市。布吕恩（Brünn），现称布尔诺（Brno），匈牙利东南部城市。克拉科夫（Kraków），波兰南部城市。库尔斯克（Kursk），俄罗斯西部城市。巴甫洛达尔（Pavlodar），哈萨克斯坦东北部城市。

首诗。“夜晚降临古老花园，索尼娅的生活，蓝色的寂静。野生的鸟儿四处飞行……”

再后来，重归平静。只剩下他抵在墙上的额头还在颤动，仿佛无法停止地要向克劳斯纳的墙基发送求救信号。

艾德决定早晨用手推车把洛沙推到港口去搭第一班船，从那儿到施特拉尔松德，然后去医院。说不定他还能把手推车一直推进账房里来，直接推到床边。这样子我就行，艾德心想。他把嘴唇贴在克鲁索汗津津的后背上。然后是他的耳朵。然后又是他的嘴唇。圣诞饼干的味道一闪而过。加了肉桂粉的什么东西。艾德的肩膀一抖，突然百感交集。他一言不发，任由眼泪在脸上恣意流淌。

回家

员工餐桌上放满了旅行箱和旅行袋，它们高谈阔论，说着上帝、这个世界和新的旅行目的地，全体都非常兴奋，因为谁也不知道在外面会遇上什么，在默恩岛，夏威夷，上海。就连艾德那个破旧的人造革旅行包也参与了讨论。一直到死神走进餐厅，大家才安静下来。

“这不是死神，”克龙巴赫的硬壳箱小声说，“这只是……摆渡的工人。”

只是摆渡的工人，艾德幻想着。

一颗星朝他走过来，黑暗中的一颗星。

等艾德明白过来发生了什么事情，一切都已经像是被注入了急促的呼吸，床边的那个巨大的身影，一件正在敞开的大衣，有苏联红五星的皮带扣。它碰到桌上的玻璃杯，玻璃杯变了模样：轻轻发出响声的圣杯，盛满了离别的音乐。

“我们在等，一整夜，我真高兴您……我们在等，而且……”

因为正冲着办公桌上台灯的光，艾德一开始只能看清那个巨大人影的下半截。一个花白头发的巨人，穿着及膝长的大衣，像指挥官的大衣那样搭在肩膀上。艾德的眼睛被晃得看不清东西。他一直盯着那个宽大的、没有轮廓线的肩章。空荡荡的袖子，大衣镶边上闪亮的红条，毫无疑问：一位将军。他就像瘫痪了一样，一直躺在被子里。克鲁索在睡梦中转过了身，用右臂搂着艾德的肩膀——就好像要留住他或者保护他。

又进来了一个穿水手服的士兵，他二话不说揭开被子。克鲁索搂得更紧了，但无济于事。那个水兵一把将艾德从床上拽了下来，然后开始给克鲁索检查，克鲁索呼吸沉重，但似乎已经不再觉得冷了。

艾德现在就好像也成了部队的一分子，他在床边站好队，试着重新报告一次："我们在等，一整夜，电话不通……"就在这一刻，羞耻感淹没了他。他赤身裸体的伙伴，还有他，半裸着，一个可怜虫，手贴着裤缝，如果有裤子的话。

将军似乎也很尴尬，他抓起桌上的瓶子，看了看标签。

"爱丝——蕾——邦？"

他的声音：沉闷地翻滚着。

"60% 的酒精含量。"艾德脱口而出，这个机会让他松了口气。

"我给洛沙，我是说……我给亚历山大用这个擦身，他发寒热，他——受伤了。"

艾德指指克鲁索，又摸摸自己后脑上相应的位置。将军心不在焉地把那半瓶东西放进大衣口袋里。艾德半弯下腰，指指柜子里那一堆作为储备的瓶子，但高个子男人并没有注意到他的建议，或者是视而不见。

他从上到下的穿戴都非常隆重，不像是出紧急任务的样子。要下命令眼神就足够了。他的胸前斜过一条细细的棕色皮带，从右肩一直到左边的腰部。艾德猜那儿挂的是枪。

克鲁索呻吟着，那个士兵做了个手势。他弄好静脉注射，接上点滴，现在他拿着那个点滴在床铺上面晃来晃去，就好像这也是治疗的一部分。艾德吓得往后一缩，但是将军快速朝前迈了一步，似乎是朝他走过来，其实他只是去拿椅子上的那张照片。那张碎纸片。

将军的脸。艾德认出了克鲁索脆弱的大脸颊，无边无际的脸颊泛着灰色，已经干枯，哈萨克的荒原，上面有一头骆驼，骆驼上是索尼娅和克鲁索，姐弟俩，正在去往咸海的路上，但他们永远也到不了那里，因为每走一步，海岸就朝后缩一截。

发生了什么事，当年？艾德问。

这个问题对克龙巴赫的账房来说太大了。尽管并没有说出口，它依然瞬间淹没了这个房间，以至于将军一下子就退了回去。照片他放回去了。那个卫生员终于把吊瓶固定在了文件柜的把手上，他跟在将军后面。

餐厅里还有更多的士兵。苏联水兵。他们疲惫地分散坐在不同的桌子旁，就好像等着点的餐已经等了很久。将军出现时，他们都跳了起来，带起一股酸臭味。接到命令，他们开始敲掉员工餐桌的桌子腿。卫生员把桌布收集到一块儿。收的时候，他很小心地不把烟灰缸碰到地上。敲桌子的动作很有准头，几乎可以说是精心的，所以艾德认为这不是在报复或者是在开始大规模的复仇行动。

11 月 8 日，SA 7:09，SU 16:18。那个便携日历本上可以这样写，艾德已经很久没有用过那个临时日记本了，而且这一天，天也并不是很亮。海军中校和他的两个士兵待在观景台上，就像这个漫长的秋天里最后一批被遗忘的客人。将军出现时，福斯坎普跳起来，敬了个军礼。其中一个士兵没能把自己的枪架到肩膀上，刚刚举到胸前，就保持着那个姿势愣住了。将军用手指轻轻触了一下帽檐，冲着啤酒花园的桌子上方用俄语喊了些什么。“肩并肩。”海军中校用俄语大吼着回答，让几只正在对清晨表示关怀的鸟瞬间就住了嘴。福斯坎普冲着将军的背影又敬了个礼，但是眼睛已经看向艾德加。艾德觉察到他的不解，但那眼神中也有善意。那是惊恐的父亲或母亲的眼神。

肩并肩。

卫生员用桌布把克鲁索固定在员工餐桌的桌面上。桌布上的大花图案沾满了食物的硬痂和啤酒的痕迹，夹杂着一些带着黑边的，烟灰烫出的窟窿。猛然间，艾德还以为那是弹孔。

现在是将军举着吊瓶（生命），一行人沿着台阶朝山下的海边走去。他用空着的那只手指挥抬桌面的人，那些人放慢速度，保持步伐一致，就像在重要人物的葬礼上。卫生员跑在队伍前几米的地方，用喊声提醒大家注意克劳斯纳阶梯里大量松动和缺少了的台阶。队伍最后面是艾德，就像一个没什么用处的孩子，蹦蹦跳跳跟着队伍，但并不知道到底发生了什么事。不管怎样：他拎着那个包，那个住院用的包。不管怎样：他了解那个包。随身用品，不是很重。直到现在也没有人跟他要过。

克鲁索就像踏上最后一次旅程的法老一样飘在士兵们中间，脚朝前。一些地方的台阶让那些抬他的人不得不把员工餐桌的桌面倾斜非常大的角度，就好像他们要让大海再看看这个祭品，或者让祭品再看看大海，看看一直远及丹麦的地平线，飘荡着隐身在雾中的地方，或者再看看波罗的海的海水，那片水懒洋洋的，带着十一月的冰冷躺在荆棘丛后面，一人多高的荆棘丛杂乱地漫过了陡崖的台阶。有那么一个瞬间，艾德觉得他们举到波罗的海面前的仿佛是一个圣人，一个殉道者，下一步，他们就将把这个人的身体献给洪流，用来安抚风暴，迷惑巡逻艇。最后：作为自由的标志，证明自由在这里，在此岸就能获得自由的证明，不用再去默恩岛，夏威夷或者其他什么地方——克鲁索必须被牺牲，献祭给海岛的未来……

艾德不知道这些令人厌恶的胡思乱想是怎么钻进他脑子里去的。他摸摸额头。可能他夜里闻了太多的爱丝蕾邦，在克鲁索的脖颈上闻了太长时间，也许他就是疯了。

“洛沙！”

他们依然让克鲁索冲着波罗的海。

他那个物种的最后一个，最后一个活体样本，小心，小心！荒唐的想法现在开始对着台阶喊喊喳喳，艾德的脚非常规律地在那些台阶上出现，脚和台阶，数不清，哦不，当然不是，他数过，数过不止一次，在午休的时候，旺季最高峰来临之前，大汗淋漓，气喘吁吁，294 次小心，艾德心里那个声音嘁嘁喳喳地说。

到了楼梯最后悬在沙滩上的那段，伤者差点从士兵们手里滑脱。艾德能看见那些苏维埃肌肉的颤抖，看到军装下面的紧张，将军的手扭曲成奇怪的样子，大衣飘扬，猛然间，他就像是个滑稽的大个子木偶演员，手里的线上牵着的员工餐桌在舞动，一起舞动的还有这个漫长旺季里的所有故事，四个年轻的穿着水兵军装的仆从在一旁陪舞，也许是哈萨克人，对，哈萨克人会很合适，艾德心想。

他看见克鲁索的眼睛睁着——他的大脸，光滑苍白，眼神里都是怀疑，这是一张年轻的，但同时又疲惫不堪的脸，一张小孩脸上墓地似的眼神，那是——格奥尔格·特拉克尔的脸。只有艾德和他自己的胡思乱想会这样看。

一开始并看不到船，只能看到那艘装甲巡洋舰，巨大的船笼罩在雾中，让艾德一开始以为这些人会用桌面推着克鲁索从水上过去，一直推到那个黑乎乎的，上面写着数字141的船身跟前。他还从来没有在海边见过这么大的船。船头处高耸入云，但甲板却好像高出水面没有多少，中间是两个独眼巨人的脑壳，上面伸出几根炮管，像标枪一样又细又长。然后，他看见了那艘舰载小艇。在北边不过一百米，艾德游泳的那个地方，那里的石头相对较少，让开了通向下面的路。

艾德想也没想，就把一只脚放在了船头上。他跟克鲁索是一起的，除了他还有谁。先是那些哈萨克人吓到了似的眼神（那一刻，他恨那些人），然后是搭在他肩上的将军的手。不是赞许，不是安慰。

那之后发生的事情，艾德只记得一些零星的画面。飘在空中的吊瓶。钢铁小船。交接点滴。员工餐桌的桌面放在坐板上时发出的沉闷、空洞的响声。一言不发地从他手中拿走提包的卫生员。将军半陷进沙地中的锃亮的鞋。一个海浪，他裤腿上被打湿的那一圈颜色变深了。他那个苏维埃裤腿上被打湿了的边——故事静止在这个画面上，这里面包含了整个的故事。

将军的手把他牢牢地钉在了海滩上。那边，舰载小艇已经被母舰收回，柴油马达发出轰鸣声，装甲巡洋舰，或者这个海上堡垒应该是的其他什么东西，慢慢地启动了，这边的他依然能感到那只手。他的身体沉重。为了给自己呆滞的动作一点表情，艾德垂下了目光。石头，海藻，腐烂的头发。沉重从四面八方朝他涌来，柴油马达巨大的突突声也不见减弱，仿佛没有尽头。

然后就结束了。

港口的那个疯男孩，张着嘴，抬着胳膊，然后是炮声。车夫迈基在牲口棚里，拿着一个酒瓶，还有那匹熊马，然后是炮声。吧台夫妇，带着他们的箱子和包藏在灌木丛中，在谜一样的边界线正中，然后是炮声。克里斯？罗尔夫？辐条？炮声。厨师迈克和他的家人？在某个地方的兰波，既不是在看书，也不是在写东西？然后是炮声。莫娜和卡瓦洛在往南走的路上——罗马，那不勒斯，海洋博物馆[1]，然后是炮声。

就像被打中了一样，艾德扑倒在地，脸埋在沙子里。海浪沉寂了几秒钟，周围的一切都像是被雷击中了。将军也疯了。炮弹的飞行轨道肯定在高过他很多的地方，在高过陡崖、陆地很多的地方——被严密封锁的整个空间，到处是回响。他们居住的整个腐烂的空间。

又是一声炮响，海湾里的回声。

然后一声接一声，满怀敬意地排着队。这些炮就像是在模仿巨人临死前的心跳声。其间夹杂着轻轻的哨声，像是喷气式飞机的声音，在遥远的高空，几乎是在太空之中。只是并没有命中什么，没有爆炸。

每一次炸雷响，天空都被托起一点，空气涌入。充满让人沉醉的新

[1] 在那不勒斯。

鲜与纯净的苍穹。艾德尝到了沙子的味道，一些头发似的海藻粘在他脸上，他感到自己抽紧的心脏像是要散了架子。二十一声炸雷。也许是他失去了理智。他投降了，终于，他冲着沙子咯咯笑：礼炮，礼炮！

船难，礼炮！两个活门，礼炮！洗碗，礼炮！

礼炮！礼炮！

他明白了。那是一个信号。

这一切都可能沉没。

重生

11月9日。他在餐厅里服务，不是通过活门，活门封死了。他提前收拾好，生了炉子，煮了咖啡。这些活儿他做得非常慢，一件完了再做下一件，一个动作一个动作来。他提前做了俄式蔬菜汤，配上混合谷物面包。要让他身体的某些部分从惊恐引起的呆滞回到平常的程序中去有些困难，他略微岔着双腿，僵硬地在吧台和桌子中间挪来挪去。他的身体里面有什么东西在跟着他移动，利用他的眼睛，他的耳朵，不管他做什么。现在对这个东西都要非常小心，得好好服侍。

他第一天迎来了七位客人。安静沉默的海岛迷，独来独往的人，他们用咖啡杯暖着手，透过粗糙的纱帘看着外面的平台，一边的艾德洗着咖啡杯、酒杯，或是一动不动地站在吧台那儿，水还在流着。轻轻的流水声让他感到舒服，还有溢流口那里的小瀑布发出的细微的潜水声和笛声。如果还是有人跟他说话的话，艾德就回答“就是！”或者“为什么不呢？”，就好像他也正在生活。他甚至还会短暂地忘记所有的事情，想象自己正经营一家饭馆，柏林那个“屎拉不得”的委员会，或许他们永远不会出现了……

他的最后一位客人是个年轻姑娘。年轻姑娘问起了克鲁索，问的方式跟那些一来几十个的遭遇船难者一样，就在几个星期前，这些人还用这种方式问起过海岛之王。她个子很小，长长的棕色头发被雨打湿了。短暂的两秒钟，艾德仿佛看见她站在自己的房间里，头发散在自己的枕头上。然后，他生硬地提醒她旺季已经结束。十一月——任何旺季都结束了，他多此一举地强调说。

多此一举的还有冲着那个姑娘的喊叫。他不叫兰波。他的痛苦，他的哀伤——失去的所有东西。他感到羞耻。他想起了最后住在自己房间里的那个遭遇船难的人，一个叫作B的女人，她是在海岛日之前的那几天夜里，在阅兵日，也就是一切开始结束的那一天之前睡在他那里。她至少有四十岁，年纪也许还要更大。她说的几乎每句话都是伴着一股烟喷出，她不停地抽烟。她说自己不想再当那个万金油，但话说回来，当个万金油也挺好。她说着，引用了洛沙的话："被放弃的和有价值的人。感悟了的和蒙昧主义者。"她给人一种仿佛被丢弃了的感觉，现在是她打算丢弃一切了。艾德睡在地板上，B在床上。她睡着，醒来，说话，抽烟，然后又睡着。到后来，艾德觉得连嘴里都有一股B嘴里的烟臭味。就算是在黑暗中，他也能看见她窄窄的鹰钩鼻，长而平的脖颈几乎毫无过渡地到了后脑勺，她就好像没有后脑勺，只有长长的，没有尽头的脖颈一直在轻轻地说：把你的手放上来，试一试吧，摊开手掌放上来。B笑话克鲁索。她把他称作"陛下，整座海岛的王和统治者"。她还说他是拾破烂的，把分配日比喻成回家的末班车，但是却没有人能确切地说出那东西在那儿是什么——家。通向自由的膳宿公寓？收容迷失灵魂的小旅店？她不停地说着这样的话，嘴里喷着烟。所有这些对她来说都是场游戏，是幕间曲。她说自己不打算给任何人做首饰，她也拒绝喝那个圣汤。她说"我不喝我的汤"，然后笑了。她说自己有办法弄醉自己，不需要炼丹术，再说，那个圣汤还有股屎臭味。这些话让艾德很不高兴，尽管他自己也承认那个汤的味儿不好闻。艾德认为B是绝望。结婚十二年，三个月前分手。她说是她提出的。她说分开的那天自己睡不着觉，因为激动和喜悦。他们关系依然不错，她说，他们还见面，偶尔。艾德因为疲倦已经僵硬了。硬了。十二年。她的丈夫嫉妒心强，但已经另有打算。因为她跳舞的时候总是极度兴奋，所以经常被人当成疯子，特别是在单位的圣诞晚会上。但是她不疯，一点也不，只是她现在过不下去了。现在也没有其他的可能了。在这儿她没有失去什么。这里只有这个岛。最后一个地方。

晚上，艾德把所有朝外的门都锁上，拉上帘子。他用厨师迈克的粗笔在硬纸壳上写了字，夹在饮料窗口的玻璃后面：**缺人歇业**。他用莫妮卡的熨衣板封住了通向用人楼梯的上坡道。

没有人了。

他回到自己的房间，收拾好自己的东西，把东西都拿到楼下克龙巴赫的账房里，他打算从现在开始睡在那里，笼罩在爱丝蕾邦的香雾中，在克劳斯纳的最内部。他扣住通向厨房的弹簧门，让账房的门敞着，这样夜里他也能有几米没有遮挡的视线。

我看见你过来。这是克鲁索说过的话，在晚上，在海滩，在短工的洗礼之后，接吻之前不久——他只是一个梦，别人的一个梦。就像鲁滨孙·克鲁索在睡梦中，在强烈的渴望之中看见的那个星期五。

床上有股汗味。他把自己裹起来，呆看着一片黑暗。他只是个梦。但是现在，他们把做梦的人运走了，那么艾德也就不可能真的存在了。

第二天早晨，说话声吵醒了他。等他走进餐厅，声音停了下来，但是吃早饭的时候又来了。声音是从以前员工的那些照片上传出来的。没有什么让他害怕的内容。没有威胁，没有辱骂，只是一些简单的、好心的建议，比如："别做傻事，小家伙！"（从右边最上面，年代看不清了，可能是 1930 年），或者"最好还是离开这儿吧，你这个愣头青"（1977 年），或者"快收拾下维奥拉吧，你"（1984 年）。像是死去的那个厨师说的，维奥拉曾经是他的财产。一个穿着干净的白色制服的大个子，站在最左边的一张照片里，他那会儿还不知道自己马上就要淹死。但是现在他已经知道了，艾德想，他看了自己之后的所有雇员，现在，他看着艾德，1989年的最后一个，这个不管他的收音机的人。

艾德给自己抹了一片混合谷物面包，他们冻了很多这种面包。小圆面包的时代已经结束了。抹在面包上的东西是他笨手笨脚地从一块五公斤重的混合水果酱上切下来的，那东西足够吃三四个冬天的。食物不是问题，储备很充足。他可以永远待在这个地方，遵守自己的诺言。

现在，他又坐到了自己以前的位子上。他把另外一张桌子推到员工餐桌的位置上，把椅子又拖了回来。十二把椅子——一个人的队伍。一个充满了空缺的空间。

他把自己的餐具拿进洗碗间，冲着水池小声说了几句。“我善良的克鲁索，我亲爱的洛沙。”

他想起列着要办的事的单子。哈萨克人偷走了那个收据簿。没有，它放在身后的窗台上，旁边是他的圆珠笔和烟灰缸，整整齐齐地收在那儿。好哈萨克。他看着那个单子，但是那不是个单子。不是他写的。但那是他的笔迹。他读着。三页纸，用克鲁索的语气写成，但不是克鲁索说的。他看着。

他回到洗碗间，放水。他取来盘子，刀叉和酒杯，开始用手在水池的底部打转。“你这个善良的人。你这个亲爱的人。”

过了一会儿，他在罗马长袍上擦干手，从房间里拿来笔记本。他看着笔记本纸页上的浅蓝色的方格纹。笔记本斜放在桌角上，一半在克龙巴赫那儿，一半在莫妮卡那儿。他把本子一会儿转到这儿，一会儿转到那儿，一会儿对着卡瓦洛，一会儿对着厨师迈克，最后对着自己。

看看，G送的。

他往前翻，摊开手掌摸着以前写的那些东西，他在抚摸它们。他在抚摸G。他现在能够只想她了。他毛糙的指尖能感觉到圆珠笔刻出的纹路，那些字就像是自己钻进了粗糙的木浆纸中。她走了，他想的是这个词的实际含义，走了。他看见她迈着小碎步，横穿铁轨。他把那三页写了字的纸从收据簿上撕下来，小心地夹进笔记本中。“你可以用我的音调。”

没有人了。他站起来，穿上台尔曼夹克，从到这儿来之后，他是第一次又穿上这个夹克，天已经足够冷，可以穿了。他再次确认门外或者院子里没有站着人，没有某个不打算对他那个歇业的牌子表示尊重的徒步旅行者。他现在就像一个隐士一样，满腹疑虑。一股强劲的风吹在他的脸上。他迟疑了一下，然后走上通向陡崖台阶的那条小路。

走路让他感到舒服。越往下走，波涛声越响，海浪轰鸣，什么东西怒吼起来，起先声音不大，然后越来越大，一起一伏的呶哨声，就好像将军的炮声上了轨道。克鲁索的瓶子，艾德心想。吹嘞，给鼹鼠都吹走嘞。

到后来，他无法再思想，只能够走。他按着太阳穴，就好像要回忆什么，或者用那种古老的，几乎已经没人再用的方式跟大海打招呼。无休无止的轰鸣声——现在肆无忌惮地钻进他的身体，想要抹去他的记忆。“我们走——在广阔的大海边，直——到——夕——阳——西下……”[1]母亲，父亲，孩子艾德走在中间，他们的脸白白的，发着光，正迈着整齐的步伐走在吕根岛格伦镇的沙滩上——唯一一个出来帮助他的回忆。

突然就走到了尽头。海滩消失了，取而代之的是一座泥山，山崩留下的，朝海里翻滚进去很远，切断了大约超过一百米的海岸。几块一人多高的漂砾从里面伸出来，就像被掩埋住的巨人的脑袋，中间夹杂着连根拔起的灌木丛和树木。艾德记得三角洲就在他的脚前面，但是一点也辨别不出他的狐狸究竟埋在什么地方。

老家伙。

老伙计。

---

[1] 儿歌。

艾德仿佛看见他的狐狸用自己皮革样的身体保护着那个纸夹，他还听见那些诗在向他轻轻诉说，声音很小，从地底深处。他能够听得见每一个字，并且重复出那些字，很快，他说的话就已经跨越了那些诗行，远远地冲进海浪声中。他大声地冲着汹涌的波涛朗诵，他情绪激昂，差点掉下去。他吓了一跳，闭了嘴，明白过来：现在能够做的最起码的事，唯一一件事。为了洛沙，为了克鲁索。

三天后，11 月 12 日晚上，他的笔记本写满了，一行行，每一个用于计算的格子里一行，写满了。他没有睡觉，不分昼夜地工作。有时在员工餐桌那儿，不过更多是在洗碗间，在洗大件的水池那儿，或者洗刀叉的水池那儿，总是换着来，有的时候在他这边，有时在克鲁索那边。“实际上你非常想沉进去，潜在里面，但是现在只要手在里面打转就已经足够了。……你会觉得只有损失，但实际上，你并没有真的失去什么，没有失去什么人，艾德，没有失去谁。你就继续轻轻地自言自语，用你的声音，直接叩响词语，用你的声音。上百次，对着自己的耳朵，然后你就能听见了……”

最后，艾德把所有的刀叉，锅，酒杯和碗盘又整个洗了一遍。他的手泡烂了，浮尸的手指。“我还要把集子弄完。没有比弄一个集子更棒的事了，你知道吗，艾德？”

他从吧台后面的活门下去，取了一摞有克劳斯纳抬头的信纸上来。他从柜子里取出克龙巴赫的“鱼雷”，开始工作。整个晚上，他都坐在打字机前。一些字母戴着血红色的小帽子。早晨，活干完了。也许不是逐字，也不是逐行，但是艾德能够听出来没写错，他听见了那个音调。“咱们两个人。”艾德喃喃地说。

写作掏空了他。那种感觉就好像这一生中再没有什么需要做的事。他直接钻到床上，坠落进深深的、无梦的睡眠中。

晚上，他被犬吠声惊醒了。福斯坎普那些狗里的一只。它叫得很机械，没有停下的意思。可能是狐狸跑到了防护栅栏那里，艾德心想，或者野猪。或许只有动物了，动物和我。奇怪的是，这个想法让他感到安心。他把自己裹紧，想再睡，但是敲门声响起。

监督委员会。

艾德静静地待了一会儿没有动，仔细听着雨的声音。没有人。

然后，敲门声再次响起。

艾德打开平台上的灯，从纱帘侧面朝外偷偷看去。门前站着的是那个好兵，穿着外出的军装，没有带枪。

“保重，艾德，祝你一切顺利。”好兵说。

“出了什么事？”艾德问。

“就是怕你明天不在这儿了，我才说保重。好了，保重。”

艾德不知道该说些什么，他摊开手掌放在门上。

“保重，”最后他喃喃地说，“我很抱歉。”但又不知道为什么要抱歉。好兵转回身，消失在夜色中。艾德看着他的背影。他走的是近道，穿过斯万特维山谷的那条小路，直接通向兵营。

“保重。”

他又在门边站了一会儿，仔细地听着。

然后，他拖着步子走进洗碗间，拿起装润手霜的瓶子。他的手指尖在蜕皮，两个甲床发炎了，非常小的红色突起。我用这个霜可能也是有点太多了，艾德心想。他把黏滑的润肤霜涂在手指中间，轻轻拍了拍手。寂静马上登场，给拍手声制造了障碍，寂静要求保持寂静，就是这样，“一直都是这样。”艾德喃喃地说，但同时，拍手又让人愉快，让他的手变得温暖，血液在手指里嗡嗡作响。拍手给人勇气，于是，他继续拍手，同时漫无目的地在黑乎乎的克劳斯纳里转悠——就像一个被诅咒的幽灵，艾德想，身上的锁链哗啦啦响。他拍着手，眼前出现了艾滕伯格，克劳斯纳的创始人，骨灰被倒进海里的那个人，艾滕伯格，那个僵尸鬼，穿着修士服，沿着陡崖一路走去。有时，他会绝望地把脚插进沙子里，一大块地面断裂，滑进海里。这是他的报复，慢慢地，这个岛也会消失在大海中。

艾德走上用人楼梯。风大了，克鲁索的纱帘摆来摆去。他想把破烂不堪的手指尖插进纱帘的大网眼里，但纱帘却不接受抚慰。最后一个分配日的那天晚上，艾德曾经偷偷溜进克鲁索的房间，看着下面的平台。他给克鲁索披在肩上的那件外套在雨中融化成了一面镜子，从镜子里时不时传来一下震颤，一种摇晃，脊背的结巴，寒冷的、湿漉漉的、孤独的结巴，让艾德感到难过，但后来，他还是在克鲁索的床上睡着了。其实他只是想休息一下，让头发干一干，给手上涂点霜……

他犹犹豫豫地又拍起手来，小心地不再靠窗户那么近。

没有人了。

没有人了。

等他再回到楼下时，眼光落在那部手稿上。克鲁索的集子。他的书。艾德冲它微笑着，隔着整个餐厅。它从某种意义上占据了曾经的那些船员的位置，那个集合了所有缺席的位置，他们曾经的所有生活，尽管它，如果仔细看的话，不过是一小摞纸而已，戴着血红色小帽子的字，整整齐齐地放在角落。突然间，艾德也有了过去。

通向兵营的大门没有锁。供巡逻犬跑的那块地方是空的。没有警卫，没有狗，只有狗的气味，狗舍的味道和腐肉的味道。岗楼里亮着灯，但那儿也没有人。艾德犹犹豫豫地走进营地。车库里是墓地一般的死寂。一辆罗布尔卡车，一辆战地炊事车，一辆军用摩托，自行车巡逻兵的自行车。旁边是煤桶和煤袋，好像已经做好准备，等待后世文明来发现它们。

然后，他听到了。

是从地底下传出来的，瞭望塔脚下的冰川堆石里面。他绕着那座几乎是圆锥形的小山转了一圈，找到一个遮着迷彩网的入口。两扇全是钢把手的门，门闩拉开了，还有另外一扇锁着的门，眼睛的高度上有一个正方形的小窗户。

“外面的防波堤上，他们看着广阔的大海，外面的防波堤上，心因为渴望而沉重……”

防空洞从上到下用木头包了墙，就像家庭酒吧或者用于娱乐的地下室那样——窄窄的木条被打磨得无比光滑，涂着厚厚的漆，在房间的长边，这些木板延伸成了农舍里面的那种长凳，在房间的窄边，它们延伸出了一个专门加了顶的类似小窝棚的酒吧。在酒吧的架子上，艾德看到一台电视机闪着绿光的屏幕，电视已经关了。吧台上方写着可乐吧，加着装饰的字是烫在木头上的。旁边是一个用衣服夹子做的啤酒桶，还有一排浮雕装饰物，有雕饰的拱形烛台，厄尔士山区的那种有枞树和动物的圣诞节图案，包裹在香烟的浓雾中。

“外面的防波堤上……”

不过两秒钟时间，但艾德一眼就认出了福斯坎普，军帽歪歪斜斜地扣在耳朵上，他旁边是那个好兵，整个哨兵营的人都聚集在这个娱乐防空洞里了，胳膊挽着胳膊，地上躺着那些巡逻犬，一副筋疲力尽的样子。

“外面的防波堤上，安内格雷特在夜里等待着……”

二十个人，艾德估计，瓶子有上百个，普斯坎普在指挥。一名士官朝侧面瘫倒下去，在农夫长凳上睡着了，胳膊曲起枕在头下面。这一切就像是在欢庆胜利，就好像结束了一场战争。

其中一只狗叫了起来。

那些顺风势长歪了树冠的树之间划过闪电，有魔力的光。“啊哦——啊嗨，啊哦——啊嗨，多么广阔的大——海”，风把声音从防空洞的冰川堆石那儿吹过来。有人打开了门，犬吠声越来越近。这时艾德刚刚克服恐惧，伸手去抓那个铁梯子。

洛沙曾经告诉他，这个瞭望塔不分昼夜都有人值守，但现在探照灯已经关了，望远镜前面也没有人。每迈一步，都会把沉闷的滚雷声植进这个仿佛在轻柔地摇晃的架子。

刚走到一半的时候，艾德就看见了光。但那不是战舰上的灯光，不是巡逻艇上的灯光。平常一片黑暗的地方，现在闪烁着各种颜色的光——红色，黄色，蓝色还有，是的：绿色，绿色，到处都是绿色，绿色的光……

“那些死人！”艾德小声说，他可能是脑子不清醒了。

那些死人获得了重生——经历了所有那些事情之后，他脑子里再装不下其他的想法。“你们看看那些信号。”艾德喃喃地说，整个海湾都是，重生了，从海底回来，从他们的逃亡中回来，从他们一直等待的那个地方回来，整个时间一直在等，等着今天——大海释放了它的那些死人。

“哦嗬。”艾德小声说，然后他也跟着唱了起来。

“啊哦——啊嗨，啊哦——啊嗨！”

克鲁索说得没错。没有人会不见。没有人会一直失踪。

“哦嗬，亲爱的索尼娅！啊哦——啊嗨，小G！”

难怪会庆祝。难怪他们会在防空洞里唱歌。“难怪！”艾德欢呼起来——是的，他在欢呼，同时眼前一黑。他紧紧抱住护栏，他拥抱了那个探照灯。他哭泣着，终于明白了：那不奇怪。

他不记得之后发生了什么。不清楚自己怎么恢复的知觉，怎么爬下的梯子。他只记得自己又回到了地面上，已经到了大门口。一只狗朝他扑过来。艾德猛地扬起一只胳膊，那只动物一声也没吭就跌回了黑暗中，好像它从来没有真正存在过一样。

他摔倒，爬起，继续跑。他把能找到的最近的一张完好的桌子拖进厨房，又往桌面上架了一把椅子，然后把那个牛眼玻璃杯从收音机里拔了出来。

收音机的机箱里冒出一股霉味。只要把那些银色管子里面的一根推回原来的位置就行了。维奥拉醒了过来——它响了。

“20 点整，德国广播电台，新闻。”

艾德现在蹲在高处，就像一出大费周章的政治讽刺剧的演员一样。在克劳斯纳的厨房里，在厨师迈克的王国正中。一个孤独、可笑的角色，但是或许也是忠诚、勇敢的。

有一阵子，艾德不知道自己是不是听懂了。但他熟悉维奥拉的声音，它帮助他恢复了平静的呼吸。

所有的边界都开放了。开放好几天了。

后记

失踪部（艾德加的报告）

我是1993年夏天得知克鲁索死讯的，在8月28日。第二天早晨，我就开车去了波茨坦方向，我要去联邦路2号旁的俄罗斯公墓找他母亲的墓地，那个曾经的红军杂技演员。我住在离那儿不远的地方已经有段日子了，开车只要几分钟，穿过森林里走路过去半小时。

公墓在松林里的一个山坡上，这些松树像柱子一样立在坟墓之间，给它们荫凉和保护。这个地方这几年还是有改变的——总有一天，1993年也会成为很久之前。当时克鲁索出事的时候，我对事情的发展无能为力。这句话我一定要再说一遍，只说这句，其他事可以说都已经讲清楚了，虽然我觉得很难就此结束那一段，但那些不属于这个报告的内容。

我没有任何线索，所以就把整个墓园挨着找了一遍。前面对着马路的地方躺的是军官，后面是士兵，然后是埋葬小孩儿的地方，最后面挨着栅栏的地方是妇女的墓地。很多坟墓的边已经碎了，石头滚到一边，上面盖满松针。公墓中心处有一个纪念碑，一个假人守卫着它，那是一个铸铁的红军战士，四五米高，戴着钢盔，拿着机关枪，一副无所畏惧的样子，全神贯注地盯着大门，要用铸铁的眼神把所有怀着不恭敬的心走进来的人逼得跪倒在地。

那些孩子的坟墓上放了很多玩具，塑料汽车，橡皮娃娃，泰迪熊。

玩具们斜靠在墓碑上，腿上已经长了青苔。从铭文上能够看出，同时牺牲的士兵是被埋葬在一起的——一个队伍，直到最后，经常是因为飞机坠毁，墓碑上刻着不同机型的轮廓（轰炸机，米格，运输机），刻在名字上方。有些墓碑有面孔，椭圆形的小照片罩在玻璃里，用贵金属镶了边。其他一些上面只有名字，没有出生日期，没有死亡日期——我后来听说，那是些被打死的逃兵。离开假人越远，坟墓上的青苔就越软、越厚。许多士兵死去时还很年轻，特别是在1958年和1959年，我不明白是为什么。更奇怪的是有那么多的小孩。有个坟墓上插着个风车，还有一个上面插了把塑料小叉子。我找到了女杂技演员的坟墓，在几堆树根和土的附近，花环和鲜花在那里被弄成堆肥。

我在那儿站了一会儿。我很清楚地记得那个瞬间。天已经热起来，松树在阳光下开始蜕皮，发出噼噼啪啪的声音，浅棕色的小块树皮旋转着落到地上，在阳光下，这些树皮仿佛皮肤一样是透明的。我想象着索尼娅当年表演魔术的情形，在还没有掩埋的墓坑前。然后是对着松树冠鸣枪致敬，还有儿时的克鲁索，既哭不出来，也不会道别。虽然并没有在心里彻底地承认，但我的确以为（或者担心）会在墓碑上看到索尼娅的名字，在她母亲名字的下方。索尼娅·瓦伦丁娜·克鲁索维奇，克鲁索的姐姐。

“如果我哪天不在这儿了，一段时间，那么就由你来负责，答应我。”克鲁索曾经这样说。就好像他的死让我的诺言最终生效，也许就是因为这个我才会碰到那本书（纯属偶然）。几天之后，我漫无目的地在市立图书馆里转悠时，看到了这样一个书名：“穿越波罗的海奔向自由”。海洋灰的封皮上的副标题：“传奇式的逃亡故事”。这本书放在“新书”那个架子上，离大门口不远，实际上是不可能看不到的。书的附录里有一个采访：《搁浅在克林特霍尔姆[1]——港务长埃里克·延森口述》。我拿下那本书，

[1] 克林特霍尔姆（Klintholm），丹麦默恩岛东南部港口，临波罗的海。

走到报纸架后面去，那儿用棕色的软沙发弄了一个角落，一些退休的人和失业的人就在那里打发时间。

跟港务长的对话讲的是那些从东德逃跑，后来被冲上默恩岛的人。其中讲到了破碎的小船，被打成碎片的折叠式帆布艇，船上没有人。还有那些死人，或是被水冲到克林特霍尔姆，“冲到他家门口”，如对话里所说，或是过去那些年里被丹麦渔夫的大拖网从水里捞出来。哪儿也比不上吕根岛和默恩岛中间找到的多，港务长说。

“我们把他们从这儿弄上岸，交给哥本哈根法医学院。”

“如果今天有家属要寻找某个逃离东德的人，他能有机会弄清楚这个人的下落吗？”

“如果他知道大致的逃跑时间，能够描述一下那个人，甚或有照片的话，那是有可能的。对这些死者的处理是由哥本哈根大学法医学院负责的，皇家医院，哥本哈根布莱达姆街9号。”

我换了一些钱，还买了一张市区图，并在上面用圆珠笔事先画出我要走的路。9月7日，我乘渡船从罗斯托克去了丹麦的盖瑟，又从那儿去了哥本哈根的皇家医院。单是买轮渡票就几乎花光了我的现金。这个国家，这座城市，所有的一切对我来说都是新鲜的，有时，我感到自己就像是在进行一次科学考察，一次发现之旅，这或许是一场考验，不过，这也不是这个报告要讲的。

皇家医院的主楼是一栋钢筋与玻璃构成的灰色新式建筑，大概二十层高。咨询台的女士刚开始没听明白我说的话——我蹩脚的英语。她直接就转成德语，并把最主要的信息告诉了我，法医学院的位置和对外开放时间。她的友好给了我信心，但是学院已经下班了。

我开到街上，这条街直接从法医学院的楼前经过，腓特烈五世大街，这是个很安静的街区，旁边是一个公园，里面有人踢足球。皇家医院的院区看上去非常大，类似于医院中的曼哈顿，周围都是空地，相当于曼哈顿岛上的哈德孙公园。我在公园里转了一圈，给一辆自行车拍了照片。那车子连着一个大黑盒子，看上去就像一辆人力车。我慷慨地给自己买了一杯咖啡，然后，我开始平静下来。我在足球场附近的一条长凳上坐了一个小时，或者更长的时间，做了些记录——会客时间，街道和街区的名称，等等。我的想法是，不管干什么都要非常仔细，我不想遗漏什么。说过的事就要做到——孩子气的话。或者也不是，那更像是父母亲的话，某种教育的目标，但后来再提起都只是为了嘲讽，出于某些我没必要细想的原因，因为我很确定，而且我的目标很明确。我慢慢地、仔细地吃完带来的最后一块面包，走回车跟前，准备过夜。

大概三年前，我父母亲把这辆旧车给了我，这是一辆日古利拉达，1971 年产，我小时候就知道这辆车特别适合过夜，因为前排的座椅靠背放下来后，能跟后排座椅的椅面完美地连成一体。当时还没有头枕或者壳形座椅，至少苏联陶里亚蒂的汽车是这样的，那是俄罗斯人给他们的汽车城起的名字，用的是一名意大利共产主义者的名字，帕尔米罗·陶里亚蒂。这款车也是按照意大利的设计制造的，“依照菲亚特 124 的设计，1966 年的年度最佳车型！”——所有这些，我们开着拉达在路上的时候，父亲都讲过不知多少回，以至于到现在，这辆珍贵的汽车已经是我的，坐在驾驶座上的也是我，那些话依然在我脑海中盘旋，就好像它们已经成了这辆车的必要组成部分，跟车轮或者换挡杆一样不可或缺。我真正喜欢的是一条条拼接在一起的非常柔软的棕色人造革，上面有一股童年的味道，一股坐车和睡觉的味道，长长地舒展开睡在后座上，脚尖抵着一个门，头抵着另一个门。

但这也不是我报告里要写的。我筋疲力尽，想睡马上就能睡着，但我还想再等等，至少等到天黑下来。我又绕着皇家医院兜了一圈。住院部的楼前有一个长条水池，里面有些焦虑的小喷泉。法医学院大门的上方写着“泰鲁姆楼”，问讯处的那个女工作人员说的也是“泰鲁姆”，而对我来说这是个溺亡者博物馆。看老港务长的采访时，这个词就进入了我的脑海中，一直到现在都没有再离开。

这个“泰鲁姆”看上去并不像座博物馆，也不像尸体陈列馆。这是一栋五层的新楼，外墙用的是砾石混凝土，大门左右两边的花坛也用同样的材料。花坛里，两株非常小的银杏树正在做垂死的挣扎。透过前门和后门的玻璃门能看见前厅和外面的走廊。宽敞的走廊上设置了一些供人坐的角落，用屏风隔开，放着彩色的碗形软椅，浅蓝色，绿色，红色，想象不出那儿曾经会有人坐过。通向应该躺着那些死者的深处的是一架柠檬黄的螺旋形楼梯。

我把额头从玻璃上拿开，向后退，打算给“泰鲁姆”拍张照片，它那绝望的斑斓色彩让我油然生出一种莫名的敬意（或许可以用一种更现代、更乐观的方式跟这些死者打交道？），这时，一个男人骑着自行车朝我这边过来。他坐在车上问了我些什么，估计是想知道我在这儿干什么。他穿着灰色的警卫制服，那衣服让人想起钳工的制服。他自己也是灰色的，灰白的头发，灰白的脸。我用英语回答。我解释说自己是一个德国作家，在这里为一本关于死去的人的书收集资料，“关于以前送到这儿来的那些尸体”，我结结巴巴地说，听到这儿，负责安全的男人马上收起对我的盘问，并且祝我一切顺利。他把身体深深地朝前埋下，用相当惊人的速度骑走了。这应该是一辆赛车。我突然想起，他之前已经从我身边骑过去了好多次，当时我正想从近处看看这个溺亡者博物馆。

我缩进拉达，马上就睡着了。头顶上方，大众公园（名字记在笔记本里）的树木沙沙响。第二天早晨，我尽量把自己收拾整齐。用水瓶里的水，打开后备厢，躲在下面刷牙。我换了件衬衫，并努力把它抚平，然后走进公园，但是卖咖啡的小摊关着门。

我在车里找到一个苹果。我掂量着继续讲那个作家的故事对我的计划是不是更有好处，反正听上去是挺了不起的。我用一个纸夹装着索尼娅的照片，还用英语写了一篇附带的说明，用来解释为什么我可以算是“家属”。我还把索尼娅的一些个人信息列在了一起（就我所知道的），包括她逃亡的可能时间，她可能的逃亡。我再次打开那个纸夹，但是却无法集中精神，只是从索尼娅破碎的脸上抠掉了一些蜡点。

“吹啊，见鬼！”

“你得吹蜡烛，艾德！”

我试着武装自己。僵尸和碎尸块在我的脑袋里兴风作浪。我看见死去的索尼娅躺在冷冻箱里，“躺在那个王国的优质冷藏柜里”——非常荒唐，是啊，突然就连我自己都觉得非常荒唐，我竟然会来到这个地方，多么幼稚而又无知。但不管怎样，并不是毫无理由的。是的，我会负责，而且我当然希望不会找到索尼娅。

我在一层的走廊里瞎转了一会儿，第一大教室，第二大教室，门都开着，空气中有股甜丝丝的味道。办公室在楼上。那儿有个类似等待区的地方，有衣帽架和接待处，里面坐着两个女秘书，一个年轻的，一个年纪大些的。

我开始背诵那些准备好的句子（我蹩脚的英语）。还没等我打开纸夹，那个年轻的就已经抓起了电话。

“索伦森博士？”

索伦森博士讲德语，这让我对他突然非常感激。他的楼里每年要进行差不多3000次尸体解剖，其中当然也可能有那些溺亡的逃跑者，从西兰岛，洛兰岛或者法尔斯特的海边捡到的那些，[1] 他还模模糊糊地记得其中几个，但是很遗憾，资料都在警察那里……索伦森穿着一件白色大尖领的衬衫。说话时，他的头微微朝一边倾斜着，点了几次，以表示“没办法，就是这样”。

我感到短暂的、模糊的轻松。我很高兴这些似乎全都会说德语的丹麦人接待了我，并且对我那么友好，尽管我一副熬了夜、邋里邋遢的样

[1] 西兰岛（Seeland）、洛兰岛（Lolland）、法尔斯特岛（Falster）均为丹麦岛屿。

子，就像个冒冒失失的闯入者，不管怎样，这是“泰鲁姆”来的第一个对自己同胞尸体感兴趣的东德人，就像索伦森说的，“同胞——还能用这个词吗，今天，恐怕不太能吧，本德勒先生？”

我得说，这个索伦森给我留下了深刻的印象。他的贵族气质，他棕色的脸——今天我可能不会那样看，但在当时，索伦森就是来自另外一个世界，来自另外一种（更优越的）生活的人，距离我来的地方好多个光年。在他面前，我几乎为那张污渍斑驳的照片感到害臊。尽管如此，我还是从纸夹里拿出照片，把它从桌子上推了过去，就像是在提最后一个请求，同时自惭形秽。索伦森只是朝照片瞥了一眼（就像看着一个误会），他并没有碰那张照片，所以我很快就把照片又拿了回来，匆忙而又尴尬。

尽管如此我还是要说，我到那儿之后得到了许多主动的帮助，包括他提出带我在“泰鲁姆”里面参观一下，或许是觉得让我空手而归不太过意得去吧（因为我走过的漫长的路），或许也因为我是从东边来的，因为我态度谦卑，所以让人感觉我实际对任何东西都感兴趣。

索伦森带着我一个个房间参观过去的时候说，他们在这里说起死亡会比较坦然。我穿着一件白大褂，踢踢踏踏地跟在他后面。

我印象最深刻的是那些解剖尸体的工具，可能是因为那些东西我都很熟悉吧——刀子，勺子，大汤勺。器官都是几个一组取出的，先是心脏和肺，然后是胃、肠和肝，最后是肾脏，膀胱，性器官。所有的东西都经过清洗，分别称重，通常情况下还会留样本。“这些塑料小碗就是装那些用来化验的器官的。”我手里突然多了一个那种小碗，里面有白色的粉末。“氟化钠，”索伦森解释说，“防腐剂。”他拿回那个小碗。我抽出笔记本，因为觉得这是我的责任，这促使解剖师产生了，如他所说，照顾“我特别浓厚兴趣”的想法。浮尸都是一些腐烂的尸体，有种味道，让人难以忍受的味道。你开着车回家，堵车了，突然间：那股味。它藏在皮肤里，头发里，无处不在。他们确实更愿意碰上新鲜的尸体。索伦森笑了起来，但是随即又表达了歉意。他说这些终归都不重要。最重要的是好奇心，某种特别的，可能有些夸张的好奇心，无论何时都不能失去这种好奇心。

告别的时候，索伦森博士跟那两个秘书说了几句。我看上去肯定是一副失魂落魄的样子，反正那个年纪较大的女秘书一直把我送到了出口那里。在电梯前，她朝我凑过来一点，然后说了下面这番话：如果我敢的话，就是说，如果我想找个合适的地方，一个跟我的女朋友告别的地方（她是这样说的），那我应该到市公墓去，去那些无名墓前。说着她把一张纸条塞在我手里：主教山公墓，北桥区腓特烈堡街 125 号。

我已经记不清这天剩下的时间里自己都做了些什么。我神志昏昏地走在旅游的人踩出的小路上，一路来到了港口。我惊讶地回过神来——惊讶的是小美人鱼（Den lille Havfrue[1]）原来那么小。我在城市导游册里看到，她曾在 1964 年被人割掉了脑袋，1984 年被割掉了右臂，但是看不到伤口，一点痕迹也没有。她看上去忧伤得难以言表——让人怜悯，也理应得到所有怜悯。我就是在那一刻决定去主教山公墓的，这点我还记得。在路上，我试着想象小美人鱼没有头没有胳膊的样子，她没有变成海中的泡沫，没有变成空气组成的幽灵，不，她腐烂的身体卡在岩石间，刚刚漂上岸，但是没有人采取任何措施。只有几个旅行的人在拍照。然后是警察，法医，解剖师，记录员。不管怎样，她是个有名的人，每个丹麦人都能认出她，就算没有头。

主教山公墓的特别之处就在于能够把车开进去。这里有一条很宽的、铺着柏油的椭圆形环道，就像赛车跑道，另外还有一些比较小的分支道路。全都是大马路，两边种着杨树或者枫树。我先是在火葬场那儿停了一下，用那儿的一张位置图确定了一下方位。沿着跑道分成不同的部分，

[1] 丹麦语，意为“小美人鱼”。

上面像高速公路的出口那样挂着指示牌——瑞典出口，俄罗斯出口，穆斯林出口，天主教出口，在墓园的另外一头，南侧环道的后面，德国墓，那里是德国的死者。我上了拉达，一直开到那里，大概三公里。

德国墓有三个石头十字，三棵橡树和一个青铜面的大纪念碑。还有一排比较小的碑上按照字母顺序列出死者，写着生卒年月。这个名单的最后写的是“十七个无名的德国逃亡者”。

我在那一刻的感觉——已经不记得了。我只记得对于在公墓里过夜感到很困难，尽管在拉达里面我觉得很安全。我还记得自己午夜的时候又偷偷从车里出来，走到石碑跟前。黑暗中，一切看上去都不一样了，显得更温暖。我把那张皱巴巴的照片放在草地上，等待着。一片寂静，林间没有风，没有沙沙声，什么都没有发生。没有信号。我想到了克鲁索，想到了索尼娅，也想到了G。我兑现了自己的诺言，就好像那是对自己许下的。

“你不会离开我吧，索尼娅？”

“不会，不会，永远不会。我会跟着你。”

差不多二十年后，我看到一个男人指着一片宽阔的、空荡荡的草地说：“这里到处都埋着死去的人。”那是北德广播公司摄制的讲述波罗的海逃亡故事的纪录片。我那天一直工作到临近午夜，然后打开了电视机。我之前喝了葡萄酒，半瓶。一切都是偶然。我只是想有疲惫的感觉，像我母亲说的那样，沉重得只想上床睡觉的感觉，没有比喝酒更好的办法了。

摄影机的镜头（忧伤地）慢慢从草地上摇过去，最后（虔诚地）停在一大丛年代久远的灌木的枝条上，灌木丛是这里的荣誉警卫。草地和树木，除此之外什么都没有了。那个公墓叫作主教山公墓，但跟我二十年前去过，并待了一个傍晚和一个夜晚的地方没有一点相像之处，我是去告别，就像法医学院那个女秘书建议的那样。镜头前的那个丹麦年轻人穿着一件中长大衣，他的头发是金色的，一直垂到肩上。他身后只有草地，草地上零零散散地有一些五颜六色的小花圃，相互之间隔着一段距离。

曾经许下的诺言。重点不在于我可能找到的是另外一个坟墓，或者是让人耍了。这和我的愤怒没有关系，没有：我当时心不在焉。我太快就满足了，事实上又对什么都不满足。

在接下来的几周里，我看了所有跟这件事有关的东西。我找到的材料不多。两本书，上面有详细的调查和分析，几篇文章，一个巡回展览。一个统计数据说有超过5600名逃亡者，913人成功，4522人被捕，从1961年之后至少有174人因此丧生，这些人被水冲到了费马恩岛，在吕根岛和丹麦之间。最有代表性的逃亡故事被拍成影片，不是大制作，但对电视三台来说却是很好的纪录片：两个冲浪者，他们利用十一月的风（用自制的冲浪板）从希登塞岛到了默恩岛。两个划着橡皮艇的年轻医生被一艘丹麦小艇救起。一个男人在24小时内游了48公里，从库伦斯伯恩[1]到费马恩岛，干粮是五板巧克力。这些逃亡变成了逃亡故事，逃亡者变成了英雄，一些甘冒任何风险，并且活下来的人。“我们成功了”，或者“我们到达了目的地”，总是这样一句话，就像咒语。

他们也说到了许许多多不成功的逃亡，但是关于那些无名的死者，我没有找到任何资料，哪儿都没有。没有发现地点，没有日期，没有坟墓，只是简单提了一下说葬在哥本哈根。奇怪的是，15这个数字总是不时出现，那上面说，15个无名的死者被冲到了丹麦的海滩上。我不知道这个数字从何而来。且不说大家经常提起的那个不是很确切的数字，据推测要比这个数字高出很多倍，就是那些死者，总也能够被辨认出是东德人吧。肯定有人曾经看见过他们，并且得出结论说：他们是从那边来

---

[1]　库伦斯伯恩（Kühlungsborn），德国东北部市镇，临波罗的海。

的。“我们的渔民在默恩岛和吕根岛之间拉网的时候，有时会在鱼中间发现尸体。我能够记得 12 名死者。我们把他们带到岸上，交给哥本哈根的法医学院。”

这肯定是对整个事情的概括，只是局限在最重要的部分上，一个上了年纪的港务长会这样做，不提警察，法医，检察官，还有整个的处理程序：这些尸体总是去了某个地方，总应该有档案，解剖报告，能够找得到的坟墓，或许不是博物馆，但总有点什么。

我先是给哥本哈根大学法医学院写了信，法医病理学部，彩色的停尸楼。答复马上就来了，上面说，我在信里写到的是一些“很有趣，很神秘的事件”，不过遗憾的是，他们不能帮我。所有的解剖都是由警方授权进行的，只有他们才有权调用解剖报告。所以，他们不得不请我去找西兰岛南部地区和洛兰—法尔斯特地区的警察局，奈斯特维兹，公园街 50 号，信的署名是汉斯·彼得·霍根教授，国家级尸体剖验员，不是索伦森，那个人现在恐怕已经退休了。在一个会说丹麦语的朋友的帮助下，我重新写了一封尽可能详细的问询信，这次，答复同样来得很快。南海地区和洛兰—法尔斯特地区警察局秘书处的阿兰·拉蓬伯格说，在他的管辖范围内，并没有我所描述的那类案件的档案，这个地区覆盖了丹麦南部三分之二的海岸线。他的信后面附着地区警察档案馆负责人库尔特·汉森·罗伊的说明，说明里写道：“我向年纪较大的同事询问过，他们在相关时间段内在此地供职。警方显然并未接手过此类案件，应该也没有人报告过死亡事件。这一点证明了港务长提供的信息，这些死者应该是被送到了法医学院。沃尔丁堡[1]的警察档案馆里并没有东德时期的死者档案。”尽管地区警察档案馆负责人的说法让我非常意外，我还是决定不再找霍根教授，而是给很多不同的地方写了信，实际上很盲目，无

[1] 沃尔丁堡（Vordingborg），西兰岛南部城市。

非就是认为（希望）在这些地方能够找到某个知情人，告诉我那个已不复存在的国家的那些无名死者现在何处，至少是不断出现在遇难者名单里的那15个人。

我写信给哥本哈根的圣彼得德国教堂，写给IEDF，即“东德逃亡者利益联盟”，写给罗斯托克的东德秘密警察档案馆，写给柏林的柏林墙博物馆（“8月13日[1]研究小组”，位于查理检查站旁边），还包括曾经提到过这些遇难的逃亡者的各种网站，其中几个提到过15这个数字，没有日期，没有年份，只说最后下落不明。我不由思考起这些人的存在，就好像他们是可能存在的。我眼前出现籍里柯[2]的画，这就是说，我想着这些死去的人时，就好像他们是活着的一样，就好像一切都还存在于他们的残躯之中：欲望和需求，孤独和绝望。

“那些死去的人在等着咱们，艾德，这个你以前知道吗？”

“但是不会有人来，不会有人，永远不会有。”

简短地说，询问结果并不乐观，没有人真的知道什么，相互矛盾的信息越积越多。我费力地在网站那个“联系我们”栏里就像给小学生用的一样的小格里打进去问题，但网站的运营者并没有回答。哥本哈根的德国主任牧师刚上任，他许诺说会问问教区委员会里最年长的那些人。“关于那些死者的埋葬地，您应该到丹麦的海岸警卫队去寻找线索。”IEDF这样写道。罗斯托克的东德秘密警察档案馆分馆的福尔克尔·霍费尔博士表示愿意提供帮助。但是关于那15个无名的死者，他却并不知道什么。他说这个数字（15）依据的恐怕是内政部“防御”司的丹麦专家的说法，但是很遗憾，他跟那边已经没什么联系了。柏林墙博物馆的亚历山德拉·希尔德布兰特写来电子邮件：他们博物馆现在也正

[1] 柏林墙于1961年8月13日开始修建。

[2] 籍里柯（Jean Louis André Théodore Géricault，1791—1824），法国画家，浪漫主义画派的先驱。

试图弄清那些埋葬在主教山的遇难者的姓名。“根据我的调查，我们圣彼得教堂里并没有跟这些东德逃亡者相关的资料。”圣彼得教堂教区委员会的委员伍尔夫·D. 瓦特杨写信说。沃尔夫冈·迈尔博士受IEDF的委托写信来，建议我去找哥本哈根的德国大使馆问一问。

海岸警卫队，参赞还是内政部？

德国使馆的答复来自外交部工作人员奥拉夫·伊费森：“我今天去了主教山的公墓管理处，但很遗憾，他们并不能提供跟这些无名的东德逃亡者有关的信息。”我的问题刚提出一天，伊费森就去了公墓的管理处。圣彼得教堂教区委员会委员瓦特杨又来过一封信，说他也问过主教山公墓——但没有埋葬那些人的记录，死者登记簿上没有记录。有一点似乎是肯定的：不光是我，影片中的那个丹麦年轻人也弄错了——那些无名的死者并不在主教山，既不在阵亡战士墓的青铜碑下面，也不在旁边那片柔软的草地下面。

使馆秘书提出帮我跟耶斯佩尔·克莱门森联系一下，他是丹麦的电视台记者，曾经报道过波罗的海的逃亡事件，也就此拍过几部片子。两个小时之后，他的答复来了：“耶斯佩尔·C的答复里说，他能够讲流利的德语，并且很希望您能够直接跟他联系。”正是伊费森这种毫无保留的热情帮助使我找到了这个至关重要的人。

我希望能给耶斯佩尔·克莱门森留下一个严谨的印象，而不是被他当成一个偏执的疯子。但像我既没有机构也没有正式委托就满世界打电话写邮件问那些死者的事，这种危险也在所难免。正因为如此，我只字没提索尼娅或者克鲁索，而是表达得更为模糊一些——一个无需过多解释，显得合理得不能再合理的理由。话都是现成的，就像纪念碑上的铭文：还死者一个身份，打破统计数字的匿名性，不使他们悲惨的命运被人遗忘等等。所有这些听上去分量已经足够，而且也不可能是假的。（你就是要找索尼娅，实际你找的就是G，因为你这一生也不会，永远也不可能放下这件事——提什么诺言。)（对死者的想念，你曾经这样说过，是不是？）

我不知道耶斯佩尔是不是相信了我的解释，可能不太信，尽管如此（或许也正因为如此），我能碰上他还是很幸运，因为不可能有比他更合适的人了。他就在当地，认识“几个人”，他有自己的关系，知道该给谁打电话，知道如何查找资料。他说起“线人”（“我的线人这么说”）和“珍贵的信息”，但我无论如何也没看出有什么进展。我不是很喜欢打电话，但是跟耶斯佩尔通电话很轻松。两个月过去了，这段时间里，他把他们国家的警察局和档案馆整个筛了一遍，包括法医学院，国家尸体剖验中心，皇家档案馆。直到9月23日下午，他给我打电话说，他现在知道那个“溺亡者博物馆”在什么地方了。问题只是在于，不知道他们会不会让我进去，我既不是受委托进行研究，也不能提供亲属证明。

“那些死去的人在等着咱们，艾德，你怎么看这件事？”克鲁索曾经说过。

“他们不交出尸体。”克鲁索曾经说过。

一大早，我的飞机降落在哥本哈根机场。从火车站步行到我住的旅馆只要三分钟。从站前广场上留出的一大片空洞里能看见下面的隧道，里面的轨道向北延伸。几辆自行车倒在轨道旁的碎石上，有人把它们扔了下去（从甲板上丢出去）。道床上到处都是垃圾，跟旁边的广场一比，更是显出古怪的破败相，就好像那里已经不怎么有火车经过，或者这些轨道是通向另外一个地下的丹麦，一个再没有任何人想去的地方。

我们约在下午见面，这个时间是耶斯佩尔跟他的线人定的。天很冷，空气中挂着细密的，几乎看不见的雨。市政厅广场上，几个印第安人在演奏音乐。那个头领的羽毛装饰一直垂到脚面。他戴着红色的手套，穿一件人造毛呢夹克。我试着让自己沉浸在音乐中，但就一会儿而已，我没有那么多耐心。我转过弯，找到一条能迈开大步走的背街。没多久，这条路前面就豁然出现一个广场。我随便找了一家餐馆走进去，它的名字叫斯堪的咖啡。自助午餐 69 克朗。斯堪的咖啡还不错，但也有点不对劲的地方。天花板上垂着波浪形的金属条，反射出下面咖啡馆里正在发生的一切。桌子上点着防风的蜡烛，就像是放在厚重的红酒杯里的航迹灯。我坐在靠窗的地方，能够看见外面。天空低垂，天色相对于这个时间来说有点太暗了。我的航迹灯开始跳动，从什么地方吹来一股风。我朝四下里看去，明白了：我背后，一个传菜升降机打开了口。我坐到桌子的另外一头，眼睛紧紧盯着那两个活门。服务员将它们猛地合住，然后再把升降机放下去。这个口上面有个牌子，我看到上面写着：禁止乘坐。

我想起自己在岛上度过的最后一天，想起自己如何放掉克劳斯纳暖气里的黑水，锁上窗叶板，关上扎啤机上的充气口，把二氧化碳瓶上的接头取下来擦干净。从外面关上通向平台的门时，听够听见里面维奥拉的声音，德意志广播电台。那就好像我抛弃了什么人。更加艰难，更加决绝。

我们碰面的地方在警察广场 14 号，哥本哈根 V，1780，皇家警察，也就是丹麦皇家警察局的主楼，这里也被称为 Politigården[1]，在市中心的西南边。由于我是从相反的方向到广场上的，所以得先绕着整栋楼转一圈。

Politigården 是一个堡垒，一栋四层的碉堡，外形像一个钝头的楔子。这是一个古老的建筑群，不论规模还是明亮程度都让人叹为观止。我还从没见过类似的建筑，脑子里冒出的第一个想法是：为什么偏偏在这儿？几乎同时，我心中也涌起谦卑和郑重的情绪，双膝发软。

就像是应激反应一样，我换到了马路的另一边。马路上方挂着几盏

[1] 丹麦语，意为“警察局”。

生了锈的漏斗形的灯，没有树，奇怪的是也没有车，让人不可思议的还有，他们就躺在那下面，在地底，某个地下室里，在权力的地基中。这栋楼就修建在那上面，这个水泥的宇宙飞船，有一点很清楚，只要愿意，这艘船能吞没地球上的一切，包括那些死去的人，包括死亡……当时我脑子里就是这样的或者类似的想法。

"我有他的号码。"耶斯佩尔在上一封邮件里告诉我说。耶斯佩尔的线人是丹麦皇家警察刑侦技术中心的工作人员，是"跟这些档案有关的三个人中的一个"，他强调说，肯定知道这个，肯定清楚这些事的"失踪部"里"三个人中的一个"。我觉得耶斯佩尔给失踪人员办公室名称的这个翻译从各个角度看都很合适。这个失踪部就是我们要开始搜寻的地方，经历过之前所有的迂回曲折，这是其中最关键的信息。

在电话里，耶斯佩尔就已经给我讲过档案馆的分类原则：失踪部收录的不光是那些失踪的人，也收录所有没有姓名的死者。就算有人知道，或者像默恩岛港务长那样，因为熟悉洋流，所以能够很确定地判断说海滩上或者渔网里的那些残躯是东德的逃亡者，也从来没有过专门的名单，不会额外增加来源地一栏，没有备注——德意志民主共和国在这个档案馆里从来没存在过，不在它的分类名录、证物和死者名单中。在王国境内的发现时间和发现地点才是依据，一切都是按照这个依据来整理的。从某种意义上说，他们是再次被淹没了，那些死者，这次是沉没在无名者、失踪者、不明情况者的海洋中——失踪部。

根据我自己的经历和记在哥本哈根笔记里的那些内容（短暂的寻找之后，我第一次来这里的笔记本又找到了，现在我在继续记，记得更认真，并且，应该怎么说呢，从某种意义上说也比当年更负责了，与二十年前相比），这是三重的失踪。

第一重：出发。因为有所顾忌，所以这些逃亡者没有跟任何人道别，也不会留下任何东西，没有告别信，没有信号。他留下证件和钱包，留下所有的东西，为的是保护自己最亲近的那些人，使他们免于包庇或者帮助逃跑的罪名，保全母亲、父亲、兄弟姐妹不受无休无止的审问、恐吓以及牢狱之苦。第一重失踪还包括，这些逃亡者会拆掉衣服上的标签，“马里莫”“时尚”等牌子，假如他在海上被那些灰狼（人民海军的边境巡逻艇）捉住，所有会暴露他东边人身份的东西。几个小时之后，这个逃亡者就失踪了，他成了失踪者。他常常还能巧妙地抹去自己留下的痕迹——没有嫌疑，或许直到今天都是如此。所谓的黑色数字——没有人会去研究这些“失踪者”里有多少是逃跑的。

然后是第二重失踪。跳进海里，企图逃跑。远海，寒冷，痉挛，只有海水，海浪，没有告诉任何人，没有人安慰，没有人在，只有绝对的形单影只，“什么样的侮辱，这他妈是什么样的侮辱？”然后就是溺水阶段（窒息），可以分为五级。第一阶段：逃亡者挣扎着不沉下去，慌乱地反应，动作剧烈，头还在水上（吸气阶段）。第二阶段：呼吸暂停阶段。逃亡者沉进水里，屏住呼吸。第三阶段：血液中二氧化碳的含量增高，迫使人重新喘气，由对呼吸中枢的强烈刺激引起。第四阶段：呛水，水和空气以及支气管里的黏液在呼吸道中混合成带小气泡的白色黏稠糊状物（呼吸困难阶段）。声门裂闭合，动作小，相对安静。然后，由于大脑缺氧，因窒息产生的抽搐开始。也就是说：剧烈的动作重新出现，呼吸肌撕裂，生死间的挣扎——逃亡者失去意识。第五阶段：死亡。死者躺在海底。他的新陈代谢脱轨，循环系统崩溃，心跳停止。

第二重的失踪里也包括死去的逃亡者一开始趴在水下漂过的那一段路。他的尸体就像一只疲倦的、四处嗅来嗅去的狗一样，在海底随波逐流，头垂着蹭着海底——摩擦着额头，摩擦着膝盖，摩擦着双手，一直擦到露出骨头。四肢垂着，就像一艘船的龙骨。死者会在那下面随着寒冷的洋流漂一段时间。然后是腐烂，腐烂后释放的气体，浮出水面，解体：鳗鱼咬出的孔洞，动物的啃噬，庞大的和细小的生物，不断分解。不少尸体保留了下来，成为潮汐的一部分，波罗的海的一部分，“和平之海”，终点站。有些人被冲上岸，冲到他们所痛恨的那一边，或者冲到他们所渴望的那一边。

然后就是第三重的失踪。

耶斯佩尔在拱廊下面等着我，这是堡垒南边的一个前厅。我们还没来得及寒暄上几句，他的线人就来了。他引着我们上台阶，走到门卫那里。线人很瘦，惊人地年轻，看上去有些像个跑腿的，尽管他毫无疑问应该是职位比较高的。我往一个本子上登记名字和住址，然后拿到了一个塑料小卡片，一边的耶斯佩尔在问线人什么。他们开着玩笑，但就我所能辨别出来的，那里面更多是尴尬，虽然我一个字也听不懂。坐在棕色安全玻璃圈出的盒子里的门卫也说了些我听不懂的话，耶斯佩尔听到后，走到我身边，把那个小卡片固定在我衬衫胸前的兜上。直到这时我才看清楚他，他的头刚刮过，看到那个光头让我有些触动——他脑袋上的那种毫不做作跟他毫不做作的气质浑然一体（就好像头发只是为了伪装或者制造假象），至少在那一刻我是这样想的。他军绿色棉袄的扣子一直扣到脖子那儿，风帽高高地围在脖颈上，就像过去贵族们的那种领子。我在心里伸出手，摸了摸他的头：谢谢，耶斯佩尔。

我的卡片是 14 号，耶斯佩尔说这个卡片结束后还要交回去，之后再让门卫在那个本子上注销我的名字。他还补充说，我不用感到惊奇，就依着程序来。直到现在我才明白他并不会一起去。我身子一软。线人碰碰我的胳膊，我的目光落在他胸前的一个牌子上：一个名字，但我已经想不起来是什么了，下面写的是*法律顾问*。

让我吃惊的是，那个法律顾问并没有带我进堡垒里，而是进了斜对面的另外一栋楼。那也是广场上这个警察局建筑群的一部分，是一栋旧时汉萨同盟城市中常见的那种五层砖瓦房。我们穿过汽车入口的一段隧道，走进里面的院子，来到一扇雪白的窄门前。这个院子很出人意料地给人一种普通住家的感觉。我看见阳台上挂着衣服，一扇窗户上还挂着一串彩灯。

法律顾问输入了个密码，然后用英语对我说了些什么。我发出一个类似好奇的声音，那扇门开了。我们前后相跟着走下一段狭窄的、弯弯曲曲的台阶，钻进地下，然后是一道没有锁的防火门。这里分成一小段一小段的，地上还有些凸出的钢铁尖角得小心，尖角用黑黄两色标记出来，跟工厂一样。天花板下面盘着空调管，我听见压缩机低沉的嗡嗡声，不由自主地想到了雷鹣的机器。恐惧。

房间非常大，像一个厂房。不远处，一个小阁子间耸立在那些高大的架子上方，就像小船上的舱房，里面灯火通明。我们默默地在架子中间走了一会儿。我让自己平静了下来。黑色的封套，上面写着年代，结实的盒子。这些文件盒就像抽屉一样，每个前面都有一个金属把手或者一个灰色拉环。每一层都叠放着两三个这样的盒子，我又感到一种想伸出手去的欲望。法律顾问四下看看，然后喊了几声。

走到小舱房前，他直接弯腰钻回大厅里的那片昏暗中，不见了。我面前出现一个男人，就像从地底下冒出来的一样。他马上介绍了自己的名字，并让我跟着他。他穿着一件无袖的棕色薄大褂，胸前的口袋里插着一个眼镜盒和一支电压笔，这工具我曾经在父亲的工具里面见过。

我不知道亨利·梅德森（亨利或者亨得利克，梅德森或者迈德森，我太紧张，没有全听清楚）突然从哪儿冒出来的，可能他一直就在那些架子中间，可能他站在那儿，在隐蔽的地方，等着我们的到来。

一开始是一段有扶手的小木楼梯。这个小船的舱房比我想象中要宽敞许多。冲着前方的窗户前放着一张长条形的办公桌，看上去像工厂里的工作台，确切地说那就是一个工作台。两盏工作灯，一个电脑显示屏。奇怪的是那里还有工具，很好的工具，都干干净净的，各种钳子，螺丝刀，一台电钻，一些铁丝。房间的后面还连着另外一个小一些的房间，没有灯。他睡觉的舱房，我胡乱地想着。

亨利是个大高个，样子就像个上了年纪的重量级拳击手，他的体重肯定远远不止一百公斤。他让我在工作台前的一个凳子上坐下，然后问我是什么地方人。我当时心都快跳到嗓子眼了，一时间竟没发现他说的德语一点口音都没有。我回答的时候，他只是点点头。

“1945年，我祖母带着我母亲从德国逃了出来，当然，我母亲那会儿还是个孩子。她们坐的是最后那一批船，从东普鲁士过波罗的海，一直到哥本哈根。很多难民都死在了这儿，在战争结束后，多半都是些孩子。有些葬在战争阵亡者墓地里，标着姓名和生卒年月，在那儿是可以这样做的，一岁，两岁，不到一岁。只要有德国士兵的地方，您就能找到这样的坟墓，也就是说，全世界各地都有。维护这些德国战争阵亡者的坟墓，本德勒先生，意味着要有很多的钱和条件优厚的合同——这对您的那些死者来说都是奢望，对吗？”

我不知道梅德森是怎么看我的，他怎么评价我，对我的动机又了解多少。他不笑，脸始终板着。尽管如此，我还是马上就对他产生了信任感，也许是因为那些工具，因为他是一个使用工具的男人。并且他毫不迟疑地就开始聊起来，就好像对他来说，接下来的几个小时里要发生的事情早就已经确定好了。

他的家族（德国分支，亨利继续说）跟弗雷德里希·冯·哈登伯格[1]是远亲。他自己的先祖也曾经在矿山上干过活儿，跟那个诗人哈登伯格一样。“我们这家人总是会被吸引到地下”，亨利说。他讲了起来。我看出，我知道谁是哈登伯格，这让他很意外（也很高兴），他马上背了《颂歌》[2]里的几句：“你也垂青于我们吗，黑色的夜？你的斗篷下掩藏着什么……”

听见诺瓦利斯的诗，在地下室的这个大厅里，从失踪部档案管理员的嘴里，一切都那么不真实，我不由伸出手抓住了木头的工作台。那木头很光滑，边缘处是圆的，或者是磨成了圆的，不过最关键的是：它是

---

[1] 德国诗人诺瓦利斯的本名。

[2] 指诺瓦利斯的作品《夜颂》（*Hymnen an die Nacht*）。

存在的。我朝外看去，望过一排排的架子，架子的尽头在看不见的远方。我回答说，在据说是哈登伯格在地上钻出最后那些空洞的地方，也就是蔡茨和格拉的中间，我的父母亲到现在还在那儿有一个花园。

“很可惜，我对东德没什么了解。”亨利说。他打开工作台下面的一个抽屉，从里面抽出一张纸。（一下子就拿出来了，他把什么都准备好了。）那张纸上全是架号，分成好几列，用手整齐地抄写在一起。他的手指轻轻在上面点点，看着我。他浓密的金发在耳朵上方的地方已经发白了。

“说老实话，这儿没有人相信您会来。我是说，任何人——会来。过了这么长时间。”

“您这儿不好找。”

亨利慢慢地摇了摇头。

“这是一栋很大的建筑，本德勒先生，就在哥本哈根市中心，而且我们一直都在这儿。”他摊开手掌放在桌子上，再次标记出了这个地方。

我又恍惚了：丹麦王国的失踪部。但是在丹麦，根本没有人会找这些死去的人（我的死者，梅德森是这样说的）。这个国家没有任何人会提出要回他们的尸体，在这儿也不会有人登能够让人找到当年这些逃亡者的寻人启事，根本不可能。他们只有这个档案馆，失踪部。第三重的失踪。

我还没来得及说什么，亨利已经站起身，打开他的舱房里后面的灯。“以前我在这儿搞了一个工作台，用来做研究。一个显微胶片阅读器，一台电脑，康懋达牌的，当然现在已经老了。”他摸摸金属灰色的电脑屏幕，然后我们回到了长条工作台那里。“柏林墙倒掉的时候，我还提议扩充了阅读区，并且起草了使用者须知。当时还谈到要搞一个小的阅览室。”他的眼睛朝大厅里看过去。“请原谅，如果有些语法问题的话……我对德语拿不准，到底过了那么多年。”他从桌子上朝我推过来一张纸，《使用者须知》。

我利用这个机会，几乎像是作为回答，也把那个夹着索尼娅的照片和我收集在一起的一切信息的纸夹递了过去。他打开纸夹，久久地看着那张照片。

“正如我说过的，本德勒先生，您没有得到批准。”

他到现在都没有说过这个。

“您先得报失踪，在您自己国家的警察局登记寻人，最好是在您国家的政府部门那里，然后由您国家的政府跟丹麦政府取得联系，丹麦政府会跟凡卢瑟[1]法医部门我的同事联系。此外，要提出查阅申请的话，还得有详细的资料，跟可能的逃亡时间有关的更加详细的信息，可以用的照片，细节，如果可能的话，如此等等。”

他慢慢地合上我的纸夹，把两根手指放在上面。

“这是一条非常漫长、非常困难的路，本德勒先生，不是每个人都能做到，您明白我的意思吗？”

他清清嗓子，我们一起盯着外面的架子看了一会儿，肩并肩，就像是迷路的船上的两个军官，站在毫无用处的指挥台上。

“我想说的是，您是第一个到这儿来的人，二十四年了，这谁又能想得到？就好像没有任何人要找他们，我们的这些死者。”

他补充说，当然事情不是这样的，从来就不是这样，正相反，完全不是的。事实上是五十二年——从柏林墙建起开始。不过，他自己在地下的这个地方也才三十年。

梅德森站起身。

我的拜访结束了。

我也想站起来，但他的手按住了我。不止如此：他的手沉沉地压在我的肩膀上，两三秒钟时间，像石头一样沉重。

他开始了一段简短的讲话，他显然是为了这个才站起来，他的头几乎碰到了小阁子间的房顶：“三十年，无怨无悔，本德勒先生！”

[1] 凡卢瑟（Vanløse），哥本哈根的一个行政区。

梅德森一句一句地简要介绍了失踪部的历史，据他所说，这里有三位专职的工作人员，三位很好的、非常优秀的警官，办公室在凡卢瑟。警察局里没有档案保管员，从来就没有过，只有他，还有他这个技术人员的职位。他要监管所有的房间，特别是那些通风设施和空调，这需要非常精心，所以从一开始，他就把工场设在了下面这儿，伴着那些死去的人，反正当初这是最主要的原因。经过这么多年，他已经慢慢熟悉了这里的情况，在清理、改造、引进新的储藏架，将档案重新整理进无酸纸档案盒的过程中，他逐渐地，从某种程度上讲是不可避免地了解了这些独特的档案的组成和内容，从那时开始，他只能这样说，他就被那些档案迷住了，并且一直到今天。

“这些无名的人，单单因为他们没有名字就显得可疑——这难道不是不公平吗，本德勒先生？以前，那些航海的人身上文着复杂的文身，还戴着耳环，这样，假如他们被冲上岸的话，也能有人从他们身体上的装饰认出他们。当时的人就知道，一个不能辨认身份的死者在这个世界上是多么可怜。没有名字的人非但没有人会信任，人们还会觉得他们讨厌、丑陋。没有名字就意味着没有出身，没有家庭，既没有母亲也没有父亲，他们躺在这些架子上，就像从链条上脱落的环。他们还在那儿，但却迷失了方向。这个地下室现在就是他们唯一的家乡，本德勒先生，最后的一个地方。从某种意义上说，他们只有我，我熟悉他们，不是因为名字，而是因为那些照片，鉴定，物品。”

梅德森清清嗓子，停了一下。这不是偶然的间歇，而是在默哀。我既没有感到尴尬，也不紧张，寂静让人舒服。从什么地方传来隐隐的雷鸣声，可能是从旁边开过的货车，在上面的马路上，包围在这座钝头楔子堡垒外面的马路。

为了更好地弄清楚别人交托给他这个房屋管理员的是些什么东西，梅德森说自己暗地里，完全出于主动地开始自学，而且是在各个不同领域，刑侦学，法医学，证据学。他充分利用了自己的时间，不，他并不是不安分守己，想超出房屋管理员在这个世界上能够做的事的范围，不过现在，他恐怕是最清楚这些档案和这些库存的人了。

梅德森摸摸插在大褂兜里的电压笔（摸他的心，我想），看了一眼那些工具，就好像他要迅速地再检查一下现在急需的东西是不是都在。

“二十四年，五十二年，这段时间真是太漫长了。这世界上没有一个使用者须知能够受得了这个，能够存留这么长时间，我是说——没有使用者。这就是我的观点，本德勒先生。但我只是这儿的房屋管理员，我也没有被授权，您明白吗？”

我点点头。我明白，他是把我看成了被委派来的人，一个代表团，他所有那些死者的代表。

“请您在这儿等着。还有，您请自便。”

他指指一个放着饼干的盘子，旁边是一个暖水瓶和两个塑料杯子。

在门口，他再次转过身来。

“在诺瓦利斯笔下，那些死去的人都是好人，本德勒先生！”然后，他的脚步声在台阶上响起。

外面就像是一片闪光灯连成的海洋，几百个日光灯管亮了起来。我从这个指挥台的位置能看到亨利在架子中间穿行。他走路的时候有点不对劲，有点轻微的跛足，或者那只是因为他的体重在他身上摆来摆去。他推着一个类似餐车的东西，那上面一开始只放着那张纸。那辆车在无缝地面上发出震耳欲聋的叮咣声，不过随着亨利朝架子里伸手的次数越来越多，那辆车也越来越安静地穿行在架子中间。

过了一会儿，他又从指挥台旁走过，抬起头看着我喊道：“饼干，本德勒先生，您吃饼干！”然后朝右边转过去，走进时间比较近的那些档案架里。

随着一声轻轻的隆隆声，四五个漆成灰色的巨大文件柜在地板上滑动起来。他只是轻轻碰了碰它们（那儿显然有按键），它们就加快了移动的速度，仿佛一队钢铁大象。工作台颤动起来，康懋达“咔”地响了一声。梅德森不慌不忙地在这些庞然大物中间穿行，他是它们的驯兽员，穿着棕色的大褂，举着胳膊。它们没把他挤扁真是个奇迹，或者也不是奇迹，如果看见这个身躯庞大沉重的男人多么优雅地从那些狭窄的通道里飘过去。他的屁股时不时会轻轻地，几乎孩子气地一摆，每次转身转到最后总是一个抚摸，一种温柔的果决：一伸手，又有一个盒子落在他的车子上。

陪伴我一路走来的所有信念在这一刻烟消云散，我不再能感到那种忠诚，它或许只不过是一种责任感，从一种以前就有的，几乎无法估量的负罪感里获得滋养，我不再能感到许诺带来的冲动，和想要履行诺言的愿望，不知怎地，对自己价值的证明，配得上那份友谊的证明，所有这些——都不再重要。只剩下这个充满单纯美感的瞬间，这种，应该怎么说呢，亡灵之舞。就好像我是专为这个来的，来到这个地下的集会地，三十年来的唯一的观众。

不光是诺瓦利斯，在特拉克尔的笔下，亡者也是好人——在这一刻，我明白了。特拉克尔不光是个创伤，他还是种渴望。我心里想，不知道自己能不能走到出口而不被发现。是不是从里面也得输入密码。我能不能找到上去的路，没有线人陪伴。

不知道接下来的这一部分如何能够写进报告。这几天我再拿起哥本哈根笔记，感觉那更像是其他什么人写的，随便什么对这一切感兴趣的人，反正不是我。有人把那些记录下来，字迹潦草，写了好几页，具体是这样的：

——脚在鞋里，已腐烂。残肢，骨头有咬痕，梅：运动鞋就像救生衣，尸体的其余部分缺

——女性：没有嘴唇，没有鼻子，脸上只有牙齿，胳膊黑色，布满海藻，梅：海藻层

——男性的上身：全是孔，像被枪击。鳗鱼，梅说，常见的动物咬痕

——像橡皮娃娃的女性，肿胀，絮状物，有光泽，梅：尸蜡，尸油

——女性，头盖骨暴露，磨损，四周有皮肤，梅：漂移的痕迹，擦伤，脸朝海底

——穿大衣的男性，嘴前有白泡，梅：粘霉菌

——男性，胸前有树根状纹，黑色，像文身，梅：静脉突出

——死者，无法辨别，没有轮廓，梅：船用螺旋桨，大块。打碎了。20 页报告，照片，整体图和细节图

——男性躯干，梅：头和胳膊在 4 公里外，发现地照片，残缺不全，啃噬，动物撕咬，可能为度假者丢弃的流浪犬。

如此种种。

那儿这样写着，但我自己已经不记得了，只记得说过的那些话。说过的话有声音，能够在梦中听见。一个句子一个句子，没有词。所有人都梦见了这种声音：梅德森，那些亡者，还有我。其中没有内容，没有信息，它包含在一切之中，在半明半暗的大厅里，档案架组成的迷宫里，工作台上的那些照片里，里面只是偶尔会冒出一些说过的话。

“想想看，他们住在那下面。坐在桌子旁边，散步，自由自在，每个人都自由自在。”

“所有这些尸体，艾德，就像是在黑暗中从大家身边漂过，珍贵，像活着一样，或者说神圣。”

我找到了四盏绿色的灯，那是紧急出口，大厅两端各有两盏。每个梦都需要一个紧急出口，否则就不是梦了。但也有些梦是非常清晰的，在那些梦里，所有的一切都很正常，真实得不可思议。

我先认出的是那件衬衫。他曾经穿过，1989 年，那张旺季开始前的照片。然后是门牙中间的那条缝，然后是他的头发，金色的头发，出人意料地完好（像天使一样——我并没有想，那个词就冒出来了，我马上试图把它抹去，但它还是牢牢地盘踞在我的大脑里），但身体已经发黑，像是充了气。尽管如此还是能看出这曾经是个瘦长而笨拙的人。辐条。

为了确认，我请梅德森把整个解剖报告和警方的鉴定翻译给我听。他明白我是发现了什么。一个我并没有找，但却找到了的人。他的努力值得了。

从辐条衬衫上剪下的一块贴在一张硬纸壳上（衣服卡，梅德森说），还有铅笔粗细的一撮头发，包在锡箔纸中。他这份档案的抬头上写着一个数字，我问梅德森那是什么。

“他坟墓的编号，他在线标墓里的编号。”

“是什么，线标墓？”

“我们这样称呼那些无名者的墓地。”

“线是什么，指的是什么？”

“那些死者安葬在一条线上，这样就能够找到他们了，随时，借助坐标，坐标里包含这些数字，它们能够标出尸体在地下的准确位置。如您所知，这些无名死者的墓上没有墓碑，没有十字架，只有青草，再就什么都没有了。”

“那些尸体没有火化？”

“没有。那些亡者在等待，从某种意义上说。我是说，万一有人来想要回那些残骸。他们会无限期地埋在那儿，这儿的这些档案也会永久保存，没有找到名字之前，没有一个案件会被认为已经终结。一开始，这些尸体躺在法医学院的太平间里，零下二十度。有些一年，有些时间更长，这种情况出现过。然后他们就被取出来，送回到发现他们的地方去。”

“送回去？”

“送回他们上岸的地方——由各地方负责他们，法律里是这样规定的。他是在斯泰厄，默恩岛上最大的镇子，斯泰厄的线标墓。”

档案摆脱了档案架的逼仄后，开始散发出一种独特的浊气，使人神志昏昏。那不是年迈者的气味，不是黏液或者腐烂的气味，不——那纸有种生病的味道。我呼吸，呼然后吸，实际人在世上就是为了这个，为的就是有规律的呼吸。那些死者不在哥本哈根，不在主教山公墓。他们在哥本哈根被解剖，所有的档案和报告都留在这儿，但他们自己却又回到了海边。他们被安葬在海边，临时的，没有痕迹的，葬在一条线上。

哥本哈根给人的印象是一座处处都坚固的城市，靠水的房子都是砖房，砖烧得很坚硬，北欧风格。有时会有一堆破破烂烂的自行车挤着靠在房子的墙上，栖遑地交错在一起，就像没找到栖身之处的动物。天已经开始黑了，窗户亮起灯，让人突然非常向往，尽管四周的一切都是陌生的。我体会到曾经的对洞穴的渴望，对孤独幸福的渴望，缩在房间里的某个地方，桌子旁，灯光下，在那里，人终于能够安静下来，远离一切，远离每个人。看完辐条的东西之后，我把残余的所有意志力都集中在一点上，并对梅德森说，我愿意再来这里——明天，后天，接下来的几天中。

我信步转悠了两三个小时，等我走进一家名叫“角落”的咖啡馆时，天已经黑了。我点了些东西，然后拿出笔记本，开始把我在这个下午所看到的、听到的记录下来。最后还记下了咖啡馆和街道的名称（绿斯路76号），记下墙上挂的鹿头，菜单也挂在墙上，等等——所有的动作都很机械。我看着咖啡馆、吧台和外面的那些人，因为我知道这些也要记录下来。我觉得要把笔放下很困难，手腕已经僵硬，但我还在写，手指抽筋了，但我还在写，我在纸上画下一行又一行的字，画下整个哥本哈根，脑子里什么也没有想。

在“角落”的里间屋有个小理发馆，显然是这个咖啡馆招揽生意的办法。一扇玻璃门上贴着一把剪刀的超大剪影画，透过这扇门，可以看到在里面干活的女理发师。女理发师下班的时候，我刚刚开始吃三明治（一只手拿着三明治，另一只手握着圆珠笔）。她已经穿好了大衣，手里提着塑料垃圾袋。她跪下来（看上去很优雅），想用带子扎紧垃圾袋，但是扎不紧。我已经在考虑要不要把这个也记下来。她从我桌边走过的时候，我看见那个袋子里全是头发——鼓鼓囊囊的都是头发。

在大门口，我就已经赶上了女理发师，但是我已经忍不到某个角落里，或者至少往旁边再走一米。确切地说，我直接吐在了她的脚跟前。一位年轻的女理发师，已经下班，穿得很漂亮（肯定是跟人约好了要去吃饭、看电影，听音乐会或者做其他什么），而我从她身后扑过来，在她的脚跟前呕吐，对着她对着我，对着她那个装满头发的垃圾袋，对着这堆乱七八糟的东西，这堆乱糟糟，沾满污渍的东西，这一堆带着斑点，揉成团，结成块的人类的垃圾。她发出一声丹麦式的尖叫，一种从喉咙深处发出的“哎”，然后冲着咖啡馆里喊了些什么。我一边呕吐一边怒吼。我在心里冲着她怒吼，同时也冲着大街怒吼，冲着哥本哈根的夜怒吼：你为什么要把这堆尸体拿到我桌子跟前来？我拿这些尸体要怎么办？怎么办？

几个月后，我开始写这份报告之前，在梦中看见了那些死者。他们站在路边，身形残破，难以描述（解剖报告就像是看图说话，梅德森曾经这样说），他们在问自己的姓名。我叫船用螺旋桨吗？我叫橡皮娃娃吗？还是说我叫瓦尔特？或者莫妮卡？在梦中，就像是必须马上给出答案一样，就好像时间已经所剩无几，而这是他们从这条路上退回去之前的最后一个机会，没有疑问，没有痕迹，像从来不存在一样。

但是我离开了，没有再回到档案馆去。从我的报告里也能看出，我是多么不适合做这一切，多么不能胜任这个任务。报告里全是细枝末节的内容，还有各种感觉和想法，取代了本应该有的数据。

还有其他的原因。我踏进了他们的地盘，亡者的领地，碰巧是我，可能是因为这个。写作是自卫，是盾牌和隐身帽，没有这个笔记本的话，那我就什么也没看到过，他们就不会选择我来做这件事，其他任何人也都不会，这点我很清楚。我不是研究者，不是历史学家，不熟悉整理材料的方法，如果要说的话，那我只是遵循着一个诺言，遵循友谊的规则，一开始只是这样而已：克鲁索的请求。而且：仅只如此。但后来我跨越了那条界线，随着第三重失踪那个词，我开始就是那样想了。

不管怎样，在写的过程中，我恢复了清醒，我胃里隐隐跳跃着的那个地方也平静了下来。我走进离房子有段距离的那个小简易房里，那里我已经很久没有进去过了。门前的松针铺出已经腐朽的地毯。过了一会儿，我找了自己要找的东西，一个浅黄色的邮政包裹箱，放在一个塞满了玩具、科技垃圾和从来不用的健身器械的架子上。四下里到处都是沉闷的哀伤，沉着脸，冥顽不化。我打开盒子。毛衣里面有一个巨大的、黏糊糊的茧，麂皮鞋已经发霉了。离开岛的时候，我就穿着这两样东西，鞋和毛衣，后来也还穿过。在旅行袋里的东西中间（全都冰冷潮湿），我找到了辐条的眼镜——在克劳斯纳生病的那段日子里，我自己在什么时候把它塞了进去，然后就没有再想起，一秒钟都没有。

保留这些东西无非是想骗自己忘记这样一个事实，那就是我使用和损耗了几样不属于自己的东西。假如辐条有一天突然出现了，那我至少能够……当时的那个我应该就是这样，或者类似这样想的，那个我只是想了一下，然后就把这个盒子忘记了。

尽管事实（从某种程度上）正好相反，我胳膊底下夹着那个纸盒走进公墓的时候，还是觉得自己像个盗墓贼。我刚把盒子放下，就有人在我背后喊了起来，说的是俄语。我没有回头看，但是那个男人朝我走了过来。他穿着制服，大衣敞着，显然喝醉了。我匆忙间把自己学校里学过的那点俄语组装在一起（可能有十二个词，有的时候多一些），但是没有用上。“没喝，法西斯！”那个俄罗斯人捉住我的胳膊，拖着我穿过公墓，从那个假人身边经过，穿过深邃的，已经被泡软了的路，一直到他的那个墓前。他指了指。

他们是三个人，两个女人还有他。那两个女人穿着夹克，围巾一直裹到头顶，年纪大些的那个脚上穿着毡靴。她们坐在一小块塑料布上。在坟墓的下面一半上铺了一块擦碗布，上面放着巧克力，熏肉和香烟，墓碑上倚着一个罐头盒。“喝——喝，同志，五分钟——不法西斯！”一只摊开的手掌在我胸前横着虚虚一画，这事就决定了。那个伏特加的牌子叫百乐门。他们甚至还带了酒杯，杯子上镶着金边。俄罗斯人把第一口酒倒进墓碑旁边坟墓右边的角落里，然后点上两支烟，其中一支插进坟墓里，让它在那儿慢慢地燃烧变短。两个女人在跟亡者说话，一边说一边用手抚摸着泥土，并且朝香烟的火光上吹气。时不时地会有一声轻轻的，但又无所顾忌的啜泣，一种持续几秒钟的哭泣，然后再喝伏特加。那个男人开始打起盹来。他看上去很满足。我站起身，跟那两个女人告别，我想，我当时甚至还鞠了躬，然后走回自己的那个坟墓跟前。我很高兴自己“不法西斯”，可能我也喝醉了。

我从盒子里把东西一样样拿出来，擦干净，至少是暂时干净了。它们很周到地给我服务过，而且我当时确实很需要它们。“确实需要。”我小声说着，有种无边无际的感激突然善意地从我身体里涌过。这可能已经跟辐条没什么关系了。在一个无法估量长度的时刻里，我觉得自己的人生是一个整体，一个长长的故事，跟这些东西联系在一起，是的，在那一刻它们最准确地表达出了到这一天、这个小时、这个地方为止所发生过的一切：一双发霉的鞋，一堆毛线，一副只有一个镜片的眼镜。

“对不起，真对不起。”后来，我开始说起话来。我先是向克鲁索表示道歉——因为我没能够坚持。我给他解释，努力不遗留任何细节。我想把所有的事都总结一下：一方面是恐惧和一种莫名其妙的厌恶感（对死者的厌恶），另一方面是悲伤和莫名其妙的同情感（对死者的同情）。我突然间能说话了。因为喝醉了，所以我说了一些没打算说，也从来没有说出口的话，一些只跟我们俩有关的话，洛沙和我，那两个人。眼泪也不是事先计划好的。最后，我请克鲁索允许我做辐条这件事。我解释了自己想要做什么（很自然就想到了，“孤儿院”的辐条，那个孤儿，我后来想到，对他来说没有其他的家属，除了我，他在克劳斯纳洗碗间的这个继任者，他不会再有其他人了），还有，这个为什么不会损害对瓦伦丁娜·克鲁索维奇或说索尼娅的追思（我是这样说的），正相反。我现在可以定期到这儿来了，我会负责，就像我答应过的那样，这将是做这件事的合适地点，“找到部”。然后，我还对辐条本人表示了歉意，先是为那件毛衣和那双鞋。然后，作为代言人，也为大家后来说他的那些坏话，嘲笑（孤儿院的小孩儿，傀儡，废物），大家开过的所有那些恶毒的玩笑，对一个，就像克鲁索说过的，“从其他方面看也不合适”的人。

在秋天的那几周里，哥本哈根教区委员会的伍尔夫·D. 瓦特杨又来过一封信。“没能对您的调查工作提供帮助，我至今仍感到抱歉……”他的邮件开头这样说。我得承认，这句话让我很感动。他说自己在丹麦的日报《政界》上读到一则关于柏林墙博物馆研究计划的消息，内容是关于东德那些逃往丹麦的人。博物馆委托刚出版新书《东部逃亡者》的作者耶斯佩尔·克莱门森搜集物证、姓名和其他一些史料。如果跟博物馆方面联系，瓦特杨说，也许能让我有些进展。我跟耶斯佩尔又通了一次电话，他说，柏林方面一开始想提出相应的申请，来为这个项目筹集经费。我把听筒更紧地贴在耳朵上，说自己非常确信会筹集到这笔钱的，用不完的钱，“不为这个还为什么，耶斯佩尔？”

今年春天，俄罗斯公墓重新修葺了。那些坟墓闪闪发光，像新的一样。公墓的大门也重新刷了漆（那两个苏联红五星现在是灰色的），他们还修了一道更坚固的篱笆来对付这个地区经常出没的野猪。

我常常只是蹲在墓前，脑子里想不到什么。没有《颂歌》，没有《诗篇》。树林静悄悄，或者沙沙地说着那些曾经的句子：

“那些死去的人在等着咱们，艾德，你怎么看这件事？”

或者

“记着那个绿色的光”

或者

“你在这儿等着，不要离开。”

“我保证。”我喃喃地说，后来，我跟辐条聊起了克劳斯纳，在洗碗间的工作，大汤勺，维奥拉，厨师迈克，和那些只有在那里，在岛上才会有的东西，只有那个时候会有。说起他为什么还是要那样做，为什么他就不能走其他的路。

如果有时间，我会在回去的路上到“丽塔小吃店”停一下，那是B2公路旁边的一个小木板屋，在回家的路半中央。那里有一个锯木厂和一个名叫“荨麻地”的废弃火车站。那里还有一个给载重卡车掉头的弯道——实际上是一大片空地，只有沙子，就像海滩上一样，离波茨坦三公里。

致谢

感谢我在克劳斯纳打工时的同事约克·史克，安克·施密特，拉莫娜·君达和维克多·君达耐心回答我的无数个问题。感谢弗雷德里希·克里斯蒂安·德利乌斯，拉尔夫·艾希伯格，格尔德·皮舍尔和迪尔克·乌利希与我交谈，给我灵感。感谢德国广播电视档案馆的弗雷德里希·德特勒夫斯在我寻找历史音像资料时提供的及时帮助和各种便利。在为本文后记查找资料时，丽贝卡·埃尔塞瑟，哈丽雅特·赛博尔德和安特耶·维施曼都给了我很大的帮助。特别感谢耶斯佩尔·克莱门森，如果没有他的热情帮助，我是不可能找到“失踪部”的。

从克里斯蒂娜·福格特－米勒、博多·米勒的著作《穿越波罗的海奔向自由》和《天的那边是自由》，以及耶斯佩尔·克莱门森的著作《东部逃亡者》中，我获得了许多有用的资料。拉斯洛·F.福德尼斯关于1989年之后欧洲何为自由的观点至今仍不断引起我的思考。

书中引用的佛兰德诗人保罗·范奥斯泰因的诗《吟诵》为克劳斯·赖歇特的译文。几处引用的笛福作品《鲁滨孙漂流记》依据的是1950年莱比锡雷克拉姆出版社的安娜·图滕斯译本。安托南·阿尔托的诗为埃莱娜·卡普拉里克的译作。格奥尔格·特拉克尔的诗句摘自弗朗茨·费曼出版的《在火窟前——格奥尔格·特拉克尔的诗》一书，亨施托夫出版社 1984 年出版。艾德加的“存货们”来自于尔根·贝克尔，弗雷德里希·尼采，戈特弗里德·贝恩和彼得·胡赫尔。另有一些句子引自陀思妥耶夫斯基，玛格丽特·杜拉斯，唐·德里罗，托马斯·莫尔，《圣经·旧约》以及德意志广播电台的新闻和天气预报。

译后记

2014年，德国文坛的重量级奖项“德国图书奖”颁给了作家卢茨·赛勒的首部长篇小说《克鲁索》。对于德国的文学爱好者而言，卢茨·赛勒的名字并不陌生。他是德国当代文坛上最具代表性的诗人之一，至今已出版多部诗集，如《沥青和铀矿》（*pech & blende*，2000），《四十公里之夜》（*vierzig kilometer nacht*，2003），《在语言的田野上》（*im felderlatein*，2010）等。在诗歌之外，卢茨·赛勒还创作过一些中短篇小说，收录在《土西铁路》（*Turksib*，2008）和《时间的天平》（*Die Zeitwaage*，2009）等中短篇小说集中出版。卢茨·赛勒至今已获得过十余种文学奖项，例如克拉尼希施泰纳文学奖，德累斯顿诗歌奖，安娜－西格斯奖，不来梅文学奖，卡施尼茨奖等。2007年，他的小说集《土西铁路》荣获巴赫曼文学奖。《克鲁索》是卢茨·赛勒第一次尝试创作长篇小说，小说2014年出版后便引起了极大反响。除德国图书奖外，《克鲁索》还同时荣获2014年度乌韦·约翰逊奖。目前，这部小说已经被翻译成超过二十种不同的语言，销售二十余万册。

卢茨·赛勒1965年出生在德国图林根州的格拉，在正式开始文学生涯之前，他曾经在建筑工地上做过学徒。在东德国家人民军（NVA）服兵役期间，卢茨·赛勒开始阅读文学作品，并尝试创作了一些长诗。

1990年，他进入大学学习，曾先后在哈雷市和柏林市的大学学习日耳曼语言文学和历史专业，其间，卢茨·赛勒开始大量阅读文学作品，并对诗歌产生了极大的兴趣。1989年夏季，赛勒曾经在希登塞岛上的克劳斯纳做过洗碗工，这段经历成为《克鲁索》的主要素材之一。

《克鲁索》以1989年的东德为故事背景。在一次事故中失去了挚爱女友的大学生艾德选择暂时离开自己的生活，来到希登塞岛上的一家饭馆当起了洗碗工。在当时的东德，希登塞岛俨然是一些社会边缘人的庇护所，这些人会在旅游旺季时到岛上的旅馆、饭馆或者酒吧打短工，希登塞岛也因此聚集起一批艺术家、作家、演员、音乐家、科学家。正如小说中所描述的那样，希登塞岛“属于那些得享极乐的人，白日做梦和梦中起舞的人，属于失败者和边缘人”。希登塞岛上的另一类人是那些想要逃离东德，去往自由世界的“叛逃者”。小岛与丹麦的默恩岛隔海相望，看似近在咫尺的另一个世界使得许多东德人选择这个地方作为逃离祖国前的最后一个落脚点。这两种人的存在共同给小岛营造了一种独特的氛围，这个“边界内的最后一个自由之乡”成为展示人们对自由之渴望的舞台。

在克劳斯纳，艾德结识了亚历山大·克鲁索维奇，也就是众人口中的克鲁索，两人之间由此开始了一段奇特的友谊。克鲁索对自由有着自己独特的理解，他认为众人所追寻的所谓自由会发出仿佛塞壬女妖歌声一般“魅惑人的叫声”，会引诱追寻自由的人踏上一条不归路，而真正的自由并不在他们希冀的远方，它根植在每个人的内心中。在这种对于自由的理解之上，克鲁索建立起了一个乌托邦式的王国，通过极具仪式感的“分配日”“圣汤”“洗身”等活动，他一边为那些偷偷潜在小岛上伺机逃跑的人提供暂时的栖身之处和食物，一边将自己对自由的理解灌输给这些人，以免他们步那些在逃跑中葬身大海的牺牲者的后尘。帮助克鲁索维系这个王国的是希登塞岛上的短工们，核心则是克劳斯纳的短工，还有仿佛滔天巨浪中的挪亚方舟一样的克劳斯纳。

虽然小说跟当时德国乃至欧洲所发生的历史事件有密不可分的关系，但作者并没有将视角直接对准那个时代大背景，而是用极其诗意化的叙述方式，将这个背景模糊地投射在故事人物的个人命运上。在小说的一开头，“平生第一次，他有了逃亡的感觉”，但艾德的“逃亡”却与当时千千万万想要逃离东德的人目的完全不同。艾德选择的是童年时跟父母唯一一次度假去过的地方，这使艾德的“逃亡”更多了一层象征的意义。他并非要逃向象征自由与富裕的西方世界，而是要回归自己的内心。艾德的希登塞岛更像是一个与世隔绝的地方，与他一起在克劳斯纳工作的短工们谈论的是文学与诗，他们共同维护的克鲁索王国里每日进行的是带有浓重理想主义色彩的各种仪式，逃亡的人不是“难民”，而是“遭遇船难的人”。对于外界正在发生的事，这里没有人关心，也没有人谈论。唯一能够让读者联想到当时历史背景的是克劳斯纳厨房里的收音机“维奥拉”，但“在厨房重重叠叠的回声中，它的声音飘忽得让人难以定位”。现实对于克劳斯纳的人而言，就像“维奥拉”模糊的声音一样，反而成了一种虚无缥缈的非现实的存在。正如罗曼·比舍利在《新苏黎世报》上的一篇评论文章中所说：“想象一下，如果是一位不了解 1989 年那段历史的读者，他不知道当时大批的人如何借道布拉格和布达佩斯离境，并由此拉开两德统一的大幕，那这位读者绝对想不到这部小说里除了这个遇到心理问题的年轻人的故事之外，还会有别的什么。卢茨·赛勒这部构思大胆的小说讲的虽是德国转折时期的故事，但却对那些决定性的事件只字不提，作者显然是刻意将目光投向了相反的方向。”在许多采访中，卢茨·赛勒都曾反复强调说，他在小说中最想要表达的是自己对于自由的一些观点，正如主人公克鲁索所言，自由根植在每一个人的心中，只是有的时候被掩盖住了，有的时候已经腐烂了。对于每个人来说，找到这条根都是非常重要的。

卢茨·赛勒认为，《克鲁索》并不是一部以转折为题材的小说，而是一个鲁滨孙式的历险故事，一部描述两个男人之间友谊的小说。小说用

“克鲁索”这个与《鲁滨孙漂流记》中主人公名字发音相近的词，从一开始就点明了两部作品间存在的内在关联。克鲁索与艾德一样，也曾经失去过挚爱的人。类似的经历和同样的对诗的喜爱使两人之间产生了一种特别的友谊，艾德就像是跟在鲁滨孙身边的星期五一样，对克鲁索忠心耿耿，而克鲁索对艾德来说既是挚友，又像父亲。但不同于《鲁滨孙漂流记》的是，克鲁索和艾德在小说的后半部分中完成了角色的对调。曾经因为失去女友而迷失生活方向的艾德正是在这种角色转换之中完成了自我救赎。

在时代转变的洪流下，克鲁索一手搭建起的乌托邦一点点分崩离析，曾经紧密地围绕在他身边的那些克劳斯纳的短工开始一个接一个地离开克鲁索搭建起来的理想王国，回到现实世界中去。失去了拥戴者的克鲁索身上曾经笼罩的光环开始褪去，取而代之的是越来越浓重的悲情色彩。克鲁索成了“一个孤独的军队统帅，一个没有军队的将军，一个正在冻僵的英雄”。这时，艾德和克鲁索的角色也悄然发生了变化。曾经生活在克鲁索庇护下的艾德开始变得越来越强大，“慢慢进入了他的新角色”，因为“现在得由他负起责任来”。曾经的挪亚方舟现在仿佛一艘风雨飘摇中的小船，同时昭示着艾德和克鲁索的命运。身受重伤的克鲁索被父亲从岛上接走，回到了现实世界中。成为克劳斯纳“最后一个短工”的艾德独自支撑着克劳斯纳，直到从收音机中听到两德边界已经打开的消息。随后，他也离开了希登塞岛，回到了自己的生活中。

一位擅长诗歌创作的作家是否能够驾驭长篇小说这种题材，对此，人们在《克鲁索》问世之初曾经表现出各种疑虑。事实证明，《克鲁索》完美地结合了诗歌与叙事文学的特点，成为一部别具特色的“诗人小说”。卢茨·赛勒在小说中对于历史线索诗意化的处理使得这部作品显得非常与众不同。罗曼·比舍利将卢茨·赛勒的这种叙事方式称为“诗意的挑衅”，并说：“卢茨·赛勒本可以把这部小说写成政治小说。……但小说与政治事件却始终保持了一种浅尝辄止的松散联系。由此而产生的是一种诗意的挑衅：就像是被略过的历史事件与书中个人命运之间存在的张力一样，小说的力量也正在于它没有表现出鲜明的政治立场。”

可以说，《克鲁索》这部作品从内容到语言都鲜明地体现了诗歌与叙事文学相互渗透的特点，可谓近年来德语文坛上一部非常有特色的优秀作品。作品出版后，德国各大媒体纷纷给予极高的评价。德国图书奖评奖委员会认为，卢茨·赛勒的叙述技巧娴熟，想象力丰富。小说有一种特别的张力，是为渡过波罗的海时丧命的人所奏响的一首安魂曲，也是一支寻找内心自由感的赞歌。同时，这部作品的语言也极为独特、富有诗意。

《克鲁索》就是以这样浓厚的感性色彩和宏观的视野征服了大家。《克鲁索》的语言层次极其丰富，既有非常诗意化的描写，也有就事论事的冷静叙述；有浓墨重彩的渲染，也有清淡悠长的白描；有严肃，有忧伤，也有诙谐幽默。而这种语言特点又反过来给小说中的世界蒙上更加强烈的非现实色彩，为读者和研究者留下了广阔的阐释空间。

在本书的翻译过程中，译者应邀参加了在德国施特拉伦的欧洲翻译中心（Europäisches Übersetzer-Zentrum）举办的讨论会，与作者卢茨·赛勒先生和来自不同国家的十余位译者一起，共同探讨了本书翻译中遇到的各种问题，解决了诸多疑惑，在此特别表示感谢。由于本书的语言风格多变，跳跃极大，对译者提出了极大的挑战。对于书中的不当和疏漏之处，欢迎同行和读者批评指正。

顾牧

2016 年 8 月于北京

文
景

Horizon

社科新知　文艺新潮

克鲁索
[德] 卢茨·赛勒 著
顾牧 译

出 品 人：姚映然
责任编辑：郝蕴馨
装帧设计：高　熹

出　　品：北京世纪文景文化传播有限责任公司
(北京朝阳区东土城路8号林达大厦A座4A 100013)
出版发行：上海世纪出版股份有限公司
印　　刷：山东临沂新华印刷物流集团有限责任公司
制　　版：北京大观世纪文化传媒有限公司

开 本：890mm × 1240mm　1 / 32
印 张：14　　字 数：338,000　　插页：2
2017年6月第1版　　2017年6月第1次印刷
定 价：49.00元
ISBN：978-7-208-14413-2 / I · 1619

图书在版编目（CIP）数据

克鲁索 /（德）卢茨·赛勒（Lutz Seiler）著；顾牧译. —上海：上海人民出版社，2017
书名原文：Kruso
ISBN 978-7-208-14413-2

Ⅰ.①克… Ⅱ.①卢… ②顾… Ⅲ.①长篇小说-德国-现代 Ⅳ.①I516.45

中国版本图书馆CIP数据核字（2017）第070522号